DÜSTERE VERKETTUNG
FRIDA HEINRICH

VIKTOR DUECK

DÜSTERE VERKETTUNG
FRIDA HEINRICH

VIKTOR DUECK

THRILLER

© 2022 Viktor Dueck
www.viktor-dueck.de
1. Auflage

Coverdesign und Umschlaggestaltung:
Florin Sayer-Gabor
www.100covers4you.com
Bildnachweis: Bilder von www.stock.adobe.com
Schimpanse: dannywilde
Katze grau Maine: Eric Isselée
Mann: olly

Lektorat und Korrektorat: Lisa Reim-Benke
www.lektorat-reim.de
Buchsatz: Viktor Dueck

Herstellung und Verlag: BoD – Books on Demand, Norderstedt

ISBN: 978-3-7562-3318-2

Bibliografische Information der Deutschen Nationalbibliothek: Die Deutsche Nationalbibliothek verzeichnet diese Publikation in der Deutschen Nationalbibliografie; detaillierte bibliografische Daten sind im Internet über dnb.dnb.de abrufbar.

Alle Personen und Handlungen sind frei erfunden. Ähnlichkeiten mit realen Personen sind zufällig und nicht beabsichtigt. Das Werk, einschließlich seiner Teile ist urheberrechtlich geschützt. Jede Verwertung ist ohne Zustimmung des Autors unzulässig. Dies gilt insbesondere für die elektronische oder sonstige Vervielfältigung, Übersetzung, Verbreitung und öffentliche Zugänglichmachung.

VORWORT

Liebe Leserinnen, liebe Leser,

mit *Düstere Verkettung – Frida Heinrich* halten Sie den dritten Band in der Hand. Die Geschichte in diesem Buch ist wie üblich in sich abgeschlossen, die anderen Teile behandeln jeweils andere Themen. Allerdings ist dieser Band ein hervorragender Einstieg in die Düstere Verkettung, da die Ereignisse zum Teil 1969 spielen, also 16 Jahre vor dem ersten Band *Düstere Verkettung – Blár Finkelstein*.

Ich freue mich, dass Sie sich für das Buch entschieden haben, und wünsche Ihnen viel Spaß in dem namenlosen Land zwischen Finnland und der UdSSR. Dort, wo die Polizei als Polis bezeichnet wird und die Namen der Städte stets mit Bindestrich geschrieben werden.

Für Nelli
Meine beste Kritikerin
Mein größter Fan
Meine wundervolle Mama

TEIL 1

ANDRO UND FREYA

Kapital-Maa
Donnerstag, 12. Juni 1969

Frida legte den dritten Gang ein und drehte das Radio lauter. Jeden Mittwoch um 18 Uhr verkuppelte der wortgewandte Moderator Bruno Samaras vom Radiosender Triumph-Kapital-Maa zwei Anrufer. Der heutige männliche Adressat hieß Eskil, seine Gesprächspartnerin Enania. Sie hatten genau fünf Minuten Zeit, begleitet von Zwischenrufen des Moderators, sich kennenzulernen und zu entscheiden, ob sie bereit wären, sich persönlich zu treffen. Selbstverständlich in Begleitung eines Reporters des Senders, damit der allseits beliebte Rundfunksprecher in der nachfolgenden Sendung über seinen Verkupplungserfolg berichten konnte. Auf Anhieb herrschte Harmonie zwischen Eskil und Enania. Es war eine Freude, ihnen zuzuhören, und jeder, der die Meinung vertrat, diese zwei Menschen passten nicht zusammen, war vermutlich ein Narr. Der Moderator merkte mit seiner schrillen Stimme an, dass nur noch eine Minute zum Kennenlernen bliebe, und da geschah es plötzlich, die Leitung von Eskil brach ab.

Frida bremste und schaltete in den zweiten Gang, vor ihr fuhr ein Motorrad laut heulend aus einer Einfahrt. Der Fahrer winkte ihr flüchtig zu und raste davon.

Indessen stellte der Rundfunksprecher entsetzt fest, dass dem guten Eskil offensichtlich das Geld ausgegangen war, hatte dieser doch von einer Telefonzelle aus angerufen. Er schlug vor, dem jungen Mann etwa drei Minuten Zeit zu geben, um sich wieder zu melden. In der Zwischenzeit würden die Zuhörer mit Musik bei der Laune gehalten werden. *Lady Madonna* von *The Beatles* ertönte.

Frida bremste erneut, diesmal vor einer Kreuzung, sie lenkte ihre Aufmerksamkeit auf spielende Kinder links vor ihr und spürte, wie Gänsehaut ihren gesamten Körper überzog. Die Sprösslinge, ein Junge und ein Mädchen, waren gerade dabei, einen Bollerwagen über die Straße zu rollen. Der Knabe, vermutlich nicht älter als vier, zog an der Deichsel, während die kleine Lady, höchstens fünf Jahre alt, hinten gegen den Karren drückte. Aus dem Wagen ragte das Ohr eines Stoffhasen heraus. Offenbar machte das Plüschtier gerade eine Spazierfahrt. Die Kinder hatten große Mühe, den Bollerwagen zu bewegen. Aus nicht sofort ersichtlichen Gründen blockierten die Räder. Die beiden waren so beschäftigt mit ihrem Vorhaben, dass ihnen die Tatsache, mitten auf einer Straße festzustecken, höchstwahrscheinlich vollkommen fremd war.

Doch Fridas Gänsehaut rührte nicht von einer drohenden Gefahr für die Kinder her. Es war nirgends ein Auto in Sicht. Sie überkam ein Schauder, weil die Kinder aus der Ferne genau so aussahen wie ihre eigenen vor etwa zehn Jahren. Sie lenkte ihr Auto, eine russische Wolga Limousine GAZ-24, an die Seite und stieg aus.

»Wartet, ich helfe euch.« Sie eilte über die Straße, wobei sie mit jedem Schritt, der sie an näher an die Sprösslinge brachte, ihr Gang langsamer und unsicherer wurde. Die Kinder hatten aufgehört, an dem Bollerwagen zu zerren, und sahen sie ängstlich an.

»Herr Allmächtiger!« Frida schlug sich die Hand vor den Mund, glitt in die Hocke und sah in das Gesicht des Jungen. Der Knabe hatte blonde Haare, lange Wimpern, blaue Augen, eine niedliche Stupsnase und ein kaum erkennbares Grübchen am Kinn. Schmächtiger Körperbau. Einfach alles erinnerte sie an ihren Sohn. Der Junge sah genau so aus wie Andro in diesem Alter.

Frida lenkte mühsam den Blick vom Knaben auf das Mädchen. Sie hatte hellbraune Haare, ebenfalls auffällig lange Wimpern und blaue Augen. Eine weniger niedliche breite Nase und auf jeder Seite ihrer rötlichen Bäckchen Grübchen, die sich leicht andeuteten. An ihren kleinen Ohren hingen goldene Ohrringe mit einem eingearbeiteten, winzigen grünen Stein. Sie war etwa einen halben Kopf größer als der Junge, wog aber vermutlich das Doppelte. Die Ähnlichkeit mit ihrer Tochter Freya war verblüffend.

Frida umklammerte mit einer Hand den Bollerwagen und erntete dafür einen mürrischen Blick von dem Knaben.

»Kinder, wie heißt ihr?«, krächzte sie.

Der Junge ließ die Deichsel fallen und sah besorgt in die Richtung, aus der sie gekommen waren.

Es war das Mädchen, das antwortete. »Ich bin Freya. Er ist Andro.«

Frida glitt stöhnend auf ihren Po und stützte sich mit einer Hand am Asphalt ab, um nicht vollends umzukippen.

»Ihr kleinen Racker«, ertönte eine wütende Frauenstimme und ließ sowohl die Kinder als auch Frida erschrocken zusammenzucken.

»Was habt ihr vor? Bis wohin habe ich euch erlaubt zu spielen?« Sie verpasste Freya einen leichten Klatsch auf den Po, nahm die Deichsel und wendete mühsam den Bollerwagen.

Die Frau war vermutlich um die dreißig Jahre alt. Sie trug die Haare zu einem Dutt gebunden, hatte einen speckigen Hals, große Brüste und einen breiten Hintern. »Los, los, los, runter von der Straße«, hetzte sie, aber weniger wütend wie zuvor. »Vielen Dank für Ihre Hilfe«, sagte sie zu Frida, drehte sich, packte die Deichsel mit beiden Händen am Griff und zog.

Andro und Freya schenkten ihr keine weitere Aufmerksamkeit. Sie stemmten sich gegen den schwergängigen Wagen und halfen der Frau, vermutlich ihrer Mutter, diesen zurückzurollen.

Frida erhob sich und schlenderte, den Blick auf das Trio gerichtet, zum Auto. Überwältigt von Gefühlen der Verwunderung, Zweifel an der Realität und Angst, brauchte sie fast zehn Minuten, bis ihre zitternde Hand endlich den Zündschlüssel drehte und sie losfuhr. Inzwischen hatte der Moderator im Radio die Hoffnung, Eskil würde sich wieder melden, aufgegeben. Ein neuer Anrufer bekam die Möglichkeit, Enania kennenzulernen, doch da hörte Frida kaum mehr hin.

ESKIL

»Für Kunst interessiere ich mich besonders. Leonardo da Vinci. Rafael. Ich könnte mir stundenlang ihre Bilder anschauen. Wenn auch nur in einer Enzyklopädie.« Enania lachte ein wunderschönes Lachen und Eskil verstand, dass egal, wie sie aussah, allein ihre unwiderstehliche Stimme ausreichte, um sie zu begehren.

Eskil Svensson war groß, breitschultrig und muskulös. Sein blondes Haar, stets sorgfältig nach links gekämmt, und seine blauen Augen verliehen dem jungen Mann Attraktivität, die viele Frauen ansprach. Trotz dessen hatte er mit seinen 23 Jahren noch nie eine Freundin gehabt. An Rendezvous mangelte es nicht, doch kaum kamen sich er und seine Begleitung nähergekommen, verflog ihr Interesse an ihm. Manchmal nach drei Treffen, oft bereits nach dem ersten. Er hatte es stets vermieden, sich jemandem anzuvertrauen. Er brauchte keine Bestätigung von anderen, um zu erkennen, dass es an seinem Charakter lag. Freunde hatte er nur wenige. Sogar Männer mieden seine Gesellschaft, insbesondere dann, wenn es darum ginge, etwas mit Frauen zu unternehmen.

»Ich liebe Leonardo ...« Eskil stockte kurz. Ihm war der vollständige Name entfallen. »... und Rafael. Außergewöhnliche Maler.« Er tippte sich verzweifelt mit geballter Faust gegen die Stirn und hoffte, dass diese Männer tatsächlich Maler waren. *Ihre Bilder anschauen* hatte so viele Bedeutungen.

»Ach, und ich sammle Schmetterlinge.«

»Schmetterlinge!«, sagte er begeistert und fragte sich, was genau sie mit *sammeln* meinte. »Wow, toll, ich liebe Schmetterlinge!«

»Wunderbar.« Sie lachte bezaubernd. »Dann hast du vielleicht irgendwann die Gelegenheit, dir die Falter genauer anzuschauen. Sie hängen allesamt eingerahmt an der Wand bei mir im Zimmer.«

Jetzt hatte er es begriffen. Sie fing die armen Insekten ein und trocknete sie. Eine grausame Freizeitbeschäftigung. Doch das Lachen, dieses außergewöhnliche Lachen. Er merkte, wie sein Penis anschwoll.

»Wie viele Schmetterlinge hast du inzwischen?«, fragte er und wartete gebannt auf die Antwort.

Eine Antwort, die nicht kam. »Hallo, Enania?«, sagte er und hörte dabei ein Klicken in der Ohrmuschel. »Enania? Hallo? Hörst du mich?«

Aus dem Hörer ertönte ein rasender Dauerpiepton. Betreten starrte Eskil ins Leere und fragte sich, was geschehen war. Dann verstand er. Die Münzen hatten für die Gesprächsdauer nicht ausgereicht. Er griff in seine Hosentasche. Dann erinnerte er sich, das ganze Kleingeld bereits in dieses verdammte Münztelefon eingeworfen zu haben. Alles nur, damit genau das, was dennoch passierte, nicht eintreten sollte.

Es war Zufall, dass gerade in dem Moment, als der Moderator vom lokalen Radiosender Triumph Kapital-Maa die zwanzigjährige Enania vorstellte und männliche Zuhörer aufforderte anzurufen, vor Eskil eine Telefonzelle auftauchte. Bezaubert von der Stimme der Anruferin trat er, ohne nur eine Sekunde zu zögern, auf die Bremse, parkte seinen Lastkraftwagen GAZ-51 auf dem Bürgersteig und rannte seinem Glück entgegen. Nachdem er einige Münzen im Schlitz versenkt hatte, wählte er die vom Moderator genannte Nummer. Zahlen merken gehörte schon immer zu Eskils Stärken. Er war sofort mit dem Radiosender verbunden. Es dauerte erstaunlich lange, bis man ihm die Verhaltensregeln genaustens erklärt hatte und er der Livesendung zugeschaltet wurde. Während der Prozedur verlor er nicht nur sein Geld und somit wertvolles Zeitguthaben, zu allem Überfluss bildeten Passanten eine Warteschlange um die Telefonzelle herum. Durch das verschmutzte Glas der Kabine sah er ihre verärgerten Blicke. Vor der Zelle warteten inzwischen sieben Personen auf das Ende seines Gesprächs.

Er ließ den Hörer achtlos an dem Kabel schwenken und stieß die Tür der Kabine auf. »Könnte mir bitte jemand von euch Kleingeld leihen?«

»Nein!« Sagte ein untersetzter Mann hinter einer Rentnerin, die sich auf einen Gehstock stützte. »Der ist jetzt dran, raus da!« Er zeigte auf einen Jungen mit einer abgestellten Schultasche zwischen den Beinen.

Der Schüler drehte sich zu der alten Dame. »Ich lasse Sie vor!«, verkündete er mustergültig.

Eskil kam aus der Telefonzelle heraus. »Niemand wird vorgelassen, das ist ein wichtiges Telefonat mit einem Radiosender, ich muss da sofort wieder anrufen! Kleiner, gib mir dein Geld.«

Es folgte ein aufgebrachtes Raunen. Drei Frauen, zwei Männer und die Alte sahen ihn gleichermaßen empört an.

Der untersetzte Mann hinter der Rentnerin drängte sich nach vorne und stellte sich vor den erschrockenen Schüler. »Na los, verschwinde von hier.«

»Sie verstehen das nicht, es ist wirklich wichtig für mich.« Er zeigte auf eine der Frauen. »Haben Sie Kleingeld übrig?«

»Mach Platz!« Der Mann packte Eskil am Kragen, zog ihn von der Kabine weg und schubste ihn dann zur Seite.

Kaum hatte er das Gleichgewicht zurückerlangt, griff Eskil mit geballten Fäusten den Mann an. Drei schnelle, präzise Schläge ins Gesicht reichten aus, um den selbsternannten Wachtmeister zu überwältigen. Mit einem lauten Stöhnen fiel er zu Boden und rührte sich nicht mehr. Die Frauen und die Alte kreischten entsetzt, während der andere Mann und der Junge sich eilig von der Telefonzelle entfernten. Worte wie *Polis*, *Schäm dich* und *Schwein* prasselten auf ihn herab.

»Niemand betritt die Kabine, bis ich fertigtelefoniert habe!«, brüllte Eskil und rannte über die Straße. Ohne auf den Verkehr zu achten, lief er auf den mit Wassermelonen beladenen Lastkraftwagen zu. Dort irgendwo in der Fahrerkabine, im Handschuhfach oder in seiner Arbeitstasche hoffte er, Münzen zu finden. Doch zu seinem Verdruss fand er kein Kleingeld. Wie auch, wenn er noch nie auf die Idee gekommen war, Hartgeld zu horten.

»Verflucht«, brüllte er wütend und schlug auf das Lenkrad.

Aus dem Radio, ein batteriebetriebenes Gerät der Marke Panasonic, das neben ihm auf dem Sitz lag, spielte die Musik von den Beatles. Eskil kannte das Lied allzu gut und mochte es, auch wenn er kein einziges Wort vom englischen Text verstand. Auf der gegenüberliegenden Seite bildete sich eine immer größer werdende Menschenschar um den niedergeschlagenen Mann. Er hatte sich inzwischen aufgesetzt und hielt sich den Kopf. Ununterbrochen deuteten Hände auf Eskils Lastwagen und in der Ferne sah er einen Polis herbeieilen. In seiner Begleitung der Junge aus der Warteschlange.

»Du kleiner Bastard«, flüsterte Eskil und startete den Motor. Seine Chance, noch einmal mit Enania zu reden und sie dazu zu bringen, sich mit ihm zu verabreden, war dank Menschen wie dem aggressiven Mann oder dem verräterischen Jungen für immer verpufft. Ein Auto bremste ab und gab Eskil die Möglichkeit, auszuscheren. Frustriert nutzte er diese Gelegenheit und fuhr los.

RON MARTINSSON

Liten-Yel

Ron öffnete hustend die Augen und starrte auf ein rundes Licht, das durch die winzige Öffnung vom Deckel in das Fass drang. Vor Schreck, sie könnten hören, dass er noch lebte, presste er sich die Hände gegen den Mund und versuchte vergebens, ein Husten zu unterdrücken. Seine Augen brannten vom Rauch, der im Fass mit ihm den Platz teilte. Sein Körper schmerzte, von den Schlägen und Tritten, die er ertragen hatte, bevor er in diesem Behälter eingesperrt worden war. Sein Bewusstsein drohte ihm abermals zu entgleiten. Er lauschte angestrengt, ob sich seine Peiniger noch in der Nähe aufhielten, und stellte fest, dass dies nicht der Fall war. Vor Schmerz brüllend, jede Bewegung war eine Qual, presste er die Hände gegen den Deckel und drückte ihn auf. Als er den Kopf hinausstreckte, kam ihm augenblicklich frische Luft entgegen und füllte heilsam seine Lunge. Gleichzeitig entwich der Rauch vollends aus dem Behälter und verflüchtigte sich. Sie, seine Peiniger, hatten irgendeinen Mechanismus verwendet, um das Fass innerhalb weniger Minuten mit Smog zu füllen. Dabei lachten sie laut und versicherten ihm, dass er am Ende genauso geräuchert sein würde wie ein Fisch in Omas Vorratskeller. Doch dann verhallten ihre Stimmen und sie waren weg. Nach einigen tiefen Atemzügen lehnte Ron sich an den Behälter und brachte ihn zum Umkippen. Der harte Aufprall ließ ihn aufbrüllen. Zu allem Überfluss verletzte er sich beim Sturz die Handflächen am scharfkantigen Kies. Den Schmerz ignorierend, es war bloß ein weiterer von vielen anderen schmerzenden Stellen an seinem Körper, kroch Ron aus dem Fass heraus. Es schien, als knackten sämtliche Knochen, während er sich aufrichtete. Die rechte Hand an Bauch gepresst, hier schmerzte es am heftigsten, sah er sich flüchtig um. Nachdem seine Peiniger ihn überwältigt und übel zusammengeschlagen hatten, fuhren sie ihn im Fass hierher, zum Ufer von Vild-Brook, einem breiten und tiefen Fluss mit starker Strömung am Stadtrand von Liten-Yel. Ein Brook, sprich ein Bach, wie der Name es fälschlicherweise ankündigte, war dieses Gewässer jedoch nicht. Zweifelsohne hatten Rons Peiniger vorgehabt, ihn hier samt rostigem Fass zu versenken. Oder wie im Märchen *Zar Saltan* von *Alexander Puschkin* ihn darin auf eine lange Reise zu schicken. Wäre da nicht etwas dazwischengekommen, und was auch immer das war, es hatte ihm das Leben gerettet. Sofern er sich beeilte und von hier verschwand, bevor sie wieder auftauchten. Versteckt hinter einem langen, fensterlosen Backsteingebäude war der Ort, den seine Entführer für ihr Vorhaben gewählt hatten, perfekt. Hier war weit und breit niemand zu sehen. Das Ufer gegenüber bestand aus *dem blauen Wald*, der sich über das gesamte Land erstreckte, seine Anfänge in der UdSSR hatte und irgendwo in Finnland endete. Das Einzige, worauf die Peiniger hätten achten müssen, waren vorbeiziehende Boote von Anglern. In Vild-Brook gab es reichlich Fische, größtenteils wandernde Saiblinge.

Ron humpelte, der Schmerz im linken Fuß hinderte ihn daran, normal aufzutreten, auf ein Büschel Schilf am Wasser zu, aus dem der Rumpf eines umgedrehten Holzboots herausragte. Einen besseren Fluchtweg als über den Fluss, angetrieben von der Strömung gab es vermutlich gar nicht, und zu seiner Erleichterung schien das versteckte Boot unbeschädigt zu sein. Ron drehte die Schale, zog sie stöhnend vor Schmerzen ins Wasser und kletterte mühsam hinein, als er merkte, wie die Strömung das kleine Holzboot erfasste. Die Paddel hatte er vor ganzer Aufregung vergessen, ja er hatte noch nicht einmal Ausschau danach gehalten, was glücklicherweise kein Problem darstellte. Die Nussschale gewann schnell an Geschwindigkeit und brachte ihn rasch vom Backsteingebäude, dem rostigen Fass und seinen Peiniger, die er nirgendwo sah, weg. Erschöpft beugte Ron sich über die Kante des Boots und wusch sich das Gesicht mit dem kühlen Wasser, um die erneut heranschleichende Ohnmacht zu vertreiben. Schon bald würde dieser Fluss in ein anderes, größeres Fließgewässer namens Lysande-Vesi münden. Dieses erstreckte sich bis nach Stor-Yel, eine Stadt am anderen Ende des Landes. Doch so weit hatte Ron nicht vor, sich treiben zu lassen.

FRIDA HEINRICH

Puu-Gren

Frida Heinrich war für die meisten Menschen eine außergewöhnliche Person. Und das in jeder Hinsicht. Braune, lockige Haare und ein symmetrisches Gesicht verliehen der 35-Jährigen eine beneidenswerte Schönheit. Ihr Intellekt ließ sie die schwersten Diskussionsrunden für sich entscheiden und verschaffte ihr dadurch großes Ansehen in der Gesellschaft. Ihre Offenheit und ihr aufrichtiges Interesse jeder Person gegenüber brachten ihr Sympathie ein. Ihr feministischer Kampf bot scharenweise Anhänger und Unterstützer. Frida Heinrich war nicht nur Mutter von zwei Kindern und Ehefrau eines Abgeordneten, sie war auch Inspiration und Vorbild für viele, insbesondere für weibliche Mitmenschen.

»Hey, du da, geht es dir gut?« Ein Klopfen an der Scheibe der Beifahrertür riss sie aus verworrenen Gedanken. Ihre Nachbarin starrte sie besorgt an. Erst jetzt nahm Frida auch das wütende Bellen ihres Hundes Tasso wahr.

»Hallo, Martha. Ehrlich gesagt, nein!« Sie stieg aus der Wolga, um das eiserne Zweiflügeltor der Garage zu öffnen. Wohlbemerkt der einzigen Garage in dem gesamten Dorf. Niemand sonst hier war so wohlhabend wie die Familie Heinrich. Mit seinem Heimatort stark verbunden, weigerte sich der Abgeordnete Theo Heinrich den Wohnsitz in die Hauptstadt Kapital-Maa zu wechseln. In Puu-Gren lebten überwiegend Deutschstämmige dieses Landes. Einst dem Ruf Kaiserin Katherinas der Großen gefolgt, ließen die Deutschen sich hier nieder. Auf einem Fleckchen Land, das nach der Revolution 1918 von Russland unabhängig wurde. Ursprünglich hieß das Dorf Grün-Weide, doch nachdem der Zweite Weltkrieg vorbei war, übersetzte der Staat den Namen in die Landessprache. Zu viel hatte Deutschland angerichtet, um seine Sprache weiterhin zu dulden, begründeten die Politiker ihre Entscheidung. Neben Puu-Gren wurden weitere fünf Dörfer umbenannt und man hatte den Einwohnern nahegelegt, ihre Gemeinschaft aufzugeben und in die Städte umzusiedeln. Das deutsche Volk auseinandergerissen und im ganzen Land verteilt, hatte es wahrlich schwer, seine Kultur so wie bisher auszuleben. Nur hier in Puu-Gren hielten die Menschen weiterhin hartnäckig an ihrer Herkunft und Tradition fest. Theo Heinrich allen voran. Weshalb er, statt umzuziehen, das Haus seiner früh verstorbenen Eltern modernisierte und eine Garage anbaute, die halb so groß war wie manche Häuser in der Umgebung. Zum Schutz seines Besitzes schaffte er sich einen Hund an, der tagsüber an der Hundehütte angekettet war, nachts hingegen frei im Hof herumlaufen durfte. Theo nahm es in Kauf, täglich 20 Kilometer in die

Hauptstadt Kapital-Maa zu fahren, wo seine Arbeit im Parlament auf ihn wartete. Aus Liebe und Verständnis akzeptierte Frida, die auch eine Deutsche war, die Entscheidung ihres Mannes und sprach einen Umzug in die Stadt niemals an. Sie bestand jedoch darauf, ein zweites Fahrzeug, eigens für sie, anzuschaffen, um die Welt dort draußen jeder Zeit zu erreichen. Damit zählte sie zu einer der ersten und wenigen Frauen im Land, die ein Auto fuhren.

»Was heißt nein, ist etwas passiert?« Martha half ihr, die schweren Tore aufzuschieben.

Frida schüttelte den Kopf. »Tasso, jetzt gib endlich Ruhe!«, herrschte sie den bellenden Hund an, woraufhin dieser verstummte. »Ich erzähle es Ihnen später.« Sie war 19 Jahre jünger als ihre Nachbarin, weshalb der Anstand, trotz ihrer freundschaftlichen Beziehung, von ihr verlangte, die Frau zu siezen.

Martha nickte, wobei ihr Gesichtsausdruck über diese Antwort Unzufriedenheit verriet. »Ich habe deinen Kindern angeboten, heute bei uns zu Mittag zu essen. Beide haben abgelehnt.«

»Meine Kinder!«, sagte Frida und sah ihre Nachbarin überrascht an.

Marthas Augenbrauen zogen sich zusammen. »Bist du alkoholisiert?«, fragte sie skeptisch.

»Nein. Vielen Dank für Ihre Hilfe. Vielleicht bis später!« Sie ließ vom halbgeöffneten Tor ab und eilte ins Haus. »Freya, Andro!«, rief Frida, noch bevor sie die Haustür erreichte.

»Mama, was ist los?« Die Vierzehnjährige erhob sich vom Sofa und sah sie erschrocken an.

»Freya!« Sie küsste ihre Tochter auf die Stirn und strich mit den Händen über ihre Wangen. »Wo ist Andro?«

»Im Garten. Was ist los?«

»Alles gut, Schatz.« Sie küsste das Mädchen erneut und betrachtete eingehend ihr Gesicht. »Mir ist nur heute etwas Verrücktes passiert.« Sie eilte zum Fenster und sah in den Garten. Ihr Sohn war gerade dabei, Erde mit einer Schaufel umzuwühlen. Das Glas neben seinem Fuß verriet, dass er nach Würmern suchte, um, wie gestern angekündigt, mit seinen Freunden angeln zu gehen. Keine drei Kilometer vom Dorf entfernt, verlief der längste Fluss des Landes. Lysande-Vesi.

Frida klopfte an die Fensterscheibe und winkte. Andro, ein gutaussehender, dreizehnjähriger Junge, der die lockigen Haare seiner Mutter geerbt hatte, winkte lächelnd zurück.

»Warum grinst er so dämlich?« Frida sah lachend ihre Tochter an.

»Ein paar Mädchen aus der Schule versprachen ihm, heute zu kommen, um mitzuangeln.«

»Na, das gefällt mir überhaupt nicht.« Sie deutete auf die Küche, woraufhin ihre Tochter ihr stöhnend folgte.

Die Vierzehnjährige war für ihr Alter zu klein, korpulent, jedoch noch nicht an der Schwelle, um als dick bezeichnet zu werden, und bestraft mit einer Nase, die eher als unschön galt. Sie verbrachte ihre Zeit oft weinend vor einem Spiegel und es kostete Frida jedes Mal eine enorme Überzeugungskraft, um sie zu beruhigen und ihr eine strahlende Zukunft mit vielen Verehrern einzuflüstern.

Freya setzte sich an den Tisch und sah zu, wie Frida einen Topf aus dem Kühlschrank herausholte, ihn auf den Herd abstellte und die Gasflamme entzündete.

»Das hätte einer von euch auch schon erledigen können«, sagte sie verärgert. »Ihr seid keine fünf mehr!«

»Ich habe es vergessen.«

»Vergessen? Und ich habe Hunger. Hast du keinen Hunger?«

»Was ist heute Verrücktes passiert, Mama?«

»Schön ablenken, was!« Sie drückte ihrer Tochter einen Holzlöffel in die Hand und ging ins Wohnzimmer, wo sie ein dünnes, kariertes Schreibheft aus dem Schrank herausholte. Hier drin waren alle Fotografien der Familie eingeklebt. Insgesamt waren es elf Stück. Fünf von ihrer Hochzeit, drei von Andro und Freya als sie drei und vier waren, jeweils eins von Andro und Freya bei der Einschulung und ein Familienfoto, bevor Theo zum Abgeordneten gewählt wurde. Das war vor drei Jahren. Sie legte das Heft auf den Küchentisch, beugte sich darüber und betrachtete eines der Bilder ihrer Kinder, als sie klein waren. Beide hielten den Stoffhasen fest und beide schienen, ihn haben zu wollen, während der Fotograf versuchte, ihre Aufmerksamkeit auf sich zu ziehen.

»Ich habe heute auf der Straße zwei Kinder gesehen, die exakt so aussahen wie du und dein Bruder damals.« Frida rieb sich über die Gänsehaut auf den Armen. »Sie hatten sogar einen Stoffhasen dabei.«

»Den Gleichen wie auf dem Foto?« Freya tippte mit dem Finger auf den Hasen zwischen sich und ihrem Bruder.

»Vielleicht einen ähnlichen, ich war zu aufgeregt und zu sehr damit beschäftigt, in die Gesichter meiner Kinder bei fremden Sprösslingen zu starren, um das Stofftier genauer anzusehen.«

Freya sah ihre Mutter forschend an. »Mama, du meinst das ernst, oder?«

»Ja. Ist das nicht verrückt?«

»Ja!«

»Wie ist das möglich?«

Freya zuckte mit den Schultern und betrachtete erneut das Foto. Frida erkannte, dass sie ihre Tochter damit überforderte. Das Mädchen war ein gut erzogenes Kind, das ihren Eltern nie Probleme bereitet hatte. Sie bewunderte ihre Mutter und ihren Vater zugleich und nahm ihre Worte stets sehr ernst. Wenn ihre Mutter ihr eine verrückte Geschichte wie diese erzählte, dann glaubte sie das auch und grübelte anschließend darüber nach. Was ihr nicht unbedingt immer guttat. Deshalb entschied Frida sich rasch, ihr keine weiteren Einzelheiten preiszugeben.

»Rühr bitte die Suppe um, bis sie aufkocht.« Sie klappte das Heft zu. »Und ruf dann Andro. Er muss was essen, bevor er zum Angeln verschwindet. Und wann hat er überhaupt vor, seine Hausaufgaben zu erledigen?«

»Woher soll ich das wissen?«, antwortete Freya spitz, verärgert über die Aufgaben, die ihr auferlegt wurden. »Fährst du etwa wieder weg?«

»Nein, ich gehe kurz zu Martha rüber, sie braucht meine Hilfe.«

»Ich komme mit!« Freya sah auf das Heft in Fridas Hand. Ihrer Tochter konnte sie nicht so leicht etwas vormachen.

»Nein, du bleibst! Erledige das, was ich dir gesagt habe, und bring nach dem Mittag deine Hausaufgaben hinter dich, dann spielen wir abends Karten. Papa kommt heute vermutlich auch früher.«

»Aber du erzählst mir später, worüber ihr geredet habt.« Sie zeigte mit dem Zeigefinger auf das Heft.

»Mal sehen.« Frida eilte nach draußen, bevor ihre Tochter die Möglichkeit hatte, noch mehr zu nörgeln.

Im Vergleich zu den Heinrichs lebten die Schneiders in ärmlichen Verhältnissen. Sie besaßen kein Auto, benutzten einen Kohleherd, konnten von einem Fernseher nur träumen und kämpften alljährlich damit, die Fassade ihres Hauses mit billigem Baumaterial aufrechtzuerhalten.

Martha lächelte, als Frida ihre Sommerküche betrat. »Ich habe heute Teigtaschen mit Fleisch zusammengeschustert. Den Anteil deiner Kinder wirst du jetzt aufessen. Momentchen, ich koche dir frische ab.« Sie hob eine der zwei ausgebreiteten Küchentücher auf dem Tisch an und offenbarte darunter ungekochte Teigtaschen.

»Nein, nein, lassen Sie um Himmels willen das Essen für Ihren Mann übrig. Sicherlich wird er hungrig sein, wenn er nach Hause kommt.«

»Hier ist genug für fünf«, entgegnete Martha.

»Nein, danke, wirklich, außerdem habe ich keinen Hunger, nachdem was mir passiert ist«, log sie, in der Hoffnung, ihre Nachbarin würde aufhören, sie zu überreden.

Martha zog die Augenbrauen zusammen. Eine Geste, die stets auftrat, wenn sie besorgt war. Sie deutete Frida, sich hinzusetzen. »Nun erzähl, was ist denn passiert?«

Sie öffnete das Heft mit den Fotos und legte es vor ihrer Nachbarin auf den Tisch. »Ich habe heute zwei Kinder gesehen, die genau so aussahen wie Andro und Freya.«

Martha, die Augenbrauen immer noch zusammengezogen, sah sich das Foto an. »Man sagt ja, jeder Mensch habe einen Doppelgänger. Bist du dir sicher, dass sie wirklich«, sie zog die folgenden Worte lang, »genau so aussahen?«

»Ja, das bin ich. Und das ist nicht alles«, wieder erfasste Frida eine Gänsehaut, »sie hießen auch genauso. Andro und Freya.«

»Grundgütiger.« Martha sah sie entsetzt an und bekreuzigte sich hastig. »Du willst mir einen Streich spielen.«

Sie lachte verzweifelt auf. »Ich wünschte, es wäre so. Das Mädchen hatte sogar die gleichen Ohrringe wie Freya.«

»Alle Mädchen in diesem Land tragen die gleichen Ohrringe, wenn ihnen das Ohr durchgestochen wird. Schon seit mindestens dreißig Jahren«, entgegnete Martha. »Aber noch mal, wo hast du die Kinder gesehen?« Sie umklammerte mit beiden Händen das Fotoheft und sah es sich an.

Frida berichtete über die Begegnung von Anfang an und beendete ihre Worte mit dem Satz: »Und sie hatten sogar einen Hasen bei sich im Bollerwagen.«

»Grundgütiger.« Martha betrachtete das Stofftier auf dem Foto.

»Bin mir aber nicht sicher, ob das der Gleiche war.«

Die Nachbarin bekreuzigte sich abermals. »Was wenn diese Kinder von …« Sie wagte es nicht, den Satz zu Ende zu sprechen.

»Daran habe ich im ersten Moment auch gedacht, aber das ist ausgeschlossen. Zwar kommen bei Freya eindeutig die Gene ihres Vaters durch«, sie strich über das Gesicht ihrer Tochter auf dem Foto, »doch bei Andro überwiegen unbestreitbar meine Gene.«

Martha nickte zustimmend. »Du hast absolut recht, es kann nicht ein Kind der Mutter und das andere dem Vater ähneln, wenn nur ein Elternteil an der Zeugung beteiligt war.«

»Ich habe das Gefühl, ich träume.«

»Das Gefühl habe ich gerade auch.«

»Ich bin total durcheinander. Wie ist das möglich?«, stellte Frida der Nachbarin die gleiche Frage wie ihrer Tochter zuvor.

Auch Martha zuckte nachdenklich mit den Schultern. Dann riss sie die Augen auf und fasste Frida am Arm. »Du musst nach Kapital-Maa zurückfahren und herausfinden, wer diese Sprösslinge sind. Schau sie dir noch mal genauer an. Vielleicht warst du zu aufgeregt, und sie haben doch weniger Ähnlichkeit mit deinen Kindern, als du denkst.«

Frida nickte widerwillig, weil sie keine Zweifel hatte, was sie gesehen hatte. »Das wollte ich ohnehin. Als es passierte, war ich zu aufgewühlt, um mit der Mutter der Kinder zu reden.«

»Ja, das ist verständlich.« Martha tätschelte ihren Arm. »Aber ich bin mir sicher, du wirst feststellen, dass nicht alles so ist, wie es scheint.« Ihre Augenbrauen zogen sich zusammen. »Und trotzdem werde ich heute Nacht deswegen nicht schlafen können.«

Jetzt war es Frida, die ihre Hand auf Marthas legte. »Bitte erzählen Sie niemandem von dieser Unterhaltung. Mein Mann darf nichts davon erfahren.«

»Versprochen«, sagte die Nachbarin sichtlich enttäuscht über die Verpflichtung, alles für sich behalten zu müssen.

DIE HEIMKEHR

Liten-Yel

Rund ein Sechstel der 320.000 Einwohner von Liten-Yel lebten in Plattenbauten. Der Bau der heißbegehrten Siedlungen hatte vor sieben Jahren begonnen und seine Zielvorgabe von 100 identischen Hochhäusern mit je 160 Wohneinheiten war noch längst nicht erreicht. Mit Platz für viele neue Seelen explodierte die Einwohnerzahl in kürzester Zeit um mehr als 53.000 Neubürger. Fast alle kamen aus Dörfern, in denen das Leben im Vergleich zu einer Stadt schwierig und trist war. Ron Martinsson und seine Mutter gehörten zur ersten Gruppe der Neuankömmlinge. Hier in Liten-Yel sollte für sie vieles besser werden. Zumindest war dies der ursprüngliche Plan.

Ron humpelte in den großen Innenhof, während er in alle Richtungen Ausschau nach seinen Peinigern hielt. Man hatte die Plattenbauten über Eck gegenüber errichtet, so dass zwischen vier Gebäuden eine beachtliche Fläche entstand, auf der täglich reges Treiben herrschte. Es gab einen Spielplatz, Bänke, Schachtische aus Beton und meterlange Wäscheleinen, bei denen ein ständiger Revierkampf stattfand. Auch heute war der Hof voller Menschen, einige von ihnen hatten Ron bemerkt und neugierig beäugt, doch die meisten waren damit beschäftig, ihren eigenen Interessen nachzugehen. Die Wohnung seiner Mutter war im zweiten Stockwerk, was besonders für Ältere als Glückstreffer galt, denn Fahrstühle hatten die Häuser nicht.

Die Eingangstür zum Treppenhaus war wie immer nicht verschlossen. Ron quälte sich die Stufen hoch, passierte zwei Türen, lehnte sich an die Türzarge der dritten Wohnung, drückte auf die Klingel und wischte sich über das Gesicht. Ihm wurde wieder schwarz vor Augen. Es dauerte einige Minuten, bis seine Mutter öffnete.

»Ron!« Ihr Gesichtsausdruck verfinsterte sich rasch. »Was willst du hier?«

»Mama.« Er trat einen winzigen Schritt vor und versuchte lächelnd, die Tränen zu unterdrücken. »Mama!«

Nach ihrem Zerwürfnis hatten sie sich fast zwölf Monate lang nicht gesehen. In dieser Zeit schien Veera Martinsson um Jahre gealtert zu sein. Ihre Haare waren inzwischen vollständig ergraut. Sie hatte deutlich zugenommen. In der rechten Hand stützte sie sich auf einen Gehstock.

»Mama«, wiederholte Ron und weinte hemmungslos wie früher, als er ein kleiner Junge gewesen war.

Veeras finsterer Blick wurde weicher. Sie betrachtete eingehend das Gesicht ihres Sohnes. »Ronny, wer hat dir das angetan?« Sie lehnte ihren Stock an die Wand, nahm seine Hände und führte ihn durch die Wohnung bis zum Sofa. »Setz dich, zieh dich aus. Deine Kleidung ist ja ganz nass, ich hole eine Decke.«

Ron, unfähig durch den Weinkrampf, die Anweisungen zu befolgen, ergriff erneut Mutters Hände und presste sie an seine Lippen.

Veera drückte ihren Sohn sanft auf das Sofa, strich flüchtig über seine feuchten Haare und trottete ins Schlafzimmer. »Ich habe heute Pellkartoffeln gekocht. Dazu gebratene Zwiebeln. Weißt du noch früher, da war das dein Lieblingsessen.«

»Ja«, schluchzte Ron. Er versuchte, mit den zitternden Händen das Hemd aufzuknöpfen.

»Wie gut, dass ich neulich Jod in der Apotheke ergattert habe. Vorletztes Fläschchen.« Sie kam mit einer Strickdecke zurück, warf sie ihm zu und humpelte ins Bad.

Ron zog seine feuchte Hose und Unterhose aus und breitete die Decke über seinen Schambereich aus.

Veera kam mit einer Jodflasche und Verbandszeug wieder. Als sie die dunkelrote Hautverfärbung am unteren Teil seines Bauchs entdeckte, verharrte sie für einen Augenblick. »Du musst unbedingt ins Krankenhaus, das sieht nicht gut aus.«

»Keine Sorge, ist halb so wild«, winkte er ab, »ich bin hier, um dich abzuholen, Mama, man hat vor, mich umzubringen! Wir müssen raus aus der Stadt.«

Veera sah ihn erschrocken an. Die Gleichgültigkeit ihrem Sohn gegenüber, den sie nach ihrem Zwist mühsam versuchte aufrechtzuerhalten, verpuffte vollends. Sie setzte sich neben ihn auf das Sofa, strich behutsam über seine Haare und weinte.

»Mama, was habe ich dir nur angetan. Bitte verzeih mir, ich bin so ein Schwein.« Ron umarmte sie reumütig und sog ihren vertrauten Duft ein.

»Dein Vater war ein Schwein, du hast nur seine schlechten Angewohnheiten geerbt.«

»Ich werde das alles wieder gut machen, Mama.«

Veera betrachtete ihn durch die Tränen. »Dein Gesicht ist von Schlägen aufgedunsen. Ich glaube, die Nase ist gebrochen. Das wievielte Mal?« Sie tippte mit dem Finger vorsichtig auf seinen Kopf. »An der Stelle fehlt dir ein Büschel Haare, guck.« Sie präsentierte ihm ein paar schwarze Strähnen zwischen Zeigefinger und Daumen. »Ich wiederhole, du brauchst einen Arzt.«

Ron nickte zustimmend. »Das kann warten. Wir müssen uns beeilen, Mama. Nimm alles mit, was du für eine Reise benötigst, den Rest lassen wir später abholen.«

»Nein«, entgegnete sie bestimmt, »ich werde nicht mitkommen. Wo ist deine Familie?«

»Familie? Welche Familie, Mama? Wir haben uns vor drei Monaten getrennt, sie ist längst mit einem anderen ...« Er senkte vor Scham den Blick und wagte es nicht, den Namen der Frau auszusprechen, die ihn dazu verführt hatte, seine Mutter zu verraten. »Mama, du hast keine Wahl! Sobald ich diese Stadt verlassen habe, werde ich nie wieder zurückkehren. Und wenn sie mich nicht finden, bestrafen sie dich dafür, so gehen sie immer vor. Sie wissen, wo du wohnst, sie haben meinen Ausweis, dort ist die Adresse von dieser Wohnung angegeben.«

»Und du bist dir sicher, dass es kein Zurück mehr gibt?«

Ron sah sie verwirrt an.

»Ich meine sie!«, sagte Veera.

»Nein! Allmächtiger, nein, es ist vorbei!«

Sie stöhnte, offenbar müde von den ständigen Schwierigkeiten, die ihr Sohn wie ein Magnet anzog, und deutete auf sein Gesicht. »Was hast du dieses Mal angestellt?«

»Wie immer«, sagte er kaum hörbar.

»Geld verspielt!« Sie wischte eine laufende Träne weg. »Wie viel? Vielleicht können wir die Summe besorgen und alles begleichen.«

Er schüttelte den Kopf, »Nein, dieses Mal nicht. So viel könnte ich nie wieder abbezahlen.«

»Und wo sollen wir hin?«

»Nach Sotilas-Hemland zu Tante Lumi. Sie wird uns bestimmt für ein paar Monate aufnehmen. Ich suche mir sofort Arbeit und wir fangen neu an.«

Veera benetzte vorsichtig den Verband mit Jod. »Du weißt, dass Lumi und ich seit Jahren zerstritten sind. War außerdem nicht ursprünglich unser Plan, hier das Leben neu aufzubauen? Dafür habe ich alles aufgegeben und bereue es zutiefst.«

Ron schwieg beschämt. Er war es, der seine Mutter dazu gedrängt hatte, das Haus zu verkaufen, ihr Dorf und somit sämtliche soziale Kontakte, die sie lebenslang gepflegt hatte, aufzugeben, um in einer fremden Stadt ein neues, leichteres, sorgloseres Leben zu beginnen. Doch kaum waren sie umgezogen, begegnete er Nadja, einer hübschen Blondine mit einem wilden Charakter. Sie und Veera hatten sich auf Anhieb gehasst. Es endete damit, dass er seine Mutter alleine in einer neuen Stadt, umgeben von ihr unbekannten Menschen, mit einer Rente, die gerade so ausreichte, um das Nötigste zu bezahlen, in der Wohnung zurückließ. »Es tut mir leid, Mama, einen Weg zurück in das Dorf gibt es nicht mehr«, flüsterte er.

»Ich weiß«, sagte sie kaum hörbar, »sag mir, Ron, womit nur habe ich das verdient?«

VERSCHWUNDEN

Liten-Yel

»Was heißt, ihr könnt ihn nicht finden?«, fragte Declan verwirrt. »Ich dachte, ihr habt ihn bereits gefasst.« Er zeigte auf sein Telefon, um Orlando daran zu erinnern, dass ihm diese Information über genau dieses Gerät überbracht worden war.

»Ja!«, bestätigte Orlando, der seinen Spitznamen seiner Geburtsstadt im US-Bundesstaat Florida verdankte. Mit 16 Jahren flüchtete der Afroamerikaner nach einem misslungenen Banküberfall mit 5 toten Geiseln aus den Vereinigten Staaten und kam auf Umwegen in dieses kleine Land. Umgeben von fast ausschließlich weißen Menschen und stets neugierigen Blicken, lebte er ein neues Leben, das nicht minder kriminell war, als sein vorheriges.

Er lächelte verlegen. »Aber dann ist er den Jungs wieder entwischt.«

Declan runzelte die Stirn. Er war ein Mann von mittlerer Statur und auffällig muskulös. Für seine vierzig Jahre war sein frontaler Haaransatz deutlich zu weit zurückgegangen und das Haar teilweise ergraut. Seine Augen strahlten selbstbewusst und sein oftmals zusammengepresster Mund verriet den Mitmenschen miese Laune, was vermutlich unumgänglich war, wenn man eine kriminelle Organisation leitete. »Wie geht das denn? Ich dachte, er war in einem Fass eingesperrt.« Er deutete erneut auf das rote Telefon auf seinem Schreibtisch.

»Der Verschluss vom Fass war leider defekt, Boss.« Orlando schüttelte betroffen den Kopf. »Die Dinger sind fast alle kaputt und verrostet.«

Declan sah ihn schweigend an und wartete, bis er weiterredete.

»Sie waren dabei, ihn zu räuchern, als eine Polis-Sirene ertönte und immer näher kam.« Sein Blick huschte für einen Augenblick zur Tür. »Was soll ich sagen, die Jungs haben Scheiße gebaut.«

»Die Polis ist auch noch dabei?«, brüllte der Boss aufgebracht.

»Nein! Das war ein Fehlalarm. Die sind nur vorbeigerauscht. Aber als die Jungs wieder zurückkamen, war Martinsson schon weg.«

Declan nickte.

»Wir glauben nicht, dass uns deshalb Probleme bevorstehen. Dieses Wiesel wird niemals die Polis hinzuziehen. Viel wahrscheinlicher taucht er unter.« Er sah panisch zu, wie sein Boss die Schublade von seinem geliebten Mahagonitisch aufzog und eine ungeöffnete Packung Zigaretten hervorholte. Für einen Moment hatte Orlando eher einen norwegischen Colt M1911, den sogenannten Kongsberg Colt, erwartet. »Gleich nachdem er abgehauen war, haben wir uns seinen Kumpanen geschnappt, um herauszufinden, in welches Loch er sich verkriechen könnte. Wir denken nicht, dass er die Eier hat, sofort seine Wohnung aufzusuchen. Ich habe natürlich trotzdem jemanden abgestellt, der sein Nest überwacht. Spätestens in ein paar Tagen wird er zurückkehren. Aber wie gesagt, das sind nur Spekulationen. Vielleicht erwischen wir ihn noch heute.« Er machte eine Pause und wartete auf eine Reaktion.

Declan zündete sich eine Zigarette an, ließ den Rauch für einige Sekunden in den Lungen und pustete ihn durch die Nase aus. Kein Lächeln.

»Von seinem Kumpan«, redete Orlando verunsichert weiter, »haben wir herausgefunden, dass seine Mutter in diesen neuen Plattenbauten lebt. Inzwischen wissen wir auch in welchem Haus. Aber da ist er bislang nicht aufgetaucht. Zwei meiner Jungs sind dort auf der Lauer.« Sein Blick huschte erneut zur Tür. »Mehr Informationen über diesen Hurensohn haben wir leider nicht.« Er räusperte sich und sagte deutlich lauter: »Noch nicht! Boss.«

Declan drückte seine Zigarette in einem Aschenbecher aus Glas aus. »Du redest und redest und hast mir immer noch nicht gesagt, was ich wirklich wissen möchte.«

Orlando nickte zustimmend. Seit über zwei Jahrzehnten arbeiteten sie zusammen, sie waren ein eingespieltes Team, das wenig Worte für so bedeutende Entscheidungen brauchte. Selten beanspruchten ihre Unterhaltungen länger als 15 Minuten und noch seltener musste sein Boss zwei Mal nach einer Information fragen. »Du möchtest wissen, wer es versaut hat!«

Declan ersparte sich jegliche Reaktion.

»Das waren Simo, Rurik und Henrik.«

»Jetzt komm schon, Orlando.« Er legte die Packung Zigaretten zurück in die Schublade. »Verlangst du ernsthaft von mir, dass ich meine Waffe heraushole und damit vor deinem Gesicht herumfuchtele? Ich dachte, diese Art von Show ist nur für Versager und Feiglinge bestimmt.«

»Rurik«, sagte Orlando widerwillig. »Ich hatte Rurik die Verantwortung dafür übertragen.«

»Oh. Das ist schlecht! Deshalb starrst du die ganze Zeit zur Tür und schwitzt wie ein Baumwollpflücker auf dem Feld.«

Orlando überhörte die rassistische Bemerkung. »Lass uns nichts überstürzen. Meine Jungs und ich werden diesen Fehler ungeschehen machen. Spätestens morgen steckt dieser Hundesohn wieder in einem Fass. Zu seinen Ehren in einem Nagelneuen. Das verspreche ich dir.«

»Wo ist er jetzt?«

»Rurik? Er bewacht gemeinsam mit Simo das Haus der Mutter.«

»Nein!«, sagte Declan.

»Doch, er ist …« Orlando verstummte, verzog wütend das Gesicht, erinnerte sich aber sofort, wen er vor sich hatte, und sah seinen Arbeitgeber flehend an. »Rurik ist der Neffe meiner Frau. Er hat noch sein ganzes Leben vor sich. Wenn ihm etwas zustößt, wird Ella mich garantiert verlassen. Wir sind frisch verheiratet und ich war in diesem weißen Land Jahrzehnte alleine.« Er deutete auf sein Gesicht, um Declan daran zu erinnern, wie sehr seine Hautfarbe sein Leben beeinflusste. »Komm schon, bitte.«

»Keine Ausnahmen, Orlando. Du kennst unsere Unternehmenspolitik.«

DAS NEUE ZUHAUSE

Sotilas-Hemland

Es war bereits kurz nach 22 Uhr, als Veera und Ron das unscheinbare Dorf, umgeben von Wald, mit einem Fernbus, dessen Reise erst nach 120 Kilometern endete, erreichten. Als der Bus zum Stehen kam, erfassten seine Scheinwerfer das Ortsschild von Sotilas-Hemland, auf dem ein salutierender Soldat neben einem Fahnenmast abgebildet war. Die Landesflagge, die in ihrer Mitte eine Fichte zeigte, wehte stolz über dem Kopf des Soldaten. In diesem Dorf lebten fast ausschließlich Familien, deren Männer oder ganz selten Frauen hohe Posten beim Militär innehatten. Hier musste niemand für sein Haus Nebenkosten entrichten. Die Immobilie hatte man vom Staat als Zeichen der Anerkennung geschenkt bekommen. Und im Vergleich zu anderen zahlreichen Dörfern im Land hatte dieses ein Lebensmittelgeschäft, und das sogar mit prall gefüllten Regalen, das nur hiesige Bewohner mit einem Ausweis betreten durften. Glaubte man den Gerüchten der Außenstehenden, so erstreckte sich hier irgendwo unter der Erde ein Bunker voller Waffen, Betten, Medikamenten und lange haltbaren Lebensmitteln. Kurz; sollte ein allzeit drohender Atomkrieg zwischen den Russen und Amerikanern ausbrechen, hätten die Bewohner dieses Dorfes eine sichere Zuflucht. Anders als in anderen kleinen Siedlungen des Landes.

Nach zehn Minuten Fußmarsch erreichten sie das Haus von Lumi Butts. Ihr Mann war bis zu seinem Tod Generalleutnant, weshalb sie weiterhin seinen Sold bezog und bis zu ihrem Ableben das Recht hatte, in diesem Dorf zu bleiben.

Veera verlangsamte ihre Schritte und blieb dann gänzlich stehen, bevor sie das breite in mint gestrichene Tor der Butts erreichten.

»Mama, komm schon, du machst dir unnötige Sorgen.« Ron stellte die schweren Koffer ab, hakte sich bei ihr unter und brachte sie so dazu, weiterzugehen.

»Wir haben uns mindestens fünfzehn Jahre nicht gesehen. Sie wird nicht begeistert sein. Unsere letzten Worte waren hasserfüllt und verachtend.«

»Die Zeit heilt alle Wunden. Sagst du immer«, entgegnete er und verstärkte sein Ziehen, um ein erneutes Stehenbleiben zu vermeiden. »Sie wird froh sein, dich zu sehen. Du bist ihre Schwester und ihr seid nicht mehr die Jüngsten, wenn du verstehst, was ich meine.«

»Von welchen Wunden redest du da?«, fragte Veera verdutzt.

»Na, die Wunden!«, antwortete er und klopfte an die Tür seiner Tante. Einen Wachhund, der sie angekündigt hätte, hatten die Butts nicht. Genau genommen hatte in diesem Dorf kaum jemand einen Hund. Die Nachtwächter hier hatten Waffen und waren Soldaten.

Die Tür öffnete sich. Die Schwestern betrachteten sich einen kurzen Augenblick und fielen sich dann weinend in die Arme. Sie küssten sich gegenseitig das Gesicht, wischten die Tränen ab und lachten herzlich.

»Sag ich doch!«, murmelte Ron, ehe seine Tante die Arme um ihn warf und ihn fest drückte. Grauenhafte Schmerzen explodierten um seine Taille und er schob sie behutsam von sich weg.

»Tante Veera, Ronny!«, schrie eine begeisterte Stimme aus dem Hausinneren. Joona, Lumis Sohn kam angerannt, warf sich in die Arme seiner erschrockenen Tante und brachte sie beide aus dem Gleichgewicht.

»Vorsichtig!«, brüllte Lumi aufgebracht und griff nach Jonnas Hemd, um zu verhindern, dass er und ihre Schwester umfielen.

Ron betrachtete belustigt seinen geistig zurückgebliebenen Cousin. Das letzte Mal hatte er ihn gesehen, als sie Jugendliche waren. Für Ron waren damals Mädchen das interessanteste Thema auf der Welt gewesen. Für Joona Spielzeugautos. Konnte man sie früher aus der Ferne wegen ihres ähnlichen Körperbaus und der Haarfarbe nicht unterscheiden, so könnten sie heute nicht unterschiedlicher sein. Joona sah abgemagert aus. Die kurzen dunkelbraunen Haare standen ungepflegt in alle Richtungen ab. Die großen blauen Augen hatten jedoch nicht an Leuchtkraft und Schönheit verloren, sie huschten unruhig hin und her. Seine Wangen waren von roten Pickelchen übersät. Sein Bart, wenn man ihn bei der geringen Anzahl an Haaren so nennen durfte, war vermutlich schon länger nicht rasiert worden. Hinzu kam der Geruch von Schweiß.

»Ronny.« Er wandte sich von seiner Tante ab und umarmte ihn. Worauf ein erneuerter Schmerz durch Rons Körper schoss.

»Entschuldige dich doch erstmal«, schimpfte Lumi und griff von hinten nach Joonas Hemdkragen. Nachdem ein Zeckenbiss ihren Sohn im Alter von sechs Jahren um den Verstand gebracht hatte, war sie mit seinen Handlungen stets überfordert.

»Alles in Ordnung, lass den Jungen«, sagte Veera lachend und richtete ihr Kleid.

»Nur bitte vorsichtig«, keuchte Ron, »ich habe starke Schmerzen.«

Joona löste augenblicklich die Umarmung und musterte ihn besorgt.

»Ron!«, sagte Tante Lumi erschrocken, die erst jetzt sein von Schwellungen überzogenes Gesicht bemerkte. »Was ist denn mit dir passiert?«

DIE SUCHE

Kapital-Maa
Freitag, 13. Juni 1969

Es hatte keine fünf Minuten gedauert, bis Freya ihrem Bruder von Fridas bizarrer Begegnung berichtet hatte. Da Andro ebenfalls großes Interesse an der Geschichte zeigte, kostete es Frida viel Überzeugungskraft, damit die Kinder ihrem Vater nichts davon erzählen. Geheimnisse, insbesondere vor einem Elternteil, waren innerhalb der Familie selten und ungern geduldet.

»Papa mag keine Geheimniskrämerei«, warnte Freya.

»Er wird deine Geschichte lieben, und dir dabei helfen, die Kleinen wiederzufinden«, versicherte Andro und lag damit vermutlich falsch.

»Ja, das weiß ich, aber bitte, bitte versprecht mir, ihm nichts zu erzählen, bis ich es euch erlaube«, beharrte sie dennoch.

Frida stoppte ihre Wolga an exakt derselben Stelle wie gestern. Während ihre Augen die gesamte Gegend nach Kindern mit Bollerwagen durchforsteten, klapperte in ihrer rechten Hand der Schlüsselbund. Auf einmal wurde ihr übel, sie kurbelte hastig das Fenster hinunter und streckte den Kopf aus dem Wagen. Plötzlich fuhr ein Auto vorbei und ließ sie vor Schreck zurückweichen. Hatte sie gerade beinahe der Seitenspiegel erwischt?

»Freitag, der 13.!«, flüsterte sie entsetzt, schloss die Augen und atmete tief durch. Gleich nachdem Theo ins Parlament gefahren war, hatte sie sich in ihr Auto gesetzt und war hierher gefahren. Sie sah auf ihre goldene Armbanduhr. 8:13 Uhr. Was, fragte sie sich, hatte sie sich dabei gedacht, so früh mit der Suche nach den Kindern zu beginnen? Kapital-Maa war kein Dorf, sondern die Hauptstadt. Die wenigsten Einwohner hatten Gärten, um die sie sich kümmern mussten, und noch seltener betrieben sie Viehhaltung. Gemüse, Milch und Fleisch beschaffte man sich hier in einem der zahlreichen Lebensmittelgeschäfte, anstatt in der Erde zu wühlen. Der Fokus der hiesigen Menschen lag in Karriere, Kultur und Freizeitaktivitäten. Selten war hier eine Frau, wie man gern sagte, *nur eine Hausfrau*. Um den anspruchsvollen Lebensunterhalt zu bezahlen, arbeiteten viele Frauen neben der Hausarbeit und Kindererziehung. Weshalb die Kinder, die sie unbedingt finden musste, vermutlich längst im Kindergarten waren und ihre Eltern bei der Arbeit.

Frida kurbelte die Fensterscheibe wieder hoch und stieg eilig aus, den morgendlichen Verkehr dabei stets im Blick. Sie wollte es trotzdem versuchen. Die Straße zügig überquert, marschierte sie den Bürgersteig entlang, bis zu der Stelle, an der sie die Kinder und ihre Mutter das letzte Mal gesehen hatte, bevor ihr Verstand vor Aufregung kurzzeitig aussetzte.

Sie stand vor einem gepflegten Einfamilienhaus, das nicht wirklich in das Bild des Viertels passte. Im Gegensatz zu den anderen Privathäusern war dieses nicht grau, sondern hellrosa. Das hier, war sie sich sicher, musste das Zuhause von Andro und Freya sein. Warum sonst war dieses Haus so auffällig, wenn nicht, um ein Zeichen zu setzen. Sie spürte, wie ihre Hände zitterten, und erlebte erneut das Gefühl, neben sich zu stehen. Der Gedanke, die Kinder jeden Moment wiederzusehen, versetzte sie zunehmend in Panik.

»Ist alles in Ordnung mit Ihnen?« Ein grauhaariger Mann stand plötzlich auf der anderen Seite des Zauns und musterte sie besorgt. Sein faltiges Gesicht verriet, dass er längst ein Rentner sein musste.

»Ja«, log Frida, sie hatte ihn gar nicht kommen sehen. »Wohnen Sie hier?« Sie zeigte auf das rosa Haus.

»Ja«, sagte der Alte verwundert, als wäre das nicht offensichtlich. »Warum?«

»Leben bei Ihnen auch kleine Kinder?«

»Nein«, sagte er und schüttelte den Kopf. »Und selbst wenn, was geht Sie das an?«

Frida räusperte sich, normalerweise hätte sie ihre Konversation mit dem alten Mann vollkommen anders eröffnet. Zum Beispiel mit einem Tagesgruß. »Bitte entschuldigen Sie mich. Ich fange von vorne an. Guten Morgen, mein Name ist Frida Heinrich.« Sie hielt ihm die Hand entgegen.

Der Alte zögerte einen Augenblick, doch dann streckte er die Hand über den Zaun und ergriff die ihre. »Birger.«

»Birger, ich bin gestern Nachmittag hier entlanggefahren, und da sind mir zwei kleine Kinder aufgefallen. Der Junge ist vermutlich vier, das Mädchen nicht älter als fünf Jahre. Sie versuchten, einen kaputten Bollerwagen auf die andere Straßenseite zu fahren.« Sie deutete auf die Kreuzung, die von hier aus mindestens fünfzig Meter entfernt lag. »Kennen Sie vielleicht diese Kinder?«

»Was brauchen Sie von diesen Kindern?«, fragte Birger skeptisch.

Frida räusperte sich erneut. Solange sie nicht wusste, ob der Mann mit den Kindern verwandt war, widerstrebte es ihr, ihre ominöse Geschichte zu erzählen. »Ich muss mit der Mutter reden, der Junge hat einen Stein auf mein Auto geworfen und heute Morgen habe ich einen riesigen Riss in der Seitenscheibe entdeckt.«

Birger lehnte sich über den Zaun und drehte den Kopf in beide Richtungen der Straße. »Sie fahren also ein Auto?« Er lachte. »Sieh zu, dass du weiter kommst, Mädchen«, sagte er kalt.

Frida hielt ihm die Autoschlüssel vors Gesicht und zeigte auf ihre Wolga in der

Ferne.

»Ich habe noch nie eine Frau Auto fahren gesehen!«

»Na, wenn das so ist, schlage ich vor, wir machen eine Spazierfahrt. Dann sind Sie sogar mit einer Frau gefahren!«

Birger fuchtelte abwehrend mit den Händen, als hätte man ihm vorgeschlagen, von einer Klippe in eine Pfütze zu springen. »Nein, nein, aber ich glaube Ihnen.«

Frida senkte erleichtert den Schlüsselbund. Es würde peinlich werden, wenn der Alte keine kaputte Glasscheibe vorfand.

Er zeigte erst nach links, dann nach rechts. »Ich lebe hier schon seit über vierzig Jahren und kenne jeden auf dieser Straße. Die Heikkinens haben zwei Buben, Zwillinge. Wenn ich mich nicht täusche, sind sie sechs oder sieben. Sind letztes Jahr in die Schule gekommen. Die Romus«, er zeigte nach links, »haben auch einen Jungen, er ist ein Jahr alt, höchstens zwei, hat erst vor kurzem Laufen gelernt. Und das Mädchen von den Paulsens«, er zeigte nach rechts über den Weg, »ist fünf. Sie hat letzte Woche ihren Geburtstag gefeiert, deshalb weiß ich das. Und das war es schon. Die anderen Kinder auf dieser Straße sind alle zehn Jahre und aufwärts.«

Frida nickte. »Und Sie haben sicher niemanden vergessen?«

Er überlegte. »Nein.«

»Und es ist niemand zugezogen, den Sie vielleicht noch nicht kennen?«

Birger lachte. »Nein, ich kenne sie alle«, versicherte er in einem überheblichen Ton.

»Dann haben die Kinder vermutlich jemanden hier besucht.«

»Das ist natürlich möglich.«

Frida kratzte sich an der Stirn. »Und bei wem genau sie eventuell zu Besuch waren, wissen Sie nicht zufällig, oder?«

»Nein.«

»Der Bollerwagen schien kaputt zu sein. Sie sind hier an Ihrem Haus vorbeigelaufen«, versuchte sie es erneut. »Ihre Mutter, zumindest denke ich, dass sie das war, ist etwa dreißig Jahre alt. Ziemlich üppig. Braune Haare.«

»Nein. Ich habe hier gestern keine Frau mit Kleinkindern und einem Wagen gesehen.«

»Dann werde ich woanders nachfragen. Vielen Dank für Ihre Hilfe.« Sie drehte sich um und ging.

»Jetzt ist so gut wie niemand zu Hause«, sagte Birger, »sind alle am Arbeiten. Kommen Sie übermorgen wieder. Ich werde mich für Sie umhören. Auch in den umliegenden Straßen. Wir werden den kleinen Übeltäter finden.«

»Wirklich, dazu wären Sie bereit?«, fragte Frida ungläubig und bereute sofort ihre Lüge mit der Scheibe, die der alte Mann zweifelsohne verbreiten würde.

»Vielen Dank, aber ich werde das selbst herausfinden.«

»Nein, jetzt haben Sie schon den Stein ins Rollen gebracht. Ich kümmere mich darum. Versprochen. Hab eh den halben Tag Langeweile.«

Frida nickte beklommen. »Übermorgen also, gleiche Uhrzeit?«

»Ja, warum nicht? Ich bin meistens schon ab fünf Uhr morgens auf den Beinen.« Er reichte ihr lächelnd die Hand. »Bis bald!«

ERFOLGLOS

Kapital-Maa
Sonntag, 15. Juni 1969

»Ich habe bei jedem einzelnen Haushalt im Umkreis von mindestens zwei Kilometern nachgefragt.« Birger kreiste mit der Hand in der Luft. »Keine Spur von Kleinkindern mit einem Bollerwagen oder einer üppigen Frau.«

»Oh«, sagte Frida enttäuscht.

»Und Ihre Scheibe ist wieder repariert?« Er nickte zur Wolga auf der gegenüberliegenden Straßenseite.

»Ja. Das ging flott, mein Mann hat da Beziehungen«, log sie.

Birger nickte. »Wo wären wir in diesem Land ohne Gunst?«

»In der Hölle«, erwiderte sie ernst und reichte ihm die Hand. »Ich danke Ihnen für die Mühe, die Sie auf sich genommen haben. Gibt es irgendetwas, das ich für Sie besorgen oder erledigen kann?«

»Nein. Meine Frau und ich sind restlos glücklich und haben alles, was zwei Rentner in ihren alten Jahren benötigen«, sagte er lachend und schüttelte energisch ihre Hand. »Was unternehmen Sie als Nächstes, um die Kinder zu finden?«

»Ach, wissen Sie, das Auto ist wieder repariert. Ich werde es dabei belassen.« Sie lächelte schwach. »Vielen Dank nochmals. Ich wünsche Ihnen alles Gute!«

Der alte Mann nickte und wandte sich von ihr ab. »Es wird ein heißer Tag heute, lassen Sie die Scheiben im Auto unten.«

Auf der Fahrt nach Hause beschäftigte Frida ein einziger, beängstigender Gedanke. Hatte die Begegnung mit den Kindern möglicherweise niemals stattgefunden? Was, wenn sie gerade dabei war, den Verstand zu verlieren? Solch eine Vermutung war gar nicht weit hergeholt. Man hörte immer wieder, dass es auch den gesundesten und psychisch stabilsten Menschen treffen konnte. Wenn sie sich recht erinnerte, hatte es sogar solch einen Vorfall in ihrer Familie gegeben. Der Bruder ihres Großvaters mütterlicherseits hatte von heute auf morgen einen psychischen Schaden erlitten, von dem er sich nie wieder erholt hatte. Sie fragte sich, ob so was vererbbar war.

DER HEILER

Puu-Gren
Freitag, 20. Juni 1969

Die ganze Woche hatte Frida eine miese Stimmung. Geplagt von Selbstzweifeln und der Angst, den Verstand zu verlieren, schlief sie kaum. Ihre Nachbarin Martha und die Kinder erschwerten ihr die Tage zusätzlich. Martha mit ihren ständigen Fragen, was sie nun vorhabe, die Kinder mit dem Bedrängen, ihrem Vater alles zu erzählen, weil er ganz sicher eine Antwort darauf hatte. Natürlich war es töricht, sich allein auf die Aussage eines alten, fremden Mannes zu verlassen. Eigeninitiative führte sie vielleicht zu den Kindern, aber je öfter sie darüber nachdachte und umso mehr die Zeit verstrich, desto weniger glaubte sie daran. Tatsächlich war sie zunehmend überzeugter davon, diese Begegnung niemals real erlebt zu haben. Alles hatte sich allein in ihrer Fantasie abgespielt. Die Tatsache, zwei fremde Sprösslinge ohne jeden Bezug zu ihr könnten genau so aussehen wie ihre Kinder, war surreal. Ihr wurde klar, dass sie sich ihrem Mann anvertrauen musste, so sehr sie auch sich dagegen sträubte. Er und sie bewegten sich stets auf demselben Niveau. Beide waren Leitwölfe. Ihm eine Schwäche zu offenbaren, die sich zudem auf ihren geistigen Zustand bezog, verletzte Fridas Stolz zutiefst. Theo würde besorgt reagieren, sie sofort zu einem Arzt schleppen, dafür sorgen, dass sie einige Tage Ruhe hatte und es ihr an nichts fehlte. Und, trotz der vielen Arbeit, würde er sich notfalls freinehmen, um sich persönlich um sie zu kümmern. Und egal wie die ganze Geschichte ausging, niemals würde er sich ihr dadurch überlegen fühlen, geschweige denn sich so aufführen. Das wusste Frida und rügte sich dafür, dass sie in der Hinsicht anders war als ihr Mann.

Draußen bellte Tasso ungehalten los und keine zehn Sekunden später klopfte jemand leise an der Tür. Frida scheuchte die Katze Mr. Green von ihrem Bauch, warf die Tagesdecke zur Seite, erhob sich unzufrieden vom Sofa und öffnete die Tür.

»Frida, guten Tag!« Martha lächelte sie vielsagend an.

»Martha, kommen Sie rein«, sagte sie zaghaft. »Lust auf eine Tasse Tee?«

»Bist du alleine?«, fragte die Nachbarin flüsternd. »Hast du Zeit für mich?«

»Den ganzen Tag«, verkündete Frida, wobei sie sich wünschte, sie hätte das Klopfen an der Tür ignoriert. »Sie kommen alle erst abends wieder.«

Martha folgte ihrer Geste, durchquerte das Wohnzimmer und setzte sich auf einen der Stühle am Küchentisch. »Ich glaube, ich habe eine Lösung gefunden.«

Frida sah sie fragend an.

»Na, wie wir die Kinder finden.«

»Oh, das.« Sie entzündete mit einem Streichholz das Gas am Herd und stellte den Wasserkessel über die Flamme.

Ihre Nachbarin musterte sie mit zusammengezogenen Augenbrauen. »Was ist los, möchtest du das nicht mehr herausfinden?«

»Martha«, sagte sie und Tränen liefen ihr über die Wangen, »was, wenn ich mir das nur eingebildet habe? Vielleicht bin ich verrückt!«

»Du und verrückt?« Sie lachte. »Unmöglich. Du bist die Intelligenteste von uns allen.« Mit *uns* meinte sie sämtliche Frauen im Land. Jedoch würde sie es niemals wagen, zu behaupten, eine Frau könnte einem Mann überlegen sein. Diese Einstellung teilte sie mit der Mehrheit der Frauen in diesem Land. Weshalb allein aufgrund des mangelnden Selbstvertrauens in ihr eigenes Geschlecht die Frauen den Männern stets unterlegen waren. »Hör auf zu heulen und hör mir zu.«

Frida setzte sich ihr gegenüber.

»Dass du verrückt bist, ist Quatsch, hörst du! Davon möchte ich nichts mehr hören. Es gibt für alles eine Lösung.« Sie bekreuzigte sich hastig. »Selbst wenn wir es uns nicht mit Vernunft erklären können.«

»Ja!«, sagte sie schniefend und versuchte zu lächeln.

»O je, meine Arme, dass ich dich mal in so einem Zustand erlebe. Du bist nicht mehr du selbst. Wie lange das wohl gut geht. Hat Theo noch nichts bemerkt?« Martha nahm ihre Hand und sagte, ohne eine Antwort abzuwarten: »Ich weiß, wer uns hilft.«

»Wer?«, fragte Frida und wischte mit der Handfläche ihre Tränen weg.

»Ein Heiler aus Kapital-Maa. Neben dem Heilen besitzt er unzählige weitere Fähigkeiten. Es gibt inzwischen Dutzende Personen, die schwören, er habe ihnen geholfen. Sein Talent, die Zukunft vorauszusagen oder in die Vergangenheit zu schauen, ist sagenhaft. Genau so einen Experten brauchen wir jetzt! «

»Ein Wahrsager«, murmelte sie enttäuscht. »Ich glaube nicht, dass jemand wirklich in die Zukunft sehen kann.«

»Was?« Martha schnappte überrascht über diese Aussage nach Luft. »Und was ist mit Nostradamus? Er hat den Zweiten Weltkrieg vorausgesagt. Und den Tod von Amerikas Präsidenten. Das war erst vor sieben Jahren. Wie hieß er noch mal?«

»Kennedy.«

»Genau!«

»Nostradamus ist Nostradamus, Martha.«

»Darum geht es hier auch nicht«, winkte sie verärgert ab. »Du möchtest erfahren, wer die Kinder sind, und keine Prophezeiungen über deine Zukunft hören.«

»Sie haben mit Nostradamus angefangen.«

»Ja! Ich wollte dir nur damit sagen, dass sehr wohl Menschen existieren, die in der Lage sind, Dinge zu sehen, die ein gewöhnlicher Mensch nicht sieht. Und das, was ich über diesen Mann aus Kapital-Maa gehört habe, reicht aus, um an seine Fähigkeiten zu glauben.«

»Und wie kommen Sie jetzt auf ihn?«

»Unsere Johanna«, sie meinte damit eine junge Frau aus dem Dorf, »hat mir gestern erzählt, wie er vor etwa zwei Jahren einer Tante ihrer Arbeitskollegin geholfen hat, ihren Mann zu finden. Sie wurden durch den Krieg für Jahrzehnte getrennt.« Martha nickte vielsagend. »Die Praktiken und Hilfsmittel, die er dafür verwendete, waren grundlegend mysteriös«, sagte sie fast flüsternd. »Und keine Sorge, ich habe Johanna natürlich nichts über dich erzählt.«

Frida dachte an die wenigen Begegnungen in ihrem Leben mit Menschen, die sich als Heilpraktiker, Geisterbeschwörer oder Wahrsager bezeichnet hatten. Die meisten von ihnen waren gleich alles in einer Person, weshalb man sie für gewöhnlich schlicht Heiler nannte. Geschickt kombinierten sie die drei Sparten, um den Kunden mit einer beeindruckenden Show zufriedenzustellen. Das gelang nicht immer, jedoch häufig genug, um diesen nicht anerkannten Berufsstand stets gefragt zu halten. Wie richtige Ärzte trugen sie in der Regel einen Arztkittel. Anstelle eines Stethoskops schwangen um ihre Hälse Ketten verschiedenster Art, die meisten bestanden aus Federn, Steinen oder Knochen von Tieren. Als Gegenstück zum weißen Kittel repräsentierte der Schmuck ihre spirituellen Fähigkeiten. Die Heilstätten, meist die eigenen Häuser, waren im Inneren umhüllt von einem Duft aus Heu und Kräutern. Überall auf dem Boden war Stroh verteilt und an den Wänden hingen verschiedene getrocknete Gräser, Blumen und Gewürze. Nicht selten besaßen die Heiler eine Glaskugel, aus der sie zahlreiche Informationen von und für ihre Kunden erfuhren. Eine weitere wichtige Requisite war der runde Tisch für Geisterbeschwörung. Mit eingeritzten Buchstaben in der Mitte und roten, kreisförmigen Markierungen für die Kerzen am Rand, löste schon alleine der Anblick von diesem Möbelstück bei vielen Unbehagen aus. Es gab eine große Auswahl an Werkzeugen und Hilfsmitteln, die ein Heiler parat hatte. Der eine benötigte eine ganze Menge davon, der andere wiederum kaum welche. Am Ende bestimmte aber allein das Ergebnis der Behandlung über ihre Kompetenz. Die besten waren stets ausgebucht, die weniger guten aber auch. Und da eine Visite bei ihnen mit einer Vorauszahlung verbunden war und die Behandlungsergebnisse des Öfteren nicht zufriedenstellend ausfielen, gehörten

Synonyme wie Scharlatan oder Schwindler stets zu einem Heiler dazu.

»Meinetwegen«, sagte Frida nach kurzer Überlegung. »Ich habe zwar trotz allem, was Sie mir über ihn erzählt haben, große Zweifeln daran, dass er wirklich helfen kann, aber versuchen sollte ich es.« Sie machte eine Pause, weil Marthas Augenbrauen sich rasch zusammenzogen. »Ich meinte, sollten wir es trotzdem.«

»Das ist eine sehr kluge Entscheidung.« Ihre Nachbarin lächelte strahlend. Offensichtlich betrachtete sie den Kummer inzwischen als ihr gemeinsames Leid, das es zu lösen galt. »Ich habe seine Telefonnummer und seine Adresse.« Sie öffnete die Faust und präsentierte einen kleinen Zettel darin. »Wenn du das nächste Mal in der Stadt bist, kannst du dort anrufen.«

Frida nahm den Zettel und sah sich den Namen und die Adresse an, »Nein! Wir fahren lieber nach Kapital-Maa und vereinbaren vor Ort den Zeitpunkt für eine Visite. Ich möchte mir erstmal den Heiler und seine Heilstätte anschauen.«

»Du meinst, ich darf mitkommen?«, fragte Martha überrascht und lächelte glücklich.

»Natürlich, das war doch Ihre Idee, außerdem brauche ich eine zweite Meinung.«

»Und wann fahren wir?«

»Jetzt!«

Kapital-Maa

»Da ist es!« Martha zeigte mit dem Finger auf ein 4-stöckiges Haus auf der rechten Seite.

»Hier hat er seine Praxis?«, fragte Frida verwundert, setzte den Blinker und parkte geschickt zwischen zwei Autos.

»Vielleicht gibt es einen Hinterhof«, meinte Martha, die offensichtlich ebenfalls daran zweifelte, ein Heiler könne sich Räume in einem modernen Bürokomplex leisten.

»Es gibt hier keine Hinterhöfe«, sagte Frida, die sich in dieser Gegend auskannte. Eine Straße weiter befand sich das städtische Theater *Mime*, wo vormittags Vorträge von Politikern, Aktivisten, Studenten, Künstlern oder Religionsvertretern stattfanden. Die Veranstaltungen waren kostenlos und für alle Bürger zugänglich. Mindestens zweimal in der Woche verbrachte sie ihre Zeit dort. Entweder als Zuhörerin in der hintersten Reihe oder Rednerin auf der Bühne. Da die Parkplätze in unmittelbarer Nähe vom Theater stets zugeparkt waren, stellte sie ihr Auto oft hier vor den neugebauten Bürokomplexen ab. Inzwischen war sie Hunderte Male an den Schildern, die besagten, welche

Firmen, Anwälte oder Ärzte sich darin befanden, vorbeigegangen, ohne zu bemerken, dass unter ihnen ein Heiler residierte.

»Das muss er sein!«, sagte Martha und zeigte auf ein Fenster im zweiten Stockwerk, unmittelbar nachdem sie ausgestiegen waren.

Ein schwarzhaariger Mann winkte ihnen lächelnd zu und deutete in die Richtung des Eingangs, seine Lippen verformten sich zu einem für sie nicht hörbaren Satz: *dort entlang.*

Martha winkte zurück. »Ich mag ihn jetzt schon.«

»Woher wollen Sie wissen, dass er das ist?«, fragte Frida skeptisch. Sie hatte eigentlich einen typisch gekleideten Heiler erwartet. Der Mann im Fenster war ganz anders angezogen.

»Wer soll er denn sonst sein?«

»Na, ein Verrückter!« Sie betrachtete die große Tafel vor dem Eingang und stellte fest, dass die Heilstätte des Heilers tatsächlich im zweiten Stockwerk lag. »Knut Melender. Naturheilkunde. Wahrsagung. Geisterbeschwörung«, las sie laut vor.

Martha nickte anerkennend. »Was habe ich dir gesagt? Vermutlich ist er sogar der beste im ganzen Land.«

Frida entschied sich, ihrer Nachbarin keine Antwort darauf zu geben, hoffte jedoch insgeheim, sie würde recht behalten. Die Handtasche an die Brust gepresst, folgte sie ihr die Stufen hoch.

Gleich nachdem sie die zweite Ebene erreichten, sagte der Mann fröhlich: »Herzlich willkommen, meine Damen, ich habe Sie bereits erwartet!«

Er war auffällig klein. Seine schwarze Stoffhose und ein weißes Hemd verliehen ihm eher den Eindruck, ein Geschäftsmann zu sein als ein Heiler.

»Ich befürchte, Sie verwechseln uns mit jemandem. Wir wollen zu Knut Melender«, sagte Frida und sah sich rasch um. Auf diesem Stockwerk gab es drei Gewerberäumlichkeiten. Eine Anwaltskanzlei. Eine Papiervertriebsfirma. Einen Naturheiler.

»Das bin ich«, entgegnete der Mann lachend, »aber bitte, nennen Sie mich einfach Melender, wie alle anderen auch.«

»Ach, na so was.« Sie lächelte verlegen und räusperte sich. »Trotzdem sind wir vielleicht nicht die, die Sie erwartet hatten. Wir haben noch keinen Termin für eine Visite. Aber deshalb sind wir hier. Mein Name ist Frida Heinrich.«

Er ergriff ihre Hand und schüttelte sie behutsam. »Sie dürfen mir glauben, ich verwechsle Sie nicht. Genau Sie habe ich erwartet.«

Frida sah Martha flüchtig an und erkannte, dass sie ebenfalls erstaunt war.

»Und Sie sind der Beistand, habe ich recht?«

»Ja! Woher wissen Sie das? Ich bin Martha Schneider.«

»Sehr erfreut.« Der Heiler nahm Marthas Hand, zwinkerte geheimnisvoll, ohne zu antworten, und deutete auf die weit geöffnete Tür seiner Praxis.

Kaum hatten sie den Raum betreten, umhüllte sie ein Duft aus Heu und Kräutern, und Frida glaubte zu spüren, wie sich ihre Anspannung plötzlich vollends löste. Zumindest die Heilstätte entsprach dem Profil dieser Gilde. Überall auf dem Boden war Stroh verteilt, das leise unter ihren Füßen raschelte. An den Wänden hingen mit Kordel gebundene und von kleinen Nägeln gehaltene getrocknete Blumen, Kräuter und Wurzeln. Viele dieser Pflanzen, stellte sie fest, wuchsen definitiv nicht in diesem Land. In der Mitte vom Raum stand ein runder Tisch mit vier Stühlen. Doch anders als erwartet fehlte darauf eine Glaskugel. In einer der Ecken war ein weiterer runder Tisch aufgestellt. Dieser sah genau so aus wie alle Tafeln, die für eine Geisterbeschwörung notwendig waren. Zwischen zwei Fenstern zur Straßenseite stand eine große, altmodische Vitrine, deren Regale mit Flacons und anderen Gefäßen zugestellt waren.

»Dieses Schmuckstück ist aus dem 16. Jahrhundert, es gehörte meinen Vorfahren. Ich habe es geerbt«, sagte der Heiler Stolz, dem nicht entgangen war, wie Fridas Blick daran für einen Augenblick haften blieb.

»Wunderschön«, bestätigte Martha.

»Bitte, meine Damen, nehmen Sie Platz. Ihr Tee wartet bereits auf Sie.«

Frida betrachtete neugierig den Rest vom Zimmer, wo eine Behandlungsliege, die auch Arztpraxen benutzten, an der Wand stand. Rechts von der Liege war ein Gasherd platziert, auf dem der Heiler vermutlich nicht nur den Tee für seine Patienten zubereitete. Daneben ragte ein Büfettschrank in die Höhe.

»Hatten Sie es schwer, hierher zu finden?«, fragte der Heiler, während er den Tee aus einem dampfenden Wasserkessel in drei auf einem Tablett aneinandergereihte Tassen eingoss. Hatte er sie wahrhaftig und wortwörtlich bereits erwartet? Unmöglich. Oder?

»Nein, überhaupt nicht, Frida kennt sich hier sehr gut aus«, sagte Martha mit erkennbarem Stolz in der Stimme. »Sie tritt oft im Theater *Mime* auf.«

»Ach, was Sie nicht sagen.« Er lächelte Frida an. »Sind Sie eine Schauspielerin?«

»Nein, noch besser, sie ist eine Feministin, und ihr Mann ist ein Abgeordneter!«

»Na so was.« Der Heiler verharrte kurz und musterte Frida ernst, so als ob er sie erst jetzt wirklich wahrnahm.

»Ich sehe gerade, Sie haben gar kein Telefon«, sagte Martha lächelnd, »dabei habe ich eine Nummer bekommen, über die man Sie angeblich erreichen kann.«

»Doch, aber es klingelt so selten.« Er zeigte auf die Vitrine. »Steht oben drauf.«

»Ach da!« Sie lachte.

»Die meisten kommen wie Sie persönlich, um einen Termin für eine Visite zu vereinbaren. Kaum jemand hat ein Telefon. Außerhalb der Stadt sowieso nicht.« Er stellte die vollen Tassen mit Schwarztee vor ihnen ab. »Meine Damen, ich habe Zucker, aber leider keine Zitronen mehr, mein Baum ist mir letzten Monat eingegangen.«

»Sie hatten einen Zitronenbaum?«, fragte Martha verwundert.

»Ja. Sie wissen doch sicherlich, wie lecker ein Schwarztee mit Zucker und eine Scheibe Zitrone schmeckt.«

»Habe ich bis jetzt vielleicht nur drei Mal getrunken«, gab Martha verlegen zu.

»Jedenfalls braucht mein neuer Zitronenbaum noch sehr viel Zeit, bis die ersten Früchte kommen. Zu Ihrem Leidwesen.« Er platzierte die Dose mit Zucker in der Mitte des Tischs, legte neben jeder Tasse einen Löffel ab und stellte das Tablett auf eine Ablage am Büfettschrank ab. Dann setzte er sich zur rechten Seite von Frida und schob seinen Tee näher an sich heran.

»Während wir unseren Tee genießen, könnten Sie, Frida, mir erzählen, weshalb Sie mich aufsuchen.«

»Ehrlich gesagt«, sie räusperte sich, »das ist nicht so einfach zu erklären.«

Der Heiler hörte für einen Augenblick auf, den Zucker im Tee umzurühren. »Ich habe keine weiteren Visiten heute. Ordnen Sie in aller Ruhe Ihre Gedanken.« Er lächelte aufmunternd.

Sie nickte dankbar und stellte überrascht fest, dass es gar nicht so einfach war, das Alter dieses Mannes einzuschätzen. Es schien, als wäre er jung und alt gleichzeitig. Doch was genau war an ihm jung oder alt?

»Soll ich für dich erzählen?«, fragte Martha leise.

»Nein, vielen Dank!«, sagte Frida, trank einen Schluck Tee und fing an, über ihre Begegnung mit den Kindern, Freya und Andro, zu berichten.

Während sie erzählte, unterbrach der Heiler sie nicht ein einziges Mal. Seit sie anfing zu reden, hatte er seinen Tee nicht mehr angerührt. Seine Hände lagen ruhig auf dem Tisch, seine Augen ruhten stets auf ihrem Gesicht. Hier und da nickte er ernst, und kein einziges Mal, davor hatte sie am meisten Angst, huschte Skepsis über seine Miene. Er glaubte ihr jedes einzelne Wort, davon war sie fest überzeugt.

»Das ist wahrhaftig kompliziert«, sagte er, nachdem sie ihre Geschichte beendet hatte.

»Aber Sie werden uns trotzdem helfen oder?«, fragte Martha sofort und ergriff Fridas Arm.

»Ich muss mir erst gründlich überlegen, wie.« Und nachdem er offenbar in beiden Gesichtern der Frauen Misstrauen erkannt hatte, fügte er schnell hinzu: »Ihr Anliegen ist nicht vergleichbar mit all den Diensten, die ich sonst anbiete.«

»Wie meinen Sie das?«, fragte Martha verwirrt und zog ihre Augenbrauen zusammen. Mithilfe ihrer ständigen Unterbrechungen und Rückfragen erfüllte sie zweifelsohne die Aufgabe eines Beistands. Vielleicht ein wenig übertrieben, fand Frida.

»Bevor ich das Rätsel löse, warum diese Kinder Fridas Leiblichen ähneln, muss ich die Kleinen finden. Doch ohne die dafür vorgesehen Zutaten wird es leider schwierig. Hätte ich zum Beispiel ein Haar von einem der Kinder, könnte ich dessen Aufenthaltsort in wenigen Minuten ermitteln.«

»So was können Sie?« Martha riss ehrfürchtig die Augen auf und bekreuzigte sich. Vermutlich unbewusst.

Er sah Frida nickend an. »Ja. Aber was Sie hier von mir verlangen, ruft eher nach der Arbeit eines Detektivs.«

»Ich bin mir nicht sicher, ob Sie wirklich verstanden haben, was ich eigentlich in erster Linie von Ihnen zu erfahren hoffte«, sagte sie mit belegter Stimme und griff nach ihrem Tee.

Der Heiler lächelte sanft. »Nein, Frida, Ihre geäußerte Befürchtung ist unbegründet, Sie sind nicht dabei, verrückt zu werden!«

»Und das können Sie einfach so auf Anhieb sagen?«

»Ja!«, sagte er so überzeugend, als könnte nichts auf der Welt sein Urteil ins Schwanken bringen. »Doch wenn Sie wünschen, untersuche ich Sie zusätzlich, vielleicht fühlen Sie sich danach besser.«

Frida sah ihre Begleiterin unsicher an.

Martha nickte. »Vielleicht geht es dir wirklich danach besser.«

»Also gut!« Der Heiler erhob sich. »Legen Sie sich bitte auf die Liege.« Er nahm Marthas Tasse. »Und Sie bekommen noch Tee. Selbstverständlich nur, sofern er Ihnen geschmeckt hat.«

»Dankeschön! Das war der leckerste Tee, den ich je getrunken habe.«

»Wenn Sie später gehen, werde ich Ihnen verraten, wie er zubereitet wird. Ihre Nachbarn werden Ihnen danach täglich einen Besuch abstatten.«

Sie lachten.

Während sich der Heiler mit Marthas Tee beschäftigte, legte sich Frida auf die Liege, schloss die Augen und sog den Duft von Stroh und Kräutern ein.

»Diesmal bekommen Sie sogar eine Süßigkeit dazu«, sagte er und präsentierte eine Tafel Schokolade, auf deren Papierverpackung ein lachendes Mädchen einen Haselnussast mit Früchten in die Höhe hielt. »Ist neu auf dem Mark, mit Nüssen.«

»Vielen Dank.« Martha faltete strahlend die Verpackung auseinander, brach ein Stückchen ab und überreichte es dem Heiler, der mit ausgestreckter Hand darauf wartete.

»Bitteschön«, er legte die Schokolade in Fridas Handfläche, »das wird Ihren Kreislauf wieder in Schwung bringen und die Laune verbessern.«

Sie kannte die Sorte und mochte sie ausgerechnet aufgrund der winzigen Stückchen Haselnüsse darin nicht. »Dankeschön.« Sie zerkaute das harte Stück rasch und schluckte es hinunter.

»Ihnen schmeckt die Schokolade nicht!«, stellte er fest. »Bitte entschuldigen Sie mich für die Nötigung.«

»Nein, nein, Sie haben recht, mir geht es tatsächlich schon besser!«, sagte sie und zwang sich zu einem Lächeln.

»Also gut.« Er öffnete den oberen Knopf vom Hemdkragen und holte ein Monokel hervor. Die Galerie, erkannte Frida verwundert, war aus dunklem Holz und wurde von einer einfachen Kordel um seinen Hals gehalten. »Atmen Sie drei Mal tief durch. Ich werde Ihre Iris mit diesem Monokel untersuchen.« Er klemmte das Einglas mit Hilfe seiner Muskeln zwischen sein rechtes Auge.

»Wie hilft mir das weiter?«, fragte sie misstrauisch. Ein plötzlicher Gedanke erinnerte sie daran, dass ein Heiler meist auch ein perfekter Darsteller war und seine Hauptaufgabe darin bestand, den Kunden zu verblüffen.

»Sind es nicht meist die Augen, die einem verraten, ob man eine verrückte Person vor sich hat oder nicht?«

»Sind es!«, bestätigte Martha von ihrem Platz aus.

Um ihrer Nachbarin nicht zu widersprechen, nickte Frida. Irgendwo hatte der Heiler mit seiner Aussage recht. Vielleicht.

Er beugte sich über ihr Gesicht und untersuchte ihre Augen mit ernster Miene. Sein Atem roch nach Minze. »Nein«, sagte schließlich. »Sie sind vollkommen gesund, Frida. Wie ich es Ihnen bereits versichert hatte.«

Erleichtert über seine Aussage, setzte sie sich hin. Ja, vielleicht war er ein Quacksalber, und selbst wenn nicht, mit einem Monokel festzustellen, ob man seinen Verstand verlor oder nicht, wirkte äußerst unglaubwürdig. Dennoch hatte er ihr eine qualvolle Last genommen.

»Sie sind also nicht in der Lage, mir mit den Kindern weiterzuhelfen, und geben mir den Rat, einen Detektiv aufzusuchen?«, fragte sie und musterte prüfend sein Gesicht.

»Das habe ich nie gesagt.« Er setzte sich neben sie. »Es wird nur mehr von meiner Zeit beanspruchen als andere Anliegen, die sonst üblich sind.«

»Verstehe. Geben Sie mir eine Garantie darauf, dass Sie herausfinden, wer die

Kinder sind, und Sie Ihre Arbeit zu meiner vollkommenen Zufriedenheit erfüllen?«

»Wäre ich dazu nicht in der Lage, würde ich Ihnen meine Dienste nicht anbieten.«

Seine Ehrlichkeit, Frida hatte genug Menschenkenntnis, um zu erkennen, dass er nicht log, sprach für ihn. »Was wird mich Ihre Zeit kosten und wie werden Sie vorgehen?«

Der Heiler sah Martha kurz an, die gebannt auf seine Antwort wartete, und zwinkerte Frida flüchtig zu. »Ich werde einige Tage brauchen, um zu überlegen, wie ich am besten Ihren Auftrag ausführe. Vorausgesetzt Sie nehmen meine Dienste in Anspruch. Deshalb schlage ich vor, Sie kommen am Montag oder Dienstag, ohne einen Termin bei mir vorbei. Da Sie sowieso oft in dieser Gegend unterwegs sind, könnten Sie es damit verbinden.«

Sie hatte ihn verstanden. Abgesehen von der Zeit, die er für seine Überlegung brauchte, wollte er offensichtlich das Finanzielle nicht in Gegenwart Dritter besprechen. »Ich werde montags eine Lesung besuchen, danach komme ich bei Ihnen vorbei. So gegen 13 Uhr?«

»Wird passen. Und seien Sie versichert, um meine Arbeit zu entlohnen, werden Sie nicht Ihr Hab und Gut verkaufen müssen. Die Preise sind recht bescheiden, denn in erster Linie bin ich verpflichtet, Kunden zufriedenzustellen und mich nicht an Ihnen zu bereichern.«

»Moment«, mischte Martha sich ein, »Sie haben sicherlich bereits eine Vermutung oder gar eine Erklärung dafür, wie sich völlig fremde Kinder so ähneln können, nicht wahr? Wir sollten darüber reden. Ist es Reinkarnation oder so was Ähnliches?«

»Reinkarnation?«, fragte der Heiler und sah sie für einen sehr kurzen Augenblick skeptisch an. »Nein, das ist ausgeschossen! Bitte haben Sie Nachsicht, aber es ist nicht mein Prozedere bereits im Vorfeld irgendwelche Theorien aufzustellen.« Er lächelte sanft, worauf Martha errötete.

»Dann sind Sie hiermit offiziell eingestellt!«, sagte Frida aus einem plötzlichen Impuls heraus und war von sich selbst überrascht, da sie normalerweise keine Geschäfte abschloss, ohne vorher eine zufriedenstellende Einigung zu erzielen.

Sie besiegelten ihre Vereinbarung mit einem Handschlag.

»Großartig.« Der Heiler erhob sich von der Liege und zog einige Stiele von getrockneten Pflanzen aus einer Kordel an der Wand. »Das ist für Ihren Tee. Minze«, sagte er zu Martha und überreichte ihr die Kräuter. »Sie müssen das zerhacken und mit dem Schwarztee verrühren, bevor Sie es aufkochen. Ganz einfach. Ein Teelöffel Minze auf drei Teelöffel Schwarztee.«

»Ach! Das ist sehr nett von Ihnen.« Sie räusperte sich und fragte kaum hörbar: »Was wird mich das kosten?«

Der Heiler lachte herzlich, wobei sein Kopf in den Nacken fiel. »Überhaupt nichts, das ist ein Geschenk von mir. Genau so wie die Diagnose mit dem Monokel.« Er sah Frida an.

»Vielen Dank«, sagte sie und griff nach ihrer Handtasche auf dem Stuhl.

»Ach so!« Er wickelte die übriggebliebene Schokolade hastig in ihre Verpackung ein. »Bitte, das gehört Ihnen.« Er drückte Martha die Tafel in die Hände.

»Na dann, bis Montag!«, sagte Frida und reichte dem Heiler heute ein drittes Mal die Hand.

»Wie hieß noch mal die Straße, wo Sie den Kindern begegnet sind?«

»Hinter dem Hof.«

»Und der Mann, der Ihnen geholfen hat, Birger, richtig?«

»Ja!«

»Wunderbar, dann habe ich schon mal etwas an Informationen.« Er öffnete die Tür und ließ die Frauen aus seiner vom Heu und Kräuter umhüllten Heilstätte hinaus. »Bist Montag, Frida. Und Ihnen«, er sah Martha an, »viel Erfolg bei der Zubereitung des Tees.«

DIE ERNÜCHTERUNG

Kapital-Maa
Montag, 23. Juni 1969

Die Diagnose des Heilers Knut Melender veränderte Fridas Wohlbefinden grundlegend. Zu wissen, dass ihr geistiger Zustand keineswegs versagte und es nur eine Frage der Zeit war, bis sie eine Antwort auf die mysteriösen Kinder erhalten würde, erfüllte sie mit großer Erleichterung. Und brachte sie dazu, nach neun Tagen endlich wieder herzhaft zu lachen. Gleich nachdem die Visite zu Ende war, fuhr Frida in ein Restaurant am Rande der Stadt, wo sie sich mit Martha stundenlang über Melender und seine Heilstätte unterhielt. Beide waren sich einig, dass sein Ruf, ein aus der Menge herausragender Heiler zu sein, der Wahrheit entsprach.

»Es sind seine Worte, sein Selbstbewusstsein und seine Manieren, die mich dazu bringen, ihm zu glauben«, sagte Frida nachdenklich.

»Ja, genau, das ist es!«, stimmte Martha ihr kauend und gleichzeitig grinsend zu. Sie hatte vermutlich noch nie zuvor ein Restaurant von innen gesehen, weshalb Frida sich freute, ihrer treuen Nachbarin und Freundin dieses Erlebnis zu ermöglichen.

»Und vergiss bloß nicht, er hatte von Anfang an gewusst, dass du die Patientin bist und ich nur die Begleitung. Ich meine, woher wusste er das?«

Sie zuckte mit den Schultern. »Ich habe absolut keine Ahnung.«

Wieder in Puu-Gren angekommen, bestand Frida darauf, das Wochenende am Fluss Lysande-Vesi zu verbringen, wo die ganze Familie nur wenige Kilometer von ihrem Haus entfernt in einem riesigen Zelt übernachtete. Sie sollten jedoch nicht alleine bleiben. Wie befürchtet, war es den Dorfbewohnern nicht entgangen. Und so standen nach und nach immer mehr Zelte um die Familie Heinrich herum. Ein Zelt gehörte in diesem Land so selbstverständlich in einen Haushalt wie ein Gewehr an die Wand oder ein Salzstreuer in den Büfettschrank. Die harmonische Familienzusammenkunft entwickelte sich rasant zu einem spontanen Dorffest, wo die Erwachsenen alte deutsche Lieder sangen, tanzten, das Essen miteinander teilten und vor allem um die Wette Selbstgebrannten tranken.

Trotz der heilsamen Erleichterung verstrich die Zeit bis zu der Visite nur langsam. Am Montag von Unruhe und Anspannung geplagt, fuhr Frida früher als notwendig nach Kapital-Maa los und entschied sich, die Lesung im Theater auszulassen. Sie würde sich ohnehin nicht konzentrieren können. Vielleicht, hoffte sie, würde der Heiler sie noch vor 13 Uhr in seine Heilstätte einlassen.

Seit Frida den Kindern vor elf Tagen begegnete, war sie stets denselben Weg nach und aus Kapital-Maa gefahren. In der Hoffnung, die kleinen Racker wiederzusehen. Dabei entsprach diese Route nicht dem Weg, den sie sonst immer fuhr, sondern einer einmaligen Umleitung, die am 12. Juni eingerichtet worden war, weil ein Autounfall ihre eigentliche Fahrstrecke blockierte. Die Vorstellung, dass ein harmloser Zufall ihr Leben so harsch durcheinanderbrachte, war kaum begreifbar, weshalb sie widerstrebend darüber nachdachte, dass es vielleicht Schicksal und kein reiner Zufall war. Dabei fand sie, dass der Glaube an Schicksal im Grunde eine Ausrede für schwache Menschen war, weil er Machtlosigkeit über das eigene Leben bedeutete.

Darüber war Frida so tief in Gedanken versunken, dass sie Birgers auffälliges hellrosanes Haus nicht bemerkte, an dem sie vorbeifuhr. Ihre Gedanken lenkten sie überraschend zu Albert Einstein und seinem Zitat *Gott würfelt nicht.* Und da geschah es, mit einem lauten Knall zerbarst eine Scheibe ihres Autos. Frida trat kreischend in die Bremsen. Die Brüste schmerzhaft gegen das Lenkrad gedrückt und vom Gurt wieder zurückgezogen, sah sie Birger von links auf die Wolga zukommen. An seinem Gesichtsausdruck und seiner Körperhaltung erkannte sie Wut, die allein ihr galt. Verwirrt sah sie rasch nach hinten und entdeckte auf der Rückbank einen halben Ziegelstein umgeben von Hunderten Glassplittern.

»Jetzt hast du wieder eine zerbrochene Scheibe, du elende Fotze«, brüllte Birger hasserfüllt, blieb einen Schritt vor der Straße stehen und fasste sich an den rechten Oberschenkel. Seine Augen waren blutunterlaufen und leicht zugeschwollen. Auf seinem Nasenrücken klebte ein kleines Pflaster. Seine Wangen waren auffällig gerötet wie bei einer Verbrennung.

»Birger, Birger du alter Idiot!« Eine Frau in einem bunten Kopftuch kam angelaufen. »Komm zurück, hörst du, komm zurück!«, kreischte sie panisch.

»Sieh, was sie mir angetan haben.« Er sah Frida weinend an und zeigte auf das Gesicht. »Das lasse ich so nicht durchgehen.«

»Birger.« Die alte Frau, vermutlich seine Ehefrau, umklammerte seinen Oberkörper von hinten und zog ihn mühsam vom Bürgersteig weg. »Lass uns gehen, lass uns gehen.«

Frida öffnete die Tür, um auszusteigen. Was auch immer diesem Mann passiert war, sie musste es erfahren und klarstellen, keine Beteiligung daran gehabt zu haben.

»Nein!«, brüllte die Frau panisch, ließ Birger los und fiel auf die Knie. »Bleiben Sie im Auto. Fahren Sie weg, bitte, fahren Sie weg!« Sie kroch auf den Knien auf die Autotür zu, beide Hände Frida entgegengestreckt. »Ich schwöre Ihnen, wir werden Sie nie wieder verärgern. Bitte, bitte fahren Sie weg.«

»Doch, das werden wir«, widersprach Birger, schubste die Frau von den Knien und kam mit geballten Fäusten auf das Auto zu.

»Nein!« Die Alte erhob sich hastig und versuchte, ihn mit aller Kraft von der Straße zurückzuholen.

»Heeeeeeey«, brüllte von irgendwo eine feste Stimme, »was ist da los?«

Frida sah sich um. Von überall kamen Menschen aus ihren Häusern. Gleich fünf der Bewohner marschierten mit schnellen Schritten auf Birger und seine Frau zu.

»Fahren Sie endlich«, flehte die Alte im bunten Kopftuch und wirbelte wild mit einer Hand in der Luft.

Auch sie hatte ein zerschlagenes Gesicht übersät von bläulichen Flecken, stellte Frida entsetzt fest. Sie knallte die Autotür zu und drehte den Zündschlüssel, weil ihr das Auto vorhin beim Bremsen abgewürgt war.

»Lasst sie fahren, lasst sie fahren!«, brüllte die alte Frau, als zwei Männer ihr den Weg blockierten.

Zum wiederholten Mal auf dieser verdammten Straße fuhr Frida erschüttert davon.

»Wenn du noch einmal hier entlangfährst, erschieße ich dich, du elende Fotze«, hörte sie Birger ihr hinterherrufen. »Das schwöre ich dir bei dem Leben meiner Kinder.«

Zwei Kreuzungen weiter parkte Frida ihr Auto mitten auf einem Bürgersteig und mahnte sich, erstmal Ruhe zu bewahren. Sie hätte nicht wegfahren dürfen, denn gleich, was Birger und seiner Frau widerfahren war, sie trug unmöglich Schuld daran.

»Eben doch!«, flüsterte sie sich selbst zu. »Knut Melender!« Nicht umsonst hatte er sie beim Verabschieden wiederholt nach Birgers Namen und der Straße, wo sie den Kindern begegnet war, gefragt. Er muss das Wochenende dazu genutzt haben, um das hellrosane Haus aufzusuchen und die Bewohner darin zu befragen. Mit Gewalt! Anders waren Birgers Wut auf sie und die Verletzungen im Gesicht nicht zu erklären. Frida zog sich an den Haaren und entließ einen zornigen Schrei aus der Kehle. Was sich dieser dreiste Heiler auch immer dabei gedacht hatte, er würde sich dafür vor einem Richter verantworten müssen. Doch vorher würde sie ihm gerne persönlich einige Worte sagen. Und sobald sie mit ihm fertig war, würde er sich wünschen, ihr niemals begegnet zu sein. Frida verschwendete keinen Gedanken daran, dass er sie womöglich wie das Ehepaar attackieren könnte. Sie startete die Wolga und fuhr mit einer Geschwindigkeit, die deutlich über dem Tempolimit lag, zur Heilstätte von Knut Melender.

Noch bevor sie einen freien Parkplatz fand, entdeckte sie die Visage des Heilers im Fenster seiner Praxis. Offensichtlich unwissend darüber, was ihn erwartete, lächelte er Frida an, als sie aus dem Auto stieg und zu ihm hinaufsah.

»Noch lachst du«, sagte sie erzürnt über sein Lächeln und beherrschte sich, ihm keine obszöne Geste entgegenzustrecken.

Mit schnellen Schritten ging sie zum Eingang und eilte die Treppen hinauf. Sie erreichte seine Heilstätte in weniger als zwanzig Sekunden.

Der Heiler stand bereits an der Tür und wartete auf sie. »Hallo, Frida«, sagte er freundlich lächelnd. »Sie müssen sich leider einen Augenblick gedulden, im Moment findet eine Visite statt.«

»Was bildest du dir ein, wer du bist?«, brüllte sie lauthals, woraufhin ihre Stimme durch den Flur hallte.

Sein Lächeln verschwand schlagartig. Er öffnete die Tür weit und deutete ihr energisch mit der Hand, die Heilstätte zu betreten. Den Kopf über das Geländer hoch und runter gewandt, vergewisserte er sich, dass sie niemand im Flur gehört hatte.

Aus eigenem Interesse, die Angelegenheit so diskret wie möglich zu klären, betrat sie seine Praxis. Augenblicklich von Heu- und Kräutergeruch umhüllt, starrte sie auf eine bitterlich weinende Frau. Den dampfenden Tee vor sich gestellt, saß sie auf demselben Stuhl wie Frida vor drei Tagen. Das Gesicht von langen kastanienbraunen Haaren verdeckt, schien es, als hätte sie die neue Besucherin nicht bemerkt.

Trotz der unermesslichen Wut, die in Frida tobte, spürte sie, wie der Ärger zunehmend verblasste. Plötzlich glaubte sie, ganz sicher zu wissen, dass der Kräuterduft eine beruhigende Wirkung auf Patienten hatte. Womöglich benebelten die Pflanzen sogar so sehr den Verstand, dass die Hilfesuchenden am Ende alle Behandlungen, die er vorschlug, begeistert mit einem Handschlag besiegelten. So wie sie es getan hatte.

»Frida, was hat Sie verärgert?«, fragte der Heiler und deutete mit dem Daumen auf die Tür hinter seinem Rücken. In seiner Visage stand wieder ein höfliches Lächeln.

Sie sah zu der Frau hinüber. In ihrer Gegenwart wollte sie auf keinen Fall über Birger diskutieren.

Als ob der Heiler ihre Gedanken gelesen hätte, wies er mit dem Zeigefinger auf die Weinende und sagte kalt: »Beachten Sie sie nicht!«

»Nein!«, entgegnete sie überrascht darüber, wie herablassend er seine Klienten behandelte. »Ich warte, bis Sie Ihre Visite beendet haben.«

»Ich habe Zeit«, sagte die Frau plötzlich mit einer zitternden Stimme, sah zu Frida auf und wischte sich die Haare aus dem Gesicht.

»Ach du meine Güte.« Frida starrte in ein von blauen Flecken übersätes

Gesicht. Die Frau war jung, höchstens 20 Jahre alt.

»Frida.« Der Heiler schnipste mit dem Fingern, um ihre Aufmerksamkeit auf sich zu lenken. »Was ist passiert, das Sie dazu veranlasst hat, mich anzubrüllen?«

Sie wandte den Blick mühsam von der jungen Frau ab, beugte sich vor und flüsterte ihm ins Ohr: »Sie haben Birger und seine Frau verletzt, um herauszufinden, wer die Kinder sind. Und so sehr ich auch wissen möchte, was Sie herausfinden konnten, kann ich Ihnen eine solche Aktion nicht durchgehen lassen. Ich werde dafür sorgen, dass Ihre Heilstätte für immer geschlossen wird. Ich werde dafü…«

»Gar nichts werden Sie!«, schnitt der Heiler ihr brüllend das Wort ab, woraufhin sie und die junge Frau erschrocken zusammenzuckten. »Ich kann geduldig sein, doch sobald jemand meine Existenz bedroht«, er tippte heftig an seine Schläfe, »löst sich die Vernunft auf.« Er griff nach einem Stuhl und zog diesen über den Boden von der Tischplatte weg. »Setzen Sie sich hin«, befahl er Frida.

Sie schüttelte entschieden den Kopf und drehte sich um.

»Wenn Sie diesen Raum verlassen, wird morgen in jeder Zeitung des Landes stehen, wozu eine berühmte, geistig verwirrte, deutschstämmige Feministin im Stande ist.«

»Sie haben Birger und seiner Frau Gewalt angetan, nicht ich!«, kreischte Frida aufgebracht.

»Sie haben mich dazu beauftragt. Der alte Mann und seine Ehefrau werden das bestätigen, immerhin waren Sie schon mal dort und hatten versucht, es auf gutem Wege herauszufinden.« Sein kalter, selbstbewusster Blick ließ sie erschaudern. »Setzen Sie sich hin, Frida.«

Bestürzt darüber, wie leicht dieser Mann ihre Drohung entkräftete und nun seinerseits eine gegen sie und ihre Existenz aussprach, befolgte sie seine Anweisung. Sie setzte sich nach Fassung ringend auf den Stuhl. Noch war nichts entschieden, immerhin war sie eine Meisterin darin, Debatten für sich zu entscheiden. Alleine der Rahmen, in dem sie sich gerade bewegte, war ihr bis heute fremd gewesen.

»Es ist zum Verzweifeln, wie sich alle Jahre wieder die verschiedensten Menschen immer im selben Moment gegen mich auflehnen.« Er sah mit einem von Hass verzogenen Gesicht erst Frida und dann die junge Frau an. »Was glaubt ihr, wer ihr seid?«

Frida öffnete den Mund, doch die junge Dame kam ihr zuvor. »Ich bin nur hier, um Sie davo…«

»Schnauze«, zischte er verächtlich, »los, verschwinde. Das nächste Mal, wenn wir uns begegnen, wirst du mir genau das geben, was ich von dir verlange. Hast du mich verstanden?«

Die Unbekannte zögerte einen Moment. Ein plötzlich heftig eintretender Weinkrampf hinderte sie daran, zu reden. »Ja!«, flüsterte sie endlich, rechtzeitig genug, bevor er erneut etwas sagte.

Der Heiler nickte zufrieden, öffnete die Tür und wartete bis sie, ohne Frida oder ihn anzusehen, die Praxis verließ. Dann schloss er leise die Tür und setzte sich auf den Stuhl, wo vor wenigen Sekunden eines seiner verzweifelten Opfer gesessen hatte, wie Frida nun unmissverständlich wusste.

»Vergessen Sie die Frau«, sagte er lächelnd, als ob die Welt wieder in Ordnung wäre, »konzentrieren Sie sich auf unsere Thematik.«

»Ich habe Sie niemals beauftragt, Birger zu schlagen«, eröffnete sie vorwurfsvoll das Gespräch.

»Sie haben mich eingestellt, um herauszufinden, wer die Kinder sind. Unsere Vereinbarung ist mit einem Handschlag besiegelt.«

Über die Bedeutung eines Handschlags aus juristischer Sicht war Frida bestens aufgeklärt und wandte nicht selten selbst bei Gesprächen oder Verhandlungen diesen, ja schon fast einen fiesen Trick, für einen Geschäftsabschluss an. Nur war diesmal sie diejenige, die darauf reingefallen war.

»Wüsste ich, dass Gewalt zu Ihrem Prozedere gehört, hätte ich Sie niemals aufgesucht.«

Der Heiler lächelte kalt. »Lassen wir das mal so im Raum stehen.« Er zeigte ihr seine Hände mit weit auseinandergespreizten Fingern. »Doch seien Sie versichert, ich persönlich habe niemanden geschlagen. Dafür habe ich meine Marionetten.«

Frida spürte, wie sich Angst und Panik langsam in ihren Verstand einschlichen. Weshalb nur begegnete sie ausgerechnet diesem Mann?

»Birger hat Sie angelogen. Dabei hatte ich am Anfang den Eindruck, Sie hätten weit ausgeprägtere Menschenkenntnisse als andere.«

»Birger weiß, wer die Kinder sind?«, fragte sie überrascht.

»Natürlich! Es waren nur leider unschöne Maßnahmen nötig, um ihn dazu zu bringen, es zu gestehen.«

»Gewalt ist für mich keine Maßnahme.«

»Sie haben recht! Ich gebe zu, ich hätte es auch anders aus ihm oder seiner Frau rausgekriegt, allerdings fehlte mir dazu die Zeit. Und Lust.« Er grinste sie herausfordernd an.

Frida wandte den Blick ab und sah nachdenklich aus dem Fenster. »Wo finde ich die Kinder?«

Der Heiler schwieg, bis sie ihn wieder ansah. »Das spielt für Sie erstmal keine Rolle. Ihr Auftrag lautete herauszufinden, wer die Kleinen sind. Und die Antwort darauf liefert nicht deren Aufenthaltsort, sondern die genetische Verbindung zu Ihnen.«

»Eine verwandtschaftliche Relation ist ausgeschlossen«, entgegnete sie bestimmt und ärgerte sich darüber, dass der Mann es trotz des Konflikts schaffte, sie neugierig zu machen.

»Wie Sie meinen.« Er legte die Hände nahe der Tischkante aufeinander, lächelte leicht und wartete auf ihre Reaktion.

»Ich habe mich umentschieden und entziehe Ihnen hiermit den Auftrag.«

Er nickte verständnisvoll. »Natürlich, kein Problem.«

Sie tastete nach der Handtasche, die sich im Normalfall auf der Höhe ihres Beckens befand und stellte fest, dass sie diese im Auto vergessen hatte. »Ich werde Sie für Ihr Vergehen davonkommen lassen, selbst wenn sich mir der Magen umdreht, während ich das ausspreche. Was bekommen Sie für Ihre Zeit, die Sie dazu verwendet haben, Menschen zu misshandeln?«

Der Heiler schüttelte langsam den Kopf. Sein Blick war kalt, sein Mund fest zusammengepresst. Sein Alter weiterhin unbestimmbar. »Falls Ihre Hand gerade nach der Geldbörse tastet, vergessen Sie es! Sie werden meine Arbeit auf einem anderen Weg ausgleichen.«

»Was? Das kommt nicht in Frage. Wir hatten Währung vereinbart.«

»Nein, das stimmt so nicht!«

Frida dachte panisch an den Moment, wo sie sich die Hände schüttelten. »Doch das haben wir! Sie hatten gesagt, ich müsste dafür nicht mein Hab und Gut verkaufen und dass Ihre Preise recht bescheiden sind.«

Er nickte. »Ja, das ist richtig. Für das, was Ihnen bevorsteht, brauchen Sie Ihren Reichtum nicht zu veräußern. Dass meine Preise recht bescheiden sind, meinte ich eher obligatorisch, nicht zwingend an Sie gerichtet.«

Seine Ausrede war heimtückisch, keineswegs akzeptabel, und das Wort *bevorsteht* löste in ihr Unbehagen aus.

»Sie tricksen, Knut Melender«, sagte sie ruhig und erhob sich. Um einen klaren Verstand zu bekommen und den Schaden so gering wie möglich zu halten, musste sie sofort aus dieser Kräuterhölle raus.

»Setzen Sie sich wieder hin«, sagte er augenblicklich, »und hören Sie mich an, bevor eine falsche Entscheidung alles nur noch schlimmer macht.«

Frida zwang sich, sich hinzusetzen. Trotz der inneren Stimme, die aus vollem Hals schrie, sie solle von hier verschwinden.

Der Heiler beugte sich über die Tischkante, um näher an sie heranzukommen,

»Frida, ich brauche Ihre Hilfe bei einer dringenden Angelegenheit. Das ist der Preis für meine Zeit und Mühe, die ich investiert habe, um Ihnen dabei zu helfen, das Rätsel mit den Kindern zu lösen.«

»Ich fürchte, Sie haben mich falsch verstanden, Melender.« Sie zwang sich zu einem Lächeln. »Ich verzichte auf weitere Zusammenarbeit. Und die bereits von Ihnen investierte Zeit entrichte ich ausschließlich mit Währung, bar.«

»Nein!« Der Heiler klatschte mit der flachen Hand auf die Tischkante, woraufhin sie erschrocken zusammenfuhr. »Entweder Sie fangen an, mir richtig zuzuhören, oder Ihre Sturheit endet für Sie und Ihre Familie mit einer Katastrophe. Dann ist Zelten am Dorfrand, das Letzte, das Sie mit Ihren Lieben gemeinsam erlebt haben.«

Frida war von seiner Aussage erschüttert und spürte, wie sich ihre Augen mit Tränen füllten. Woher wusste er das mit dem Zelten?

»Was glauben Sie, wen Sie vor sich haben, einen Clown?« Er zeigte zuerst auf die Liege und dann auf sie. »In dem Augenblick, in dem Sie meine Hand ergriffen hatten, haben Sie mir die Macht über Ihr Leben ausgehändigt. Nicht für immer, nein, nur bis unsere Abmachung erfüllt ist.« Er verschränkte die Arme. »Wenn Sie darauf beharren, frühzeitig auszusteigen, dann akzeptiere ich das. Doch der vorgesehene Preis für meine Dienste ändert sich dadurch keineswegs. Verstehen Sie das?«

Sie blinzelte mühsam die Tränen weg. »Was erwarten Sie von mir, wenn nicht Geld?«

Der Heiler nickte zufrieden. »Sehr gut, Frida, endlich lenken Sie ein. Zuallererst erwarte ich, dass Ihnen allzeit bewusst ist, dass Sie und Ihre Familie unter ständiger Beobachtung stehen. Egal wann und wie Sie plötzlich meinen, gegen mich vorgehen zu müssen. Ich werde es herausfinden und Ihre Lieben werden dafür mit Ihrer Gesundheit bezahlen. Denken Sie an all die Dinge, die Sie über mich gehört haben, denn das haben Sie, nicht wahr? Wozu ich im Stande bin. Sie sind allesamt wahr. Ich bin einzigartig. Ich bin gut. Aber nicht zu allen. Zu Ihnen bin ich böse. Aber nur weil Sie diesen Weg selbst gewählt haben. Verstehen Sie, was ich Ihnen gerade versuche zu erklären?«

Betäubt von jedem einzelnen Wort, das aus dem Schlund von diesem Monster herauskroch, nickte Frida benommen.

»Ihnen sollte außerdem klar sein, dass es niemanden auf der Welt gibt, der mich ergreifen kann. Niemanden!«

Sie nickte erneut.

»Gut.« Er lächelte und zwinkerte ihr zu. »Nun erkläre ich Ihnen, wie Sie meine Mühe begleichen werden. Aber vorher einen Tee?«

Sie schüttelte energisch den Kopf, »Nein, ich bin nicht durstig, danke.« Sie schluckte mühsam. Ihr Mund war ausgetrocknet. Lag das womöglich an den herumhängenden Kräutern in dieser verfluchten Heilstätte? Doch bevor sie auch nur einen Schluck Flüssigkeit von diesem Mann entgegennahm, würde sie eher verdursten.

An der Art, wie er sie ansah, erkannte Frida, dass er ihr keinen Glauben schenkte und sehr wohl wusste, dass sie durstig war.

»Wie Sie meinen. Sagt Ihnen der Name Gennadi Antonowitsch Filippow etwas?« Er erforschte aufmerksam ihr Gesicht.

Frida dachte nach. Sie hatte den Namen irgendwo ... »Der sprachbegabte Russe. Er ist ein Tutor in der Privatschule für Kinder prominenter Eltern.« Sie spürte Gänsehaut ihre Arme entlang aufsteigen. Andro und Freya besuchten ebenfalls diese Schule. Filippow unterrichtete sie beide in Englisch und Französisch.

»Das ist er! Was wissen Sie noch über diesen Mann?«

»Sein Schwiegervater ist vor kurzem verstorben. Eine mysteriöse Krankheit hat ihn innerhalb weniger Tagen dahingerafft.«

»So mysteriös war sie nun auch wieder nicht«, sagte der Heiler grinsend. »Und abgesehen davon, was noch?«

Frida zögerte, falls dieser Mann nicht alle Informationen über den allseits beliebten Russen hatte, so würde sie ihm diese gerade liefern. »Er arbeitet gelegentlich als Dolmetscher für Geschäftsleute und Politiker«, sagte sie schließlich. »Ich bin ihm auf mehreren Veranstaltungen begegnet. Seine Frau ist Mitglied einer neu gegründeten Part...«

Der Heiler hob die Hand, woraufhin sie augenblicklich verstummte. »Entschuldigung für die Unterbrechung, das ist mir bereits bekannt, außerdem lassen wir seine Frau außen vor, sie interessiert mich weniger.«

Frida nickte erleichtert. Sie mochte Edda Filippow, auch wenn ihre Bekanntschaft nur flüchtig war und ihre politischen Ansichten eher auseinanderdrifteten. »Mir fällt sonst nichts ein«, sagte sie. Ihr Ehemann Theo wusste weit mehr über Filippow und seine Familie, aber das würde sie niemals verraten.

»Gut. Ihr Kentnissstand reicht für die bevorstehende Aufgabe vollkommen aus. Abgesehen davon, sind Sie eine sehr intelligente Frau und wissen sich mit großer Sicherheit zu helfen.« Er zwinkerte ihr lächelnd zu.

Frida wusste, dass seine Worte keineswegs spöttisch, sondern ehrlich waren, dennoch verweigerte sie ihm jegliche Reaktion darauf.

»Damit Sie verstehen, warum ich das von Ihnen verlange, was gleich folgt, müssen Sie begreifen, weshalb es Gennadi Filippow verdient hat.«

Frida runzelte misstrauisch die Stirn.

»Warten Sie mit der Reaktion, bis ich fertig bin. Das wird unsere Konversation wesentlich erleichtern.«

Sie nickte widerwillig.

»Wie Sie hatte Herr Filippow vor einiger Zeit meine Dienste in Anspruch genommen. Und wie Sie hat er sich erdreistet, meine Existenz zu bedrohen.«

An dieser Stelle hätte sie den Heiler am liebsten unterbrochen. Ihm widersprochen. Irgendwie versucht, ihre vorhin ausgesprochene Drohung zu entschärfen. Doch sein warnender Blick hielt sie davon ab. Es war erschreckend, wie meisterhaft dieser Mann alles in ihr *lesen* konnte.

»Wer mich bedroht, bringt sich selbst in Gefahr. In diesem Fall werden Sie es sein, die das Gennadi Filippow verdeutlichen wird.«

Sie öffnete den Mund, um zu widersprechen, und entschied sich rasch dagegen. Der Heiler schien noch nicht fertig zu sein.

»Und ich meine nicht Ihre Dienste als wortgewandte Schlichterin. Sie sollen auch nicht mit ihm kopulieren.« Er schwieg einen Moment grinsend, womöglich damit sie seine Worte provozierten und herausforderten.

Frida sah ihn angewidert an, sagte jedoch nichts.

»Sie werden mit Filippow so verfahren, wie ich mit Birger und seiner Frau. Ihn mit Schlägen in Richtung Vernunft bewegen.«

Frida sprang so energisch vom Stuhl auf, dass dieser nach hinten kippte und krachend auf dem Boden landete. »Ich werde dich fertigmachen, du verfluchter Teufel!« Sie eilte zur Tür und hoffte, er würde nichts mehr sagen, bis sie draußen war.

»Sie können sich sicher sein, dass der gestrige Fick mit Ihrem Mann auf dem Küchentisch, für Sie beide das letzte Vergnügen in diesem Leben war.«

Frida ließ die Türklinke abrupt los.

Der Heiler tippte sich an die Schläfe. »Schon vergessen? Sie und Ihre Familie stehen von nun an unter meiner Beobachtung. Und bevor Sie für mich zur Gefahr werden, brennt viel wahrscheinlicher das ganze Dorf nieder, in das Sie vorhaben, sich zu verkriechen.«

»Woher …« Sie verstummte, weil ihr vermutlich zum ersten Mal in ihrem Leben die Worte fehlten. Tausende Gedanken überschlugen sich in ihrem Kopf. Und dann dieser plötzliche, qualvolle Durst. Allmächtiger, sie könnte ein ganzes Meer austrinken.

»Sie werden mit Gewalt dafür sorgen, dass Gennadi Filippow seine Suche einstellt.«

»Suche wonach?«, krächzte sie.

»Das spielt für Sie keine Rolle. Sorgen Sie dafür, dass er nach der lehrreichen Behandlung für mindestens eine Woche in ein Krankenhaus eingewiesen wird, und überbringen Sie ihm nur diese vier Worte: *Hör auf, zu suchen!*«

»Hör auf, zu suchen!«, wiederholte sie wie hypnotisiert.

»Sollten Sie es wagen, mit diesem Mann davor oder danach oder währenddessen Kontakt aufzunehmen und mehr als nur diese vier Worte zu ihm zu sagen, werden Sie das für den Rest Ihres Lebens bereuen. Haben Sie mich verstanden?«

Sie nickte.

»Selbstverständlich überlasse ich die Umsetzung dieser Aufgabe Ihrer Kreativität.«

Frida griff erneut nach der Klinke. Sie hatte das Gefühl, jeden Moment das Bewusstsein zu verlieren.

»Sie haben zwei Wochen. Setzen Sie in der Zeit meine Forderung nicht um, gibt es Tote in Ihrer Familie.«

»Nein!«, kreischte sie erschrocken.

»Und, Frida, da ist noch etwas, dass wichtig wäre zu wissen«, redete er weiter, ohne ihre Reaktion zu beachten. »Sollten Sie jemals Kontakt zu Birger aufnehmen ...« Er verstummte und schüttelte den Kopf. Sein kalter Blick ließ Sie aufstöhnen. »Sie verstehen mich?«

Sie nickte abermals. Inzwischen glaubte sie ohnehin, keinen weiteren Ton mehr aus ihrer trockenen Kehle herauszubekommen.

»Falls Sie sich irgendwann doch dazu entschließen, die Wahrheit über die Kinder herauszufinden, stehe ich Ihnen gerne zur Verfügung. Diese Information kann ausschließlich durch mich in Erfahrung gebracht werden.«

Sie drückte die Türklinke runter.

»Ach, und Frida, ich bin mir ziemlich sicher, dass die junge Dame«, er zeigte auf den Stuhl, wo die Unbekannte vorhin gesessen hatte, »Sie gleich ansprechen wird, in der Hoffnung, mit Ihrer Hilfe Widerstand gegen mich herbeizuführen. Verzichten Sie tunlichst darauf.«

Frida öffnete die Tür und eilte nach frischer Luft schnappend die Stufen hinunter, dabei stolperte sie auf der letzten Treppe und wäre beinahe heruntergestürzt. Die Flurtür weit aufgestoßen lief sie zum Auto und stellte entsetzt fest, dass die Wolga nicht auf ihrem Platz stand. Nun kam der Augenblick, in dem sich die Verzweiflung und Frustration nicht mehr zurückhalten ließen. Sie ballte die Fäuste, schrie laut auf und weinte. Ein Pärchen auf der gegenüberliegenden Seite blieb stehen und starrte sie an.

»Alles in Ordnung?«, rief der Mann.

Frida gab ihm keine Antwort, drehte sich in die Richtung, aus der sie gekommen war, und entdeckte ihr Auto.

»Alles bestens«, rief sie zu dem Pärchen, das sie nach wie vor anstarrte und offenbar gerade vorhatte, die Straßenseite zu wechseln. »Danke!« Sie marschierte diesmal in die richtige Richtung. Als sie an Knut Melenders Fenster zwei Stockwerk über ihr vorbeiging, spürte sie seinen Blick. Nein, sie würde nicht hinaufschauen, ihre Tränen sollte dieser Teufel niemals zu Gesicht bekommen.

Sie stieg in das Auto und stellte erst jetzt fest, dass der Schlüssel im Zündschloss steckte. Bis zu diesem Moment, wohlwissend, dass sie ihre Tasche auf dem Beifahrersitz vergessen hatte, hatte sie nicht einen Augenblick daran gedacht, wo sich der Schlüsselbund befinden könnte. Es war, als hätte sie ihr Gehirn komplett abgeschaltet, und zwar, noch bevor sie die Kräuterhölle des Heilers betrat.

Sie ließ den Motor der Wolga aufheulen und scherte aus der Parklücke aus. Das Wichtigste war jetzt, so weit wie möglich von hier wegzukommen. Um den Rest würde sie sich später Gedanken machen. Die Höchstgeschwindigkeit rasch erreicht, fixierte ihr Blick die Ampel. Wenn der Toyota vor ihr das Tempo beibehielt, könnte sie vermutlich noch über Gelb die Kreuzung passieren. Weg, sie musste einfach hier weg. Doch der Fahrer bremste und blieb bei gerade mal *hellgelb* stehen.

Frida schlug verärgert auf das Lenkrad und wischte sich die laufenden Tränen weg. Ihr Blick erfasste eine schnelle Bewegung rechts, es war die junge Frau aus Knut Melenders Praxis. Sie winkte Frida mit beiden Händen zu, erreichte das Auto, öffnete die Beifahrerseite und stieg ein.

»Gott sei Dank sind Sie, wie ich gehofft hatte, hier entlanggefahren«, sagte sie ernst.

Frida erinnerte sich an die Warnung des Heilers und entschied sich, diese zu befolgen. »Steigen Sie sofort aus!«

Die Frau sah sie erschrocken an. »Nein, warten Sie, wir müssen unbedingt reden. Ich tue Ihnen nichts.«

Frida schüttelte den Kopf. »Raus hier. Bitte. Sofort.«

Die Frau schüttelte ebenfalls den Kopf. Jedoch viel energischer, so als würde die Zukunft der ganzen Welt davon abhängen. »Nein, nicht, ich möchte Ihnen nur was erzählen. Bitte, von Frau zu Frau, geben Sie mir eine Chance.«

Von Frau zu Frau, welch ein gewichtiger Satz in Fridas Lebensanschauung. »Raaauuus«, kreischte sie erregt und spürte, wie etwas in ihrem Inneren starb.

»Bitte.« Die Frau griff mit heftig zitternden Händen nach ihrem Ellenbogen.

»Bitte.«

Hinter ihnen hupte ein Auto. Der Toyota vor ihnen hatte die Kreuzung bereits zur Hälfte passiert.

»Sie dürfen sich nicht von ihm einschüchtern lassen. Wenn Sie sich ihm unterwerfen, werden die Folgen viel schlimmer sein als wenn nicht.«

Frida riss ihren Ellenbogen aus den Händen der Frau, drehte sich zu ihr und ohrfeigte sie mit der linken Hand. »Raaauuus!«

Die junge Dame öffnete mit weit aufgerissen Augen die Tür. »Mein Name ist Greta Lund. Ich komme aus Liten-Yel.« Sie stieg eilig aus und Frida drückte auf das Gaspedal, noch bevor die Beifahrertür richtig geschlossen war.

Das Auto hinter ihr hupte abermals, fuhr an und blieb stehen. Der Fahrer gestikulierte wild mit den Händen, offenbar hielt er es für wichtiger, die Frau auf der Straße zu rügen, statt die grüne Ampel zu passieren.

DER AUSWEG

Pieni-Mesto
Donnerstag, 26. Juni 1969

Es überraschte selbst Frida, wie meisterhaft sie es geschafft hatte, sich ihren seelischen und geistigen Absturz nicht anmerken zu lassen. Anders als nach der Begegnung mit den kleinen Kindern berichtete sie niemandem über das markerschütternde Erlebnis mit Knut Melender. Den Ziegelstein irgendwo am Straßenrand entsorgt, erzählte sie Theo, die hintere Fensterscheibe auf der Beifahrerseite sei während der Fahrt einfach so geplatzt, und zwar in dem Moment, als auf der anderen Straßenseite ein mit Kieselsteinen vollbeladener Lastkraftwagen an ihr vorbeifuhr. So wie sie zuvor Birger angelogen hatte, hatte Theo dank seiner Kontakte dieses Mal die Scheibe wirklich am nächsten Tag reparieren lassen. Und als Martha sie nach dem Termin am Montag fragte, reichten wenige Worte aus, um ihr zu erklären, dass es lediglich darum ging, eine Summe für seine Dienste auszuhandeln. Nun war der Moment gekommen, da sie dazu verdammt waren, geduldig auf das Ergebnis zu warten, erklärte Frida ihrer Nachbarin. Später, wenn genug Zeit verstrichen war, würde sie Martha offenbaren, dass der Heiler keinerlei Fortschritte bei der Suche hatte und den Auftrag auflöste. So musste es wohl sein, wenn man neben der Ehe eine geheimnisvolle Liebschaft pflegte, die um keinen Preis herauskommen durfte, stellte Frida fest. Ein Lächeln hier, ein Küsschen dort, ein kaltes Vorgaukeln vom perfekten Leben erfüllt von Liebe, während im Hintergrund weitere Pläne für Sünden geschmiedet wurden. Von nun an betrachtete sie Knut Melender als ihren Geliebten, den sie wortwörtlich mit aller Gewalt befriedigt sehen wollte. Nichts sollte ihn dazu veranlassen, erneut sie, ihre Familie oder gar das ganze Dorf zu bedrohen. Mit klarem Verstand und sorgfältiger Planung stellte seine Aufgabe für sie keine große Herausforderung dar. Schon bald würde sich Gennadi Antonowitsch Filippow in einem Krankenhaus von seinen Wunden erholen, ohne jemals zu erfahren, wie er ihr geholfen hatte, einen Teufel loszuwerden. Freilich war sie nicht in der Lage, sich einem Mann durchschnittlicher Statur alleine entgegenzustellen. Zum Glück war dies nicht notwendig, denn wie der Heiler es ihr verkündet hatte, überließ er die Umsetzung dieser Aufgabe ihrer Kreativität, und was das anging, nun ja, kreativ war sie allemal.

Pieni-Mesto war ein kleines Dorf, das keine vier Kilometer von Kapital-Maa entfernt lag. Nahezu alle Bewohner hatten ihre Arbeitsplätze in der Hauptstadt, weshalb sie mit anderen Dörflern im Land nicht zu vergleichen waren. Und auch nicht verglichen werden wollten. Sie kannten Kino, Theater, Museum und Politik, was man von anderen Dörflern nicht behaupten konnte. Zumindest ihrer Meinung nach. Wer aus Píeni-Mesto kam, wurde vom Herrn persönlich auf die Erde geschickt, hieß es hinter vorgehaltener Hand, meist in spöttischem Ton. Pienis nannte man sie deshalb und oftmals Pilmenis wie Pilmeni, die kleinen, gefüllten Teigtaschen aus Russland, die auch hierzulande sehr beliebt waren.

Frida blieb vor dem Gartentor eines gut gepflegten Hauses stehen und wartete, bis irgendein Bewohner darin das wütende Bellen des angeketteten Wachhundes wahrnahm und herauskam.

Es war Rosa Petersen persönlich, die endlich, den Hund vulgär beschimpfend, aus der Tür kam. Als sie Frida erblickte, verstummte sie augenblicklich und eilte zum Tor.

»Frida Heinrich«, sagte sie und errötete, »was für eine Ehre, Sie hier bei uns zu begrüßen.« Sie schob eilig das Tor auf.

Frida lächelte die kleine, rundliche Frau, vermutlich Mitte fünfzig, verständnisvoll an. »Manchmal begreifen diese Vierbeiner keine andere Sprache, liebe Rosa.« Sie reichte ihr die Hand.

Rosa schüttelte sie energisch und errötete noch mehr als zuvor. »Folgen Sie mir ins Haus«, sagte sie und räusperte sich, »es könnte passieren, dass mir die Suppe jeden Moment überkocht.«

Zwei Minuten später saß Frida am Küchentisch der Petersens und beobachtete, wie ihre Gastgeberin die Suppe salzte. »So. Fertig, nun können wir essen. Was für eine perfekte Zeitabstimmung Sie doch haben«, sagte sie lachend.

Obwohl Frida kein Hunger hatte, nickte sie begeistert. »O ja, mein Magen knurrt schon seit Stunden!«

Rosa stellte zwei volle Teller Nudelsuppe mit Hähnchenstreifen auf dem Tisch ab und setzte sich ihr gegenüber. »Gibt es einen bestimmten Grund, weshalb Sie Pieni-Mesto besuchen?«, fragte sie sichtlich neugierig und zweifelsohne verwirrt darüber, warum diese prominente Frau ausgerechnet an ihrem Tisch saß.

»Ja. Ich bin wegen Ihres Sohnes hier.«

Rosa, die sich gerade einen vollen Löffel Suppe in den Mund schob, sah sie mit erschrockenem Blick an. Brühe lief ihr Kinn herunter und tropfte in den Teller, eher sie es bemerkte und den Schöpfer absetzte.

»Was ist mit August?«

»Keine Sorge, nichts Schlimmes. Hoffe ich zumindest.« Sie lächelte die Frau an und tätschelte ihre Hand. »Ich denke, es ist sogar was Gutes.«

Rosa sah sie unsicher an, dann weiteten sich ihre Augen und sie lachte, wenn auch nur kurz und verhalten.

Frida nickte vielsagend. »Ja, ich denke, Sie vermuten richtig! Ich bin hier, um mit Ihnen noch einmal über die Möglichkeit zu reden, wie wir Ihren Sohn aus dem Gefängnis herausholen.«

Rosa bekreuzigte sich und schlug sich die Hände vor den Mund. »Aber Sie ließen mir doch ausrichten, dass Sie bei solchen Angelegenheiten nicht die Mittel hätten, zu helfen.«

In Wirklichkeit hatte Frida noch vor drei Tagen keinerlei persönliches Interesse daran, einer Mutter beizustehen, die sich erdreistete, sie aufzusuchen, damit sie ihren politischen Einfluss nutzte, um einen kriminellen Sohn aus dem Gefängnis zu holen. Dies hatte sich vor etwa zwei Monaten ereignet und erwies sich aus heutiger Sicht als Glücksfall. »Das ist richtig. Auf einem offiziellen Weg nicht, deshalb besuche ich Sie inoffiziell.«

»Inoffiziell?«

»Bedeutet, dass ich beabsichtige, die Kaution mit meinem Privatvermögen zu finanzieren. Insofern dies noch möglich ist.« Sie sah Rosa fragend an.

»Ja, die Hauptverhandlung ist erst im Oktober, bis dahin braucht die Staatsanwaltschaft Zeit für die Beweissicherung.«

»Beweissicherung, die nicht ausreichen wird, um Ihren Sohn zu verurteilen, richtig?«

»Richtig!«, sagte Rosa so unsicher, dass selbst ein Zweijähriger erkennen würde, dass es eher das Gegenteil von *richtig* war. »Sein Anwalt meinte letztens, es sehe gut für ihn aus«, fügte sie schnell hinzu.

Frida erinnerte sich vage an den verzwickten Fall, den diese Mutter ihr verzweifelt und unter Tränen geschildert hatte, beschloss aber, das Thema nicht erneut aufzugreifen.

»Wie hoch ist die Kaution?«

»Fünfzehntausend.«

Das war sehr viel. Diese Summe vom Konto abzuheben, ohne dass Theo davon Kenntnis nahm, war schier unmöglich.

»Wie viel von der Summe können Sie selbst aufbringen?«

»Gar nichts«, sagte Rosa und brach in Tränen aus. »Seit mein Mann tot ist, lebe ich von Lohn zu Lohn. Das ist ja das Problem.«

Frida tätschelte lächelnd ihren Arm. »Das ist in Ordnung für mich. Ich bin in der Lage, den gesamten Betrag zu bezahlen.«

»Der Himmel hat mir Sie geschickt!« Sie ergriff ihre Hände und küsste sie.

Die Hölle wäre in diesem Fall passender, doch das durfte Rosa natürlich nicht wissen. »Sie müssen mir schwören, dass August das Land nicht bei der bestmöglichen Gelegenheit verlässt«, sagte sie ernst, wohlwissend, dass die Frau alles versprechen würde, um ihren Sohn aus den Fängen einer rauen Gefängniszelle zu bekommen. Selbst wenn es nur vorübergehend war.

»Ich schwöre es Ihnen bei meinem Leben«, sagte sie mit einer festen, entschlossenen Stimme. »Und das Geld wird mein August Ihnen auch zurückzahlen, sobald er es hat.«

»Gut«, sagte Frida zufrieden. »Dann machen Sie sich frisch, wir holen Ihren Sohn ab.«

»Noch heute?«, fragte Rosa ungläubig.

»Natürlich. Ich denke, mit ein paar Scheinen mehr bekommen wir das hin. Allerdings fahren wir vorher in eine Bank.«

Rosa weinte glücklich. »Sagen Sie es mir liebe, Frida, womit habe ich Ihre Hilfe verdient?«

»Wir Frauen sollten zusammenhalten, nicht wahr?« Sie umarmte die weinende Mutter und war von sich selbst angewidert. »Insbesondere dann, wenn es uns schlecht geht.«

AUGUST PETERSEN

Kapital-Maa
Freitag, 27. Juni 1969

August Petersen noch am selben Tag aus dem Gefängnis zu holen, erwies sich als unmöglich. Trotz weiterer zweitausend *Kröten*, die latent im Nirgendwo verschwanden, versprach der zuständige Beamte, den Papierkram vom Gefangenen Petersen bis morgen 14 Uhr bearbeitet und genehmigt zu haben. Sodass der Mann spätestens um 15 Uhr die Erlaubnis erhielte, die Mauern der Justizvollzugsanstalt zu verlassen. Trotz ihres Versprechens Rosa gegenüber, bei ihr vorbei zu fahren, um ihren Sohn gemeinsam abzuholen, fuhr Frida alleine hin. Dadurch ergab sich die Gelegenheit, Petersen sofort und unter vier Augen zu erklären, warum sie ihn aus dem Gefängnis geholt hatte, und welche Vorteile sich außer der Freiheit boten, wenn er das umsetzte, was sie von ihm verlangte.

Sie war eine Stunde vorher da. Wie versprochen kam pünktlich um 15 Uhr ein Mann aus dem Haupttor der Justizvollzugsanstalt und marschierte auf den Besucherparkplatz zu. Frida erinnerte sich an ein Foto im Wohnzimmer von Rosa Petersen. Es zeigte ihren einzigen Sohn und ähnelte kaum den Mann, der Frida gerade durch die Frontscheibe ernst ansah. Statt wie auf dem Bild die Haare zu einem Seitenscheitel gekämmt, trug dieser Mann eine Glatze. Er hatte einen roten Vollbart. Vermutlich waren ursprünglich seine Haare auf dem Kopf auch mal rot gewesen, auf einem Schwarz-Weiß-Foto vermochte man kaum die Farbe zu deuten. Seine Größe entsprach dem Durchschnitt, doch sein durchtrainierter Körperbau verriet, dass, sollte es zur Gewalt kommen, es sein Gegenüber nicht leicht haben würde. Kurzum, dieser Mann stimmte mit Fridas Vorstellungen überein, wenn es darum ging, die Forderung von Knut Melender erfolgreich auszuführen.

Sie startete den Motor ihrer Wolga, worauf der Mann überrascht die Augen weitete und zwei Schritte zur Seite wich.

»Sind Sie August Petersen?«, fragte Frida, nachdem sie ihre Seitenscheibe vollends nach unten gekurbelt hatte.

Er nickte.

»Steigen Sie ein, ich habe Ihre Kaution bezahlt!«

»Sie fahren?«, fragte er verunsichert.

»Selbstverständlich!« Sie ließ demonstrativ den Motor aufheulen.

Weiterhin sichtlich überrascht, umrundete Petersen mit sicherem Abstand die Frontseite der Wolga und stieg auf der Beifahrerseite ein.

»Frida Heinrich.« Sie reichte ihm die Hand und betrachtete sein Gesicht aus der Nähe. Er war jünger als sie. Unter seinem roten Bart waren links und rechts zwei längst verheilte Narben zu erkennen, anscheinend durch einen scharfen Gegenstand verursacht.

Sein Handgriff war fest. Auch er musterte sie neugierig. »August Petersen, wie Sie sicherlich bereits wissen.«

Sie nickte lächelnd, drehte mit der Wolga auf dem geräumigen leeren Parkplatz eine Runde und positionierte den Wagen so, dass sie den gewaltigen Gefängniskomplex durch die Frontscheibe sahen. Die Justizvollzugsanstalt nach wie vor in greifbarer Nähe, hatte Frida ein sichtbares Druckmittel, sollte der Mann ihren Vorschlag ablehnen. Sie würgte den Motor ab und schnallte sich los.

Petersen richtete sich auf und schaute sich energisch um.

»Keine Angst, es wird niemand aus dem Busch kommen, um sich an Ihnen zu rächen«, sagte sie ruhig.

Er nickte, lehnte den Ellenbogen an die Seitentür, stützte den Kopf auf die Hand und sah sie an. »Wer sind Sie und warum haben Sie meine Kaution bezahlt?«

»Ich bin eine Bekannte Ihrer Mutter.«

Er sah sie skeptisch an. »Doch nicht etwa die Feministin aus Kapital-Maa?«

Sie lachte auf. »So nennt man mich jetzt hinter meinem Rücken?«

Er zuckte mit den Schultern. »So hat Ma mir das zumindest berichtet. Aber Sie hatten ihre Bitte doch abgelehnt.«

»Ja. Und ehrlich gesagt würde ich bei meinem Entschluss bleiben, wenn nicht plötzlich etwas dazwischengekommen wäre, bei dem Ihre Hilfe benötigt wird.«

»Meine Hilfe?«, fragte Petersen überrascht. »Sie reden doch nicht etwa über so was wie eine Zeugenaussage oder Ausplaudern von Informationen, die ich angeblich habe?« Er sah sich erneut nervös um.

»Nein, nichts dergleichen. Ich bin nicht im Namen vom Staat hier.«

»Ist auch besser so! Was möchten Sie dann sonst von mir?«

»Erst mal verrate ich Ihnen, was Sie, abgesehen von der Freiheit in diesem Moment, die ich bezahlt habe, von mir erhalten, wenn wir eine Übereinstimmung erzielen.«

Petersen nickte kaum merklich. Sein Gesichtsausdruck verriet Wachsamkeit und Unbehagen.

»Wenn Sie mir helfen, ein akutes Problem zu beseitigen, bezahle ich Ihnen einen erfahrenen Anwalt, der Ihre Unschuld beweisen wird. Bleiben wir ehrlich, mit einem pickligen Pflichtverteidiger ohne Erfahrung wird das ganze Unterfangen kaum realisierbar sein.«

Petersen strich nachdenklich über seinen Bart.

Frida wartete auf Zustimmung bezüglich der Behauptung über den unerfahrenen Pflichtverteidiger, doch es schien, als hätte er ernsthafte Zweifel daran.

»Abgesehen davon, müssen Sie mir die Kaution nicht zurückzahlen und Sie erhalten von mir zusätzliche fünftausend *Zaster*. Und selbst wenn Sie den Prozess verlieren, was ich mit Hilfe eines guten Anwalts nicht glaube, bleibt Ihre arme Mutter mit dem Geld für eine längere Zeit finanziell abgesichert. Sie hat sonst niemanden außer Ihnen.«

»Sie hat noch zwei Töchter«, sagte Petersen kalt und entschärfte damit augenblicklich ihre sorgfältig vorbereitete Rede. »Aber Sie scheren sich einen Dreck um sie.«

Dies erklärte wohl, warum Frida keine weiteren Fotos an den Wänden in Rosas Haus gesehen hatte.

»Was verlangen Sie für diese Bonbons von mir?«, fragte er, noch bevor sie die Gelegenheit hatte, ihre Rede neu auszurichten. »Ich werde niemanden für Sie töten!«

»Grundgütiger«, sagte Frida entsetzt, »was denken Sie von mir?«

Petersen zuckte mit den Schultern. »Dass Sie nach außen eine wunderschöne Frau sind, innerlich jedoch ein Teufel, der mich gerade überredet, eine weitere Sünde in meinem Leben zu begehen.«

»So können Sie das tatsächlich auch sehen.«

Und dann lachten sie gleichzeitig los. Laut und unbeschwert. Einen Atemzug lang.

»Ich werde erpresst«, sagte sie ernst. »Man verlangt von mir, einem Menschen Gewalt anzutun.«

»Und jetzt haben Sie vor, dem Erpresser zu zeigen, dass man Sie nicht brechen kann.«

»Nein. Ich beuge mich.«

»Oh! Dann hat Ihr hübsches Kleidchen ganz schön viele Schmutzflecken. Wenn Sie verstehen, was ich damit andeute.«

»Eigentlich überhaupt nicht, ich trage meine Kleider stets sauber und frisch gebügelt«, entgegnete sie.

Petersen lächelte. Sein Blick haftete für einen Augenblick an ihren Brüsten, die in ihrem blauen Sommerkleid besonders zur Geltung kamen. Und Frida bekam rasch den Eindruck, der Mann vor ihr drohte seine Konzentration zu verlieren. So wie viele andere Männer es während ihren Unterhaltungen taten.

»Dann erzählen Sie es mir!«

»Der Mann, das Opfer, ist ein Lehrer an der …«

»Nein, wie es zur Erpressung kam«, unterbrach er sie.

»Das ist unwichtig.«

Petersen lachte auf. »Ganz im Gegenteil. Vielleicht haben Sie jemanden abgemurkst und ziehen mich jetzt auch noch in die Geschichte rein.«

Frida nickte verständnisvoll. Dennoch würde sie ihm nichts über den Heiler oder gar die unbekannten Kinder erzählen. »Ich gebe Ihnen mein Wort, dass dies nicht der Fall ist. Ich bin bereit, eine unverschämte Menge Geld in Sie zu investieren, für eine Aufgabe, die ein anderer für eine Flasche Selbstgebrannten erledigen würde. Ich erwarte, dass Sie mir vertrauen.«

»Ja, da haben Sie vermutlich sogar recht! Einen Menschen zusammenzuschlagen erfordert keine große Kunst und schon gar nicht so viel Geld.« Er sah sie durchdringend an. »Deshalb müssen Sie mir verzeihen, wenn ich mich weigere, Ihnen zu vertrauen.«

»Sie sorgen mit Gewalt dafür, dass ein Mann für ein paar Tage in ein Krankenhaus eingewiesen wird, um aus einer mir nicht bekannten Lektion zu lernen. Dadurch erhalten Sie die Chance, mit einem fähigen Anwalt und großzügigem Startkapital, das Leben in den Griff zu bekommen. Mehr verlange ich nicht. Mehr steckt nicht dahinter.«

Petersen schwieg nachdenklich. Dabei haftete sein Blick, wie Frida es beabsichtigt und erhofft hatte, am Gefängnis auf der anderen Straßenseite. Und als ob das Schicksal sich für sie einsetzen wollte, erklang kurz hinter der Mauer ein für sie undefinierbarer Signalton, dessen Bedeutung der Mann auf dem Beifahrersitz aber sehr wohl kannte.

»Sie sprechen davon, was ich erhalte, wenn ich es tue. Doch was passiert, wenn ich nein sage?«

Frida zuckte mit den Schultern. »Ihre vorübergehende Freiheit kann ich Ihnen nicht mehr wegnehmen, von daher genießen Sie die Zeit. Sobald ich Sie bei Ihrer Mutter abgesetzt habe, sehen wir uns nie wieder.«

»Sie drohen mir also nicht?«

»Ganz ehrlich, wäre ich in der Position, Ihnen drohen zu können, hätte ich niemals solch einen beachtlichen Teil meines Vermögens und damit meine Ehe aufs Spiel gesetzt.«

Petersen nickte, doch sie erkannte an seinem Blick, dass er nach wie vor skeptisch war. Sicherlich, weil er mehr Informationen brauchte.

»Mein Mann, meine gesamte Familie wird herausgehalten. Sie wissen nichts von der Erpressung. Und ich habe nur noch neun Tage Zeit, bis der Erpresser seine Drohung umsetzt. Deshalb, bitte August, helfen Sie mir.«

Er sah sie unsicher an. »Ich verstehe Sie dennoch nicht. Warum so eine hohe

Summe investieren, wenn für diese Aufgabe eine Flasche Selbstgebrannter ausgereicht hätte? Wie Sie sagten.«

»Weil ich mich mit diesem Geld von meiner Sünde freikaufen möchte«, sagte sie ehrlich. »Einem guten Menschen, und das ist Gennadi Filippow, davon bin ich überzeugt, wird durch mich Leid zugefügt.« Sie tippte leicht auf seine Brust. »Ein anderer Mann, der laut seiner Mutter herzensgut ist, bekommt durch mich die Möglichkeit, sein Leben neu zu gestalten.«

Petersen lächelte leicht. »Glauben Sie mir, meine Ma übertreibt da gewaltig.«

»Du!«, sagte sie und orientierte sich dabei an die kulturellen Regeln des Landes, »Du bist keine fünfzehn Jahre jünger als ich, also duzen wir uns ab jetzt gegenseitig.«

Er nickte. »Erzähl mir von dem Lehrer.«

Frida erzählte in wenigen Sätzen alles, was sie über Gennadi Filippow wusste.

»Hast du seine Adresse?«

»Ja, aus einem Telefonbuch.«

»Dann gibt es zwei Optionen. Wir fangen ihn entweder vor seiner eigenen Haustür ab oder an seinem Arbeitsplatz, was angesichts der vielen Menschen dort und der Tageszeit ziemlich dumm wäre.«

»Nein, wir halten uns von der Schule und seinem Zuhause fern«, sagte sie unendlich erleichtert darüber, Petersen überzeugt zu haben, ihr zu helfen. »Ich weiß, wo er sich nächste Woche Mittwoch spät abends ohne seine Frau und Kinder aufhalten wird. Dort kannst du ihn abfangen.«

»Du meinst ich, du und noch eine weitere Person.«

Frida runzelte die Stirn.

»Damit dein Plan wirklich funktioniert, reicht ein Mann nicht aus. Was wenn er stärker ist als ich? Was wenn es ihm gelingt, zu entkommen? Was wenn ihm jemand zur Hilfe kommt? Nur weil du mich aus dem Gefängnis geholt hast, bedeutet das nicht, dass ich mit jedem fertig werde. Schließlich haben wir nicht vor, den Mann mit einer Waffe mal eben zu töten, richtig?«

»Richtig!«, pflichtete sie ihm eilig bei. »Ehrlich gesagt, hatte ich mir schon Gedanken darüber gemacht, ob du das alleine schaffst, doch mir fällt keine weitere Person ein, die dir helfen könnte.«

»Uns!«, sagte er bestimmt. »Du wirst so oder so dabei sein. Wir brauchen einen Fluchtfahrer.«

Frida schüttelte entschieden den Kopf. »Für alles, was ich dir dafür gebe, erwarte ich, dass du es auch ohne mich hinbekommst.«

»Dann vergessen wir das Ganze«, widersprach Petersen entschlossen. »Entweder bist du dabei, oder auf Wiedersehen.« Er öffnete seine Beifahrertür.

»In Ordnung«, sagte sie rasch, wohlwissend, dass er ihre einzige Option für diese Aufgabe war.

»Dann fehlt uns nur noch ein dritter Mann«, beharrte er zu ihrem Verdruss. »Und ich denke, ich weiß auch schon, wer das sein wird.«

GENNADI FILIPPOW

Kapital-Maa
Samstag, 05. Juli 1969

Jeden ersten Mittwoch im Monat veranstaltete der Bürgermeister von Kapital-Maa in der historischen Stadthalle ein Bankett zu Ehren von Personen, die kürzlich seiner Meinung nach etwas Großartiges erreicht hatten. Da in diesem Land etwas Großartiges in Wirklichkeit immer seltener erreicht wurde, kamen oftmals Ehrengäste aus dem Ausland, um ihre Erfolge hierzulande zu feiern. Genau dann war die vielseitige Sprachbegabung von Gennadi Antonowitsch Filippow besonders gefragt. Antonowitsch war ein in der Sowjetunion unumgängliches Patronym, hier jedoch spielte es keine Rolle. Doch um dem Mann gebührenden Respekt zu zollen, wurde dieser dennoch verwendet.

»Das ist eine ganz schlechte Idee, das wird nichts«, erklang eine raue Stimme begleitet von einem Alkoholgeruch neben Fridas rechtem Ohr.

Es war Benne Karlsson, der das sagte. Der dritte Komplize im Bunde. Sein von Aknenarben übersätes rotes Gesicht, seine trüben Augen, seine raue Stimme, sein Alkoholgestank und seine verwaschene Kleidung entsprachen der Person, an die Frida dachte, als sie meinte, ein anderer würde diese Aufgabe für eine Flasche Selbstgebrannten erledigen. Kaum war der Mann in den Toyota, das Auto, das sie jetzt fuhr und das Petersen sich von irgendeinem Bekannten für fünfzig *Tacken* geliehen hatte, eingestiegen, wollte sie das ganze Vorhaben sofort abbrechen. Doch nachdem Karlsson sich bei ihr vorgestellt hatte und sie einige Sätze miteinander geredet hatten, erkannte sie, dass im Inneren dieser abstoßenden Erscheinung ein interessantes und ja, vermutlich sehr intelligentes Wesen steckte. Die anschließende Unterhaltung während der Fahrt vom Dorf Sten-Talo, wo Onkel Ben wie Karlsson genannt werden wollte, zugestiegen war, bis Kapital-Maa reichte aus, um zu erkennen, dass Petersen die richtige Wahl getroffen hatte.

»Seht euch die vielen Menschen an, wie sollen wir ihn hier zusammenschlagen, ohne dabei zu versagen?«, fragte Onkel Ben.

Frida parkte unter einer großen Fichte am Straßenrand, unweit von der Einfahrt zum Parkplatz. Die langen Äste schirmten das Licht der Straßenlaternen ab und sorgten für Dunkelheit, die die Fahrzeuginsassen verbarg. Sie betrachtete nervös die steinerne Stadthalle schräg gegenüber. Vor dem riesigen Eingang, bewacht von zwei Löwen aus Marmor, hielten sich lachende Gäste mit Sektgläsern in den Händen auf, umschwärmt von ernst blickenden Angestellten mit Tabletts voller Getränke und Häppchen. Es war unmöglich, hier an Filippow heranzukommen.

»Er hat recht«, bestätigte Petersen.

»Normalerweise werden die Gäste hinten in den großen Park herausgelassen, hier vorne ist es dann wie auf einem Friedhof. Jedes Mal, wenn mein Mann und ich eine Veranstaltung vorzeitig verlassen, kann ich es kaum erwarten, bis das Taxi kommt. Der Weg zum Parkplatz ist noch grauenvoller.« Frida schob ihre Baskenmütze hoch und kratzte sich mit zusammengekniffenen Augen an der Stirn. Sie hatte am Montag diese Mütze aus dem Baskenland in einem kleinen Laden für Strickwolle entdeckt, wo sie dunkle Wolle zum Stricken von zwei Masken mit Augen- und Mundöffnung kaufte. Eine für Petersen und eine für ihren bis dahin noch unbekannten dritten Komplizen. Außerdem besorgte sie sich in einem Gebrauchtladen ein Hemd, eine Hose und schwarze Schuhe. Die Haare zu einem Dutt gebunden und unter der Baskenmütze versteckt, sah sie im Dunkeln aus der Ferne wie ein Mann aus. Das sorgte bei Petersen für einen herzhaften Lacher, als er sie so sah.

»Wir können ihn unmöglich hier krankenhausreif prügeln.« Petersen zeigte in die Dunkelheit hinter ihnen. »Selbst wenn er statt mit einem Taxi zu fahren, zum Parkplatz geht. Falls er überhaupt ein Auto hat. Die Leute werden uns hören und sehen.«

»Gibt es denn wirklich keine andere Lösung?«, fragte sie hoffnungslos. »Wie gesagt, möchte ich das bevorstehende Leid nicht zu ihm nach Hause tragen. Seine Familie sollte ihn in so einem Zustand nicht sehen.«

»Frida«, Onkel Ben berührte sanft ihre Schulter, »ich verstehe, was du damit bezwecken möchtest, aber das ist Irrglauben. Seine Sippe wird ihn so oder so in dieser Verfassung sehen. Die Platzwunden und blauen Flecken bleiben für gewöhnlich noch längere Zeit erhalten.«

»Ja!« Sie sah Petersen verärgert an. »Aber wie ich schon mehrfach sagte, August, möchte ich nicht, dass seine Angehörigen ihn unmittelbar danach sehen.« Das Wort *danach* betonte sie lauter, um die Wichtigkeit dessen zu untermauern. Ihr wurde plötzlich übel.

»Manchmal müssen wir von unseren Prinzipien abrücken«, sagte Onkel Ben bedächtig.

Sie lachte verzweifelt auf und startete den Motor des geliehenen Toyota Corolla, dessen Nummernschilder gestohlen waren. Petersen und sie hatten in den letzten Tagen alles bis ins kleinste Detail geplant und vorbereitet. Dabei spielten drei bedeutende Informationen, die Frida schon im Vorfeld, noch bevor sie überhaupt Knut Melender begegnete, wusste, eine wichtige Rolle. Ihr war bekannt, dass heute ein Politiker aus Italien eingeladen war und dass Filippow zwischen ihm und dem Bürgermeister als Dolmetscher fungieren würde.

Außerdem wusste sie, dass jeden ersten Sonntag im Monat, in irgendeinem Teil des Landes ein Sprachwettbewerb entweder auf Englisch, Russisch oder Spanisch für Schüler vom fünften bis zum zehnten Schuljahr stattfand. Als Sprachlehrer sah Gennadi Antonowitsch Filippow es als seine Pflicht an, eine der Klassen, die er unterrichtete, auf diese Veranstaltungen zu schleppen. Andro hatte mit seiner Klasse bereits drei Mal teilgenommen. Freya sogar fünf Mal. Daher war es ausgeschlossen, dass der sprachbegabte Russe auf der heutigen Gala länger bleiben würde als Mitternacht, denn die Reise, diesmal nach Fortfarande-Vann, dauerte einige Stunden mit dem Bus. Außerdem prahlte der Bürgermeister bei jeder Gelegenheit damit, er könne ebenfalls ein wenig Finnisch, Russisch, Englisch, Spanisch und Italienisch, weshalb sie sicher war, dass Filippow den Mann vorzeitig mit dem Italiener alleine lassen würde. Eine weitere Information, die Frida durch vorherige Beobachtungen hatte, war, dass der allseits beliebte Russe selten von seiner Frau begleitet wurde, vermutlich aufgrund der kleinen Töchter, die sie hatten. Deshalb hofften Petersen und sie stark darauf, dass ihr Opfer alleine in der Dunkelheit, abseits der Stufen der Stadthalle auf sein Taxi warten würde. Von der Forderung, ihn nicht vor seinem Haus zusammenzuschlagen, musste sie schon bei der Planung abrücken. Dies sollte die letzte Option sein, um an ihn heranzukommen, und bedauerlicherweise trat genau das jetzt ein.

Sie wichen den Straßen mit dem meisten Verkehr aus, wo sogar die Polis gelegentlich ihre Kontrollen insbesondere zur späten Stunde machte, und erreichten in vierzig Minuten die Straße, in der Gennadi Filippow wohnte. Und damit nur zwei Minuten bevor er selbst mit einem Taxi nach Hause kam.

Kaum hatte Frida nach Anweisung von Petersen in einiger Entfernung von Filippows Grundstück geparkt, die Scheinwerfer ausgeschaltet und den Motor abgewürgt, raste ein Taxi an ihnen vorbei und blieb nur wenige Meter weiter ruckartig stehen.

»Verdammt, da ist er schon«, sagte Onkel Ben und klopfte mehrere Male auf Petersens Schulter. »Wo ist meine Maske?«

Petersen griff in die Tasche seiner dunklen Jacke und überreichte ihm eine von Fridas gestrickten Masken.

»Sobald das Taxi losfährt, machst du ihn auf dich aufmerksam, August. Sonst entwischt er uns«, sagte Onkel Ben und streifte die Maske über den Kopf. »Wir müssen improvisieren und wir müssen schnell sein! Sobald es losgeht, werden die verdammten Hunde die ganze Straße alarmieren.«

Frida stöhnte verzweifelt. Filippow wohnte in der Gegend, wo nur Eigentumshäuser standen. Zweifelsohne hatte mindestens jeder dritte Haushalt einen Vierbeiner zum Schutz seines Besitzes. Da das Opfer hier aufzusuchen als letzte Option galt, hatte sie sich im Vorfeld keine ernsthaften Sorgen über die Hunde gemacht.

»Du wirst ihn alleine überwältigen«, erklärte Onkel Ben weiter, »bis ich bei dir bin, dauert es ein paar Sekunden. Am besten du fragst ihn nach dem Weg oder so. Lass die Maske erstmal weg.«

»Das geht nicht«, entgegnete sie hysterisch, »er darf auf keinen Fall sein Gesicht sehen.«

»Sobald das Taxi fährt und ich mich ein paar Schritte vom Auto entfernt habe, machst du die Scheinwerfer an«, sagte Petersen die Öffnung der Maske dehnend.

»Also, wie jetzt, die Schein…« Sie hatte vor Aufregung seine Anweisung nicht verstanden und schaffte es nicht, ihre Frage zu Ende zu formulieren. Kaum hatte Filippow das Auto verlassen, fuhr das Taxi los.

Petersen stieg hastig aus. »Entschuldigung«, sagte er laut und marschierte mit erhobenem Arm in Filippows Richtung. Dabei hielt er lässig die zusammengefaltete Maske in der Hand. »Wir haben uns hoffnungslos verfahren. Hätten Sie vielleicht Zeit, um uns zu helfen?«

Frida kurbelte ihre Fensterscheibe herunter, um besser zu hören.

Filippow sah kurz zum wegfahrenden Taxi und kam dann Petersen entgegen. Was im Nachhinein, wie Frida später feststellte, ein gravierender Fehler von ihm war.

»Die Scheinwerfer!«, zischte Onkel Ben.

Rasch drehte sie das Zündschloss und ließ die Lampen aufleuchten. Weil es bereits gegen 1 Uhr morgens war und alle Straßenlaternen längst erloschen waren, wurde Filippow sofort geblendet. Kaum hob er die Hand vors Gesicht, da stürmte Petersen, die Maske überstreifend, auf ihn zu. Gleichzeitig stieg Onkel Ben schnaubend aus.

Den Angreifer nur wenige Meter von sich entfernt, erkannte Filippow die Falle, drehte sich um und rannte. Doch Petersens inzwischen erreichte Geschwindigkeit verschaffte ihm einen entscheidenden Vorteil, er holte aus, schlug auf den Kopf des Russen und brachte ihn zu Fall.

»Suka!«, brüllte Filippow auf Russisch, drehte sich blitzschnell auf den Rücken und griff nach dem tretenden Bein des Angreifers.

Petersen, aus dem Gleichgewicht gebracht, fiel ebenfalls zu Boden. Durch einen lauten Aufschrei bestätigte er, dass seine Landung, wie Frida aus der Ferne sah und vermutete, ungünstig verlief.

Filippow rappelte sich auf und wurde sofort erneut zu Boden gerissen, dieses Mal durch die Körpermasse von Onkel Ben. Sie schlugen beide hart auf dem

Asphalt auf und brüllten vor Schmerz.

Für einen Moment bot sich Frida ein Bild von drei Männern, die alle mühsam versuchten aufzustehen. Petersen umklammerte mit der linken Hand seinen rechten Arm. Onkel Ben hielt sich mit einer Hand die Stirn und wischte mit der anderen ständig über die Augen. Offenbar kämpfte er gerade gegen eine Ohnmacht an.

Der zähe Russe war als Erster auf den Beinen. »Hiiilfeeee!«, brüllte er lauthals und bewegte sich humpelnd in die Richtung seines Hauses.

»Du musst ihm das Maul stopfen«, rügte Onkel Ben Petersen und sackte zurück zu Boden.

In der Ferne bellte plötzlich ein Hund. Viele weitere folgten seinem Ruf. Wenn nicht Filippows Hilferuf die Nachbarn alarmiert hatte, dann hatten dies nun die Hunde erledigt. Petersen kam wieder auf die Beine und sprang mit vorgestrecktem Knie in den weghumpelnden Russen rein. Filippow krachte erneut zu Boden. Diesmal schaffte er es nicht, dem darauffolgenden Tritt auszuweichen. Petersen erwischte ihn mit voller Wucht im Gesicht. Onkel Ben kam hinzu. Gemeinsam malträtierten sie den hilflosen Mann mit schnellen, erbarmungslosen Tritten, während aus ihren Mündern, zwischen keuchenden Atemzügen, die Botschaft von dem Heiler herausgebrüllt wurde: »Hör auf zu suchen!«

Fridas Herz drohte vor Mitleid und Scham zu zerreißen. Sie weinte klagend, zwang sich jedoch, hinzusehen. Als eine Lampe auf dem Grundstück eines der Häuser aufleuchtete, startete sie den Motor und rollte ihnen entgegen. Onkel Ben und Petersen ließen von dem Mann ab und rannten mit den Händen vorm Gesicht, um nicht durch das Licht der Scheinwerfer geblendet zu werden, auf das Auto zu. Kaum waren sie drin, umfuhr sie den reglos liegenden Gennadi Filippow und beschleunigte sofort den Wagen.

»Da kommen die ersten Retter«, sagte Onkel Ben nach Atem ringend. »Scheiße, einer hat ein Gewehr.«

Frida trat angsterfüllt noch mehr auf das Gaspedal und lenkte den Wagen in eine Kurve.

»Langsam!«, brüllte Petersen, als ihr das Heck ausbrach. »Runter vom Pedal.«

Sie lenkte dagegen, bekam den Wagen unter Kontrolle und drosselte die Geschwindigkeit. In weniger als einer Minute hatten sie die große Kreuzung erreicht. Eine der Straßen würde sie bis zu dem vorübergehenden Versteck bringen, das keine drei Kilometer von hier entfernt lag.

»Habt ihr irgendwas zum Verbinden? Ich blute wie eine aufgespießte Sau«, keuchte Onkel Ben. »Mir wird langsam ganz komisch. Ich glaube, ich verliere zu viel Blut.«

Frida sah in den Rückspiegel und erkannte in dem schwachen Licht der Straßenlaternen das viele Blut auf der inzwischen unmaskierten Visage von Onkel Ben. Auf seiner Stirn war eine riesige Platzwunde. Das musste passiert sein, als er sich auf Filippow stürzte und mit dem Gesicht auf dem Asphalt landete.

Petersen riss ebenfalls seine Maske runter und machte sich sofort daran, die Jacke auszuziehen. Dabei fluchte und brüllte und er vor Schmerz.

»August, was ist los?«, fragte Onkel Ben ernstlich besorgt und nahm die Jacke entgegen.

»Drück das auf deine Wunde, wir sind gleich da.« In seiner Stimme spiegelte sich der Schmerz wider. »Ich habe mir den Arm gebrochen. Ganz sicher.«

»Wir sind schon elende Profis.« Onkel Ben lachte. »Der Russe hat uns nicht einmal angegriffen und trotzdem fast auseinandergenommen.«

Petersen lachte nicht. Und Frida dachte bereits an den weiteren Verlauf ihres ausgeklügelten Plans. In etwa acht Stunden, so gegen neun Uhr morgens, hatten sie vor, das Versteck zu verlassen. Sie und Petersen planten, in einen Bus zu steigen und eine Anwaltskanzlei aufzusuchen, wo Frida sofort den vollen Betrag für den bevorstehenden Prozess und seinen neuen, erfahrenen Anwalt übergeben würde. Unmittelbar danach, und da waren sie sich beide einig, gab es keinen Grund mehr, jemals wieder voneinander zu hören.

TORTE MIT TEE

Stor-Yel

Sie entschieden sich dazu, die Wahrheit zu sagen, als Ron von Lumi nach dem Ursprung seines geschundenen Körpers gefragt wurde, und wurden dafür belohnt. Die Butts nahmen die Martinssons für eine unbestimmte Zeit bei sich auf. Ron bekam das ehemalige Büro von Lumis Mann. Nach seinem Tod blieb der Raum ungenutzt und vor allem unberührt. Allein der Haufen Ordner, in die der Generalleutnant seine Nase täglich für mehrere Stunden gesteckt hatte, wurden einen Tag, nachdem er verstorben war, von Soldaten abgeholt. Den Bürotisch und die leeren Aktenschränke verlagerten sie in den Keller und liehen für Ron ein Bett von den Nachbarn aus, das an manchen Stellen bereits rostete und dessen Stahlfedern der uralten Matratze sich nachts schmerzhaft in seine Rippen bohrten. Veera durfte mit in Lumis großem Ehebett schlafen. Bis in den späten Abend hörte man die Schwestern schwatzen und gelegentlich herzhaft auflachen, gefolgt von gegenseitigen Ermahnungen leise zu sein, da sonst das ganze Haus wach werden würde.

Die Zeit verflog schnell. Inzwischen waren über zwei Monate vergangen, nachdem die Martinssons, unwissend, wie die Butts auf sie reagieren würden und welche weitere Hürden auf sie warteten, an der Tür geklopft hatten.

»Da bist du ja!«, jauchzte Joona und machte Anstalten, Ron zu umarmen.

»Joona, was habe ich dir dazu gesagt! Nicht hier und außerdem denk an meine schmerzenden Rippen.« Er nahm seine Hand und schüttelte sie energisch. »So macht man das.« Inzwischen waren seine Verletzungen vollständig verheilt, aber das musste sein Cousin nicht wissen.

»Ich habe dich doch nur so sehr vermisst.«

»Ja, aber wir sind mitten in der Stadt, hier muss man sich wie ein Erwachsener verhalten. Und Erwachsene schütteln sich die Hände und springen sich nicht um den Hals wie zwei kleine Mädchen.«

»Ich bin kein Mädchen«, kreischte Joona und marschierte wütend weg.

Ron wischte sich stöhnend über das Gesicht, der Preis dafür, dass sie bei den Butts leben durften, war bei aller Liebe, die er für diese Familie empfand, manchmal einfach zu hoch. Jeden einzelnen Tag in der Woche fuhr sein Cousin 40 Minuten mit dem Linienbus von Sotilas-Hemland nach Stor-Yel, um ihm bei seiner zweistündigen Mittagspause Gesellschaft zu leisten.

Ron bekam ohne große Mühe eine Stelle als Aushilfe in einer Küche, die täglich zwanzig Kindergärten mit Essen belieferte.

»Hier ist es wie auf einem Bahnhof, die Leute kommen und gehen«, sagte Samu, sein neuer Arbeitskollege, am ersten Tag. »Du wirst auch nicht lange hierbleiben, wirst schon sehen.« Der große, fettleibige, stets vor sich hin grinsende Mann klopfte ihm auf die Schulter und watschelte mit einer Schüssel geriebener Möhren davon. Diese Prophezeiung hatte er vor sechs Wochen ausgesprochen und zugegeben, hatte Ron schon zig Male daran gedacht, die Arbeit zu schmeißen. Abgesehen von der miesen Bezahlung waren die Arbeitszeiten alles andere als mitarbeiterfreundlich. Um 10 Uhr war Arbeitsbeginn zum Spätdienst, der erst um 21 Uhr endete. Den letzten Linienbus Richtung Sotilas-Hemland dann gerade noch erwischt, war er kurz nach 22 Uhr zu Hause. Zu Hause, so nannte er inzwischen ihre vorübergehende Bleibe, wohlwissend, dass es auf Dauer nicht so bleiben durfte und er deshalb diese Arbeitsstelle brauchte, bis er etwas Besseres fand. Dass die Küche eine düstere Halle, in die kaum Tageslicht eindrang, ein perfektes Versteck war, tröstete ihn wenig. Die Zeit, die er im Bus und in seiner Mittagspause in der Öffentlichkeit verbrachte, reichte vermutlich aus, um früher oder später von Declans Leuten gefunden zu werden. Die immense Summe, die er diesem Mann schuldete, und der daraus resultierte, gescheiterte Mordanschlag sprachen dafür, dass sie noch lange nicht fertig miteinander waren.

»Joona, komm schon. Bleib stehen. Ich kaufe dir ein Stückchen Torte und Tee«, rief er ihm nach und fand, dass er und sein Cousin durchaus ein Gebäck aus einer echten Konditorei verdient hatten. Selbst wenn ihn der Spaß fast seinen halben Tageslohn kosten würde.

Sein Cousin stoppte. »Wirklich?«

Ron sah sich um. Seine Arbeitsstelle war höchstens einen halben Kilometer vom Stadtkern entfernt. Von dort aus bis hierhin hallte tagtäglich Musik der Straßenmusiker. Unzählige Menschen marschierten an der Küche vorbei, um dorthin zu gelangen, wo das Leben Spaß bereitete. Aus Angst vor Declan und seinen Männern hatte er diesen Ort bis heute gemieden. Wenn sie nach ihm suchten, dann zweifelsohne in Zentren großer Städte. Dort, wo Spielkasinos und Bars ihre unangefochtene Daseinsberechtigung hatten.

Ron deutete in die Ferne, auf ein riesiges Schild einer Konditorei auf der anderen Straßenseite. »Dahin gehen wir.«

»Aber du hast doch gesagt, du darfst nicht ins Zentrum«, widersprach sein Cousin.

»Dort ist noch kein Zentrum«, entgegnete Ron. »Los jetzt, über die Straße.«

Joona folgte ihm jammernd. »Wir dürfen nicht einfach so rüber, wir müssen zur Ampel. Wenn meine Mutter das erfährt, darf ich dich nie wieder besuchen.«

Ron hielt ihn am Ärmel fest, bis das Auto vorbeifuhr und sie die Straße überqueren konnten. »Sie wird das nicht erfahren. Aber sobald du so was ohne mich machst, verpetze ich dich.«

»Du bist heute sehr gemein zu mir«, kreischte Joona und stampfte wütend mit dem Fuß auf.

Einige der Passanten betrachteten sie belustigt.

»Du sollst dich wie ein Erwachsener benehmen, wie oft noch?«

Sein geistig zurückgebliebener Cousin ging auf diese für ihn unvorstellbar schwierige Forderung nicht ein, stattdessen lief er bis zu der Konditorei und wartete vor dem Schaufenster, bis Ron bei ihm war.

»Ich nehme die da.« Er zeigte auf eine Torte aus weißem Überzug, verziert mit rosa Blumen aus Sahne.

»Lass uns reingehen«, sagte Ron, betrat die Konditorei und erblickte Hanna Meyer zum ersten Mal. Er vergaß die Welt um sich und starrte die junge Kellnerin unverhohlen an, sie war vielleicht Mitte zwanzig. Sie stellte gerade schmutziges Geschirr von der Verkaufstheke auf ein Tablett. Wie die Hygienevorschriften es verlangten, hatte sie ihre lockigen braunen Haare zu einem Dutt gebunden, wodurch ihre Ohrringe und der Hals freilagen. Und etwas anderes. Ihr wunderschönes Gesicht war auf der rechten Seite durch eine hässliche Brandwunde, die sich vom Wangenknochen bis zum Kinn und vom Ohr bis zum Nasenflügel zog, verunstaltet. Als sie sah, wie Ron sie anstarrte, verzog sie verärgert das Gesicht, verdeckte mit der Hand ihre Verbrennung und eilte ohne das Tablett mit dem Geschirr in den Hinterraum.

Ron wurde harsch von Joona in den Rücken gestoßen, damit er weiterging, gleichzeitig verlangte eine winkende Person in der hinteren Tischreihe seine Aufmerksamkeit. Es war sein Arbeitskollege Samu, der ihm deutete, sich an seinen Tisch zu setzen. Ron folgte zögerlich dem Angebot, die meisten Tische waren ohnehin besetzt, und stellte ihm Joona vor. Während sie sich die Hände schüttelten, versuchte Samu mit einem mürrischen Gesichtsausdruck offenkundig zu entschlüsseln, was mit dem energisch in alle Richtungen blickenden Mann nicht stimmte.

»Joona ist mein Cousin. Er ist krank«, erklärte Ron geistesabwesend, seine Augen suchten nach der wunderschönen Frau hinter der Theke.

»Hast du Angst, dass sie ihn erschreckt?«, fragte Samu leise.

»Was?« Ron sah ihn verunsichert an.

»Sie ist eine Konditorin und arbeitet normalerweise nur hinten. Vermutlich ist der Laden heute wieder unterbesetzt und deshalb sie nach vorne gekommen.«

»Du kennst sie?«, fragte Ron hoffnungsvoll.

»Ja.« Samu sah kurz zu Joona. »Aber ich werde sie trotzdem nicht darum bitten, unseren Tisch von einer anderen Kollegin bedienen zu lassen.«

»Was, nein, natürlich nicht.« Ron tätschelte Joonas Arm. »Ich glaube, du verstehst da etwas falsch.«

Samu durchtrennte mit der Tortengabel seine bereits zur Hälfte aufgegessene Portion und schob sich ein großes Stück in den Mund. »So wie du sie angestarrt hast. Das war nicht schön. Die arme Hanna hat es auch ohne Menschen wie dich schon schwer genug.« Er sah Ron ernst an.

»Verstehe mich bitte nicht falsch, ihr Aussehen hat es mir einfach angetan. Ihr Anblick hat mich verzaubert. Ich hatte das Gefühl, wir würden uns bereits eine Ewigkeit kennen.« Ron räusperte sich, überrascht über die eigenen Worte. Noch nie in seinem Leben hatten solche Sätze seine Lippen verlassen.

Samus ernster Blick hellte sich langsam auf. »Für einen Moment dachte ich, du würdest Hanna verspotten.« Er lachte. »Doch du meinst das wirklich so!«

»Wann kommt unsere Torte?«, fragte Joona ungeduldig.

»Gleich, mein Freund. Wir müssen warten, bis wir bedient werden«, sagte Ron und suchte erneut nach Hanna.

Samu beugte sich zu ihm vor und räusperte sich. »Aber ihre Brandwunde im Gesicht hast du schon gesehen, oder?«

Ron nickte. »Natürlich, na und?«

Samu klatschte ihm mit der schweren Pranke auf die Schulter und lachte. »Ron, du bist ja ganz anders, als ich dich eingeschätzt habe.«

»Ja!«, sagte er lächelnd. »Und gekündigt habe ich auch noch nicht.«

»Nein.« Sein feister Arbeitskollege wischte sich eine Träne weg. »Du bist«, er schnappte nach Luft, »du bist schon fast einer der Dienstältesten.«

»Da kommt sie!« Joona zeigte aufgeregt auf eine Kellnerin, die auf sie zukam. Es war nicht Hanna.

»Kannst du mich ihr vorstellen?«, fragte Ron, nachdem die Bedienung die Bestellung aufgenommen hatte und sich dem nächsten Tisch zuwandte. »Oder hat sie schon einen anderen?«, kam ihm der erschreckende Gedanke.

»Nein. Sie hat niemanden. Auch keine Verwandten. Die Brandwunde hat ihr der Adoptivvater verpasst, kurz bevor sie sechzehn wurde. Ein mieser Wichser, der Sex von ihr wollte. Sie haben ihn eingebuchtet, seitdem ist sie auf sich alleine gestellt. Die Adoptivmutter hat sie nämlich verstoßen.«

»Das ist ja schrecklich«, flüsterte Ron.

»Sie ist eine wunderbare Frau.«

»Oh, bist du … und sie?«

»Nein!« Er lachte auf. »Nein, da ist absolut nichts.«

»Das ist gut«, sagte Ron erleichtert. »Woher kennst du sie?«

Samu ließ die dicken Schultern zucken. »Irgendwann haben wir drüben im Park während meiner Mittagspause auf derselben Bank gesessen und sind ins Gespräch gekommen. Ist bestimmt schon drei Jahre her. Seitdem treffen wir uns dort ab und an in den Pausen. Sie arbeitet zweischichtig, weshalb das nicht so oft vorkommt. Und wenn der Laden unterbesetzt ist, macht sie überhaupt keine Pausen, so wie heute.«

Ron kannte den Park allzu gut. Er verbrachte ebenfalls die meiste Zeit seiner Pausen dort. In Begleitung von Joona. Samu hatte er schon oft aus der Ferne auf einer der Bänke erblickt, jedoch hatte noch nie Hanna neben ihm gesessen.

»Kannst du mich ihr vorstellen?«, wiederholte er seine unbeantwortete Frage.

»Jetzt gleich?«

Ron sah auf sich hinab und schnüffelte möglichst unauffällig unter seinen Achseln. Dann betrachtete er Joona. Er hatte ein Spielzeugauto aus der Hosentasche hervorgeholt und fuhr damit auf der Tischplatte um die Zuckerdose herum.

»Nein. Aber morgen?«

Samu schob das letzte Stückchen Torte in den Mund und spülte es mit dem Rest vom Tee hinunter. »Wie wäre es mit Freitag? Hanna hat da einen kurzen Tag und die Wahrscheinlichkeit, dass wir uns da im Park begegnen, ist dann viel größer als sonst.«

»Da kommt unsere Torte! Und der Tee!«, sagte Joona begeistert.

»Also Freitag!«, sagte Ron. »Ich danke dir, Samu.«

MOND

Kapital-Maa
Montag, 21. Juli 1969

Obwohl eine gefühlte Ewigkeit vergangen war, kreisten Eskils Gedanken fortwährend um Enania. Sehnsucht, Wut und Eifersucht hinderten ihn daran, zur Ruhe zu kommen. Sehnsucht nach der Frau mit der schönsten, attraktivsten Stimme, die er jemals gehört hatte. Wut auf die Menschen, die das Treffen verhindert hatten. Allen voran der untersetzte, aggressive Mann und der verräterische Junge. Eifersucht, weil er sich im Radio anhören musste, wie seine Traumfrau mit einem anderen verkuppelt wurde. Sein Name war Lars, was für ein Bastard!

Nicht bereit, das Unrecht, das ihm widerfuhr, zu akzeptieren, fuhr Eskil noch am selben Tag, nachdem er die Ladung Wassermelonen abgeliefert hatte, zum Radiosender, um klarzustellen, dass alleine ihm das Recht zustand, Enania zu treffen. Ein imposantes, vor kurzem gebautes, fünfstöckiges Gebäude unweit vom größten Park der Stadt diente unter anderem als neuer Sitz des Radiosenders *Triumph Kapital-Maa*. Doch da der Sender im gleichen Gebäude untergebracht war wie das Zweitbüro vom Bürgermeister, scheiterte sein Vorhaben bereits am Eingang. Zwei mit Maschinenpistolen bewaffnete Polis erklärten ihm mit barschen und unmissverständlichen Worten, dass Abschaum wie er dieses Bauwerk ohne notwendige Papiere niemals betreten würde. Gedemütigt befolgte er wie ein geprügelter Hund die Aufforderung, sich unverzüglich von hier zu verpissen.

Seine letzte Hoffnung, Enania zu treffen, war verpufft, jedoch nicht seine Wut. Diese wuchs tagtäglich um das Doppelte. Um diese gegen Polisbeamte vor dem Gebäude zu richten, war er zu machtlos, nicht aber gegen die zwei Hauptübeltäter, die alles verdarben. Entschlossen, die beiden für ihr Verbrechen an ihm büßen zu lassen, glaubte er, den Schüler in jedem Fall zu finden. Unweit der Telefonzelle war eine Schule und es bestand kein Zweifel daran, dass der Junge diese besuchte.

Eskil arbeitete für ein Unternehmen, das Lebensmittel von einem Zentrallager an die Geschäfte in Kapital-Maa verteilte. Zwar hatte er täglich wechselnde Routen, doch organisierte er es fast immer so, dass seine Mittagspause gegenüber vom Schulhof des Jungen stattfand. Irgendwann, hoffte er, würde er den kleinen Mistkäfer schon entdecken.

Die Zeit verstrich, die Wut wuchs ins Unermessliche, doch von dem Schüler fehlte jede Spur. Hunderte Kindergesichter hatte er in den letzten Tagen gesehen, einige von ihnen blieben ihm besonders in Erinnerung und bekamen sogar Spitznamen, nur die freche Visage des Jungen war nirgends aufzufinden.

Inzwischen befürchtete er, der Schüler stammte doch von einer anderen Schule und war nur hier vorbeigekommen, um vielleicht ein Mädchen, das ihm den Kopf verdreht hatte, zu sehen und zu beeindrucken.

»Hundesohn!«, flüsterte Eskil verzweifelt, schob sich das letzte Stück Brot in den Mund und stellte das Radio lauter. Ab heute hatte sich die Welt grundlegend verändert. Zum ersten Mal in der Geschichte hatte ein Mensch einen fremden Himmelskörper betreten. Auf jedem Radiosender, Fernsehersender und auf der Straße gab es kaum ein anderes Thema als dieses Ereignis. Ein Mensch spazierte auf dem Mond. Dem Mond über ihren Köpfen! Und er versagte schon dabei, einen Jungen zu finden, der einen Teil dazu beigetragen hatte, sein Leben zu zerstören. Nein! Sich zu rächen ist der falsche Ansatz, begriff Eskil plötzlich. Das Schicksal erwartete von ihm keine Rache, sondern rationales Nachdenken darüber, wie er am Ende doch mit Enania zusammenkommen konnte und die Lösung dazu kam ihm fast augenblicklich. Der Moderator Bruno Samaras! Er hatte vor einem oder zwei Jahren, der Langeweile geschuldet, in einer Zeitung ein Interview mit dem Mann gelesen. In einem witzigen Kontext mit dem Journalisten erzählte Samaras von sich und seiner vermeintlich interessanten Karriere. Ein Foto, das neben dem Artikel platziert war, zeigte den Moderator dabei, wie er in ein Mikrofon sprach. Es war das einzige Mal, das Eskil ein Bild von ihm gesehen hatte, doch das reichte aus. Gesichter konnte er sich schon immer gut merken. Zahlen und Visagen, o ja, das war seine Stärke. Wenn er nicht zum Radiosender durchkam, zu Bruno Samaras würde er außerhalb des Senders garantiert durchdringen. Und sobald er Enanias vollständigen Namen und ihre Adresse erfahren hatte, würde sein Freund, das Schicksal, sie vereinen. Zweifelsohne.

ALLES WIRD GUT!

Puu-Gren
Donnerstag, 24. Juli 1969

Die erste Woche nach der grausamen Straftat kämpfte Frida tagsüber mit Gereiztheit und nachts mit Schlaflosigkeit. Die ständige Sorge, Gennadi Filippow würde das Krankenhaus als Krüppel verlassen, ließ sie vermutlich nicht minder leiden als seine nahen Angehörigen.
 Der brutale Akt gegen den angesehenen Russen bekam mehr Aufmerksamkeit, als sie erwartet hätte. Schüler und ihre Mentoren organisierten Bastelprojekte, um ihren geliebten Lehrer in der schweren Stunde aufzumuntern. Hochrangige Politiker und Prominente aus der Hauptstadt richteten ein Spendenkonto ein, wo laut inoffiziellen Informationen inzwischen eine beachtliche Summe zusammengekommen war. Auch die Familie Heinrich hatte ihren Beitrag dazu geleistet. Der Bürgermeister verkündete eine Gala zu Ehren von Gennadi Filippow, sobald er wieder genesen war. Der Polis-Chef von Kapital-Maa Anton Petersen – abgesehen vom gleichen Namen hatten er und August Petersen nichts gemeinsam – jedoch was für eine Ironie, versprach höchstpersönlich den Fall schon sehr bald aufzulösen und die hinterhältigen Täter zu fassen. Vor der spektakulären Mondlandung am 21. Juli beschäftigten sich die Zeitungen besonders inbrünstig mit dem Thema Gennadi Antonowitsch Filippow. Manche verhalten und sachlich, andere wiederum aggressiv und mutmaßend. Als Frida eines Morgens auf dem Weg zum Theater *Mime* hörte, wie im Radio der Moderator Bruno Samaras mit der schrillen Stimme seine Meinung zur Tat äußerte, kam ihr die Verlockung mit Vollgas gegen einen Baum zu fahren. Nur der Gedanke, ihre Familie sei ab jetzt sicher, minderte die geistigen Qualen, die sie seitdem plagten. Sie hatte ihre Schuld bei Knut Melender beglichen, ihn in seiner Praxis aufgesucht und dessen Bestätigung mit einem Handschlag besiegelt, auch wenn es sie angewidert hatte, diesen Mann anzufassen.
 »Was die Kinder angeht, so können Sie mich jederzeit wieder damit beauftragen, die Suche nach ihnen fortzusetzen«, sagte er lächelnd und ließ ihre Hand los. »Ich glaube, ich habe Informationen, die Sie interessieren würden.«
 »Nein. Ich habe mich dazu entschlossen, diese Begegnung zu vergessen. Aber ich danke Ihnen für das Angebot«, sagte sie und täuschte ein Lächeln vor.
 »Wie Sie wünschen.« Der Heiler schmunzelte ebenfalls, jedoch war es ein echtes Lächeln. »Doch denken Sie bitte immer daran, Frida, sobald Sie eines Tages den Versuch wagen, Ihre Suche hinter meinem Rücken fortzusetzen, sehen

wir uns wieder.«

»Machen Sie sich diesbezüglich keine Sorgen, lieber Melender, ich habe meine Lektion gelernt und werde Ihre Worte nicht vergessen«, versicherte sie immer noch Zähne zeigend und innerlich gegen den Ekel diesem Mann gegenüber ankämpfend.

»Schlaue Frau«, sagte er und sein Lächeln verblasste schlagartig, »und jetzt verlassen Sie meine Praxis.«

Was Theo anging, so hatte Frida ihrem Mann bis heute nichts über die Begegnung mit dem Teufel erzählt. Dass es dazu kommen würde, stand außer Frage. Ihr Glück, wenn man dies so betrachten durfte, bestand darin, dass er viel zu selten Interesse für den Kontostand zeigte. Der große Ehestreit, denn das würde er zweifelsohne sein, stand noch bevor und würde sie beide an ihre Grenzen bringen. Und auch wenn Frida anfänglich vorhatte, ihre Familie komplett aus dieser schrecklichen Erfahrung herauszuhalten, so begriff sie, dass es dumm wäre, ihren Mann zu belügen. Denn egal welche Lüge sie sich über den Verbleib des Geldes ausdenken würde, es war unmöglich, Theo auszutricksen. Sie kannte ihn durch und durch, ebenso wie er sie auswendig kannte. Er würde wütend werden. Er würde es nicht dabei belassen, dass irgendein dahergelaufener Heiler seine Ehefrau erfolgreich erpresst hatte. Er würde diesen Wurm zerquetschen wollen. Weshalb die Herausforderung nicht darin bestand, ihm die Wahrheit zu erzählen, sondern ihn dazu zu bringen, diesen Vorfall zu akzeptieren und auf sämtliche Vergeltungen zu verzichten.

»Mama, Tutor Filippow wurde aus dem Krankenhaus entlassen«, verkündete Freya feierlich und riss sie aus den qualvollen, immer wiederkehrenden Gedanken.

»Ist er vollkommen gesund oder hat er bleibende Schäden davongetragen?« Frida ertappte sich dabei, wie sie dem Blick ihrer Tochter auswich und auf den Boden sah. Auch wenn es für sie überhaupt kein Problem darstellte, sich jederzeit zuverlässige Informationen über Filippows gesundheitlichen Zustand durch die verschiedensten Personen einzuholen, vermied sie es. Sie hatte mal gehört, dass viele Verbrecher gefasst werden, weil sie irgendwann zum Tatort zurückkehren, um nachzusehen, wie die Dinge gerade standen. Und auch wenn das absurd war, so hatte sie dennoch das Gefühl, auf ihrer Stirn würden die Worte prangen: *Ich war es!*

»Manche erzählen, er hätte noch blaue Ringe unter den Augen wegen der gebrochenen Nase. Aber ansonsten scheint bei ihm alles verheilt zu sein.« Freya hob die vorbeilaufende Katze Mr. Green auf den Arm. »Nächste Woche, wenn ich ihn selbst sehe, kann ich mehr berichten.«

»Nächste Woche?« Frida runzelte die Stirn. Die Kinder hatten, wie die Tradition es verlangte, seit dem 17. Juli Sommerferien.

»Ja, natürlich, das habe ich dir doch erzählt. Es wird trotz Ferien eine Feier zu Ehren von Tutor Filippow geben. Am Mittwoch. Wir hatten die Schule am letzten Tag vor den Ferien geschmückt und alles für das Fest vorbereitet.«

»Richtig«, sagte Frida und versuchte, sich daran zu erinnern, wann ihre Tochter ihr das erzählt hatte. »Richtig!«

»Mama«, in Freyas Augen standen plötzlich Tränen, »irgendetwas stimmt nicht mit dir. Du bist nicht du selbst, schon seit Wochen, seit du diesen Kindern begegnet bist. Ich weiß, ich habe dir versprochen, Papa nichts zu erzählen.« Sie weinte. »Aber ich werde es jetzt trotzdem tun.«

Frida nahm ihr die Katze ab und setzte das Tier auf den Boden. Dann umarmte sie ihre Tochter und suchte nach den richtigen Worten. Worten, die ihr etwas mehr Zeit verschaffen sollten. Zeit, die sie benötigte um ... um ... wofür eigentlich?

»Freya«, sie sah ihr durchdringend in die Augen, »wenn du dich jetzt einmischst, könnte es passieren, dass Papa und ich uns am Ende scheiden lassen.«

»Waaaas?«, schluchzte das Mädchen entsetzt. »Warum?«

»Das werde ich dir nicht verraten. Niemals. Das geht dich nichts an. Hast du das verstanden?«

In Freyas Gesicht war der Schmerz, den sie durch diese harten Worte verursacht hatte, deutlich zu sehen. »Hast du dich etwa in einen anderen Mann verliebt?«

»Nein, natürlich nicht, Kind.« Sie küsste ihre Tochter auf die Stirn und lachte, wenn auch gezwungen. »Ich liebe deinen Vater über alles. Genau so wie dich und Andro. Ich würde euch niemals gegen jemand anderen tauschen.«

Das Mädchen nickte erleichtert und versuchte zu lächeln.

Frida wischte ihr die Tränen weg. »Ich verspreche dir, ich bin bald die Mama, die du kennst und brauchst. Gib mir nur noch ein wenig Zeit, um wieder zu mir selbst zu finden. Bitte unterstütz mich dabei, indem du wie sonst immer gute Laune im Haus verbreitest und dir keine Sorgen um deine Mutter machst.«

»Versprochen, dass es nichts Schlimmes ist?«

»Versprochen, mein Schatz.« Sie drückte Freya fest an sich. »Versprochen.«

MODERATOR BRUNO SAMARAS

Kapital-Maa
Dienstag, 29. Juli 1969

»Entschuldigung, hätten Sie einen Moment Zeit für mich?«, rief Eskil und marschierte auf Samaras zu, der fast im Laufschritt aus dem Radiosender kam und auf die Uhr starrte.

»Nein, tut mir leid, hab keine Zeit«, antwortete der Moderator, ehe er von der Uhr aufsah.

»Nur eine Minute.«

Samaras stöhnte genervt auf. »Was willst du?«

Er streckte ihm die Hand entgegen und sah nervös zu den beiden Polisbeamten hinüber. Einer von ihnen kam zögernd auf sie zu.

Der Moderator ignorierte seine Hand, stattdessen zeigte er auf etwas hinter Eskils Rücken. »Da kommt er schon. Ein anderes Mal vielleicht, Kumpel.«

»Bitte. Nur ganz kurz. Eine Frage.«

Ein Taxi umrundete sie und blieb mit der hinteren Fahrertür genau vor Samaras stehen. »Was bist du, ein scheiß Reporter?« Er nahm den Türgriff.

»Nein. Jetzt warte doch!« Eskil drückte mit der Hand verärgert gegen die Tür.

»Hey«, protestierte Samaras, pfiff und winkte den Polis zu. Einer der Beamten war inzwischen fast bei ihnen.

»Bitte, ganz kurz. Es ist wichtig.«

Ein schmerzhafter Stoß in den Rücken ließ ihn am Moderator vorbeistolpern und auf seinen Händen landen. Augenblicklich drückte ein schwerer Fuß auf seine Schulterblätter, so dass er auf dem Boden blieb.

Samaras beugte sich vor und zog an seinen Haaren. »Wenn ich dich jemals wieder sehe, reiße ich dir den Arsch auf.« Er verpasste ihm eine leichte Ohrfeige und entfernte sich. »Lass ihn laufen, Aik. Ich bin sicher, er hat mich verstanden.«

Das Taxi fuhr mit dem Moderator davon und der Polis ließ ihn wie verlangt laufen, aber nicht, bevor die behandschuhte Faust zweimal hart in Eskils Gesicht gelandet war.

Sich am Kreuz haltend und Blut schmeckend entfernte er sich zum wiederholten Mal wie ein geprügelter Hund von diesem verfluchten Ort. Er war überrascht, wie unmenschlich Bruno Samaras in Wirklichkeit war. Ein weiterer Versuch, mit diesem Mann zu sprechen, würde nicht gut ausgehen. Da war er sich jetzt schon sicher. Menschen wie Samaras warteten nur darauf, herausgefordert zu werden. Insbesondere dann, wenn sie Zuschauer umgaben, an deren

Bewunderung und Respekt sie sich rühmen konnten. Eskil spuckte Blut aus und grinste. Er fragte sich, ob der großspurige Moderator bei sich zu Hause, wo ihm niemand zu Hilfe kommen würde, genau so mutig war.

Bedauerlicherweise war die private Adresse von Bruno Samaras nicht in einem Telefonbuch aufzufinden, was ihn zwang, eine andere Lösung zu wählen. Für zwei Flaschen Selbstgebrannten hatte Eskil ein uraltes Motorrad, ein BMW R26, von einem Bekannten auf unbestimmte Zeit ausgeliehen. Um nicht erneut aufzufallen, parkte er die Maschine am Rande des Parks, schräg gegenüber vom Sender. Außerdem trug Eskil eine Schiebermütze seines Vaters, die er sich tief ins Gesicht gezogen hatte. Doch bei diesen Temperaturen schwitzte er unter der Mütze so sehr, dass seine Haare vor Nässe trieften und er sich zunehmend unwohler und aggressiver fühlte. Von den Blicken der Polisbeamten weit genug entfernt, wartete er auf einer Sitzbank, bis der Moderator Feierabend hatte. Das Radio im Schoß, lauschte er der Musik und der schrillen Stimme des Ansagers. Die Zeitspanne zwischen seinem Dienstschluss und dem von Samaras betrug etwa vierzig Minuten. So viel Zeit hatte er, um vom einen Ende der Stadt zum anderen zu kommen. Deshalb verpasste er ihn die ersten zwei Tage. Am dritten war er pünktlich genug, um zu sehen, wie Samaras in ein Taxi eingestiegen, das ihn bis zu einem Hotel brachte, aus dem er, zumindest bis Eskil aufgab und wieder fuhr, nicht mehr herauskam. Vermutlich fickte der Moderator dort stundenlang eine Edelhure, was ziemlich befremdlich war, denn eigentlich erzählte er oft im Radio, wie großartig seine Frau und seine Ehe waren. Am vierten Tag war er fünf Minuten vor Samaras' Feierabend da und verlor das Taxi auf einer Kreuzung, an der er bei Rot stehenbleiben musste, da hinter ihm ein Poliswagen fuhr. Am fünften und sechsten Tag war Eskil gezwungen Überstunden abzuleisten. Dafür bekam er heute angenehmere Routen und die Erlaubnis, früher zu gehen. Im Radio verabschiedete Samaras sich von seinen Hörern und kündigte seine Ablöse an. Eskil schaltete das Radio aus und schlenderte langsam zum Motorrad. Nicht mehr lange und der Moderator würde herauskommen. Ein Taxi parkte bereits am Straßenrand gegenüber vom Eingang des Senders. Das Fahrzeug könnte auch jemand anderes geordert haben, doch die meisten Büroangestellten im Gebäude arbeiteten für gewöhnlich nicht länger als 16 Uhr, wie üblich im Land. Vor der Tür stand heute wie schon vor drei Tagen nur ein Polis, und das ohne ein Maschinengewehr. Eskil zog die Erkenntnis daraus, dass der Bürgermeister inzwischen ebenfalls sein Zweitbüro verlassen hatte. Vermutlich saß er gerade in dem offiziellen Büro, das sich im alten, abgewirtschafteten Rathaus befand und nur für den Empfang besonderer Gäste diente, und schlürfte einen Cocktail.

Fünf Minuten nach 18 Uhr kam der Moderator energisch aus dem Gebäude heraus. Zum Taxi marschierend, sagte er einige Sätze zu den Polisbeamten und sie lachten. Aus der Entfernung hatte Eskil kein Wort verstanden, doch was er klar und deutlich hörte, waren die Worte, die Samaras immer noch lachend dem Taxifahrer zurief: »Bring mich nach Hause, Bob.«

Kaum war er eingestiegen, fuhr Bob los und Eskils Versuch Nummer vier, den Moderator bis zu seinem Haus zu verfolgen, nahm seinen Lauf.

»Bitte, bitte«, flehte er jedes Mal, wenn er drohte, das Taxi aus den Augen zu verlieren, weil er mindestens vier Autos Abstand hielt, um nicht aufzufallen.

»Danke, danke«, flüsterte er, sobald seine Verfolgungsjagd von äußeren Einflüssen wie Ampeln und anderen Fahrzeugen begünstigt wurde.

Die Fahrt bis zu Samaras' Wohnsitz war laut der Uhr kürzer, als sie ihm unter der Anspannung vorkam, und endete im östlich gelegenen Stadtteil Silk. Diese Gegend gehörte fast ausschließlich dem wohlhabenderen Teil der Bevölkerung. Mieten, die höher waren als der durchschnittliche Lohn der meisten Bürger, hielten Normalverdiener fern. Saubere, intakte Straßen, gepflegte Gebäude und Geschäfte mit teuren, innovativen Produkten aus dem Ausland entsprachen den Charakteristika dieses Viertels. Nirgends im Land war die Polis so präsent wie hier und nirgends stank es so sehr nach Korruption. Politiker, Geschäftsleute, Prominente sie alle fühlten sich in dieser prunkvollen Blase wohl und sicher.

Endlich war es Eskil gelungen, herauszufinden, wo der Moderator wohnte. Doch anders als erwartet, lebte Samaras nicht in einer prächtigen Villa, sondern in einer Sackgasse in einem fünfstöckigen Mehrfamilienhaus. Mit zehn Wohnparteien. Die Anlage war geräumig und gepflegt. Hinter dem Haus ragte ein hoher Zaun aus Lebensbäumen auf, der sich bis zur nächsten mehrstöckigen Wohnanlage gegenüber zog. Die Art von Zäunen war sehr selten und schon gar nicht außerhalb dieses Stadtteils zu finden. Ein Normalverdiener hatte neben seiner Arbeit Dutzende Aufgaben im Haushalt und im Garten, um den Lebensstandard halbwegs aufrechtzuerhalten. Sich dann noch mit einem Zaun zu beschäftigen, der nicht nur viel kostete, sondern auch enorme Pflege erforderte, war für normale Bürger unvorstellbar.

In der ganzen Umgebung gab es kaum Parkplätze, und wenn, dann waren sie besetzt. Eskil hätte das Motorrad am Straßenrand stehen lassen können, doch stattdessen fuhr er eine beachtliche Strecke zurück, bis ihm eine große Lücke zwischen zwei Fahrzeugen ermöglichte, die Maschine abzustellen. Falls sein Besuch bei Samaras übel endete, wollte er seinen Bekannten nicht in diese Angelegenheit verstricken, sollte das Nummernschild erfasst werden.

Nach etwa fünfzehn Gehminuten erreichte er Samaras' Wohnhaus und betrat den Hausflur. Überrascht, sich nicht in einem üblichen Flur wiederzufinden, sondern in einem geräumigen Raum, sah Eskil sich neugierig um. Der Boden war mit einem Teppich ausgelegt. Die Wände mit Tapeten beklebt. Es gab einen Fahrstuhl, und das wohlbemerkt in einem Haus mit nur fünf Stockwerken. Doch was ihn am meisten überraschte, war der Mann hinter einer Empfangstheke. Für einen Augenblick glaubte Eskil, er sei hier in einem Hotel, dann erinnerte er sich an die große Briefkastenanlage mit vielen Namen. Bruno Samaras stand ebenfalls darauf.

»Wie kann ich Ihnen helfen?«, fragte der Pförtner hinter der Theke. Sein mürrischer Blick musterte Eskil von oben bis unten.

»Ist schon gut, ich brauche Ihre Hilfe nicht.« Da er nicht wusste, auf welchem Stockwerk der Moderator wohnte, marschierte er statt zum Fahrstuhl, auf die Treppen zu.

»Haben Sie eine Verabredung mit einem Bewohner in diesem Haus?«, ließ der Mann nicht locker. Er hatte graue Haare und ein faltiges Gesicht. Vermutlich ein Rentner, der gezwungen war, tagtäglich hier zu stehen, um sich seinen Lebensunterhalt zu verdienen. Dass die Renten heutzutage gerade noch für eine Miete ausreichten, war ein offenes Geheimnis.

»Nicht direkt, aber danke, ich komme schon klar!«

»Ohne eine Verabredung werde ich Sie nicht durchlassen.«

»Na dann habe ich eine Verabredung«, entgegnete Eskil und trat auf die erste Stufe.

»Moment«, sagte der Pförtner und holte ein Buch mit vermutlich Zehntausenden von Seiten hervor. »Wie ist Ihr Name?«

»Wofür brauchen Sie meinen Namen?«

»Na, damit ich in Erfahrung bringen kann, ob Sie tatsächlich hier im Haus eine Verabredung haben.«

»Hören Sie zu.« Eskil zwang sich zur Beherrschung, schon wieder stellte sich jemand zwischen ihn und Enania. »Ich habe keine Verabredung, trotzdem muss ich noch heute mit Bruno Samaras sprechen. Es ist wirklich dringend.«

Der Mann griff zum Telefon auf der Theke. »Warten Sie bitte einen Moment, ich frage Herrn Samaras, ob er Sie empfangen wird. Wie ist Ihr Name?«

»Mein Name tut nichts zur Sache!«, brüllte Eskil aufgebracht. Natürlich würde der Moderator ihn nicht freiwillig empfangen, wohl aber die Polis rufen lassen.

Der Pförtner hob beschwichtigend die Hände, »Dann fordere ich Sie hiermit auf, das Haus sofort zu verlassen.«

Eskil sah zum Telefon. Wenn er den Mann jetzt ignorierte, würde keine fünf Minuten später die Polis da sein. »Bitte, es ist wichtig.«

»Hier tauchen täglich irgendwelche Schmarotzer auf, denen es wichtig ist, einen der Bewohner zu belästigen. Zwing mich nicht, meine Waffe zu benutzen. Raus hier!«

»Du verfluchter Bastard!« Er ging mit geballten Fäusten auf den Mann zu. »Warum begreifst du das nicht?«

Mit einer raschen Bewegung griff der Pförtner mit einer Hand nach dem Hörer und präsentierte in der anderen eine Pistole.

»Ist gut«, sagte Eskil eingeschüchtert, »ich gehe schon.«

»Lass dich nie wieder hier blicken!«, rief der Mann ihm hinterher.

»Bestimmt nicht«, versicherte er und schlenderte statt zum Parkplatz, wo sein geliehnes BMW R26 stand, um das Haus herum.

Hier wartete eine Überraschung auf ihn, mit der er niemals gerechnet hätte, wohl aber sein Bauchgefühl, das ihn hierher lotste. Das Haus hatte auf dieser Seite Balkone und eine Fluchtleiter, die sie allesamt miteinander verband. Eskil schnaubte verächtlich. Die reichen Schnösel dachten wirklich an alles, um ihr Leben so gut und sicher zu gestalten, wie nur möglich. In Kapital-Maa gab es Dutzende Hochhäuser, die meisten über acht Stockwerke hoch und mit mindestens zweiunddreißig Wohneinheiten, doch seltsamerweise hatten diese keine Fluchtleiter, die im Notfall Hunderte Leben retten könnte.

Er erinnerte sich an Samaras Namen auf dem Briefkasten. Er prangte über dem linken Schlitz, der von unten gesehen an dritter Stelle war. Wenn er das richtig deutete, müsste der Balkon vom Moderator ebenfalls auf der linken Seite im dritten Stockwerk liegen. In der Hoffnung, niemand würde ihn sehen, stieg er eilig die Leiter hoch, betrat den Balkon und erstarrte, als er Samaras erblickte. Rasch drückte er sich an die Wand neben der geöffneten Balkontür und sah sich verstohlen nach Menschen um, die ihn möglicherweise ertappt hatten. Doch auf dieser Seite der Wohnstätte waren die einzigen Personen, die dafür in Frage kamen, Bewohner dieses Hauses auf ihren Balkonen. Da er niemanden sah und ihn keine wütende Stimme aufforderte, sich von hier zu verpissen, musste sein Aufstieg unbemerkt geblieben sein. Er sah in die Ferne und stellte überrascht fest, dass hinter der grünen Mauer aus Lebensbäumen der Stadtteil Gammal-Alleya lag. Das erkannte er am großen Turm mit der Uhr, die schon kaputt war, als er noch die Schule besuchte. Er erinnerte sich daran, wie seine Klasse einen Tagesausflug zu diesem Uhrturm aus rotem Stein unternommen hatte. Der Lehrer quasselte stundenlang darüber, wie geschichtsträchtig das Bauwerk war und warum die Uhr nicht funktionierte. Doch Eskil hatte keine Minute zugehört und wusste deshalb bis heute nicht, weshalb dieser Turm mit der kaputten Uhr so wichtig war.

Dutzende Menschen standen um das Bauwerk herum und noch mehr liefen auf Bürgersteigen von einem Geschäft zum nächsten. Autos fuhren die Straße entlang oder warteten an der Ampel auf ihren Einsatz. Doch niemand sah nach oben über den prachtvollen Zaun, wo er gerade dabei, war einen Einbruch zu begehen.

Samara musste sehr hungrig und müde gewesen sein. Mit einem Milchglas in der einen Hand, die auf seinem Bauch ruhte, und einem Laib einer kleinen Scheibe Brot in der anderen, schlief er laut schnarchend auf seiner Couch. Das Stück Brot würde jeden Moment im Teppich landen.

Das Wohnzimmer war geräumig. Eine senfgelbe Couch war mitten im Zimmer positioniert, vermutlich eine weitere Eigenart, die reiche Schnösel pflegten. Mehrere bunte Tagesdecken zierten die Lehne. Vor dem Ruhemöbel stand ein kleiner Holztisch mit seltsamen Mustern auf der Platte. Darauf war eine kunstvoll geschwungene Vase mit frischen Dahlien abgestellt. An der Wand gegenüber hatte die Familie Samaras einen Fernseher stehen. Ein elektrisches Wunder, das sich Eskil und seine Eltern sowie die Mehrheit der Bürger im Land nicht leisten konnten. An derselben Wand befand sich die Tür zu einem weiteren Raum. Hinter der Couch schmückten zahlreiche exotische Pflanzen in kunstvollen Töpfen das Wohnzimmer. Auf der gegenüberliegenden Seite der Balkontür stand ein riesiges Bücherregal an der Wand. Hochwertige, ja sogar einige vergoldete Buchrücken luden ein, sich die Publikationen genauer anzuschauen. Allerdings hatte Eskil nie etwas für Bücher übriggehabt. Über dem Sofa hing ein Kronleuchter, der einem Leuchter aus einem Märchenschloss in Nichts nachstand. Die Wände waren tapeziert und das Parkett bestand aus einem sehr hochwertigen Holz. Nein, er hatte sich getäuscht, oder andersrum, Samaras täuschte die anderen. Dieser Wohnsitz war eindeutig eine Villa. Versteckt in einem fünfstöckigen Wohnhaus.

Den schlafenden Moderator fest im Blick, betrat Eskil leise die Wohnung und lauschte. Schweiß rann ihm über die Schläfe und er wischte ihn genervt weg. Diese verdammte Schiebermütze würde ihn noch in den Wahnsinn treiben. Er wagte zwei weitere Schritte. Samaras' lautes Schnarchen hinderte ihn daran, zu erfahren, ob sich noch weitere Personen in der Wohnung aufhielten. Erst gestern hatte der Moderator im Radio damit geprahlt, was für ein leckeres Dinner seine Frau ihm vorgestern kredenzt hatte. Dinner, was zum Teufel war ein Dinner? Kaum hatte er den nächsten Schritt gewagt, öffnete Samaras die Augen und setzte sich erschrocken auf. Milch ergoss sich über seine Hose und das Glas landete auf dem Teppich. Es zerbrach nicht, was vermutlich für eine gute Qualität stand. Sowohl für das Glas als auch für den Teppich. Natürlich.

»Was fällt dir ein?« Samaras sprang vom Sofa auf und rannte zur Tür, die zum anderen Raum führte. Doch Eskil war schneller. Er packte die kunstvolle

Blumenvase auf dem Tischchen und schleuderte sie auf den Moderator. Wasser und Dahlien verteilten sich auf dem teuren Boden, während die Vase den Läufer am Hinterkopf traf und aus dem Gleichgewicht brachte. Samaras' Laufrichtung änderte sich nach rechts, statt des Ausgangs erwischte er den Zargen und fiel ächzend zu Boden, wobei er den Körper beim Sturz seitlich drehte und den Aufprall mit dem linken Arm abdämpfte.

Sofort war Eskil bei ihm. »Ich will nur mit Ihnen reden«, versicherte er mit gedämpfter Stimme und glaubte, wenn die Ehefrau des Moderators zu Hause war, dann würde sie spätestens jetzt erscheinen. Oder panisch brüllen.

Samaras blinzelte benommen. Er hatte sich bei dem Aufprall gegen den Zargen eine gewaltige Platzwunde an der Stirn zugezogen. Blut rann über sein Gesicht. Doch das war die geringste Sorge, denn in seinem Hinterkopf steckte eine große Glasscherbe von der Vase.

»Scheiße«, sagte Eskil erschrocken, »keine Panik, das wird schon.« Er zog Samaras an den Händen hoch und führte ihn zum Sofa. »Hinsetzen.«

Der Moderator befolgte die Anweisung widerstandslos. Seine zitternde Hand tastete nach der Wunde an der Stirn.

»Wir rufen gleich einen Arzt«, versicherte Eskil. »Nicht vergessen, nur Sie sind für diese Situation verantwortlich. Ich hatte von Anfang an nur eine Frage, aber Sie mussten mich ja konsequent wegschicken. Wissen Sie noch, letzte Woche vor dem Radiosender? Sie haben mir eine Ohrfeige verpasst und mich anschließend von Polis verprügeln lassen.«

Der Moderator starrte ihn mit einem trüben Blick an.

»Sie sind ein Heuchler«, sagte Eskil anklagend, zog eine gestrickte Tagesdecke von der Lehne der Couch und wischte Samaras das Blut aus dem Gesicht. Die Platzwunde sah übel aus, jedoch nicht so schlimm wie die Scherbe in seinem Hinterkopf. Inzwischen war der hintere Teil des Hemdkragens vom Blut durchtränkt. »Im Radio geben Sie vor, ein Mann des Volkes zu sein. In Wirklichkeit aber ...«

»Was möchtest du von mir wissen?«, unterbrach ihn der Moderator mit fester Stimme. Offensichtlich hatte er sich von Benommenheit oder Schock oder gar beidem erholt. »Rede Klartext oder geh. Ich habe gerade andere Sorgen.«

Die hatte er tatsächlich. Die Glasscherbe reflektierte das Sonnenlicht auf die Wand. Bei jeder seiner Bewegungen tanzte ein Lichtstrahl auf den garantiert teuren Tapeten. Ein Notarzt musste schnell her, also beeilte sich Eskil mit seinen Fragen. Er hatte nicht vor, diesen Mann, egal wie herablassend und unhöflich er war, hier verbluten zu lassen. »Ich bin Esk...«, er verstummte. Seinen Namen zu verraten, wäre nach all dem, was hier gerade passiert war, das Dümmste überhaupt. »Erinnern Sie sich daran, wie ein Kerl namens Eskil mit einer Frau namens Enania bei einer Ihrer Verkupplungsshows telefonierte und die Leitung plötzlich abbrach?«

»Ja, natürlich«, sagte Samaras sofort, »bist du dieser Kerl, oder was?«

»Nein!«, bestritt er, bezweifelte jedoch, dass der Moderator ihm das abkaufte.

»Ich kann dir nicht folgen, rede klarer«, forderte Samaras barsch. »Lass das Kind endlich in den Brunnen fallen.«

»Mir hat das Mädchen gefallen. Ihre Stimme. Ich würde sie gerne treffen. Dazu brauche ich jedoch ihren vollständigen Namen und die Adresse.«

»Und nun erwartest du, dass ich sie dir verrate?«

»Ja!«

Der Moderator schnaubte verächtlich, »Damit du in ihr Haus eindringst und sie vergewaltigst? Vergiss es!«

»Was reden Sie da für einen Scheiß, ich bin doch kein Vergewaltiger!«

Samaras zuckte mit den Schultern. »Ein gewalttätiger Einbrecher aber schon.«

Wut packte Eskil. Warum nur stellte sich jeder zwischen ihn und Enania? »Sie müssen dringend verarztet werden, jetzt verraten Sie mir ihren Namen und ich hole Hilfe.«

»Glaubst du wirklich, das bisschen Blut macht mir Angst?« Er lachte spöttisch. »Von mir wirst du nichts erfahren, du Safttüte!«

Das bisschen Blut? Eskil glaubte nicht, was er da hörte. Die rote Flüssigkeit am Hinterkopf wanderte in erschreckend hoher Geschwindigkeit den Hemdrücken hinunter und erreichte inzwischen die Schlaufe.

»Bitte, ich verspreche Ihnen, dass ich Enania gut behandeln werde. Mir steht es zu, sie persönlich kennenzulernen. Ich war als Erster mit ihr verbunden, es steht mir zu!« Jetzt war es raus.

»Scheiße, Mann«, sagte Samaras und blinzelte unaufhörlich. »Ich brauche doch einen Arzt.« Er tastete vorsichtig seine Platzwunde an der Stirn ab. »Verfluchter Zargen.«

»Verfluchter Zargen?« Eskil starrte den Moderator ungläubig an und war sich jetzt sicher, dass der Mann von der Glasscherbe in seinem Hinterkopf nichts mitbekommen hat.

»Sie heißt Enania van der Meer. Wo sie wohnt, weiß ich nicht. Darum kümmern sich andere Mitarbeiter vom Sender. Und jetzt hol endlich Hilfe.«

»Sie verarschen mich«, sagte Eskil verärgert, »van der Meer, solche Nachnamen gibt es nicht!«

»Dann schau im Telefonbuch nach, du Idiot.« Er hob die Hand und zeigte mit dem Finger auf das Buchregal. Inzwischen war sämtliche Farbe aus seinem

Gesicht gewichen und das wilde Blinzeln wurde mit jedem Wimpernschlag unheimlicher. »Oberstes Fach!«

Eskil eilte zum Regal und suchte zwischen den vielen Büchern das Fernsprechverzeichnis. »Da!«, murmelte er zu sich selbst, zog das dicke Telefonbuch hervor, drehte sich zu Samaras und sah, wie der Mann in diesem Moment vom Sofa kippte und mit dem Hinterkopf auf dem Boden landete. Ein ekelerregendes Geräusch bestätigte, dass die Scherbe vollends in seinen Schädel eingedrungen war.

»Ach du Scheiße!« Eskil kämpfte gegen den plötzlichen Drang an, sich zu übergeben. »Alles in Ordnung?«

Nichts war in Ordnung, Samaras weit aufgerissene Augen starrten ins Leere. Sein Körper blieb regungslos. Eskil ließ das Telefonbuch fallen, kniete sich neben die Couch und betrachtete die immer größer werdende rote Pfütze um den Kopf des berühmtesten Radiomoderators der Stadt. Doch seine Gedanken kreisten nicht etwa darum, dass er in der Klemme steckte und aller Wahrscheinlichkeit nach lebenslänglich in einer Zelle landen würde, sondern darum, ob der besagte Nachnahme von Enania der Wahrheit entsprach. Sie und er gehörten zusammen. Er wollte gerade aufstehen, als ihm ein Gegenstand zwischen der Seitenlehne und Sitzfläche der Couch auffiel. Er griff hinein und ertastete eine Pistole. Deswegen zeigte Samaras nach dem gescheiterten Fluchtversuch keine Angst mehr, begriff Eskil. Nach dem Aufwachen war er überwältigt vom Einbrecher und hatte die Waffe vermutlich für einen Moment vergessen. Und als er sich wieder an sie erinnerte, hatte er Eskil bestimmt absichtlich zum Regal geschickt. So hatte er die Möglichkeit, um nach der Pistole zu greifen oder sich zumindest in ihrer Nähe zu befinden. Doch dazu sollte es heute nicht kommen. Es steckte kein Hauch Leben mehr in seinem Körper.

Eskils Hoffnung, Enanias Name würde wahrhaftig van der Meer lauten, schwand vollends. »Du verfluchter Bastard.« Er kämpfte gegen den Drang an, den Toten anzuspucken. Die Marke der Pistole war ihm fremd, dennoch verstand er die Funktionsweise und fand augenblicklich heraus, dass die Waffe voll geladen war. »Alle Toten, die dir folgen, hast du zu verschulden!«

Tief ein- und ausatmend nahm er das Telefonbuch und verließ die Wohnung durch die Eingangstür. Die Waffe fest umklammert, bestellte er den Fahrstuhl und lauschte, ob sich irgendjemand im Hausflur aufhielt oder gerade die Treppen benutzte. Es war schon schlimm genug, dass der Pförtner ihn gesehen hatte und nun sterben musste. Noch mehr Menschen in diesen Umstand hineinzuziehen, wäre grauenhaft. Der Lift meldete sich mit einem hellen Glockenschlag. Die Türen öffneten sich, Eskil betrat den Kasten und drückte auf die Taste mit der kaum erkennbaren Eins. Damit gab es kein Zurück mehr, die nächsten Sekunden entschieden darüber, ob oder für wie lange er damit davonkommen würde oder nicht. Er hatte wegen Enania so viel auf sich genommen, es war unmöglich, jetzt mit der Suche nach ihr aufzuhören.

Die Fahrstuhltür öffnete sich mit einem Dong. Eskil kam mit schnellen Schritten heraus und ehe der Pförtner die Möglichkeit bekam zu reagieren, richtete er Samaras Pistole auf ihn und drückte mehrmals ab. Die ersten drei oder vier Projektile verfehlten ihr Ziel, dann wurde der Körper des Mannes nach links gerissen und nach zwei weiteren Schüssen flog seine Hirnmasse durch die Luft. Der Tote prallte gegen den Schlüsselschrank und sank langsam zu Boden. Eskil trat die schwere Eingangstür auf, rannte um das Haus herum und drückte sich durch den grünen Zaun aus Lebensbäumen auf die gegenüberliegende Straße. Ob jemand schrie oder ihn gar aufforderte, stehen zu bleiben, vermochte er nicht zu sagen. In seinen schmerzenden Ohren breitete sich ein lauter Pfeifton aus. Wild um sich herumblickend, schob er die Pistole in den Hosenbund und verdeckte sie mit dem Hemd. Hinter ihm sah er keine Passanten in unmittelbarer Nähe, doch vorne und auf der anderen Straßenseite wimmelte es nur so von Menschen. Etwa dreißig Meter vor ihm sah er eine Bushaltestelle, an der Passanten auf den Bus warteten, der gerade an ihm vorbeifuhr. Eskil rannte und keine zwanzig Sekunden später bezahlte er mit einem Zehnerschein seine Fahrkarte bei dem Fahrer.

»Bis zur letzten Haltestelle«, sagte er, ohne sich selber zu hören und ohne zu wissen, wohin dieser Linienbus überhaupt fuhr. Durch die Scheiben sah er, wie plötzlich eine Dynamik auf der Straße entstand und Passanten in die Richtung rannten oder dahin zeigten, aus der er gekommen war. Auch der Busfahrer und die Fahrgäste reckten die Hälse nach hinten. Vermutlich schrie dort jemand, doch er hörte nur ein Pfeifen. Der Fahrer konzentrierte sich rasch wieder auf seine Arbeit, sagte etwas und gab ihm das Rückgeld. Eskil setzte sich auf die nächste freie Bank und flehte die Götter an, das Fahrzeug möge losfahren, worauf ein kleiner Ruck folgte und der Bus sich in Bewegung setzte. Erleichtert schlug er das Telefonbuch auf und suchte nach dem Namen van der Meer. Ihm wurde schwarz vor Augen, als er den Familiennamen entdeckte.

BASKENMÜTZE

Puu-Gren
Donnerstag, 31. Juli 1969

Frida hatte ihr Versprechen Freya gegenüber, wieder die Mutter zu sein, die das Mädchen kannte und brauchte, eingehalten. Die Nachricht, Gennadi Filippow gehe es fast so gut wie vor der unglücklichen Begegnung mit seinen Peinigern, verdrängte ihre Schuldgefühle fast vollständig. Und nachdem sie ihre Kinder gestern zur Schulfeier gebracht hatte, die allein diesem außergewöhnlichen Tutor gewidmet war, und den Mann aus der Ferne gesehen hatte, schlich sich bei ihr das Gefühl ein, die Welt sei fast wieder in Ordnung. Nur die nach wie vor ausstehende Aussprache mit Theo warf einen Schatten, wenn dieser auch weniger bedrohlich erschien als die Tage zuvor.

Freya übernachtete nach der Feier bei ihrer Freundin, weshalb Frida erst gegen Abend mit ihr rechnete. Andro war seit dem frühen Morgen mit seinen Freunden zum Fluss Lysande-Vesi gerannt. Angeblich um zu angeln. Aber sie wusste es besser, ihr Sohn wurde erwachsen. Sein Interesse galt inzwischen viel mehr den Mädchen aus dem Nachbardorf als den Fischen. Theo hatte beim Wegfahren versprochen, früher zu Hause zu sein. Seine Stimmung war gereizt, seine Blicke vorwurfsvoll. Er verhielt sich schon eine ganze Weile so, bemerkte sie, nachdem die Angst und Schuldgefühle endlich von ihr abließen und Freiraum gaben, über die Dinge um sie herum nachzudenken. Heute, beschloss Frida, würde sie Theo alles beichten. Ihre Liebe zueinander würde dafür sorgen, dass es gut ausging. Davon war sie fest überzeugt.

Sie schnippelte gerade eine Gurke für einen Tomaten-Gurken-Schmand-Salat, als Tasso plötzlich anfing, wie wild zu bellen. In der Erwartung, es handle sich dabei um einen Fehlalarm, ignorierte sie zunächst den Hund. Doch als sein Bellen immer aggressiver wurde, ging sie ins Wohnzimmer und spähte aus dem Fenster. Vor dem Gartentor stand ein zierlicher Mann, dessen Kopf nur knapp über die Zaunlatten ragte. Sie legte die Gurke und das Messer eilig auf den Küchentisch ab, wischte die Hände an der Schürze ab und öffnete die Tür.

»Hallo, Frida«, rief der Mann und winkte ihr zu. »Ich bin es, Knut Melender!«

»Knut Melender«, flüsterte sie entsetzt und trat einen Schritt zurück ins Haus. Wie hatte sie ihn aus dem Fenster nicht erkennen können?

»Frida.« Er hob beide Arme über den Zaun und drehte die offenen Handflächen hin und her. Ein traditionelles Zeichen, das bedeutete, ich komme unbewaffnet und in Frieden. »Eine dringende Angelegenheit zwingt mich dazu, Sie in Ihrem

Zuhause aufzusuchen.«

Frida ordnete rasch ihre panischen Gedanken, noch einmal durfte sie sich bei diesem Mann keinen verbalen Patzer erlauben. »Und die wäre?«, fragte sie freundlich.

Der Heiler sah sich demonstrativ in alle Richtungen um und hob die Augenbrauen.

»Tasso, Ruhe jetzt«, befahl sie dem Hund mit barscher Stimme, worauf dieser augenblicklich verstummte und in seiner Hundehütte verschwand.

»Es wäre mir peinlich, Sie in mein Haus zu bitten. Die Unordnung darin ist für Gäste unzumutbar.«

Der Heiler warf den Kopf in den Nacken und lachte herzhaft. »Ganz ehrlich, Frida, ich werde Sie nicht nach der Ordnung in Ihrem Haushalt beurteilen. Ich beurteile Menschen eher anhand ihrer Gastfreundschaft, die sie mir entgegenbringen.«

»Na dann möchte ich Sie nicht enttäuschen«, sagte sie mit fester Stimme. »Kommen Sie herein, geehrter Herr Melender. Die Kette von Tasso reicht bis zum Rand des Wegs zur Haustür, also nehmen Sie sich in Acht.«

Der Heiler betrat lachend das Grundstück. »Sie sind ein Wortakrobat, liebe Frida.«

»Doch Sie sind ein noch Besserer.« Sie schüttelte die entgegengestreckte Hand und spürte, wie ein Schwall Gänsehaut in Begleitung von Ekel ihren Körper überrannte. Gleichzeitig fragte sie sich, warum Tasso nicht aus seiner Hundehütte herausgestürmt kam, während dieser widerliche Mann an seinem Territorium vorbeiging.

»Kommen Sie herein. Ich bereite das Abendessen vor, auch wenn wir gerade erst Mittag haben.« Sie deutete auf einen der Stühle am Küchentisch. »Ist das in Ordnung, wenn ich diese Tätigkeit fortsetzte, oder würde Sie das beleidigen?«

Knut setzte sich. »Nein, überhaupt nicht. Kochen Sie ruhig weiter. Der Duft nach frischen Gurken erfreut meine Seele. Wie Sie wissen, dominieren in der Heilstätte das Heu und die Kräuter die Luft.«

Frida nickte lächelnd. Diesmal hatte sie den Heimvorteil. Hier bei ihr zu Hause hatte er keine Gräser, die den Verstand vernebelten. »Ich würde Ihnen gerne Tee anbieten, doch so lange werden Sie sicherlich nicht bleiben.«

Der Heiler lachte erneut.

»Was machen Sie in meiner Küche, Melender?«, fragte sie geradeaus, nachdem er verstummt war. Sie ließ eine Gurkenscheibe von der Messerspitze gleiten, die neben seinen zusammengefalteten Händen auf der Tischplatte landete. »Probieren Sie, ist eine holländische Sorte aus unserem Garten.«

»Oh.« Er griff neugierig nach der grünen Scheibe und betrachtete sie. »Interessant.« Und anstatt es zu essen, legte er das Gemüse zurück auf den Tisch. »Ich benötige Ihre Hilfe, Frida.«

»Nein, Sie und ich werden niemals wieder ein Geschäft eingehen. Und bei allem Respekt, ich bin der letzte Mensch auf der Welt, von dem Sie Hilfe erwarten dürfen.«

Der Heiler nickte, während sein Gesicht, das kein Alter verriet, sich verfinsterte. »Vielleicht habe ich den Satz falsch formuliert. Entschuldigung, mein Fehler.« Er nahm die Gurkenscheibe und warf sie in einem hohen Bogen in die Schüssel zum restlichen Gemüse. »Ich fordere Sie auf, mir zu helfen.«

Schnell und geschickt zerstückelte sie mit dem Messer den Rest der Gurke. Dann sah sie ihn an und schwieg eisern.

»Noch bin ich gewillt, mit Ihnen zu verhandeln, Frida. Ihre Hilfe wird belohnt. Begehen Sie nicht denselben Fehler wie beim letzten Mal. Ich bitte Sie darum.«

»Mein einziger Fehler war es, Sie aufzusuchen«, sagte sie trotzig, »und wenn Sie ein Mann von Ehre wären, würden Sie sich daran erinnern, dass wir quitt waren und ich Ihre Dienste nie wieder beanspruchen werde.«

Knut nickte ernst. »Sie haben absolut recht, Frida, die Sache ist nur die«, er sah sie kalt an, »mit Ehre putze ich mir höchstens den Arsch ab.«

»Bedeutet das«, fragte sie fassungslos über seine Antwort, »dass alles, was Sie mir letztens zugesichert hatten, gelogen war?«

»Natürlich nicht!«, sagte er empört. »Sämtliche Drohungen, die ich gezwungen war, gegen Sie und Ihre Familie auszusprechen, sind vom Tisch.«

»Gut«, sagte sie vorsichtig, »dann weise ich die Forderung, Ihnen zu helfen, höflichst zurück und bitte Sie darum, mein Haus zu verlassen. Leben Sie wohl, verehrter Knut Melender.«

Der Heiler schnaubte aufgebracht. »Frida, Sie machen es mir schon wieder nicht leicht.« Es schien, als hätte er ihre Bitte, sich aus ihrem Heim zu entfernen, überhört. »Hören Sie sich doch wenigstens an, worum es sich handelt und was ich Ihnen anzubieten habe.«

»Nein«, sagte sie entschieden. »Kein Interesse. Und jetzt bitte ich Sie wiederholt, mein Haus zu verlassen.« Sie spürte, wie ihre Knie zitterten und aneinanderschlugen. »Mein Mann wird gleich nach Hause kommen und Sie sollten um jeden Preis vermeiden, ihm zu begegnen.«

»Der gute Theo kommt frühestens in zwei Stunden. Genauso wie Ihre Tochter, die gerade bei einer Freundin ist. Und Ihr Sohn«, der Heiler lächelte, »Sie wissen schon, Mädchen. Rechnen Sie mit seiner Anwesenheit erst gegen Abend.«

»Woher haben Sie ständig diese Informationen?«, brüllte sie aufgebracht und umklammerte fest den Messergriff. Sie hatte diesen Bastard nicht umsonst zum Tisch gelockt, wurde ihr plötzlich klar. Leider wurde ihm das auch bewusst, sein Blick huschte kurz zur Klinge, dann zurück zu ihr.

»Ich hatte es Ihnen doch gesagt, Sie und Ihre Mischpoke können keine Geheimnisse vor mir haben. Mir entgeht nichts.« Er grinste sie herausfordernd an.

Frida hob blitzschnell die Hand mit dem Messer. Solange dieser Mann sich dort draußen frei bewegte, war ihre Familie niemals sicher. Ein skrupelloser Mensch wie er, würde sie immer wieder aufsuchen und Dinge von ihr verlangen, die sie nicht bereit war zu erfüllen. Sie könnte später einfach behaupten, er sei ins Haus eingedrungen und hätte sie bedroht. Der alte Birger und seine Frau, ihre Nachbarin Martha und ja, auch Gennadi Antonowitsch Filippow würden vor dem Richter ihre Geschichten erzählen. Die Wahrheit, gleich wie bitter die Strafe für Frida ausfiel, würde herauskommen. Doch der Verursacher für all das würde bis dahin längst in der Hölle schmoren.

Die Spitze der Klinge erwischte seinen Hals unterhalb vom Kehlkopf. Und ja, er hatte mit dem Angriff gerechnet. Während sie mit dem Messer ausholte, drückte er sich mit den Händen von der Tischkante und kippte den Stuhl nach hinten. Seine Kehle gestreift, aber nicht entscheidend verletzt, rutschte Frida wegen des energischen Schwungs aus und landete seitlich auf dem Tisch. Die Schüssel mit dem Geschnippelten fiel krachend zu Boden. Es roch nach Tomaten und Gurken.

»Du miese Feministenhure«, sagte der Heiler wütend, die linke Hand auf den Hals gepresst, hielt er in der Rechten eine kleine Pistole. »Noch nie ist mir so eine widerspenstige Frau begegnet.« Er richtete den Lauf auf ihr Gesicht. »Setz dich hin und halt die Fresse. Sobald du schreist oder den Arsch vom Stuhl bewegst, jage ich dir eine Kugel ins Hirn.« Sein wilder Blick verriet, dass er nicht log. »Jeder Mann im Land, einschließlich deinem Ehemann, werden mir garantiert dafür danken, wenn ich dich hier und jetzt erschieße.«

Der Ohnmacht nahe, starrte Frida auf die Waffe. Vor nicht allzu langer Zeit hatte Theo sie anlässlich ihres Rufs und ihres Aktivismus dazu gedrängt, für genau diesen Notfall eine Pistole in der Handtasche zu tragen. Der Name dieser Taschenpistole war Baby Browning. Damals hatte sie den Besitz einer Waffe abgelehnt.

»Du wirst dafür sorgen, dass die Ehefrau von diesem verdammten Russen eingesperrt wird.«

Frida verstand kein einziges Wort von dem, was er sagte. Ihre Gedanken beschäftigten sich nur mit der Frage, ob sie gleich sterben würde.

Der Heiler schnellte vor und schlug mit der Faust auf den Tisch. »Hörst du mir zu?«

»Ja«, sagte sie und schmeckte das Salz ihrer Tränen. Er hatte sie gebrochen und zum Weinen gebracht, begriff sie bedauernd.

»Wenn du machst, was ich von dir verlange, werden wir uns nie wieder sehen. Du bist mir viel zu gefährlich und mein Leben mir viel zu wertvoll, als dass ich mich ein drittes Mal auf dich einlasse.«

»Lügner!«, flüsterte sie.

Der Heiler lachte verbittert. »Du bist eine außergewöhnliche Frau. Das muss man einfach anerkennen.«

Frida schwieg. Doch in ihrem Inneren breitete sich eine unendliche Erleichterung aus. Er würde ihr eine neue Aufgabe aufdrängen, er würde Drohungen aussprechen, er würde sich mit ihrer Würde den Arsch abputzen, aber er würde sie nicht töten, obwohl sie gerade versucht hatte, ihn in die Hölle zu schicken.

»Hör auf zu heulen und konzentrier dich. Ich wiederhole mich ungern.«

Sie nickte und wischte sich zum Zeichen der Kooperation die Tränen aus dem Gesicht.

»Du musst dafür sorgen, dass die Frau von Gennadi Filippow ins Gefängnis kommt. Vorläufig, bis ich die Erlaubnis erteile, sie wieder herauszulassen.«

Nachdem Frida jetzt begriff, was er von ihr verlangte, ergaben sich zwei Optionen, wie sie darauf reagieren konnte. Erstens, sie log, dass seine Forderung absolut kein Problem darstellte. Schließlich war sie eine im ganzen Land berühmte Feministin. Ihr Mann war ein deutschstämmiger Abgeordneter. Wenn sie es wollten, so könnten sie selbst den Präsidenten in eine Zelle werfen lassen, bis er, der furchtsame Heiler von Kapital-Maa ihnen den Befehl gab, den obersten Staatsmann frei zu lassen. Option zwei war die Wahrheit. Sie und Theo waren nur Witzfiguren verglichen mit den wirklich Mächtigen in diesem Land. Eher würden sie selbst am Ende in einer Zelle verrotten, als dass es ihnen gelinge, eine unschuldige Frau dorthin zu verfrachten.

»Das wird nicht einfach. Viel Geld wird seinen Besitzer wechseln«, sagte sie und sah ihm fest in die Augen. Ein kurzes Wegsehen würde ausreichen, um zu verraten, dass sie selbst an ihren Worten zweifelte.

Der Heiler musterte eindringlich ihr Gesicht. Er wartete darauf, dass sie sich verriet. »Ich werde die Hälfte der Ausgaben beisteuern. Oder eher gesagt, Filippows Haushaltskasse«, sagte er schließlich ernst. »Aber du wirst zügig handeln, die Zeit rennt mir davon.«

Frida nickte. »Ein wenig Zeit brauche ich schon. Und aus welcher Kasse wird die andere Hälfte der Ausgaben finanziert?«

»Die Antwort darauf ist dir längst klar. Und daran bist du selbst schuld! Ich bin in Frieden gekommen, bat nur um deine Hilfe, stattdessen«, er nahm die Hand vom Hals und zeigte ihr die blutverschmierte Handfläche, »versuchst du mir die Kehle durchzuschneiden.«

Ihr fielen darauf Tausende patzige Antworten ein, doch sie zwang sich, alles hinunterzuschlucken.

»Wie du das letztendlich hinbekommst, interessiert mich nach diesem Vorfall nicht mehr. Und erzähl mir nichts davon, du hättest all deine Rücklagen verbraucht. Ich weiß, dass du klug genug bist, um meine Bitte zu erfüllen. Nochmals Hut ab, wie du das mit Filippow bewerkstelligt hast. Ich hoffe nur, du hattest Komplizen, die nicht allzu gern singen. Wer waren die überhaupt?«

Frida schwieg. Als sie den Heiler aufsuchte, um über den erfolgreichen Ausgang ihrer Mission zu berichten, war er damit einverstanden, dass sie die Namen ihrer Helfer für sich behielt.

»Ach, ist mir auch egal!« Er ließ den Lauf der Baby Browning leicht sinken und sah sich im Raum um. »Apropos Hut. Die Mütze, die du bei dem Feldzug getragen hast, bring sie her.«

Sie zögerte, bis er erneut auf ihr Gesicht zielte.

»Woher nehmen Sie immer Ihre Informationen?«, fragte sie verzweifelt.

Der Heiler lachte. »Du bist die Letzte auf dieser Welt, die es erfahren wird.« Er zwinkerte ihr zu. »Na, kommt dir der Satz bekannt vor?«

Frida senkte den Blick. Er hatte sie davor gewarnt, ihn zu provozieren, nicht zu wiederholen, und doch ignorierte sie seine Aufrichtigkeit.

»Ich warte noch immer auf die Mütze«, sagte er barsch.

»Ich habe alles verbrannt.«

Der Heiler schlug erneut mit der Faust auf den Tisch. Eine äußerst unhöfliche und provokante Geste in diesem Land. Nie und nimmer hatte ein Gast das Recht, auf die Tischplatte seines Gastgebers zu schlagen. »Du erzürnst mich immer wieder. Mir scheint, als seist du mindestens genau so dumm wie intelligent.« Er hob die Stimme. »Ich habe dir gesagt, dass du nichts vor mir verbergen kannst. Zweifelst du noch immer daran?«

»Wenn ich die Mütze nicht verbrannt habe, wo ist sie dann?«, fragte sie leise. »Bei der ganzen Aufregung habe ich es vergessen.«

Er deutete mit dem Finger nach oben. »Auf dem Dachboden. In der Holzkiste. Dort, wo du deine Erinnerungen aufbewahrst.«

Jetzt zweifelte Frida nicht mehr daran. Diesem Teufel entging wahrhaftig gar nichts.

Der Heiler lachte selbstgefällig.

Benommen vor Machtlosigkeit erhob sie sich langsam. »Dafür brauche ich den Haken.«

Er trat drei Schritte nach hinten, um einen Sicherheitsabstand zwischen sich und ihr zu schaffen, und nickte zum Kühlschrank, wo ein langer Stock mit einem befestigten Haken in der Ecke stand. »Mach nur.«

Sie schob den Tisch einen halben Meter von sich, nahm den Stock und angelte damit nach der Öse von der Klappe über ihren Köpfen. Der Zugang zum Dachgeschoss. Eine klappbare Holzleiter kam herunter und Frida stieg unter des Heilers wachsamen Augen hinauf.

»Komm nicht auf die Idee, dich zu bewaffnen«, sagte er laut, als sie oben war. »Ein weiterer Fehltritt von dir endet tödlich.«

Nach dieser Aussage verwarf sie rasch ihre Hoffnung, einen Gegenstand zu finden, um diesen Teufel doch irgendwie zu überwältigen. Letztendlich war es am sichersten den Heiler so schnell wie möglich aus dem Haus zu bekommen. Alles andere würde sich später ergeben. Wenn dieser Bastard wirklich glaubte, abermals über sie und ihre Familie bestimmen zu können, nun, da täuschte er sich gewaltig. Sie durchquerte die Dachkammer, der ganze Raum schien von Spinnweben überzogen zu sein, und kniete sich neben eine der vier kleinen Holzkisten. Hier bewahrten die Heinrichs die Erinnerungen an die Vergangenheit auf. Theo hatte die Kisten eigenhändig gebaut und beschriftet. Jedes Familienmitglied hatte seinen eigenen Behälter. Theos war fast bis zum Rand gefüllt. Dinge, die Frida als nicht einmal nennenswert erachtete, betrachtete ihr Mann als höchst bedeutend. Die Kisten von Freya und Andro enthielten kaum etwas. Sie öffnete ihre und holte die Baskenmütze hervor. Die Antwort darauf, warum sie die Mütze, das Hemd und die Hose nicht einfach in irgendeiner Tonne am Rande einer beliebigen Straße entsorgt hatte, war absurd. Sie hatte Angst, die weggeworfene Kleidung könnte die Polis auf ihre Spur bringen. Am sichersten, wusste Frida, war es, die Sachen zu verbrennen, doch dazu brauchte sie einen glaubwürdigen Anlass. Den Nachbarn, insbesondere Martha, entging kaum etwas. Ein Feuer, gelegt von Frida Heinrich höchstpersönlich, würde wie Licht die Motten anziehen. Unsicher, wie am besten vorzugehen war, versteckte sie die Verkleidung deshalb vorübergehend zu Hause in ihrer Kiste.

»Wie lange brauchst du noch?«, rief der Heiler ungeduldig.

»Hab sie!« Frida schleuderte die Baskenmütze durch die Luke.

»Hey«, beschwerte er sich verärgert, als die Mütze neben ihm auf dem Boden landete. »Komm langsam runter.« Seine Augen fixierten sie wachsam. Die Baby Browning mit beiden Händen umklammert, zielte er auf ihren Körper.

Kaum war sie unten, schlug der Heiler ihr mit der flachen Handfläche ins Gesicht. »So überreichst du mir nie wieder etwas«, sagte er hasserfüllt und entfernte sich rasch einige Schritte von ihr.

Fridas Wange pochte vor Schmerz. »Verstanden. Und jetzt raus aus meinem Haus. Ich werde Ihre Bitte in den nächsten Wochen erfüllen. Geben Sie mir Zeit, von heute auf morgen kann diese Forderung nicht umgesetzt werden«, sagte sie mit erstickter Stimme.

»Höchstens drei Wochen!« Er zog die Baskenmütze an und bewegte sich langsam rückwärts zum Ausgang, die Waffe stets auf sie gerichtet. »Vielen Dank für Ihre Gastfreundschaft, geehrte Frau Heinrich«, sagte er höflich und schloss die Tür hinter sich.

Frida zwang ihre zitternden Beine, sie zum Fenster zu tragen. Sie sah, wie der Heiler das Grundstück überquerte, ohne dass Tasso auch nur einen Laut von sich gab. Eilig marschierte der Mann, dessen Alter ein Rätsel war, die Straße entlang. Als er schließlich ganz aus ihrem Sichtfeld verschwunden war, gaben ihre Beine vollständig nach und sie sackte bitterlich weinend zu Boden.

Irgendwann war der Weinkrampf vorbei und sie zwang sich aufzustehen. Mr. Green hatte es im Augenblick der Verzweiflung gewagt, in ihrer Gegenwart auf das Sofa zu springen. Den Schwanz hin und her wedelnd, beobachtete er sie mit seltsam glasigen Augen.

»Weg da, sofort!« Sie klatschte mehrmals und lief mit kleinen Schritten leicht gebückt auf das Sofa zu. Die Katze sprang blitzschnell runter und huschte in ein anderes Zimmer.

Frida entdeckte die umgeworfene Schüssel umringt von Gurkenscheiben und Tomatenstückchen und erinnerte sich an ihre Tätigkeit vor Knut Melenders Auftauchen.

»Eins nach dem anderen«, flüsterte sie sich zu, klappte die Leiter zusammen und schloss die Klappe zum Dachboden. »Eins nach dem anderen«, wiederholte sie und spürte die beruhigende Wirkung der Worte. Sie bückte sich und legte das Gemüse Stückchen für Stückchen zurück in die Schüssel.

Als Tasso sein Herrchen bellend begrüßte, war das Abendessen zubereitet und der Tisch gedeckt. Freya durfte eine weitere Nacht bei ihrer Freundin verbringen. Andro ließ durch einen zehnjährigen Nachbarsjungen ausrichten, er würde erst gegen 21 Uhr Zuhause eintreffen. Die Zeit, Theo alles zu erzählen, war gekommen. Sie hörte die Flügeltore der Garage quietschen, eilte zur Tür und sah, wie ihr großgewachsener, attraktiver Mann, den breiten Mund zusammengepresst und mit ernster Miene auf sie zukam. Ein seltsames Ding lehnte an seiner rechten Schulter.

»Was ist das?«, fragte sie verwundert und glaubte, die Antwort darauf bereits zu kennen.

»Das ist ein amerikanischer Briefkasten.« Er stellte den Standfuß aus Holz auf den Rasen und zog ein rotes Fähnchen oben am Kasten in die Höhe. »Jedes Mal, wenn wir Post bekommen, wird der Briefträger das Banner aufstellen.«

Sie dachte an den mürrischen Postboten. Oft schien es, als fiele dem Mann selbst das Grüßen schwer. »Das wage ich stark zu bezweifeln, Liebster.«

Theo sah vom Briefkasten auf. In seinem Blick, hinter der Brille, die ihm ausgesprochen gut stand, lag Traurigkeit.

Frida wechselte ins Deutsche. Zwar beherrschte sie die Sprache bei weitem nicht so perfekt wie ihr Mann, doch ihre Kenntnis reichte aus, um problemlos über Alltägliches zu kommunizieren. »Wir müssen reden, Theo. Ich habe Mist gebaut.«

Er ließ den Briefkasten achtlos auf den Rassen fallen. Es hatte Monate gedauert, bis ihm ein befreundeter Geschäftsmann dieses außergewöhnliche Ding aus dem Land der unbegrenzten Möglichkeiten mitgebracht hatte. Viele Male versicherte Theo ihr und den Kindern, dass es nicht mehr lange dauerte, bis der Kasten ihr Grundstück schmückte. Doch jetzt, erkannte sie, verlor der langersehnte Gegenstand plötzlich jede Wichtigkeit. Er drehte sich zur Straße und betrachtete die Gegend eine Zeit lang. Sie wusste, dass er Zeit brauchte, um sich zu sammeln. Wie Freya zuvor, vermutete er ebenfalls, dass ein anderer Mann der Grund für ihr seltsames, in sich gekehrtes Verhalten war.

»Ich habe keinen anderen Mann, falls du das denkst. Hatte ich nie und werde ich niemals haben. Ich liebe nur dich, Theo.«

Er drehte sich zu ihr und seine zusammengepressten Lippen formten sich langsam zu einem scheuen Lächeln. »Dann hast du keinen Mist gebaut«, sagte er entschieden.

»Warte mit deinem Urteil ab.« Zum ersten Mal in ihrer Ehe weinte sie.

»So schlimm?« Er sah sich besorgt um. »Gehen wir rein, Martha hat uns schon gewittert.«

Sie sah durch die Tränen, wie die Nachbarin ihren Garten langsam durchquerte und dabei in ihre Richtung blickte. Frida hob den Arm und winkte ihr zu, und ehe Martha zurückgrüßte, drehte sie sich um und verschwand im Haus.

»Bitte, Theo, lass uns auf Deutsch reden, bis die Kinder kommen. Einverstanden?«,

Theo schloss die Tür hinter sich und zuckte mit den Schultern. »Meinetwegen«, antwortete er auf Deutsch. »Erklärst du mir auch, warum?«

»Ja!«, versprach sie und erzählte ihrem Mann alles, angefangen mit dem Tag, an dem sie den unbekannten Kindern begegnete bis zu Knut Melenders Besuch vor wenigen Stunden. Theo saß dabei am Küchentisch ihr gegenüber und hielt ihre Hände. Wenn sie ihre Tränen wegwischte, wurde der Körperkontakt unterbrochen, doch dann griff er stets erneut nach ihr. Selbst ihr grausames Verbrechen an Gennadi Filippow und die Kontoplünderung brachte ihn nicht dazu, sich von ihr abzuwenden. Nachdem Frida fertig war und abermals einem Weinkrampf verfiel, schwieg er lange und beachtete sie nicht.

»Ich habe gehört, die Polis bemüht sich bei der Ermittlung ganz besonders. Nach drei Wochen ohne brauchbare Indizien, außer der Farbe und der Marke des Fahrzeugs, welches allein in Kapital-Maa in dieser Form tausendfach auf den Straßen herumfährt, geben sie normalerweise auf. Da aber Filippow so viele einflussreiche Freunde hat, den Bürgermeister allen voran, sind sie immer noch dran«, sagte Theo schließlich nachdenklich.

»Hat Filippow dir das erzählt?«

»Was? Nein! Ich kenne den Mann kaum. Wenn überhaupt habe ich vielleicht drei bis vier Sätze mit ihm geredet.«

»Und ich war mir sicher, ihr kennt euch besser.«

Er schüttelte ernst den Kopf und wechselte in die Landessprache. »Die Gelegenheit dazu hatte sich noch nicht ergeben.«

»Rede nur Deutsch, Theo, ich flehe dich an.«

Er seufzte. »Du bist also felsenfest davon überzeugt, dass dieser Heiler uns gerade hören kann, obwohl er nicht hier ist?«

Sie nickte und fing wieder an zu weinen, weil sie sich wegen dieser Behauptung so dämlich vorkam. Das und weil ihr einfach danach zu Mute war.

»Komm schon, das ist nicht wahr«, sagte er sanft. »Außerdem weißt du genau, dass Tränen einen nicht weiterbringen. Wir finden eine Lösung.«

»Theo«, keuchte sie schluchzend, »ich habe unser Leben komplett zerstört. Die armen Kinder. Deine Karriere.«

»Die Polis wird ihre Suche schon bald einstellen. Selbst wenn der Präsident höchstpersönlich nach den Tätern verlangen würde, ohne Hinweise sind sie machtlos.«

Frida nahm die Hände vom Gesicht und musterte ihren Mann durch die Tränen. Ihr fiel Mr. Green hinter Theo auf. Der Kater hatte sich erdreistet, auf den Büfettschrank zu springen. Den Schwanz rhythmisch hin und her schaukelnd, starrte er sie durch glasige Augen an. Ihr kam der Gedanke, später mal genauer nach dem Tier zu schauen, vermutlich war es krank. Schon wieder.

»Ich verstehe nicht ganz, hast du etwa vor, die Polis herauszuhalten?«, fragte sie verwundert.

»Am liebsten ja! Mir fällt keine bessere Lösung ein. Sobald wir unser Geld und die Baskenmütze, die Gegenstand eines Verbrechens ist, zurückbekommen, werde ich dem Hundesohn begreiflich machen, sich besser nie wieder mit uns anzulegen. Danach lassen wir ihn laufen. Leider. Aber zugegeben, hängt alles davon ab, wie er sich verhält.«

»Davor habe ich die meiste Angst«, gab sie zu und spürte augenblicklich Gänsehaut über die Arme wandern. »Was, wenn er Deutsch versteht? Dann wird er wissen, dass wir kommen und sich dementsprechend zu seinem Vorteil richtig verhalten. Am Ende werden wieder wir die Verlierer sein.«

»Verstehe mich nicht falsch, meine Liebste«, er nahm erneut ihre Hände in seine und lächelte sanft, »du warst vermutlich jedes Mal, wenn er dir drohte, viel zu aufgewühlt und verängstigt, weshalb dein Verstand dich glauben lässt, der Mann sei etwas Übernatürliches. Ist er aber nicht. Du bist auf einen geschickten Betrüger reingefallen. Einen, der selbst Frida Heinrich austricksen konnte.«

Theos Worte entsprachen nicht der Wahrheit, doch in dem Moment, in dem Knut Melender endlich das Haus verließ, schwor sie sich, ihm bald erneut entgegenzutreten. Darüber zu debattieren, was letztendlich Wahrheit war und was nicht, würde sie nicht weiterbringen. Sie mussten handeln, das sah sie ein und lechzte danach. Aber mit Bedacht! »Wie gehen wir denn vor, wenn du die Polis herauszuhalten möchtest?«

»Ich fahre noch heute in seine Praxis und bringe alles wieder in Ordnung.«

»Alleine?« Sie schüttelte entsetzt den Kopf. »Er hat eine Waffe, ohne Unterstützung ist das Selbstmord!« Sie umklammerte fest die großen Hände ihres starken, mutigen Mannes.

Theo runzelte die Stirn. »Frida, wir dürfen andere nicht auch noch hineinziehen, und mit der Polis kommen Tausende Fragen, die du ganz sicher nicht beantworten möchtest. Und wenn der Heiler dann plötzlich auf die Idee kommt, dich mit Gennadi Filippow in Verbindung zu bringen, ist alles verloren. Zunächst versuchen wir, das alleine zu regeln.«

»Wie ich ihn kennengelernt habe, wird sich dein Vorhaben nur als Wunschdenken …«, sie suchte vergebens das deutsche Wort für *entpuppen*, »sein«, sagte sie stattdessen. »Er lässt sich nicht einschüchtern.«

»Von Frauen!«, entgegnete Theo und errötete, weil er sie damit an einer empfindlichen Stelle traf.

»Und was ist mit Birger?«

»Und alten Männern«, fügte er hinzu. »So gehen die Betrüger vor. Sie suchen sich stets die Schwachen aus.«

»Sehe ich für dich schwach aus?«, fragte sie scharf. »Und was ist mit Filippow, ist er schwach?«

»Frida.« Theos Stimme wurde etwas lauter. »Du hast uns in diese Situation gebracht und bist bei dem Versuch, alleine wieder herauszukommen, gescheitert. Jetzt überlass bitte mir das Zepter.«

Das deutsche Wort *Zepter* hatte Frida noch nie gehört, doch es ähnelte stark dem englischen *scepter*, weshalb sie den Sinn dahinter sofort verstand. »Ich habe große Angst um dich«, sagte sie leise. »Melender hat eine Baby Browning und er ha...«

Theo unterbrach sie. »Du lässt dich von Furcht lenken, das ist alles.« Er erhob sich. »Ich fahre jetzt zu seiner Praxis und wenn er dort ist, schiebe ich ihm seine Baby Browning in den Arsch.«

Frida stöhnte verzweifelt. Theo war bereit, sich ohne jegliche Unterstützung mit dem Teufel anzulegen, der darüber hinaus bewaffnet war. Von bedachtem Handeln war sein Vorhaben weit entfernt, weshalb ihr Herz sie anflehte, dies zu verhindern, doch ihr Verstand sagte, dass seine Entscheidung die einzig richtige war. Das Ganze musste noch heute ein Ende finden. »Ich werde aber mitkommen«, verkündete sie entschieden.

»Nein!«, widersprach er scharf. »Das kommt nicht in Frage!«

»Dann fährst du auch nicht!«

Theo blieb einen Augenblick vor der Tür zum Schlafzimmer stehen. Er bewahrte seine erst kürzlich erworbene Pistole eines deutschen Herstellers, eine HKP7, in der Kommode auf. Auch das Mobiliar war ein uraltes Familienerbstück aus Deutschland. Ein Hamburger Tischler hatte die Kommode aus Eichenholz im 18. Jahrhundert maßgefertigt.

»Du bleibst. Ende der Diskussion!«

Sie ließ ihn ohne Widerworte seine Waffe holen.

»Ich habe nein gesagt«, brüllte Theo verärgert, als er nach einer Weile aus dem Schlafzimmer kam und sie mit einem Messer in der Hand neben der Haustür stehen sah.

»Wenn ich hierbleibe, wirst du mich die nächsten Jahre in einem Gefängnis besuchen müssen. Sobald du weg bist, fahre ich zur Polis und beichte alles.«

Theo biss sich auf die Lippen und sah sie kalt an. »Denkst du dabei nur einen Moment an deine Kinder?«

»Die ganze Zeit denke ich an nichts anderes«, sagte sie weinend.

Dann ohne ein weiteres Wort schob er sie sanft bei Seite und ging zu seinem Auto. Sie folgte ihm. Stieg auf der Beifahrerseite ein und schnallte sich rasch an. Gerüstet mit Tausenden Argumenten wartete sie, bis er protestierte, doch als ob sie nicht da wäre, startete ihr Mann den Motor und fuhr los.

Bis sie Kapital-Maa erreichten, schwieg Theo eisern. Dann, immer noch schweigend, ließ er sich von ihr zu Knut Melenders Praxis lotsen.

»Du bleibst hier!«, sagte er und sah sie drohend an. Ein Blick, den sie bis dahin noch nie zuvor gesehen hatte.

»Nein!«, rief sie überrascht und meinte damit nicht seinen Befehl, sondern die Tafel vor dem Eingang. Unter den Namen aller Kanzleien, Ärzte und Unternehmen im Haus fehlte der Name von Knut Melender. Sie stieg aus und sah zum Fenster hoch. Sie hoffte, der Heiler würde wie die letzten Male von dort aus auf sie herabschauen. Doch diesmal war er nicht da. Sie eilte zum Eingang und vergaß dabei ihr Messer im Handschuhfach.

»Warte auf mich!«, brüllte Theo und lief ihr nach. In der rechten Hand hielt er die Pistole an sein Bein gedrückt. Offenbar hoffte er auf diese Weise, die Waffe vor den wenigen Passanten auf der Straße zu verbergen.

Zwei Jungs in Andros Alter blieben einige Schritte vor ihnen stehen und wichen zur Seite, um ihnen Platz zu machen. Sie liefen in den Flur und stiegen eilig die Stufen hoch. Die Tür zu Melenders Praxis war weit geöffnet.

»Warte doch«, zischte Theo wütend, zog sie grob nach hinten und betrat die Heilstätte, die Waffe mit beiden Händen fest umklammert.

»Er ist weg!«, sagte sie entsetzt.

Die Möbel des Heilers waren verschwunden. Die Wände waren kahl, der Boden sauber und der Geruch von Kräutern und Stroh schien nie existiert zu haben.

ENANIA

Kapital-Maa
Freitag, 01. August 1969

Ganze zwei Tage hörte Eskil kaum etwas anderes als ein Dauerpiepen in den Ohren. Es erstaunte ihn, wie schwierig es war, sein Umfeld ohne das Gehör wahrzunehmen. Die Fahrt mit dem Lastkraftwagen raubte ihm die Nerven. Aus Angst, jemanden im Straßenverkehr zu überhören, dann infolgedessen zu übersehen oder noch schlimmer zu überfahren, schwitzte er sein ganzes Hemd durch. Die Rückfahrt mit dem ausgeliehenen Motorrad war noch nervenaufreibender. Er holte es erst am nächsten Tag nach der Arbeit vom Parkplatz ab. Dieses Mal bangte er aufgrund der tauben Ohren um sein Leben.

Das Radio auf volle Lautstärke aufgedreht, versuchte er sich bei jeder Gelegenheit über die Reaktionen auf den Mord von Bruno Samaras und dessen Pförtner zu informieren. Erwartungsgemäß sah es für den Täter nicht gut aus. Die Polis ermittelte mit Hochdruck in alle Richtungen und versprach, den Killer schon bald zu stellen. Doch bevor es so weit war, wenn es überhaupt dazu kommen sollte, hielt Eskil weiter an seinem Vorhaben fest, Enania kennenzulernen. Er wartete nur darauf, bis sein Gehör sich einigermaßen erholte.

Eskils Opa pflegte immer zu sagen, dass der erste Eindruck fast unwiderruflich darüber entschied, ob man eine Person mochte oder nicht. Einen anfangs falsch erweckten Eindruck im Nachhinein zu seinen Gunsten zu biegen, war wie von einem Maurer zu verlangen, Ballett auf der Bühne zu tanzen. Es war nicht unmöglich, jedoch sehr herausfordernd. Um dies zu vermeiden, kaufte Eskil sich einen teuren Anzug samt Krawatte. Er gab fast die Hälfte seiner Ersparnisse dafür aus. Das Haus der Familie van der Meer am Rande von Kapital-Maa unterschied sich kaum von anderen in dieser Gegend. Es war alt, mühselig gepflegt und klein. Das Grundstück auf der vorderen Seite war fast vollständig mit Gemüse und Obst bepflanzt. Im hinteren Teil des Gartens liefen gackernde Hühner in einem umzäunten Stall. Eine Reihe Apfelbäume verlief entlang des Zauns und endete irgendwo hinter dem Haus. Vorne, in unmittelbarer Nähe vom Gartentor, stand eine Hundehütte, neben der ein angeketteter Hund Eskil anknurrte.

»Ruhig, Freund, ruhig«, beschwichtigte er den großen Mischling, vermutlich Dogge-Schäferhund. »Bist du alleine oder ist jemand zu Hause?«

Als ob der Vierbeiner begriffen hätte, dass sein Gegenüber in Frieden gekommen war, gab er einen Laut von sich und verschwand in seiner Hütte.

Eskil öffnete das Tor und marschierte zum Haus. Doch plötzlich raste der Hund wild bellend aus der Hundehütte und warf ihn um, ehe er die Gelegenheit hatte zu reagieren. Von Panik ergriffen, verschränkte Eskil die Hände vorm Gesicht und schrie, während der Köter an seinem Ärmel zerrte.

»Weg da, Hunter«, befahl eine Frau laut, packte die Kette und zog den Hund mit einem Ruck von ihm runter. »Ruhe jetzt.«

Der Vierbeiner gehorchte nicht, sprang erneut vor und riss die Kette aus ihren Händen. Diesmal spürte Eskil, wie die Zähne sein Fleisch erwischten, und brüllte vor Schmerz.

»Lass los!«, kreischte die Frau und trat Hunter, diesen Teufel, auf die Schnauze. Einmal, zweimal. Der Hund ließ los, wich dem dritten Tritt aus und rannte in die Hundehütte.

Eskils Herzschlag stolperte. Er stützte sich mit zitternden Händen ab, um aufzustehen, doch seine Beine gaben sofort nach.

»Alles in Ordnung?« Ein Mann, den er noch gar nicht bemerkt hatte, glitt neben ihm in die Hocke. Er war jung, dünn und lang und im Gesicht mit Akne übersät.

»Was machen Sie auf unserem Grundstück?«, fragte die Frau Eskil in demselben aggressiven Ton, wie sie mit dem Hund geredet hatte. Sie war jung, nicht besonders hübsch, kleiner als der Durchschnitt, mollig und sie war Enania van der Meer, das erkannte er sofort an der unverwechselbaren Stimme, noch während Hunter der Teufel versucht hatte, ihn zu zerreißen.

»Ich bin hier, ich bi...« Er schluckte und sammelte seine Gedanken. »Ich wollte, dass du mir deine Sammlung zeigst. Die Schmetterlinge. Enania.«

Ihr finsteres Gesicht hellte sich langsam auf. »Du bist Eskil.« Sie lächelte und sah flüchtig zu dem jungen Mann hinüber. »Waren die für mich gedacht?« Sie hob den Blumenstrauß aus Dahlien auf und roch daran. »Hat der Hund dich gebissen?«

Eskil schob den zerrissenen Ärmel von seinem nagelneuen Jackett hoch und betrachtete die Kratzwunde. »Nein, ist kein richtiger Biss. Das Blut trocknet bereits.«

Der junge Mann reichte ihm die Hand und zog ihn auf die Füße.

»Ich bin Marian, Enanias Freund.«

»Ach, sieh an«, sagte er kalt. »Der zweite Anrufer.«

Marian nickte zustimmend.

»Willst du sie immer noch sehen?« Enania berührte sanft seine Schulter und lächelte.

»Die Schmetterlinge? Natürlich, deshalb bin ich ja hier.«

»Nur deshalb?« Sie lachte ihr wunderbares Lachen und Eskil spürte, wie sein Glied sich regte.

»Du willst einen Fremden doch nicht ins Haus lassen?« Marian sah ihn verächtlich an. »Es wäre besser, wenn du gehst.«

»Niemand geht«, entgegnete Enania.

In ihren glänzenden Augen erkannte Eskil, dass ihr sein Äußeres gefiel. Alle Weiber mit denen er ausging, sahen ihn so an. Zumindest bis sie, nein er, es lag an ihm, bis er alles vermasselte!

»Kommt mit«, sagte sie und nahm Marians Hand.

Eskil folgte ihnen und kämpfte dabei gegen den Drang an, den von Akne übersäten, hässlichen Mistkerl, der die Hand seiner zukünftigen Freundin hielt, auf der Stelle zu erwürgen.

»Und hier beginnt es«, verkündete sie stolz, als sie das Haus betraten, und zeigte auf einen Bilderrahmen neben der Tür, in dem ein getrockneter Schmetterling steckte. »Na, weißt du, was das für einer ist?«, fragte sie lachend.

Er sah sich die Flügel von dem Falter genauer an. »Das ist ein Hochmoorgelbling.«

»Jaaa, richtig!« Enania lachte bezaubernd.

Das Wohnzimmer der van der Meers war schlicht eingerichtet. Die Möbel wirkten alt und verbraucht. Da niemand zu sehen oder zu hören war, vermutete Eskil, dass abgesehen von ihnen keiner zu Hause war. Die Vorstellung, Enania und ihr hässlicher Freund hätten diese Tatsche ausgenutzt, um Sex zu haben, erfüllte ihn mit grenzenloser Eifersucht.

Sie durchquerten das Wohnzimmer und sie zeigte auf einen weiteren Falter, der über einer Kommode zwischen einer Fotografie und einem langweiligen Bild hing.

Eskil beugte sich vor und überlegte. »Das ist ein Geißklee-Bläuling.«

»Wieder richtig geraten.« Sie schlug mit ihrer Hand, die gerade noch die von Marian hielt, auf seine Schulter. »Die anderen Bilder hängen in meinem Zimmer.« Sie zwinkerte grinsend.

Ihrem noch Freund entging das nicht, er sah erst sie, dann Eskil verärgert an. Nicht mehr lange und die vernarbte Visage würde heulend das Haus verlassen. Dies war so sicher wie der Sonnenuntergang. Dafür würde Eskil schon sorgen.

Enania überließ ihm und Marian den Vortritt in ihr Zimmer.

Der Raum war klein, aber gemütlich eingerichtet. Über dem Bett hingen mindestens zehn Bilderrahmen mit Schmetterlingen. Einer davon war fast doppelt so groß wie die anderen.

»Wie heißt der hier?« Sie berührte einen der äußeren Rahmen, drehte sich elegant um und legte den Dahlienblumenstrauß auf dem Tisch ab.

Eskil sah sich die orangefarbenen Flügel genauer an. »Das ist ein großer Perlmuttfalter.«

Enania pfiff durch die Zähne und lachte. »Du hast ja wirklich Ahnung von Sommervögeln.«

Eskil spürte Röte im Gesicht. Bis vor einigen Minuten hätte er selbst nie daran geglaubt, doch irgendwie waren die Namen der Schmetterlinge aus der Schulzeit in seinem Gedächtnis geblieben, ohne dass er sich je Gedanken darüber gemacht hatte.

»Wie heißt der hier?« Sie zeigte auf den größten Falter.

»Habe ich noch nie gesehen«, gestand er.

»Na, denk mal genauer darüber nach. Ich hole solange eine Vase für meine wunderschönen Blumen.« Sie lächelte Eskil und ihren Freund abwechselnd an und ging aus dem Zimmer.

Eskil drehte sich rasch um und legte seine Hand um Marians Hals. »Sie gehört mir, mach auf der Stelle Schluss mit ihr und verpiss dich. Hast du verstanden?«

Marian riss verärgert seine Hand weg und schubste ihn. »Fass mich nicht an«, zischte er und schubste ein weiteres Mal.

»Du verfluchter Bastard.« Eskil bemühte sich, seine Stimme nicht zu erheben. Auf keinen Fall durfte Enania ihre Unterhaltung mitbekommen. »Möchtest du dich wirklich mit mir anlegen? Wenn du mir alles vermasselst, bringe ich dich um!«

Sein kalter Blick schien zu wirken. Marian verzog verunsichert den Mund und brach den Blickkontakt ab.

»Ich bin mit ihr zusammen. Das ist meine Freundin«, beharrte er dennoch.

»Nicht mehr«, entgegnete Eskil. »Mach es für uns alle nicht so kompliziert, du Aknefresse.«

»Raus hier!«, brüllte Marian und schubste ihn erneut durch den Raum.

»Was ist hier los?« Enania hielt ein großes Einmachglas mit klarem Wasser in der Hand.

»Er zwingt mich dazu, dich zu verlassen«, sagte Marian, mit einer Stimme, die drohte, jeden Moment zu versagen. Eskil spürte förmlich seine Angst.

»Was soll der Quatsch?« Enania sah ihn böse an. »Ich dachte, du bist wegen der Schmetterlinge hier.«

»Ich bin nur wegen dir hier!« Er zeigte auf die Blumen auf dem Tisch. »Ich sollte mit dir zusammen zu sein, es steht mir zu und nicht dieser Aknefresse.«

Die provokative Beschimpfung schien Marian absolut nicht zu gefallen. Seine Angst war verflogen und wieder schubste er.

»Marian, hör sofort auf«, befahl Enania verärgert.

Doch er überhörte sie, versuchte nach Eskil zu greifen und bekam stattdessen zwei schnelle, aufeinanderfolgende Schläge ins Gesicht.

Enania schrie auf. Marian taumelte nach hinten, stolperte über die eigenen Füße und fiel auf das Bett.

»Du!« Sie machte ein Schritt auf Eskil zu und spritzte ihm das Wasser aus dem Einmachglas ins Gesicht. »Du dämlicher Vogel.« Sie griff nach dem Blumenstrauß und warf ihn an seinen Kopf. »Du bist ja total irre. Raus. Raus. Raus!«, brüllte sie mit der gleichen gebieterischen, verachtenden Stimme, die sie vorhin bei dem Hund angewandt hatte.

»Nein, bitte gib uns die Chance, einander kennenzulernen. Du und ich, wir gehören zusammen. Ich musste so viel durchmachen, um endlich herauszufinden, wo ich dich finde. Bitte.« Tränen rannen über seine Wangen, er würde ihre Abfuhr niemals akzeptieren können.

»O mein Gott!« Marian stand hastig vom Bett auf. Sein linkes Auge war leicht zugeschwollen. Seine aufgerissene Lippe blutete. »Er ist der Mörder von Bruno Samaras und dem Pförtner!«

»Was? Nein!«, bestritt Eskil erschrocken, doch Enanias entsetzter Gesichtsausdruck verriet, dass sie es besser wusste. »Nein!«, brüllte er so sehr von Zorn gepackt wie noch nie in seinem Leben, schlug Enania das Einmachglas aus der Hand, packte sie an der Bluse und wirbelte sie gegen Marian. Das Pärchen landete halb auf dem Bett, halb auf dem Boden. Eskil beugte sich hinunter und hob eine der Scherben des zerbrochenen Glases auf.

»Hilfe!«, kreischte Enania, während Aknefresse ihn mit vorgestrecktem Fuß angriff.

Das Glas in Eskils Hand strich erst über Marians Hals und plötzlich stach er damit auf Enania ein. Sie schrie bei den ersten drei Stichen, danach versuchte sie schluchzend, seine Angriffe abzuwehren. Doch er war schneller und stärker und als er wieder zur Besinnung kam, war seine Traumfrau, sein Schicksal, seine große Liebe, übersät von Stichwunden und tot. Die Glasscherbe, mit Blut überzogen, steckte in ihrem rechten Auge. Die Situation kam Eskil wie ein Déjàvu vor. Er erinnerte sich an den Moderator und die riesige Scherbe in seinem Hinterkopf.

»Du bist selbst schuld«, sagte er weinend zu Enania und betrachtete eingehend ihr Gesicht. Hübsch war sie nicht, doch diese Stimme, diese Stimme. Er spuckte sie an und entfernte sich. Erst als er das Wohnzimmer betrat und Marian auf dem Boden nahe der Haustür entdeckte, erinnerte er sich daran, dass dieser Mistkerl ebenfalls anwesend war. Die Aknefresse lag in einer Blutlache und zuckte mit dem Bein. Der Kuss der Glasscherbe an seinem Hals hatte gesessen. Eskil spuckte auch ihn an. Wäre Enania seine Freundin gewesen, hätte er sie mit seinem Leben verteidigt und hätte nicht versucht, sich als Erster zu verpissen.

Doch jetzt war er fertig hier. So viel zu einem neuen Anzug und einem Blumenstrauß und dem Glauben an wahre Liebe.

Kurz bevor Eskil rausging, fiel ihm der Köter wieder ein. Er kehrte zurück in Enanias Zimmer, öffnete mühsam das alte, verkantete, kleine Fenster, quetschte sich keuchend durch und verschwand zwischen den Apfelbäumen der Familie van der Meer.

DER PLAN

Puu-Gren
Samstag, 09. August 1969

Nach Knut Melenders Verschwinden stellten Theo und Frida in zwei Tagen Dutzende Szenarien auf, wie sie nun am besten vorgehen sollten. In keiner dieser Szenarien sahen sie vor, auf die Forderung, Gennadi Filippows Ehefrau ins Gefängnis zu bringen, einzugehen. Ein wenig davon überzeugt, der Heiler könne sie in ihrem Haus hören, lenkte Theo ein und folgte Frida in den Garten, wenn es darum ging, ein paar neue Gedanken darüber auszutauschen, wie sie diesen Teufel zu fassen bekamen. Dabei flüsterten sie, und das immer nur auf Deutsch.

Die Ursache, weshalb Frida überhaupt in diese Situation hineingeraten war, die zwei Kleinkinder namens Andro und Freya, schien Theo entweder nicht zu interessieren oder im Gegenteil, zu ängstigen. Jedes Mal, wenn sie das Gespräch auf die Kinder lenkte, wechselte er sofort das Thema. »Momentan haben wir viel wichtigere Probleme als das«, sagte er bei ihrem erneuten Versuch. »Wir müssen sicherstellen, dass Freya und Andro sich immer in der Nähe des Hauses aufhalten, da, wo wir sie jederzeit sehen können.«

»Das wird ihnen überhaupt nicht gefallen, sie werden Fragen stellen. Abgesehen davon sind Ferien. Andro hat mir schon gestern verkündet, die nächsten Tage für mehrere Nächte am Lysande-Vesi zelten zu wollen.«

Theo seufzte. Auf seinem Schoß lag Mr. Green und schnurrte zufrieden über die morgendliche Streicheleinheit. Er setzte den Kater auf der Erde ab, drehte sich zu ihr und legte einen Arm um sie. »Ich habe eine Idee, die funktionieren könnte.«

Ehe sie antwortete, beobachtete sie, wie Mr. Green unter einem Busch nahe des Zauns verschwand, wieder herauskam, sich auf seine Hinterpfoten setzte und sie mit einem glasigen Blick beobachtete. »Ich glaube, die Katze ist schon wieder krank. Guck dir ihre Augen an.«

»Ja!«, stimmte Theo zu. »Ist mir bereits aufgefallen.«

Frida strich ihrem Mann über das Haar und küsste seinen großen Mund. »Erzähl mir von deiner Idee, ich kann es kaum erwarten.«

Er räusperte sich und dämpfte seine Stimme. »Du lässt mich erst aussprechen, bevor du reagierst, einverstanden?«

Sie nickte unsicher. »Ist es so bedenklich?«

»Wir täuschen einen Überfall vor, der angeblich hier bei uns auf dem Grundstück kurz nach Mitternacht passierte. Wir rufen einen Krankenwagen und Polis und erstatten eine Anzeige.«

Frida runzelte die Stirn, doch Theo deutete ihr mit dem Zeigefinger an den Mund tippend, zu schweigen und weiter zuzuhören. »Wir behaupten, ich wäre noch rechtzeitig gekommen, bevor die Schläger dich vermutlich zu Tode geprügelt hätten. Dabei werden aus meiner Pistole zwei Warnschüsse in die Luft abgegeben.« Er hob drei Finger in die Höhe. »Sie waren zu dritt. Einer von ihnen, der Fahrer, wartete in einem weißen Toyota Corolla. Die anderen zwei, sie waren maskiert, griffen dich an, doch du hast dich gewährt und geschrien. Dabei hast du zufällig einem der Täter die Baskenmütze und die Maske vom Kopf hinuntergerissen und sein Gesicht ganz genau gesehen.«

»Knut Melender!«, flüsterte Frida.

Theo nickte. »Erst Gennadi Filippow und jetzt du. Zwei angesehene Bürger, offensichtlich von denselben Tätern angegriffen.«

»Die Idee ist nicht schlecht, aber die Umsetzung gleicht einer Theateraufführung. Außerdem ist das viel zu nah an der Wahrheit. Stell dir vor, der Plan gelingt und sie finden den Heiler während der Fahndung. Glaubst du wirklich, er wird etwas gestehen, das er nicht getan hat? Vielmehr wird er alles auf mich schieben und mit Sicherheit auch meine Komplizen verraten. Auch wenn er beim letzten Mal behauptete, nicht zu wissen, wer sie waren.«

»Ja, da ist was dran«, gestand Theo.

»Wenn die Polis auf Petersen kommt und anfängt zu ermitteln, werden sie ganz schnell herausfinden, dass ich seine Kaution bezahlt habe.«

»Und was«, ihr Mann senkte die Stimme eine weitere Nuance, »wenn er wirklich nicht weiß, wer deine Komplizen waren?«

»Bis jetzt hat er sich als ein großer Lügner erwiesen«, sagte sie nachdenklich.

»Frida«, Theo nahm ihre Hand in seine, »uns geht es in erster Linie darum, den Heiler irgendwie zu finden und ihn zur Sicherheit unserer Kinder wenigstens vorübergehend aus dem Verkehr zu ziehen. Mit Hilfe eines Detektivs wird das vermutlich viel zu lange dauern, da waren wir uns einig. Ohne Polis werden wir kaum etwas erreichen, auch da sind wir uns inzwischen einig. Sobald wir diesen Bastard haben, wird unser Anwalt dafür sorgen, dass er nie wieder aus der Zelle herauskommt. Vergiss nicht, da gibt es Martha, die mit dir bei der Visite war. Da gibt es den alten Mann und seine Frau, die er verprügelte oder verprügeln ließ. Dann die junge Frau aus Liten-Yel, die bei dir ins Auto eingestiegen war. Und außerdem Gennadi Antonowitsch Filippow selbst, er scheint ja auch ein mächtiges Problem mit dem Mann zu haben. Lass den Heiler behaupten, Petersen und du habt den Lehrer verprügelt, na und? Du streitest es ab! Immerhin war Petersens Mutter zuerst bei dir und wollte, dass du ihr hilfst, ihren Sohn aus dem Gefängnis zu holen. Und genau das hast du getan, mehr nicht!« Theo küsste Frida auf den Mund. »Weißt du, im Nachhinein, wenn ich so überlege, ist die Sache mit Filippow halb so schlimm. Selbst wenn die Polis dem Heiler glaubt und sie eure Straftat nachweisen, ist der Lehrer wieder gesund und du wurdest dazu erpresst.«

»Ja!«, stimmte sie flüsternd zu. Theo war ein Genie, die Idee könnte tatsächlich funktionieren. »Aber Petersen könnte deshalb dennoch im Gefängnis landen, vielleicht sogar für immer. Er ist mindestens einmal vorbestraft und wurde nicht erpresst, sondern bezahlt. So wie Onkel Ben, wobei mir seine verbrecherische Karriere absolut unbekannt ist.«

»Sind dir diese zwei Männer wichtiger als deine eigenen Kinder?«, fragte Theo ernst. »Wenn der Plan funktioniert und wir den Heiler haben, wird alles unternommen, damit es überhaupt nicht dazu kommt, seiner Behauptung, du hättest Gennadi Filippow in Krankenhaus gebracht, zu glauben.«

»Also gut!«, sagte Frida nach kurzem Überlegen. »Dann lass uns planen, wie wir den Überfall vor unserer Haustür inszenieren. Und zwar rasch, ich muss noch in die Stadt und mein Kleid für die Gala abholen.«

DER FREMDE

Dahlien-Mörder, nannten die Medien ihn, nachdem die offizielle Bestätigung kam, dass der Fingerabdruck an der Balkontür aus der Wohnung des Moderators Bruno Samaras mit den Fingerabdrücken an dem Fenster im Zimmer der ermordeten Enania van der Meer übereinstimmte. Psychopath. Schwuler Verehrer. Geistig zurückgebliebene, verwirrte Seele. Muttersöhnchen und etliche weitere Bezeichnungen wurden in den Berichten für ihn verwendet. Jede dieser Beleidigungen verfehlte seinen wahren Charakter und schmerzte. Zu gerne hätte er klargestellt, dass keines dieser fiesen Worte auf ihn zutraf, nicht einmal im Entferntesten. Doch das würde bedeuten, sich zu stellen. Bis jetzt hatte laut Medienberichten noch niemand Samaras, Enania, die Aknefresse und ihn mit der Radioshow in Verbindung gebracht. Zwar wurde berichtet, dass Samaras Enania und Marian in seiner Show verkuppelt hätte. Dass aber vorher ein anderer versucht hatte, die junge Frau von sich zu überzeugen, schien erstmal unwichtig zu sein. Trotzdem befürchtete Eskil, die Polis würde früher oder später, wahrscheinlich eher früher, darauf kommen, wie wichtig eben diese Tatsache war. Dann würden sie bei ihm Zuhause auftauchen und ihn überwältigen. Solange sie nach ihm suchten, verhielt er sich aber ganz normal und ging seinen alltäglichen Dingen nach. Nur ein Dummkopf würde in so einer Situation untertauchen und damit die Aufmerksamkeit auf sich ziehen. Menschen ermorden oder nicht, wenn das Schicksal es vorsah, ihn trotz seiner unverzeihlichen Taten davonkommen zu lassen, so wollte er dies nicht durch eine Dummheit vereiteln. Dort draußen liefen Tausende Mörder frei herum. Wieso konnte er nicht auch einer davon sein?

Dahlien-Mörder. Diese Drecksäcke, als ob die Blumen in der Vase von Samaras irgendetwas mit Blumen aus dem Beet seiner Mutter zu schaffen hatten.

Eskil trank den Becher leer und erhob sich von den Stufen der Veranda. Er hatte seinem Vater versprochen, sämtliche Pflanzen im Garten zu gießen und endlich damit anzufangen, die gelieferten Baumstämme für den Winter zu spalten. All das wäre keine große Herausforderung, hätte seine rechte Hand nicht diese unschöne Begegnung mit einer Glasscherbe gehabt. Eine Unmenge an Blut war geflossen, bis er nach dem Doppelmord zu Hause ankam. Sein nagelneues, am Ärmel von Hunter zerrissenes Jackett war mit Blut durchtränkt. Er hatte es verwendet, um die Blutungen an der zerschundenen Hand irgendwie zu stoppen. Das Fahrerhaus von seinem GAZ-51 glich einem Schlachthaus. Seine Mutter kreischte entsetzt, als er bleich wie eine Wand aus dem Lastwagen ausstieg und ihr entgegentaumelte. Ein seltener Wutausbruch gegenüber den Eltern war notwendig, um sie davon zu überzeugen, keinen Notarzt zu rufen, nicht ins

Krankenhaus zu fahren und keine Nachbarn, die sich mit Wunden auskannten, zu holen. Unter unsäglichen Schmerzen ertrug er es, von seiner Mutter behandelt zu werden. Sie desinfizierte die Wunde und trug einen Verband auf. Ein kurzer Blick genügte, um zu wissen, dass die Hand an mindestens drei Stellen genäht werden musste. Doch davon wollte Eskil nichts wissen.

»Es war eine Messerstecherei mit einem Bekannten, der mir Geld schuldet«, erklärte er gereizt. »Mehr werde ich nicht verraten. Ich möchte nicht, dass wegen eurem Tratsch Ärger mit den Nachbarn entsteht. Viele von euch kennen ihn. Er war besoffen und hat es sicherlich nicht so gemeint. Punkt.«

Sie hatten es akzeptiert. Jeder auf seine Weise. Die Mutter weinte still. Der Vater tat so, als wäre nichts geschehen und verlangte deshalb verschiedene Aufgaben rund ums Haus von ihm, die jedoch mit einem Arm kaum zu erledigen waren. Auf diese Weise bestrafte er Eskil, das war klar. Doch um den Alltag wie gewohnt aufrecht zu erhalten, musste er da durch. Er kannte seinen Vater allzu gut. Wenn er jetzt anfangen würde zu nörgeln, würde der Alte darauf bestehen, den Namen des vermeintlichen Bekannten zu erfahren. Oder gar noch schlimmer, die Wahrheit. Noch einmal aggressiv zu werden, seinen Vater anzubrüllen und auf seine Rechte zu beharren, würde nur weiteren Ärger mit sich bringen. Am Ende könnte Eskil auf der Straße landen, wie damals als er vierzehn war und versucht hatte, einen Streit gegen seinen Vater zu bestehen.

»Entschuldigung«, riss ihn plötzlich eine Stimme aus den Gedanken. Er hatte sich beim Nachdenken zurück auf die Stufen der Veranda gesetzt, ohne es zu bemerken.

Hinter dem Gartenzaun stand ein Mann mit einer seltsamen Mütze auf dem Kopf. »Dürfte ich Sie um etwas bitten?«

Eskil schlenderte widerwillig auf ihn zu. Rex, der treue Mischlingshund lief an seiner Seite. »Was?«, fragte er unfreundlich und versteckte die verbundene Hand hinter dem Rücken, weil der Mann unverhohlen darauf starrte.

»Hätten Sie ein Glas Wasser für mich? Ich habe mich viel zu weit vom Haus entfernt und bin am Verdursten.«

Der Alte, nein, alt war er nicht, aber jung auch nicht, lächelte verlegen.

»Komm rein«, sagte Eskil barsch. Er marschierte einige Schritte voraus, dann fiel ihm ein, dass Rex nicht angekettet war und genauso wie Hunter der Teufel Probleme bereiten könnte. Er drehte sich rasch zum Tor um und sah erstaunt, wie der Fremde den Hund streichelte.

»Vorsichtig, normalerweise beißt er.«

»Mich beißen keine Hunde«, sagte der Mann, umfasste Rex' Schnauze und schüttelte sie spielerisch. Der Mischlingshund winselte und lief in seine

Hundehütte, sobald ihn die Hand des Fremden losließ.

Eskil wünschte sich, er hätte die gleiche Macht auf Enanias Köter ausüben können. Vielleicht wäre dann alles anders verlaufen.

»Warten Sie hier«, sagte er, als sie die Stufen der Veranda erreichten, und sah skeptisch zur Hundehütte. Anscheinend hatte Rex vor, drin zu bleiben.

Zwei Minuten später hielt er dem Fremden einen vollen Becher Wasser hin. Der Mann trank gierig alles aus.

Eskil sah ihm fasziniert zu. Ein seltsameres Gesicht als das des Mannes hatte er noch nie gesehen. Unmöglich zu sagen, wie alt er war. Seine Haare unter der dämlichen Mütze waren pechschwarz. Um seine Augen bildeten sich Altersfalten, im Gegensatz dazu war der Rest von seinem Gesicht straff und glatt wie bei einem Kind. Oder war es doch anders, glatt um die Augenpartie und tiefe Furchen um den Mund herum?

»Dankeschön.« Der Fremde streckte ihm den Becher entgegen und ließ los, bevor er ihn zu fassen bekam. Eskil ging reflexartig in die Hocke und fing das Glas mit der gesunden Hand vor der Kante der Stufe auf. Dabei verspürte er einen plötzlichen, schmerzhaften Stich an der Schulter. Er sah den Mann erschrocken an, während der Becher aus seiner Hand glitt und auf der Stufe zersprang.

»Ganz ruhig, alles in Ordnung, komm, setz dich besser hin.«

Er ließ sich widerstandslos von dem Fremden auf die Stufen runterdrücken, den Rücken an einen der Stützbalken der Veranda angelehnt.

»Mir i nicht gu, was ist los mit mir?«, fragte er verwirrt. »Etwa ha mi gestoch.«

Der Mann nickte und strich ihm über die Haare. »Ja, ich weiß.«

»Warn schi da gewen?« Seine Zunge weigerte sich, vernünftige Sätze zu bilden. Es war, als ob sie nicht mehr da wäre.

»Gleich wirst du auch deine Arme und Beine nicht mehr spüren.«

Eskil versuchte entsetzt aufzustehen, um vor diesem seltsamen Mann zu fliehen, aber alles an seinem Körper verweigerte ihm den Gehorsam.

»Na, du musst nicht gleich weinen.« Der Fremde strich ihm mit dem Daumen über die taube Wange. »Im Vergleich zu den Schmerzen, die du Bruno Samaras, dem Pförtner, Enania van der Meer und ihrem Freund zugefügt hast, ist das hier ein Kindergeburtstag.«

Entsetzen wurde von noch mehr Entsetzen abgelöst. Woher wusste der Mann das alles? Gehörte er zur Polis und war er mit dem Auftrag gekommen, Eskil zu töten, damit er keinen Prozess bekam? Immer wieder hörte er Geschichten, die genau das behaupteten. Insbesondere dann, wenn die Täter noch jung waren und den Staat jahrzehntelang Kosten in den Gefängniszellen verursachen würden.

Der Mann klopfte ihm mit der Hand auf den Oberschenkel. Er spürte nichts.

»Ich weiß, du kannst nicht mehr reden, doch das ist nicht schlimm, Hauptsache du hörst mir zu.« Er hielt eine Nadel mit einem gelben Kugelkopf zwischen Daumen und Zeigefinger vor Eskils Gesicht. »Das war der Piks vorhin.« Er steckte die Nadel lächelnd in eine durchsichtige Hülse und ließ diese in der Brusttasche seines Hemds verschwinden.

Ein Auto fuhr auf der Straße vorbei, doch Eskil sah das Fahrzeug nicht, sein Blick umfasste nur die halbe Veranda und ein wenig vom Garten. Irgendwo krähte ein Hahn.

»Sicherlich fragst du dich, wer ich bin und woher ich von deinen bösen Verfehlungen weiß.« Er grinste kurz und sah dann forschend in Eskils Augen. »Und du fragst dich, ob ich zur Polis gehöre, nicht wahr?« Er schüttelte Kopf. »Nein, das tue ich nicht. Ich bin viel schlimmer als sie.« Sein plötzlicher kalter, verächtlicher Blick war kaum auszuhalten.

Eine Schar Kinder lief lachend und laut diskutierend an dem Grundstück vorbei. Eskil sah sie nicht, trotzdem erkannte er jeden Einzelnen von ihnen an ihren Stimmen. Sie lebten alle in dieser Straße. Einige der Sprösslinge waren für ihr Alter durchaus gerissen. Gleich ob Junge oder Mädchen. Der Gedanke, sie brüllend um Hilfe zu bitten, war da, doch kein Ton verließ seine Kehle.

»Sie werden dir nicht helfen. Niemand wird das, solange ich da bin. Und von heute an bin ich allgegenwärtig für dich, du Dahlien-Mörder!«

Eskil hörte ein Grunzen aus seinem Mund entweichen.

Der Fremde nickte ernst. »Ja. Das darfst du nie wieder vergessen.«

Ein weiteres Grunzen, aber nein, es kam nicht aus Eskils Mund. Und plötzlich roch es nach Scheiße.

»Lass alles raus. Schäm dich nicht, du kannst nichts dafür.« Der Fremde sah spöttisch auf ihn hinunter. »Deine Blase ist inzwischen leer. So wie dein Herz.«

Eskils Blick wurde verschwommen. Angst, er hatte nur noch Angst.

»Tränchen helfen dir da garantiert nicht weiter. Der einzige Mensch, der dir noch helfen kann, bin nur ich. Deswegen schlage ich vor, wir kommen zum Punkt.« Er wischte Eskil die Augen mit dem Daumen ab, rümpfte die Nase und rückte eine Armlänge von ihm ab. »Wie betrachtest du die Sache mit dem Schicksal?« Er sah Eskil wieder längere Zeit in die Augen, als ob er darin Gedanken lesen könnte. »Ich persönlich denke, dass das Universum eine beachtliche Rolle im Leben eines jeden Menschen einnimmt und darüber bestimmt, wie seine Jahre bis zum Todestag verlaufen werden«, sagte er schließlich. »Und da gibt es noch den Instinkt. Eine äußerst wichtige Eigenschaft, um das eigene Leben möglichst angenehm zu gestalten. Natürlich nur, wenn man darauf hört. Das Universum und der Instinkt, die Mutter und der Vater.« Der Fremde biss sich auf die Lippen und nickte bedauernd. »Dich scheinen beide verlassen zu haben. Obwohl ich vermutlich so selten Radio höre, wie du deine Knöpfe annähst, sorgte das Universum dafür, dass mir die Verkupplungssendung mit der bezaubernden Enania van der Meer und dir nicht entging.« Er legte den Kopf in den Nacken und lachte. »Ich konnte deine Verunsicherung beinahe riechen. Als die Leitung abbrach, pisste ich mich fast so ein, wie du gerade dich eingeschissen hast.«

Eskil wünschte sich, er könnte diesen Mann auf der Stelle töten, doch das Einzige, worüber er noch Kontrolle hatte, waren seine Gedanken.

»Als ich in der Zeitung über die Morde an Bruno Samaras und den armen Pförtner las, war ich über die Umstände verblüfft. Am hellsten Tag in einer Wohnsiedlung mit einer Waffe zu schießen und dann zu entkommen, ohne gesehen zu werden, Meisterleistung! Zu gerne würde ich erfahren, wie du das angestellt hast.« Er sah Eskil erwartungsvoll an, zog dann die Mundwinkel nach unten und schüttelte den Kopf. »Nein, geht nicht, du kannst leider nicht reden.«

Irgendwo wieherte ein Pferd. Eskil erinnerte sich, dass der alte Lars jeden Montag auf seinem Wagen die Glasflaschen für Milch und Bier einsammelte und dafür den halben Preis vom Pfand auszahlte. Auf diese Weise ersparte er jedem, der es sich leisten konnte, auf den vollen Pfandpreis zu verzichten, die lästige Fahrt zum Sammellager der Stadt, wo die Flaschen offiziell angenommen wurden. Doch heute war nicht Montag und der alte Lars würde nicht vor dem Haus stehen bleiben und bemerken, dass mit Eskil etwas nicht stimmte.

»Als die Zeitungen dann von dem Mord an Enania und ihrem Freund Marian berichteten, war mir sofort klar, wer der Übeltäter ist. Weißt du noch, der besagte Instinkt?« Der Fremde tippte lächelnd auf seine taube Brust. »Der gute verunsicherte Eskil. Mir fehlte nur der Nachnahme. Um die Identität der Anrufer zu schützen, benutzt der Radiosender ja bekanntlich nur die Vornamen. Zufällig wusste ich aber, dass die vollen Namen aller Anrufer aus rechtlichen Gründen schriftlich festgehalten werden. Um deinen zu erfahren, musste ein Affe her.« Der seltsame Fremde mit der lächerlichen Mütze lachte ausgelassen. »Der verschwundene Affe im Zoo hat für mich den Ordner mit den Anrufern der letzten drei Jahre geklaut und ihn mir nach Hause gebracht.«

In Eskil entflammte plötzlich ein wunderbarer Gedanke. Das alles war nicht echt. Er träumte. Er träumte, träumte, träumte.

»Und das ist kein Scherz! Du hast doch sicherlich das mit dem Affen mitbekommen, oder? Natürlich! Du hörst bestimmt den ganzen Tag Radio, um zu erfahren, ob die Polis dir inzwischen auf den Fersen ist. Ist sie nicht! Dafür muss erst einer auf das Telefonat zwischen Enania van der Meer und dir kommen. Das wird auch zweifelsohne geschehen. Ich vermute, einer von Samaras Mitarbeitern wird es sein. Sicher bin ich nicht, es könnte auch einer der Tausenden Zuhörer sein. Aber das ist unwichtig. Ich war der Erste und ich habe den einzigen Ordner, in dem dein voller Name erwähnt wird. Noch kann für dich alles gut ausgehen. Ich glaube nicht, dass sich irgendwer einfach so an deinen unbedeutenden Namen erinnern kann.«

Zum ersten Mal seit dem Stich verspürte Eskil so was wie Hoffnung, aus dieser Begegnung lebendig herauszukommen.

»Oh, deine Augen verraten mir, du schöpfst Zuversicht.« Das Lächeln des Fremden erstarrte. »Normalerweise gehört so ein Abschaum wie du in eine Zelle, aus der man nie wieder herauskommt. Aber wie das Universum so will, brauche ich deine Dienste. Was gut für dich ist. Das Universum ermöglicht es dir gerade, sich nicht für die Morde verantworten zu müssen. Der Preis dafür könnte dir allerdings etwas heuchlerisch vorkommen.«

Der Fremde wischte Eskil die neuen Tränen aus den Augen und erklärte ihm ausführlich, was von ihm erwartet wurde, wenn er weiterhin frei sein wollte.

»Sobald das erledigt ist, treffen wir uns erneut. Dann übergebe ich dir den Ordner mit deinem Namen und unsere Wege gehen für immer auseinander.« Er betrachtete Eskil eine Zeit lang. Vermutlich las er wieder in seinen Augen. »Gut, ich glaube, wir sind uns einig. Denk dran, alles muss noch heute passieren. Solltest du scheitern oder andere Dummheiten machen, wird morgen jeder Polis des Landes hinter dir her sein. Aber das ist noch harmlos verglichen zu dem, was ich dir antue, wenn ich dich vorher in die Finger bekomme ...« Er ließ den Satz unausgesprochen stehen und hielt plötzlich eine Tafel Schokolade in der Hand.

»Ich hoffe, du magst Schokolade genauso gerne wie Schmetterlinge und Künstler.« Der Fremde grinste verhöhnend. »Schon mal die Sorte probiert?« Er hielt die Schokolade vor Eskils Gesicht. Auf der Verpackung war ein Mädchen abgebildet, das einen Ast mit vielen Haselnüssen in die Höhe hielt. »Ist mit Nüssen«, sagte er feierlich und zerriss die obere Hälfte der Verpackung. »Du wirst dir gleich Mühe geben müssen, um nicht daran zu ersticken. Aber ohne, dass du zuvor etwas davon gekostet hast, kann ich dich leider nicht verlassen.« Er brach ein Stückchen von der Schokolade ab und öffnete Eskil den Mund. »Ich lege es am besten auf die Zunge. Durch die Körperwärme wird die Köstlichkeit hoffentlich schmelzen und deine Kehle herunterlaufen.« Er tätschelte Eskil, der nichts von all dem, was gerade passierte, spürte oder schmeckte, auf den Oberarm. »Wird schon gut gehen, ansonsten habe ich meine Zeit mit dir verschwendet.«

Zu gerne hätte Eskil ihn gefragt, ob die Schokolade das Gegenteil von der Nadel war und ihm die Beherrschung über seinen Körper wiederbringen würde. Das nämlich, wäre dann der Moment, in dem der Mistkerl augenblicklich sterben würde. Doch seine Zunge bewegte sich nicht. Aus Angst, der Mann könnte diese Gedanken in seinem Gesicht lesen, wandte er den Blick ab und starrte zu Boden. Seine Augen füllten sich wieder ungewollt mit Tränen. Er roch seine eigene Scheiße und schämte sich dafür. Der Fremde schien ihm alles gesagt zu haben. Er betrachtete lächelnd die Umgebung, während Eskil gelegentlich zu ihm aufsah. Irgendwann packte der Mann seinen Kiefer und sah hinein. So als würde er sich gerade einen Esel kaufen wollen und diesen erstmal gründlich untersuchen.

»Gut!«, verkündete er zufrieden und erhob sich. »Es dauert nicht mehr lange und du wirst ein Kribbeln in deinen Händen und Füßen verspüren. Ab da wird die Taubheit nachlassen und du wirst dich ganz schnell wieder normal fühlen.« Er beugte sich vor und sah ihn kalt an. »Denk an unsere Abmachung. Wenn du dich weigerst, ist dein Leben verwelkt. Ich finde dich überall. Andernfalls sehen wir uns morgen. Sei pünktlich.« Nach diesen Worten verschwand er aus dem Blickwinkel und vermutlich auch aus dem Dorf. Irgendwann kam Rex mit wedelndem Schwanz angerannt, beschnupperte und leckte die braune Flüssigkeit um Eskils Hosenbeine herum. Dann leckte der Hund sein Gesicht und Eskil ertrug mit Widerwillen den Gestank aus dem Maul. Vor Zorn drohte er den Verstand zu verlieren. Gleich, wenn sein Körper nicht mehr taub war, würde der Köter sterben.

DIE GALA

Der gewaltsame Tod des berühmten Radiomoderators Bruno Samaras dominierte die Medien und die Stimmung der gehobenen Gesellschaft in den letzten zwei Wochen. Dennoch nahm der offizielle Veranstalter, Bürgermeister Stirnberg, das Risiko in Kauf, den heutigen Abend von der Tragödie überschatten zu lassen.

»Da ist er«, flüsterte Frida und nickte kaum merklich in Gennadi Antonowitsch Filippows Richtung. Der beliebte Lehrer war umringt von Menschen, die gemeinsam lachten. Die meisten kannte sie persönlich. Der Kulturminister Gunnar Odel. Polis-Chef Anton Petersen. Die amerikanische Botschafterin Mary Harper und der Gastgeber, der Bürgermeister von Kapital-Maa, Olav Strinberg. Sie alle, einschließlich Filippow, wurden von ihren Partnern begleitet.

Frida sah sich Filippows Frau Edda verstohlen an und glaubte, in ihrem Gesicht zu erkennen, dass die Botanikerin und Politikerin den kürzlichen Tod ihres Vaters noch nicht verarbeitet hatte. Zu erleben, wie ihr Mann vor der Haustür krankenhausreif geprügelt wird, verschaffte ihrem Wohlbefinden mit Sicherheit keine Erleichterung. Frida stellte sich vor, Theo und sie wären so verrückt und würden sich auf Knut Melenders Forderung einlassen, die Frau vorübergehend in eine Zelle zu bringen. Was würde das mit Edda, nein, mit der ganzen Familie Filippow machen? Sie schauderte.

»Na dann los«, sagte Theo leise und sie schlenderten, die bekannten Gesichter um sich grüßend, auf den Mann zu, zu dessen Ehre die heutige Gala stattfand.

»Gennadi Antonowitsch«, Frida streckte ihm die Hand entgegen, »mein Name ist Frida Heinrich.« Der Russe schüttelte lächelnd die Hand. Sie räusperte sich und spürte augenblicklich Theos besorgten Blick. »Das ist mein Mann Theo«, fuhr sie fort.

Filippow reichte Theo die Hand. »Ich weiß, wer Sie sind, geehrte Frau und Herr Heinrich.« Er zwinkerte. »Seltsam, dass wir noch keine Gelegenheit hatten, uns näher kennenzulernen.« Seine Aussprache war nahezu akzentfrei.

»Unsere Kinder lieben Sie«, sagte Theo. »Ich glaube sogar mehr als uns.«

Ein Lacher folgte, worauf Frida und Theo erst Filippows Frau und dann die restlichen Gäste um den Russen herum grüßten.

»Wir sollten später gemeinsam einen Drink genießen«, schlug Theo vor, während sie sich von der Gruppe entfernten.

»Unbedingt!«, entgegnete Filippow und hob sein Glas. »Vielen Dank für Ihr Kommen!«

»Bleib locker«, zischte Theo und drückte ihre Hand, als sie außer Hörweite waren. »Er ahnt nichts. Er weiß nicht, dass du es warst.«,

Sie nickte, worauf ihr Mann sie flüchtig auf die Wange küsste und losließ.

»Bis später«, sagte sie und entfernte sich von ihm.

»Bis später«, sagte er und marschierte in die entgegengesetzte Richtung.

Mag sein, dass die meisten Pärchen einen Sinn darin sahen, Veranstaltungen wie diese überwiegend händchenhaltend zu verbringen. Frida und Theo hielten absolut nichts davon. Wie sollte man neue Kontakte knüpfen, alte pflegen oder vertrauliche Gespräche führen, wenn der Partner wie ein lästiger Schwanz an einem haftete?

»Schon gehört?«, fragte Dagmar Makkara, Fridas inoffizielle Mitstreiterin in der Frauenbewegung. Vor allem während der Tischgespräche diskutierte die 43-Jährige gerne über die Abtreibung erzwungener Schwangerschaften durch Vergewaltigung, wurde jedoch immer wieder von ihrem Mann, dem oppositionellen Politiker Antero Makkara, ausgebremst und gerügt. »Der Präsident soll wohl höchstpersönlich für zwei oder drei Stunden vorbeischauen«, verkündete sie feierlich.

»Ach was!«, sagte Frida ungläubig. »Soweit mir bekannt ist, hält er nicht viel von solchen Veranstaltungen.«

»Ja, das behaupten die Leute, aber ich glaube, der Präsident hat schlicht keine Zeit für solche Dinge, schließlich muss er ein Land regieren. Außerdem haben die Frauen hier alle viel zu viele Klamotten an.«

Frida lächelte, verkniff sich jedoch eine Antwort. Die Partei von Dagmars Mann regierte zwar aus der Opposition, war aber nicht selten ein verlässlicher Verbündeter des Präsidenten, wenn es darum ging, bestehende Gesetze zu ändern oder neue einzuführen. Meist zum Nachteil der Bürger. Das akute Thema Rente spaltete jedoch sämtliche Oppositionelle von der Regierung ab, was aber kein Grund war, das Leben gemeinsam in Saus und Braus abseits der Politik zu genießen. Stimmte sie Dagmars Unterstellung zu, könnte es morgen heißen, Frida Heinrich mache sich über den Präsidenten lustig.

»Allerdings bin ich davon überzeugt, dass er heute wirklich kommt«, sagte Dagmar. »Siehst du den da?« Sie zeigte auf einen schlanken, großen Mann in einem weißen Hemd mit Krawatte. Auf seiner Nase saß eine Brille, die viel zu groß für sein Gesicht war. Seine ergrauten Haare waren dünn und der vordere Ansatz deutlich nach hinten gewandert. Frida schätzte sein Alter auf fünfzig.

»Das ist der berühmte Fotograf Radoslaw Adamczyk. Der Gewinner des World-Press-Photos im Jahr ... hmm ... keine Ahnung.«

»Ja, ich weiß, wer das ist«, sagte Frida. Der Pole hatte schon öfter auf bedeutenden Veranstaltungen fotografiert, auf denen sie und Theo auch waren. Eines seiner Bilder hing sogar bei ihnen im Wohnzimmer. »Hab aber noch nie ein

Wort mit ihm gewechselt.«

»Aha«, sagte Dagmar, die das weniger interessierte. »Ich vermute, er ist nur hier, um Bilder vom Präsidenten zu schießen. Wer, wenn nicht er, kann unseren Häuptling in der günstigsten Position ablichten.«

Frida grinste, diesmal war es unmöglich, sich eine Antwort zu verkneifen. »Da muss er schon sehr gute Fotos von sich schießen lassen, um die Menschen von seiner Rentenreform oder wie man das sonst nennen darf, zu überzeugen.«

Dagmar lachte laut auf und verstummte augenblicklich, als ihr Mann sich ihnen näherte.

»Da kommt deine Wache, die verhindern möchte, dass ich dich mit in die Frauenhölle ziehe. Wir sehen uns am Mittwoch 18 Uhr im Kulturhaus?«

Dagmar nickte und Frida ging auf die Suche nach neuen Gesprächspartnern, ehe Antero Makkara sie erreichte.

»Frida Heinrich«, sprach sie ein Mann kleiner Statur an, nachdem sie ein kurzes Gespräch mit einem Bekannten beendet hatte. »Auf ein Wort im Park?« Ohne eine Antwort abzuwarten, ging er durch die Halle an den Gästen, dem Büfett und der Band vorbei zum Ausgang, der direkt in den großen Park führte.

Frida sah den Unbekannten beklommen an. Sie kannte ihn nicht, dennoch läuteten in ihr sämtliche Alarmglocken. Ihr Bauchgefühl verlangte, sich sofort nach Theo umzusehen und ihm zu deuten, sie zu begleiten. Doch der Unbekannte blieb an der Tür stehen und wartete auf sie. Ihr blieb keine Wahl. Sich in alle Richtungen nach Theo umschauend, der nirgends zu sehen war, folgte sie dem Mann auf die Terrasse.

»Ein Glas Sekt?«, fragte ein Kellner, als sie nach draußen gingen.«

»Hey, Frida!«, rief ihre seit dem Studium beste Freundin Ann Walsh. Sie winkte ihr und deutete, sich der kleinen Gruppe um sie herum anzuschließen.

Frida formte ihre Lippen zum Wort *gleich* und ging zu der Bank zwischen zwei Bäumen, wo der Unbekannte auf sie wartete.

»Setzen Sie sich, ich beiße nicht.« Der Mann lächelte.

Sie setzte sich zaghaft. Nein, sie hatte ihn noch nie gesehen. Unter den Lampions, die den Park beleuchteten, war sein Alter genauso unbestimmbar wie das von Knut Melender. Panik ergriff sie. »Wer sind Sie?«

»Ich bin es Frida, Knut Melender!«

Sie sprang auf und starrte den Heiler entsetzt an. Erst jetzt erkannte sie seine Stimme. Sein Gesicht ohne Alter. Seinen Körperbau. Für einen Mann war er fast schon winzig. Sie wollte sofort weg von hier, doch dazu kam es nicht.

»Setz dich wieder hin, wenn du nicht möchtest, dass deinen Kindern etwas zustößt. Ich weiß ganz genau, was du und dein raffinierter Ehemann vorhabt.«

Frida gehorchte, sah sich hilfesuchend um, doch keiner der Gäste beachtete sie.

»Um Missverständnisse von vornherein zu vermeiden, wenn ich heute nicht heil nach Hause komme, sind deine Kinder tot.«

»Geehrter Herr Melender«, schluchzte sie. »Bitte!«

Er sah sie missmutig an und nickte. »Nur bitte, mehr nicht?«

»Es tut mir leid. Bitte.« Sie weinte.

»Hören Sie auf der Stelle auf zu weinen, geehrte Frau Heinrich. Es fehlt noch, dass uns jemand bemerkt.«

Sie wischte sich die Tränen schniefend weg.

»Frida, Frida, Frida, warum sind Sie so eine sture Frau? Warum müssen Sie sich ständig selbst schaden?«

Sie zuckte mit den Schultern. »Ich unterwerfe mich nicht gerne.«

Der Heiler lachte auf. »Ja offensichtlich. So ging es mir, als ich zur Zwangsarbeit in die Sowjetunion verschleppt wurde. Ist eine lange Geschichte, für die wir leider keine Zeit haben. Interessant für Sie ist nur, dass ich dort Deutsch gelernt habe und jedes einzelne verräterische Wort zwischen Ihnen und Ihrem Mann verstanden habe.«

»Geehrter Knut Melender, ich flehe Sie an, verzeihen Sie mir meine Torheit.«

»Ach ja, sollte ich? Erkennen Sie endlich, dass alles, was ich sage, auch so gemeint ist?«

Sie nickte heftig schluchzend, kurz davor, zu schreien.

»Selbst, wenn ich kein Deutsch beherrschte, wäre Euer raffinierter Plan letztendlich gescheitert. Und warum ist das so, frage ich Sie.«

»Weil …« Fridas Verstand suchte verzweifelt nach Erklärung. »Weil …« Sie verstummte.

»Bitte sprechen Sie. Ich möchte es unbedingt aus Ihrem Mund hören.«

»Weil ich nicht mehr gewusst hätte, wie Sie aussehen, und somit nicht in der Lage wäre, der Polis Ihr Gesicht zu beschreiben.«

Der Heiler nickte zufrieden. »Ich bin verwundert darüber, dass Sie es nicht längst erfasst haben. Und warum ist das so?« Er lächelte schmallippig und wartete auf eine Antwort.

Frida zuckte mit den Schultern.

»Ich verrate es Ihnen! Es liegt an Ihrer Überheblichkeit. Von Anfang an stellten Sie Ihre Person über meine. Sie glauben immer noch, schlauer zu sein als ich. Daher frage ich Sie, Frida, wann wird das ein Ende haben?«

»Jetzt, geehrter Knut Melender, jetzt sofort«, versicherte sie verzweifelt.

Der Heiler griff in die Innentasche seines Jacketts und holte eine Tafel Schokolade hervor. Es war die gleiche Sorte, die er ihr und Martha damals angeboten hatte. »Essen wir Schokolade, das beruhigt bekanntlich die Nerven«, sagte er ruhig, riss die Verpackung auf und brach ein Stückchen ab.

»Wie Sie wissen, schmeckt mir diese Sorte nicht«, sagte misstrauisch.

Melender zuckte mit den Schultern, schob sich das abgebrochene Stückchen in den Mund und sah sie forschend an. »Es fällt mir wirklich schwer zu glauben, dass Sie endlich damit aufhören, sich mir zu widersetzen.«

»Ich werde dafür sorgen, dass Filippows Frau vorübergehend ins Gefängnis kommt. Bitte geben Sie mir nur etwas Zeit, das wird nicht einfach.«

»Ich habe aber keine Zeit«, zischte er wütend. »Anstatt dass die Sache vorankommt, suchen Sie nach einem Weg, mir zu schaden.« Seine Stimme wurde mit jedem Satz lauter. »In dem Moment, in dem ich nicht mehr in Ihrer Gegenwart bin, vergessen Sie mein Aussehen. Egal wie sehr Sie sich anstrengen, die Erinnerung kommt niemals zurück. Noch heute Abend könnte ich Ihnen auf der Straße erneut begegnen, aber Sie würden mich nicht erkennen, bis ich das von selbst möchte.«

»Ich habe Sie verstanden«, sagte Frida leise. Einige der Gäste schauten neugierig zu ihnen hinüber.

»Da bin ich mir nicht mehr so sicher.« Melenders Wut und die daraus resultierende Lautstärke blieben unverändert. »Vielleicht sollte ich dem ein Ende setzen, mein Versprechen wahr machen und Sie danach für immer vergessen.«

Eine der großen Türen wurde aufgestoßen und eine Horde Gäste kam laut lachend auf die Terrasse. Unter ihnen waren Gennadi Filippow, seine Ehefrau Edda und Theo.

»Bitte, geehrter Knut Melender, ich werde Ihre Forderung erfüllen«, flehte sie.

»Frida.« Ihr Ehemann kam mit zwei Gläsern Sekt auf sie zu.

»Handeln Sie jetzt bloß mit Bedacht, Frida«, warnte der Heiler sie. »Denken Sie an Ihre Kinder.«

»Theo!«, sagte sie ruhig und erhob sich mit Melender von der Bank. »Da bist du ja!« Sie lächelte und nahm ein Glas Sekt.

»Arvid Olsson«, stellte der Heiler sich vor und ergriff Theos Hand. »Biologieprofessor.«

»Hoch erfreut. Theo Heinrich. Abgeordneter. Doch noch viel wichtiger, der Ehemann von dieser bezaubernden Frau.«

»Ahh.« Melender sah sie grinsend nacheinander an und zwinkerte. »Sie Glückspilz! Ihre Frau ist zweifelsohne die Schönste auf der gesamten Gala.«

»Vielen Dank!« Theo überreichte ihm das andere Sektglas. »Für Sie, geehrter Herr Olsson, hab noch nicht daraus getrunken.«

Der Heiler nahm den Sekt entgegen. »Dafür brechen Sie sich bitte ein

Stückchen ab. Ist mit Nüssen. Ihrer Frau hat es nicht geschmeckt.«

Theo nickte grinsend, brach sich ein Stück von der Schokolade ab und schob es in den Mund. »Hmm, lecker. Sie müssen Frida verzeihen, sie kann Nüsse nicht ausstehen.«

»Schon verziehen«, beteuerte der Heiler, woraufhin sie lachten.

Frida lachte mit, obwohl sie ihrem Mann die Schokolade am liebsten aus der Hand geschlagen hätte. Und wenn Melender vorhin nicht selbst ein Stück gegessen hätte, hätte sie es auch garantiert getan. Allein die Götter wussten, was außer Nüssen sonst noch in dieser Schokolade war.

»Biologieprofessor also«, sagte Theo. »Dann sind Sie und Edda Filippow sicherlich alte Bekannte.«

Der Heiler antwortete nicht sofort. Er ließ die restliche Schokolade wieder in seinem Jackett verschwinden. »Nein, sollten wir das?«

Theo lachte auf. »Erst heute habe ich erfahren, dass Edda Filippow eine Botanikerin ist. Sie hatte ihr Studium in Russland absolviert, wo sie dann auch ihren Mann kennenlernte.« Er legte eine Hand freundschaftlich auf Melenders Rücken und führte ihn in Richtung Terrasse, wo die Filippows und ihre Anhänger herzhaft lachten.

Frida folgte ihnen.

»Wir sollten Sie Edda unbedingt vorstellen.«

»Na, ich weiß nicht«, sagte Melender sichtlich verunsichert.

Theo lachte. »Na klar!« Und ehe der vermeintliche Biologieprofessor die Möglichkeit hatte, erneut zu widersprechen, rief er Eddas Namen.

Der Heiler sah flüchtig zu Frida. Sein Blick enthielt Wut und Warnung.

Sie überließ Melender Theo und Edda Filippow und gesellte sich zu der Gruppe von Ann Walsh gleich gegenüber. Die Götter mussten ihr ausgerechnet ihre beste Freundin geschickt haben. Diese Frau war für ihre flotten Sprüche, ihren Humor und ihre Unnachgiebigkeit bekannt, geliebt und gehasst. Ann setzte sich insbesondere für die Umwelt ein. Ihre Vorhersagen, wie die Welt in 50 Jahren aussehen würde, sollte sich die Menschheit weiterhin so verhalten wie heute, waren hoch angesehen, wurden aber mindestens genauso belächelt. Abgesehen davon, war Ann Walsh die Direktorin und gelegentlich Regisseurin des städtischen Theaters *Mime*.

»Ann, siehst du den Mann neben Theo?«, eröffnete Frida das Gespräch, als ihre Freundin sich zu ihr drehte.

»Der Zwerg da?« Sie grinste.

Frida zog Ann einige Schritte von der Gruppe weg und redete schnell, während sie den Heiler anstarrte, um sicherzugehen, dass er nicht zu viel von der

Unterhaltung mitbekam. »Das ist Arvid Olsson, Biologieprofessor. Du musst ihn unbedingt für dein Umweltprojekt begeistern. Ich bin mir sicher, du wirst nur davon profitieren.«

»Ohoo, ist alles okay? Du redest ja wie ein Wasserfall. Und siehst wieder Mal aus wie Aphrodite. Wie teuer war dein Kleid diesmal?«

»Auf keinen Fall darfst du ihm verraten, dass ich dich geschickt habe.« Sie umklammerte Anns Hand und sah sie ernst an. »Geh jetzt auf der Stelle dahin und lausche deren Unterhaltung, sprich ihn aber erst an, wenn er die Festhalle betritt.«

»Frida, ist alles in Ordnung?« Ihre Freundin sah sie besorgt an.

»Ann, ich verlasse mich auf dich. Bitte tu, worum ich dich gebeten habe.« Mit diesen Worten entfernte sie sich rasch von ihrer Freundin und eilte zu der Gruppe um Filippow. Ein ihr unbekannter Mann hielt gerade mit einem erhobenen Glas eine Rede. Der vermeintliche Biologieprofessor, Theo und Edda standen abseits und unterhielten sich. Als sich Frida bei Theo einhakte, sah der Heiler sie misstrauisch an.

»Entschuldigung, darf ich kurz stören?«, mischte sie sich in das Gespräch ein, »Arvid Olsson«, sagte sie, ohne Filippows Frau zu beachten, »es war uns eine Freude, Sie kennenzulernen. Mir ist kalt, deshalb gehen wir jetzt rein, ich bitte um Nachsicht«, verkündete sie so fröhlich wie möglich und zog ihren Mann zurück zur Festhalle. Dabei sah sie verzweifelt zu Ann hinüber, die sie mit ernstem Blick beobachtete. Frida bildete mit ihren Lippen das Wort: *Bitte*.

Doch noch bevor sie eine der überdimensionalen Türen aus Eiche erreichten, öffneten zwei Bedienstete die mittlere Tür, und die Frau des Bürgermeisters kam brüllend aus der Festhalle auf die Terrasse. »Fotos! Fotos!« Sie klatsche in die kleinen Händchen. »Na los, los, wir machen Fotos! Geehrter Gennadi Antonowitsch.«

Filippow nickte und rief den Namen seiner Frau. Edda sah von Melender zu ihrem Mann, sagte zu dem Heiler noch einige Worte, reichte ihm zum Abschied die Hand und folgte dem Ruf der kreischenden Ehefrau des Bürgermeisters.

Frida zog Theo zurück zu Filippows Gruppe. »Na los, wir machen da mit.«

»Sicher, dass sie uns mit auf dem Foto haben möchten?«

»Warum nicht?« Sie sah ihren Mann an und erkannte, dass er wusste, dass etwas nicht stimmte.

Melender folgte ihnen, wählte aber eine der äußeren Türen. Fast gleichzeitig betraten sie die Festhalle. Er nickte Frida zu und suchte den kürzesten Weg zum Haupteingang durch eine Reihe von Tischen, die zum größten Teil unbesetzt waren, weil viele den Aufruf beherzigten, bei den bevorstehenden Fotografien mitzumachen. Zunächst enttäuscht und dann unendlich erleichtert, sah Frida, wie Ann Walsh die Halle durch dieselbe Tür wie der Heiler betrat und ihm eilig folgte. Sie tippte Melender auf die Schulter und schon waren sie in ein Gespräch verwickelt. Nach mehreren Worten reichten sie sich die Hände und Anns Lachen erklang für einen kurzen Augenblick in der gesamten Halle. Sie nahm Melenders Hand und führte ihn zum nächsten freien Tisch, wo sie sich hinsetzten.

Frida löste sich von Theo und umging die Schlange hinter dem Starfotografen Radoslaw Adamczyk. »Ein Foto, ein Foto«, krächzte sie und fasste den Fotografen am Ellenbogen. Dieser war gerade dabei, eine Gruppe auf einem niedrigen Podest rund um den Kulturminister zu fotografieren, weshalb er sich mürrisch umdrehte. Frida strahlte ihn an und seine Lippen formten augenblicklich ein Lächeln. O ja, schöne Menschen bekamen immer, was sie wollten, das wusste sie schon seit ihrer Jugend.

»Hey«, protestierte jemand, der ebenfalls auf eine Fotografie wartete.

Der Fotograf hob beschwichtigend die Hand. »Wir sind fertig. Vielen Dank, verehrte Damen und Herren. Herr Kulturminister.« Sein polnischer Akzent war nicht zu überhören.

»Schnell, ein Foto von mir und meinem Mann.« Sie zeigte auf Theo in der Schlange ganz hinten. »So, dass die Gästetische zu sehen sind. Los, los, bevor die anderen mich steinigen.«

Der Fotograf lachte und folgte ihr. »Ganz ruhig, Freunde, ich bin gleich wieder da«, rief er in die Warteschlange.

»Machen Sie bitte mehrere Fotos.« Sie schubste Theo, der sie beschämt anstarrte und sich ganz sicherlich fragte, was mit ihr nicht stimmte. Sie hakte sich bei ihm ein. »Schnell, schnell«, forderte sie.

»Sie müssen stillstehen«, entgegnete Radoslaw Adamczyk, »und bitte lächeln.«

»Jetzt machen Sie einfach, aber so, dass man das Pärchen am Tisch hinter uns auch sieht.«

»Die sind zu weit weg, man wird ihre Gesichter kaum erkennen«, sagte der Fotograf befolgte aber dennoch ihre Bitte und fotografierte sie.

»Und jetzt zusammen mit Gennadi Antonowitsch und seiner Frau.« Frida stolperte über Theos Fuß bei dem Versuch, ihn so schnell wie möglich zum Podest zu ziehen, wo man Filippow und seiner Gattin inzwischen den Vortritt gelassen hatte. Dabei wagte Frida sich nicht, über die Schulter zu sehen, um zu prüfen, ob der Heiler sie bei ihrem wiederholten Versuch, ihn zu hintergehen, erwischt hatte. Ihr Herz raste, vermutlich, weil sie wusste, dass diese Handlung ihre Kinder in noch mehr Lebensgefahr brachte, als sie es ohnehin schon waren.

Das Wichtigste war jetzt rasch zum Podest zurückzukehren, damit Knut

Melender nicht sah, wie der Fotograf bei Frida und abseits seines eigentlichen Arbeitsplatzes herumschlenderte. Sie zog an Theos Hand, der sich wie ein sturer Stier kaum von der Stelle bewegte. Dann wurde ihr schwarz vor Augen. Theo stützte sie.

»Alles okay mit dir?«, fragte er mehr verärgert als besorgt.

»Alles in Ordnung?«, fragte der Fotograf fast gleichzeitig. Sein Blick sagte ihr, *es wäre besser, wenn du heute keinen Alkohol mehr trinken würdest, Schätzchen.*

»Zu viel Sekt fürchte ich.« Sie löste sich aus Theos Armen und marschierte mit schnellen Schritten an der munkelnden Schlange vorbei. Der Starfotograf und Theo folgten ihr.

»Ein Foto mit uns, geehrter Herr Filippow?«, fragte sie lächelnd.

»Natürlich, geehrte Frau Heinrich, unbedingt!«, sagte der Mann, zu dessen Ehre die heutige Gala stattfand und griff nach der Hand seiner Edda.

Ein weiteres Pärchen, Frida kannte sie nicht, stellte sich dazu und sie befolgten die Anweisungen des Fotografen.

»Alles okay mit dir?«, fragte Theo zum wiederholten Mal, nachdem sie sich bei den Filippows bedankten und den Platz für andere Gäste räumten. Theos Kopf war dunkelrot angelaufen. Offensichtlich hatte sie sich und ihren Mann durch diese merkwürdige, ja gar dreiste Aktion, blamiert. Doch das war ihre kleinste Sorge. Sie drehte sich angsterfüllt zu den Tischen und sah, wie Ann und der Heiler immer noch am Tisch saßen und sich unterhielten. Sie lachten und stießen mit Sektgläsern an.

Ann Walsh war inzwischen dreimal verheiratet und glücklich geschieden, weil keiner der Männer mit ihrer Offenheit und Beliebtheit zurechtgekommen waren. Frida bekam plötzlich Angst um ihre Freundin. Der Heiler war gefährlich. Sie war den Göttern dankbar dafür, dass Ann ihn solange hingehalten hatte, ohne zu ahnen oder jemals zu erfahren, wofür überhaupt, doch jetzt betete sie, das Gespräch würde bald enden und der Heiler endlich von hier verschwinden.

Die Aufregung um den Fotografen war inzwischen verflogen, doch Ann und Melender unterhielten sich immer noch. Sie hatten mittlerweile den Tisch gewechselt, da Gäste kamen, die einen Anspruch auf diesen Platz hatten. Jetzt saßen ihre Freundin und der vermeintliche Biologieprofessor nur zwei Tische entfernt von der zugewiesenen Tischgesellschaft von Theo und Frida.

Die Band stimmte ein langsames Lied an, worauf Pärchen auf die Tanzfläche stürmten.

»Na los, mein Prinz«, flüsterte sie Theo ins Ohr und zog ihn auf die Tanzfläche. Allein aus dem Grund, die lästige Gesellschaft am Tisch loszuwerden.

»Hörst du wohl auf, mich den ganzen Abend durch die Gegend zu ziehen?«, sagte er lachend. Doch seine Augen lachten nicht. Inzwischen musste er sich sicher sein, dass etwas vorgefallen war, obwohl sie dies mehrmals bestritt. Sie hatte bemerkt, wie er immer wieder flüchtig zum Tisch von Ann und dem Heiler hinübersah.

Auf der Tanzfläche nahm er ihre linke Hand in seine rechte und legte die linke sanft um ihre Taille. »Ist das der Heiler?«, fragte er. Seine Stimme war von Aggression erfüllt.

»Wo?« Frida sah sich in alle Richtungen suchend um.

»Na, der Biologieprofessor dahinten.«

»Ach Quatsch.« Sie lachte auf.

Theo musterte sie skeptisch. »Woher kennst du ihn?«

»Bis vor zwei Stunden kannte ich ihn überhaupt nicht. Er kam von alleine auf mich zu. Wenn du mich fragst, ist er ein geiler Bock auf der Suche nach einem Rock, unter den er greifen darf.«

Theo verlangsamte ihren Tanz und betrachtete eingehend das lachende Pärchen. Sie hatten inzwischen frisch gefüllte Sektgläser in der Hand. »Na dann ist er bei Ann genau richtig.«

»Theo!« Sie schlug ihm auf die Brust und beschleunigte den Tanz. »Er ist hoch gebildet. Ann wird bei solchen Männern immer schwach.«

Er nickte zustimmend. »Was ist dann los, Frida?«

»Was los ist?« Ihr kamen die Tränen. »Ist das dein Ernst, Theo? Ich muss den ganzen Abend in der Gegenwart von einem Mann verbringen, der wegen mir Unrecht erfah…«

Theo drückte fest ihre Hand. »Ist schon gut«, unterbrach er sie. »Ich habe dich verstanden.« Er sah sich besorgt um. »Sollen wir nach Hause fahren? Martha passt zwar auf die Kinder auf, aber ich fühle mich damit unwohl.«

»Ich weiß es nicht. Wenn das keinen Verdacht weckt«, sagte sie und lächelte nervös. Wer würde dann auf Ann aufpassen, wenn sie die Party vor dem Heiler verließen? Dass den Kindern etwas passieren würde, solange Knut Melender hier war, bezweifelte sie. Wenn er Helfer hatte, die sich an ihren Kindern rächen sollten, wenn ihm etwas zustieße, wie etwa eine Verhaftung, dann warteten sie entweder vor der Festhalle auf eine Bestätigung dafür oder sie hatten einen Zeitpunkt vereinbart, ab wann zugeschlagen werden sollte. Und wenn er mitbekommen hatte, wie sie vorhin Fotos machten, auf denen er ihm Hintergrund zu sehen war, dann hatte er garantiert noch keine Gelegenheit gehabt, irgendetwas in die Wege zu leiten. Dafür würde sie ihre Hand ins Feuer legen. Doch sobald der Heiler die Festhalle verließ, würden Theo und sie mit dem Auto nach Hause rasen.

»Frida, wovon redest du da?« Theo schob ihr Haar bei Seite und flüsterte: »Ich wiederhole mich inzwischen, niemand schöpft Verdacht, aber wenn du weiter so schreckhaft guckst, den Fotografen bedrängst und wiederholt über meine Füße stolperst, wird der eine oder andere sich fragen, was mit dir nicht stimmt.«

Das hatte der eine oder andere schon längst getan, und das wussten sie beide.

»Du hast recht. Entschuldige. Lass uns bleiben, bis die ersten Gäste gegangen sind.«

»Na gut, aber dann entspann dich endlich.«

»Versprochen!« Sie küsste Theo und wusste, dass er nach wie vor misstrauisch war.

Bevor sie fuhren, musste Frida dafür zu sorgen, dass der Fotograf Radoslaw Adamczyk ihnen alle und nicht nur das beste Foto von ihr und Theo zukommen ließ. Genaugenommen durften diese Fotos niemals ihren, neuerdings amerikanischen, Briefkasten erreichen, sondern mussten irgendwo unterkommen, bis Frida sie selbst abholte. Zweifelsohne bezahlte der Bürgermeister die Aufnahmen, weshalb auch er diese erhalten und seine Frau später alle an die Gäste vom heutigen Abend versenden würde. Dies war die übliche Prozedur. Wieder war es Ann, an die Frida dachte. Die Frau vom Bürgermeister liebte Theater und jeden Menschen mit einem Bezug dazu. Wenn Ann sie also darum bitten würde, dass alle Fotos von den Heinrichs, selbst die schlechten, bei ihr landeten, würde dies auch geschehen. Ob diese Fotos letztendlich brauchbar waren und ob man das Gesicht von Knut Melender erkennen könnte, war abzuwarten.

Als der Tanz endete, führte Theo sie zum Büfett. Aus dem Augenwinkel sah Frida, wie sich Ann und der Heiler erhoben und zum Abschied die Hände schüttelten.

»Es wird Zeit, nach Hause zu fahren. Jetzt sofort!«, verkündete sie.

»Auf einmal?«, fragte Theo überrascht.

»Ja, ich halte das hier nicht mehr aus.« Sie nahm seine Hand und zog ihn zum Ausgang.

»Wir müssen uns doch wenigstens verabschieden«, protestierte ihr Mann.

Frida sah, wie der Heiler die Festhalle durch den Haupteingang verließ. »Mach das bitte alleine.« Sie ließ seine Hand los und hoffte, er würde ihren Vorschlag befolgen. Ann kam auf sie zu und erweckte den Eindruck, Fragen stellen zu wollen. »Aber beeil dich, Theo. Bitte.«

Er sah erst sie an und dann Ann, die schon fast bei ihnen war, nickte und marschierte wütend über das Verhalten seiner Ehefrau zum Tisch von Gennadi Antonowitsch Filippow.

»Du hast recht. Arvid Olsson ist ein äußerst interessanter Mann«, sagte ihre Freundin, kaum war sie bei ihr. In ihrer Hand hielt sie eine Tafel Schokolade. Es war klar, wer sie ihr gegeben hatte.

»Ann. Wie seid ihr verblieben?«

Ann zog lächelnd die Augenbrauen hoch und hielt ihr die Tafel entgegen, »Wie wir verblieben sind?«

»Ja ich meine, ihr habt so lange geredet. Nein, danke, ich mag keine Nüsse.«

»Na, ich habe ihn, wie du wolltest, für mein Umweltprojekt begeistert«, sagte sie lachend. »Mal sehen, ob er sich tatsächlich als nützliche Unterstützung erweist.«

»Und sonst?«

Ann grinste. »Er ist intelligent und charmant, aber äußerlich nicht mein Typ, wenn du das meinst.« Sie winkte einem der Gäste flüchtig zu, bevor sie weitersprach. »Ist dir sein Alter bekannt? Es erschien mir unmöglich, es einzuschätzen.«

Frida sah, wie Theo den Tisch der Filippows erreichte und Gennadi Antonowitsch sich mit ausgestreckter Hand erhob.

»Nein, ich habe ihn erst heute kennengelernt und musste gleich an dich denken«, log sie.

Ann lachte schallend. »Ich danke dir. Beinahe ist es dir gelungen, mich mit einem, der dir selbst fremd ist, zu verkuppeln.«

»Aber nur beinahe?«, hakte Frida nach. »Ihr werdet euch in Zukunft nicht mehr treffen? Und was ist mit deinem Umweltprojekt?«

»Tut mir leid. Wie gesagt, er ist nicht mein Typ. Er fand mein Projekt äußerst interessant, doch mehr auch nicht, wenn ich ehrlich bin.« Nach diesen Worten umarmte Ann Frida und küsste sie auf den Mund.

Sie roch Schokolade.

»Was genau war das eben, Frida?« Ihre Freundin sah sie durchdringend an.

Frida beobachtete, wie Theo dem letzten Gast an Filippows Tisch die Hand schüttelte und dann zurückkam. »Ann, bitte sorg dafür, dass alle Fotos von mir und Theo, die der Fotograf heute geschossen hat, bei dir landen. Sie dürfen auf keinen Fall zu uns nach Hause kommen. Genauso darfst du niemals die Existenz dieser Fotos erwähnen, bis ich dich von alleine darauf anspreche.«

Anns Lächeln erstarrte. »Frida, was ist denn los? Ganz ehrlich.«

Theo wurde von einem Bekannten aufgehalten und unterhielt sich mit ihm. Das verschaffte ihr wertvolle Zeit.

»Ann, das werde ich dir nicht verraten. Doch ich flehe dich an, meine beste Freundin, mein Fels in der Brandung, meine treue Seele, sorg dafür, dass die

Fotos bei dir ankommen und solange da bleiben, bis ich komme, um sie zu holen.«

»Na gut, versprochen«, sagte Ann ernst.

»Und sprich Theo niemals auf diesen Abend und alles, was vorgefallen ist, an.« Ann nickte zögernd. »Wir sehen uns am Mittwoch im Theater, richtig? Bist du mir böse, wenn ich zurück in den Park gehe? Du hattest mich dort nämlich während einer wichtigen Konversation unterbrochen. Mal sehen, ob ich meinen Standpunkt noch retten kann.«

Jetzt war es Frida, die ihre Freundin umarmte und küsste. »Ich danke dir von ganzem Herzen, Ann.«

Ihre Freundin schenkte ihr ein kühles Lächeln, verabschiedete sich von Theo, indem sie ihre Schokolade mit ihm teilte, und ging davon.

»Na los, raus hier«, sagte er barsch und eilte, ohne stehen zu bleiben, an Frida vorbei.

Vor der Stadthalle standen Dutzende Taxis, was bedeutete, dass sich die Gala langsam dem Ende neigte. Vermutlich, glaubte Frida, hatten die Fahrer einen sechsten Sinn dafür, wann sie sich an einem Ort versammeln mussten.

Sie stiegen in das Auto, das am nächsten parkte. Frida nannte die Adresse und bat den Fahrer, so schnell wie möglich zu fahren. Sie versprach ihm ein großzügiges Trinkgeld.

Eine Weile saßen sie schweigend da und starrten durch die Seitenscheiben in die Dunkelheit. Das Taxi raste deutlich schneller als erlaubt seinem Ziel entgegen.

Irgendwann beugte sich Theo vor und strich mit der Hand über ihren Schenkel. Offensichtlich hatte er seine Wut wieder unter Kontrolle. »Ich habe das Gefühl, du verschweigst mir etwas.«

»Es ist alles in Ordnung.« Sie würde sicher nicht in Gegenwart von anderen Personen über den Heiler sprechen. »Ich bin müde und verwirrt. Ich brauche nur Schlaf und mache mir Sorgen um die Kinder.« Sie tippte dem Fahrer auf die Schulter. »Bitte fahren Sie noch schneller.«

Der Taxifahrer schnaubte verärgert. »Schneller geht es nun wirklich nicht mehr.«

Theo ließ Frida nicht aus den Augen. »Dann sorg dafür, dass es schneller geht«, sagte er grob.

Der Fahrer beschleunigte leise vor sich hin fluchend und drehte das Radio lauter, das gerade mehr belustigt als ernst über den aus dem Zoo entführten oder entlaufenen Schimpansen berichtete. Angeblich hatten mindestens acht Personen das Tier zuletzt in der Nähe des Radiosenders *Triumph Kapital-Maa* gesehen.

Einer der Zeugen behauptete sogar, der Primat wäre in das oberste Fenster des fünfstöckigen Gebäudes geklettert. Die wildesten Theorien wurden vorgestellt.

Es dauerte nicht lange, bis das Taxi vor dem Grundstück der Heinrichs hielt. Tasso stand inzwischen am Zaun und gab gelegentlich einen Laut von sich, woraufhin ihm hier und da ein anderer Hund aus der Ferne antwortete. Wenn er so weiter bellte, würden bald sämtliche Vierbeiner im Dorf herumlärmen.

»Ruhe jetzt, Tasso! Du siehst doch, dass wir es sind«, tadelte ihn Frida, als sie ausgestiegen war.

Sie wartete ungeduldig, bis Theo den Taxifahrer bezahlte. Am liebsten wäre sie sofort ins Haus gestürmt, um nach den Kindern zu schauen. Gleichzeitig jedoch hatte sie Angst davor, dass sie ein Unheil erwartete. Sie sah sich um. Dort, wo das Scheinwerferlicht des Taxis endete, lauerten Dunkelheit und Schatten. Und einer dieser Schatten hatte sich gerade bewegt, gleich hinter dem Zaun. Ganz sicher! Im Inneren des Hauses war es dunkel. Das versetzte sie immer weiter in Panik, da Martha auf die Kinder aufpasste und die Zeit garantiert nicht in Dunkelheit verbrachte. Auch ohne Aufpasser, immer dann, wenn sie und Theo ausgingen, ließen die Kinder mindestens ein Licht brennen, meistens das in der Küche. Frida sah zu Marthas Haus und hoffte, die Nachbarin und die Kinder hätten sich entschieden, heute dort zu übernachten. Auch das war schon mal vorgekommen. Allerdings war dies schon einige Jahre her, Freya und Andro waren noch klein.

Auf dem Grundstück der Schneiders leuchtete plötzlich eine Taschenlampe auf. Jemand kam aus dem Toilettenhäuschen raus und marschierte in ihre Richtung.

»Schon so früh da?«, fragte Martha, ihre Stimme klang verlegen.

»Ist alles in Ordnung bei?« Frida hätte sie am besten angebrüllt, weil sie ihre Kinder alleine gelassen hatte.

»Ja, natürlich!«, sagte Martha mit gedämpfter Stimme. »Ich musste nur mal dringend auf Toilette.«

»Warum bist du nicht auf unsere Toilette gegangen?«

»Das gehört sich nicht«, sie räusperte sich, offensichtlich war ihr das Thema unangenehm und in Gegenwart von einem Mann unangebracht. Was stimmte.

»Jaaa, wir sind's, mein Großer!«, hörte Frida Theo mit dem Hund sprechen.

Das Taxi fuhr davon und ließ sie im schwachen Mondschein zurück.

»Vielen Dank, Martha, ich wünsche dir eine gute Nacht. Morgen berichte ich dir, wie es auf der Gala war.« Ihre Nachbarin liebte Geschichten, sie waren quasi der Preis für ihre Gefälligkeiten.

Martha wünschte Frida und Theo eine gute Nacht und schlenderte, dem tanzenden Lichtkreis folgend, nach Hause.

»Theo! Lass den Hund in Ruhe, mach die Tür a…« Frida starrte auf ein

Päckchen direkt vor der Eingangstür.

»Ich hab Feuer.« Theo wechselte, wie inzwischen angewöhnt, ins Deutsch. Eine Flamme leuchtete in seinen Händen auf und es wurde heller.

Er war wie sie kein Raucher, trug jedoch stets ein Feuerzeug in der Hosentasche. Ein Schlüssel für einen erfolgreichen Geschäftsabschluss, pflegte er immer grinsend zu sagen. *Gib ihnen Feuer und sie sehen sich verpflichtet, dir etwas zurückzugeben.* »Was hast du da?«

Die Flamme erlosch für zwei Sekunden und kam nach einem metallischen Geräusch wieder zurück.

»Ein Päckchen«, keuchte Frida, nichts Gutes ahnend.

Theo hielt die Flamme vor das Türschloss und steckte den Schlüssel hinein. »Ein Scherz von Freya und Andro, wette ich.«

»Hoffentlich.« Sie gingen ins Haus und Frida stellten das Päckchen auf der Kommode ab. »Komm hoch, lass uns nach den Kindern sehen.«

Theo betätigte den Lichtschalter und schloss die Tür ab. Sein Gesichtsausdruck nahm harte Züge an. Er wusste, dass auf der Gala etwas vorgefallen war, und er hatte genug davon, von ihr angelogen zu werden. All das sah sie ihm an.

»Lass uns erst das Geschenk öffnen, vielleicht sind sie noch wach und warten auf unsere Reaktion.« Seine fröhliche Stimme spiegelte nicht seine aktuelle Laune wider. Offenbar rechnete er damit, dass die Kinder lauschten.

Frida nahm das Päckchen und stellte es auf dem Küchentisch ab. Theo kam dazu und wartete geduldig, bis sie mit zitternden Händen die Kordel um das Geschenk löste.

»Bereit?«, fragte Theo laut und nahm grinsend den Deckel ab. »Grundgütiger«, stieß er hervor, während Frida kreischte.

Theo ließ den Pappdeckel achtlos auf den Boden fallen und drückte ihr die Handfläche fest auf den Mund. Seine Hände zitterten genauso wie ihr ganzer Körper. Seine Augen verrieten nicht weniger Entsetzen, als sie verspürte.

»Ruhe. Ruhe«, zischte er. »Die Kinder.«

»Mama, Papa?« Andro zeigte sich an der Treppe, gefolgt von Freya.

»Kinder, ist bei euch alles in Ordnung?«, fragte Theo, mit einer Stimme, die drohte, jeden Moment zu versagen.

Andro kam die Treppe runtergerannt. »Was ist los?«

»Nein!«, brüllte Theo. »Bleibt oben!«

Der Junge stoppte, doch sein Gesichtsausdruck verriet große Besorgnis. »Warum hältst du Mama fest?«, fragte er misstrauisch.

Theo ließ Frida los.

»Papa tut mir nichts«, sagte sie mit belegter Stimme. Sie hatte das Gefühl, jeden

Moment den Verstand zu verlieren. »Geht es euch gut, Kinder? Fehlt euch was?«

»Uns geht es gut. Was ist hier los Mama?« Jetzt kam Freya die Stufen runter.

»Bleibt oben!«, wiederholte Theo, doch sie ignorierte seine Worte.

»Mama«, sie weinte schluchzend, »was ist schon wieder passiert?«

»Es ist nichts passiert.« Frida bemühte sich, nicht erneut loszukreischen. »Es ist nichts passiert. Geht sofort nach oben und wartet auf uns. Wir werden gleich bei euch sein.«

Freya schüttelte energisch den Kopf. »Nein!«

»Andro«, sagte Theo, »nimm deine Schwester mit auf dein Zimmer und beschäftigt euch. Ich brauche jetzt deine Unterstützung.«

Andro, der ein Jahr jünger war als Freya, nickte ängstlich und gleichzeitig sichtbar stolz darüber, dass sein Vater ausgerechnet ihn brauchte. »Ma?«, sagte er dennoch.

Frida nickte. »Papa tut mir nichts. Niemals! Na los, Freya, geh mit Andro hoch.«

»Neeeiiiin!«, brüllte das Mädchen, drehte sich jedoch um und schlenderte vor ihrem Bruder nach oben.

»Schließt die Tür«, rief Theo, woraufhin ein wütender Knall folgte.

Frida sah erneut in das Päckchen hinein, gleichzeitig sprang Mr. Green auf die Tischplatte auf der gegenüberliegenden Seite und ließ sie erschrocken zusammenzucken. Der Kater miaute, setzte sich auf seine Hinterpfoten und beobachtete sie durch seine seltsamen glasigen Augen, während der Schwanz im Takt hin und her zuckte.

»Du hast mir noch gefehlt«, zischte Frida hasserfüllt, nahm das Handtuch von der Spüle und schlug damit nach der Katze. Mr. Green fauchte, sprang blitzschnell vom Tisch und rannte ins Wohnzimmer, von wo aus er sie unter dem Sofa versteckt weiter beobachtete.

Theo griff in das Päckchen und holte ein mehrfach zusammengefaltetes Blatt hervor.

»Was steht da?«, fragte sie, noch bevor er es auseinandergefaltet hatte.

»Frida, wie versprochen habe ich Ihre Kinder nicht angerührt. Aber das bedeutet nicht, dass sie mit Ihrem Verhalten einfach so davonkommen. Das Däumchen gehört einem Jungen namens Andro und das Ohr …« Theos Stimme brach ab. Er sah sie kurz an und leckte sich über die Lippen. »Und das Öhrchen einem Mädchen namens Freya. Sicherlich kennen Sie die Armen.«

Frida kreischte auf und hielt sich die Hand vor den Mund, um den Schrei zu unterdrücken. Sie tastete nach einem Stuhl, um sich hinzusetzen.

»Mama?«, rief ihre Tochter.

»Bleibt oben!« Theo stützte sich mit beiden Händen auf die Tischplatte und sah Frida gequält an. Als er den Zettel in die Höhe hielt, entdeckte sie einige Blutflecken und sah, wie stark seine Hand zitterte. »Da Sie die Kleinen so sehr ins Herz geschlossen haben, verkünde ich Ihnen hiermit feierlich, dass bei Ihrem nächsten Fehltritt vier Kinder sterben. Bringen Sie Edda Filippow wie verlangt ins Gefängnis und Sie hören nie wieder von mir. Vorausgesetzt, Sie fordern mich nicht erneut heraus. Und jetzt verbrennen Sie diesen Brief.« Theo ließ das Schreiben auf den Tisch gleiten.

»Er war heute da«, schluchzte sie, »der Biologieprofessor.«

Ihr Mann schlug wütend mit der Faust auf die Tischplatte. »Warum hast du mir nichts gesagt? Ich wusste es doch!«

»Er sagte, jemand sei gerade bei unseren Kindern«, flüsterte sie und hoffte, ihre hysterische Stimme war leise genug, damit Andro und Freya nichts davon hörten. »Sobald ich etwas unternommen hätte ...« Sie schloss die Augen und spürte heiße Tränen über ihre Wangen laufen. Ihr war kalt. Sie war müde und wollte einfach, dass alles aufhörte.

»Gut«, sagte Theo. »Das ist ja noch besser. Spielt uns in die Karten. Jetzt, wo er sich bei den Filippows gezeigt hat, wird es umso mehr Sinn ergeben, dass er dich angegriffen hat. Du behauptest einfach, dass er dich sexuell bedrängt hat und du ihn zurechtgewiesen hast. Und wer weiß, vielleicht war er mit seinen Komplizen nur hier, um dich zu vergewaltigen.«

Frida verstand keinen einzigen der Sätze, die Theos wirre Worte bildeten. »Nein!«, diesmal schlug sie auf die Tischplatte. »Verstehst du es denn nicht? Er war da, weil er alles über unseren Plan wusste.« Sie deutete auf das Päckchen. »Und das ist die Strafe dafür. Die armen Kinder.« Ein klagender, verzweifelter Schluchzer verließ ihren Mund, gefolgt von Tränen, die nicht mehr aufzuhalten waren.

Theo fasste sich in die Haare und sah sie gedankenverloren an. »Aber wie konnte er das erfahren?«, fragte er schließlich. »Ich meine, wir haben doch aufgepasst. Extra Deutsch geredet.«

»Das weiß ich eben nicht, Theo. Er sagte, er versteht Deutsch.« Sie fasste ihren Mann am Arm. »Wir müssen dafür sorgen, dass Edda Filippow, so schnell es nur geht, ins Gefängnis kommt.«

»Nein!«, sagte er entschieden. »Du musst dich der Polis stellen und die Wahrheit erzählen. Uns bleibt keine andere Wahl.«

»Nein, Theo, nein!« Sie umklammerte ihn und lehnte den Kopf an seine Schulter.

»Spätestens wenn die Polis das Päckchen sieht, werden Sie unsere Kinder unter

Polisschutz stellen«, garantierte er.

»Nein, Theo!« Sie schlug ihm mit der Handfläche verzweifelt ins Gesicht. »Alles, was du gerade ausgesprochen hast, weiß dieser Teufel inzwischen. Vergiss nicht, dass ich nicht weiß, wer diese Kinder waren und wo sie wohnen. Bis die Polis das ermittelt hat, werden die Kleinen längst tot sein. Und wenn nicht jetzt, dann werden unsere Kinder ihnen in ein paar Jahren folgen. Er wird seine Drohung wahrmachen. Keine unserer Unternehmungen wird erfolgreich enden, und weißt du, warum? Theo, hör mir zu, weißt du, warum?« Sie strich ihm über die rote Wange. Der Schlag war fester gewesen als beabsichtigt.

»Warum?«

»Weil ich nicht mehr weiß, wie er aussah. Und du weißt es auch nicht mehr. Oder?«

»Was redest du da?«

»Theo, Schatz, versuch dich daran zu erinnern, wie der Biologieprofessor aussah. Versuch, dich ganz genau an sein Gesicht zu erinnern. Die Augen, die Größe seine Nase, das Haar. Hatte er eine Brille auf? Welche Farbe hatte sein Anzug? War es überhaupt ein Anzug?«

Theo schüttelte den Kopf, wollte etwas entgegnen, doch dann sah sie ihm an, dass er mit einem Mal verwirrt war. Er blinzelte ungläubig.

»Das war die Schokolade, die er dir gegeben hat, das ist mir inzwischen klar. Sie dient dazu, dass die Menschen sich später nicht mehr an sein Gesicht erinnern können. Die gleiche Schokolade hatten Martha und ich damals bei der Visite bekommen. Das bedeutet, ich wusste schon seit dem Tag nicht mehr, wie er aussah, nur hatte ich mir nie Gedanken darüber gemacht. Das erklärt, warum ich ihn nicht sofort erkannt habe, als er letztens bei uns zu Hause war. Und auch heute, als ich ihm zu der Bank folgte. Nicht einmal seine Stimme kam mir bekannt vor. Erst nachdem er meinen Namen nannte, wusste ich wieder, wer er ist.«

»Aber wie, Frida, wie kann so was möglich sein?«

Sie überlegte. »Der Mann verdient sein Geld mit dem Heilen und Hellsehen. Ich bin zu ihm gegangen, weil er einen guten Ruf hat. Vielleicht, nein, ganz sicher beherrscht er Geheimnisse der Kräuterkunde oder des Hellsehens, die wir nicht kennen. Auch wenn wir uns weigern, an so etwas zu glauben.«

»Es waren so viele Menschen heute da, ich bin mir sicher, einige werden in der Lage sein, sein Aussehen zu beschreiben.«

Das war logisch. Frida dachte darüber nach. »Er hat mit niemandem außer uns, Ann und Filippows Frau geredet. Zumindest habe ich das so wahrgenommen. Was, wenn er weitere Tricks beherrscht, die es den anderen erschweren, ihn zu beschreiben? Sein Alter einzuschätzen, ist gleichfalls unmöglich, und zwar noch bevor man von seiner Schokolade gekostet hat.«

Theo nickte zustimmend. »Dann weiß Ann auch nicht, wie der Heiler ...« Er verstummte.

Fridas Nackenhaare stellten sich auf. Wenn ihr Mann inzwischen begriffen hatte, was sie mit ihrem Verhalten bezweckt hatte und jetzt den Fotografen erwähnte, waren die Kinder, und zwar sowohl ihre als auch die unbekannten Kleinen, so gut wie tot. Vielleicht würde schon morgen ohnehin eine weitere grauenvolle Aktion von Melender folgen, weil ihm Fridas Tat nicht entgangen war.

»Filippow und seine Frau!«, rief Theo aus.

»Ich bin mir sicher, dass sie ebenfalls von der Schokolade gegessen haben. Vermutlich schon vor geraumer Zeit. Der Heiler ist kein Idiot, er würde niemals auf dem Bankett auftauchen, wenn ihm dort Gefahr drohte.«

Theo guckte skeptisch. »Hmmm.«

»Du hast ihn doch Edda Filippow persönlich vorgestellt.«

»Du hast recht, sie vermittelte nicht den Eindruck, ihn bereits zu kennen. Aber was ist mit dem Rest der Gäste? Ich bin nach wie vor überzeugt, dass ihn jemand ganz sicher beschreiben kann.«

»Selbst wenn, Theo«, sagte sie verzweifelt, »alles, was wir gerade besprechen, hört er auch. Wir können nicht anders, als ihm zu gehorchen. Sonst ...« Ihre Stimme brach ab. Sie zeigte auf das Päckchen. »Wir können nicht das Leben unserer und fremder Kinder aufs Spiel setzen«, beendete sie den Satz schluchzend. »Das ist ein Alptraum«, flüsterte Theo. »Und was, wenn wir das Risiko in Kauf nehmen, den anderen Kinder könnte etwas zustoßen? Das Wichtigste ist doch, wir bringen unsere eigenen Kinder in Sicherheit.«

Frida schüttelte den Kopf. »Mich der Polis zu stellen, wäre eine Sache. Ich habe die Strafe verdient. Aber den Tod zweier Kleinkinder zu riskieren, die nichts damit zu schaffen haben, werde ich nicht zulassen.«

»Was, wenn die Kinder sowieso schon tot sind?«

»Dann sind unsere Kinder die nächsten, Theo«, flüsterte sie weinend. »Wir müssen gehorchen und hoffen, dass es danach ein Ende hat.«

Theo schwieg. Dachte nach. »Falls die Kinder noch leben, werden wir sicherlich etwas über diesen Vorfall morgen in den Nachrichten hören. Das wird die Gelegenheit sein, gegen diesen Teufel vorzugehen.«

»In dem Moment, in dem du das ausgesprochen hast, hast du deinen Plan zum Scheitern verurteilt. Was ist dir wichtiger, das Leben unserer Kinder oder dem Heiler zu beweisen, dass du nicht kleinzukriegen bist?«

Lange, sehr lange sagte Theo nichts.

Irgendwann überwand Frida ihre Angst, zog das Päckchen an sich und betrachtete den Daumen und das Ohr genauer. Beides gehörte zweifelsohne zu einem Kind. Unter dem Daumen steckte Dreck. Das Ohr trug einen Ohrring mit einem eingearbeiteten, winzigen grünen Stein. Denselben Schmuck, den die kleine Freya getragen hatte und den ihre Tochter vor einer Ewigkeit ebenfalls trug. Sie erinnerte sich an Marthas Worte: *Alle Mädchen in diesem Land tragen die gleichen Ohrringe, wenn ihnen das Ohr durchgestochen wird. Schon seit mindestens dreißig Jahren.*

»Gut, Frida«, sagte Theo schließlich. »Dann lass uns überlegen, wie wir Edda Filippow ins Gefängnis bringen.«

DER SCHIMPANSE

Kapital-Maa
Mittwoch, 03. September 1969

»Tötet mich! Bitte.« Tränen, Rotz und Speichel liefen über sein von Schlägen geschwollenes Gesicht. Inzwischen hatte er kein Zeitgefühl mehr. Es könnten Wochen oder aber Monate vergangen sein, seit sie ihn nackt in diese kalte, dunkle Zelle eingesperrt hatten. Abgesehen von einem Kupfereimer, der eine Toilette ersetzte, war der Raum leer. Kein Bett, keine Decke, keine Heizung. Ab und zu bekam er eine kleine Eisenschüssel mit Suppe und einen Kupferbecher mit Wasser. Gelegentlich schwamm in der Suppe eine dicke Wurst aus Scheiße und der Inhalt des Bechers konnte nichts anderes als Pisse sein. Manchmal aß er die Suppe dann trotzdem.

Irgendwann begriff Eskil, dass sein Leben verwelkt war, und er versuchte, sich umzubringen, indem er mit dem Kopf hart gegen die Wand schlug. Doch kaum hatte er angefangen, waren sie da und verabreichten ihm eine Spritze. Die Hände an einer Rohrleitung angekettet, wachte er in einem anderen Raum auf. Hier wurde er mehrmals von einem aggressiven Häftling vergewaltigt.

Die Aufseher versicherten lachend, dass jedes Mal, wenn er versuchen würde, sich das Leben zu nehmen, ihm mit mindestens einem der vielen Lustknaben in diesem Gefängnis wundervolle Stunden bevorstanden. Gleichzeitig entschuldigten sich die Wärter dafür, dass für sein Vergnügen kein Affe aus dem Zoo zur Verfügung stand.

Der Affe. Dieser verfluchte Schimpanse!

»Tötet mich!« Eskil glitt entlang der Eisentür zum kalten Boden und versetzte sich in Gedanken an den Tag zurück, an dem er dem Schimpansen begegnete und sein Leben endete.

Weil er vor Aufregung vergessen hatte, einen Gürtel umzuschnallen, zog das Gewicht von Samaras' Pistole seine Hose fortwährend nach unten. Inzwischen waren vierzig Minuten seit dem verabredeten Zeitpunkt für ihr Treffen vergangen. Er hatte dem Mädchen, wie von den Fremden verlangt, mit einem scharfen Messer das Ohr und dem Jungen mit einer Heckenschere den Daumen abgetrennt. Um diese grausame Aufgabe zu verwirklichen, musste der Vater der Kinder sterben. Zwei der letzten vier Patronen aus Samaras' Pistole wurden dafür verschwendet. Außerdem hatte die Mutter von Freya und Andro, so hießen die Kleinen, ihr Leben beinahe auch verloren. Eine der Kugeln traf nicht nur ihren Mann, sondern auch sie. Wie das passieren konnte, wusste Eskil nicht, aber er freute sich aufrichtig über die Nachricht aus dem Radio, die Frau sei inzwischen außer Lebensgefahr.

Nicht nur einmal fragte er sich, ob die Begegnung mit dem Fremden real war. Die stinkende, flüssige Scheiße und der Urin um ihn herum waren echt. Die Unfähigkeit, sich zu bewegen, und die Taubheit, die langsam nachließ, waren echt. Aber der fremde Mann, dessen Alter er nicht zuordnen konnte, und überhaupt, an dessen Gesicht er sich nicht mehr erinnerte, war er wirklich echt? Ein Schlaganfall, ein vorübergehender Nervenzusammenbruch, ja gar eine trügerische Erscheinung aufgrund der Übermüdung könnten ihm die Begegnung mit dem Fremden vorgespielt haben. Oder nicht? Er wusste es nicht. Auch jetzt nach all der Zeit. Doch so oder so, es war zu spät. Unabhängig davon, ob der Mann eine Schimäre war oder nicht, hatte Eskil die Kinder verstümmelt und ihren Vater getötet. Im Endeffekt war ihm der Verlauf seiner Zukunft wichtiger als die Leben der gesamten Familie. Er würde, nein, er hätte alles unternommen, um einer Gefängniszelle zu entkommen. Selbst wenn er sich nicht sicher war, ob sein Verstand noch funktionierte.

»Der Schimpanse«, flüsterte Eskil in die dunkle Zelle hinein. »Der Schimpanse.«

Der Fremde hatte ihm aufgetragen, auf dem verlassenen Firmengelände der ehemaligen Schuhfabrik von Kapital-Maa in der Nähe vom Waldrand auf ihn zu warten. Und gerade als Eskil die Entscheidung getroffen hatte, der Fremde sei eine Schimäre gewesen und die Zeit sei gekommen, das Land zügig zu verlassen, kam der Schimpanse zwischen den Büschen hervor. Aufrecht marschierte der Primat auf ihn zu, eine Papierakte in beiden Händen.

Eskil sah sich ungläubig um und schlug sich mit der Faust auf den Mund. Er spürte Schmerz. Er schmeckte Blut. Der Affe war demnach real. »Na, wo ist denn dein Befreier?« Er kniete sich hin und streckte die Hände aus. »Ist er dort im Wald hinter den Büschen?« Er zeigte auf die Stelle, wo das Tier hergekommen war.

Der Schimpanse zeigte die Zähne, gab Laute von sich und fuchtelte mit der Papierakte. Seine Augen wirkten glasig. Abnormal.

»Ist schon gut!«, sagte Eskil beschwichtigend, nicht wissend, ob der Affe ihn auslachte oder wütend war. »Na komm, gib mir die Akte.«

Der Schimpanse kam näher, blieb in einem sicheren Abstand stehen und deutete kreischend auf die Blechdose in Eskils Hand. Eskil stellte den Behälter, dessen Inhalt der Daumen des Jungen und das Ohr des Mädchens war, auf die Erde und schob sie ein kleines Stück von sich.

»Na komm, gib schon her.« Er streckte den linken Arm nach dem Papierordner aus und umklammerte mit der Rechten den Griff von der Pistole hinter seinem Rücken. Der Affentrick funktionierte bei ihm nicht. Wenn der Fremde die Dose haben wollte, musste er sie persönlich holen. Den Ordner mit dem Namen der Anrufer würde er dem Primaten allerdings schon jetzt abnehmen.

»Dankeschön!«, sagte Eskil, als seine Finger die Mappe berührten, doch anstatt sie entgegenzunehmen, schnellte er vor und packte den Schimpansen an der behaarten Hand. Der Affe kreischte, wand sich und der erste Schuss verfehlte das Tier. Zu einem zweiten kam es nicht. Der Schimpanse schien alle vier Extremitäten einzusetzen. Er griff nach der Pistole, zog gnadenlos an Eskils Haaren, hämmerte auf seinen Rücken und biss ihm so lange ins Handgelenk, bis der Dahlien-Mörder die Waffe losließ. Der Affe löste sich von ihm, sprang zwei Sätze rückwärts und nahm die Blechdose an sich. In einer Hand die Dose, in der anderen Samaras' Pistole griff der Primat erneut an.

Das Tier war schnell. Zu schnell. Fast jeder seiner Angriffe traf Eskil. Mal die Dose, mal der Handknauf der Pistole, mal ein Biss. Rasch hatte er begriffen, dass der Schimpanse ihm um einiges überlegen war. Er trat dem Affen irgendwie in die Brust und nutzte die Gelegenheit zum Weglaufen, als das Tier kreischend zurückwich. Keine drei Sekunden später, war der Primat wieder bei Eskil, sprang auf seine Schulter und brachte ihn mit einem harten Schlag auf den Kopf zu Fall. Dem Klang nach zu urteilen, war es die Dose, mit der das Tier zugeschlagen hatte. Weitere Schläge und Bisse folgten. Eskil kreischte, kreischte aus Angst vor der wilden Bestie über ihm und noch mehr aus Angst vor dem Tod, der ihm bevorstand.

Heute wünschte er sich, der Affe hätte ihn getötet, doch damals ließ das Tier abrupt von ihm ab und rannte auf allen vieren in den Wald, die Blechdose immer noch bei sich. Eskil weinte erleichtert, allerdings hielt das Gefühl nur kurz an.

»Bleib liegen und rühr dich nicht«, sagte plötzlich eine autoritäre, männliche Stimme. Mehrere Hände griffen nach ihm und fünf Minuten später saß er mit Handschellen und Fußfesseln in einem Polis-Bus umgeben von vier maskierten und schwer bewaffneten Polisbeamten.

Auf dem Revier weigerten sich die miesen Polis-Bastarde, ihn zu sofort verarzten. In einem anschließenden Verhör gestand er den Mord an Bruno Samaras und dessen Pförtner. Den Mord an Enania van der Meer und ihrem Freund Marian. Er gestand den Mord am Vater der Kinder namens Freya und Andro. Er gestand, dass er dem Mädchen das Ohr und dem Jungen den Daumen abgetrennt hatte. Aber er weigerte sich strikt, die Entführung des Schimpansen aus dem Zoo zuzugeben.

»Hast du nicht einen Funken Gewissen in dir, der dich quält, du verfluchter

Mistkerl?«, brüllte die Mutter der verstümmelten Kinder nach der Verurteilung.

»Das war nicht meine Schuld, du dämliche Fotze!«, brüllte Eskil wütend zurück. Es war der Fremde, der diese herzlose Verstümmlung von ihm verlangt hatte. Er hatte ihm die Adresse der Familie zugesteckt. Er hatte genaue Anweisungen gegeben, wie Eskil das Ohr und den Daumen abzutrennen hatte. Er drohte damit, Eskil an die Polis zu verraten, wenn er sich weigerte. Er gab Eskil das Versprechen, für seine Taten nicht geradestehen zu müssen, und sorgte dafür, dass genau das Gegenteil eintraf. Der verräterische Fremde mit einem Gesicht, an das er sich, so sehr er es auch versuchte, nicht erinnerte.

»Weil er nicht existiert, du elendes Stück Scheiße.« Eskil schlug sich mit der Handfläche fest ins Gesicht, erhob sich erneut vom kalten Boden und hämmerte wütend an die Tür. »Bitte, tötet mich. Ich habe den Affen entführt, ich war das! Und jetzt tötet mich.«

Er rannte erst einmal, dann ein zweites Mal mit dem Kopf voran gegen die eiserne Tür der Gefängniszelle. Schon ertönten mehrere laute Schritte, die Tür flog auf und da waren sie, drei kräftige Wärter mit Schlagstöcken und einer Spritze.

»Nein!«, kreischte Eskil benommen und das eigene Blut schmeckend. »Ich will nicht, ich will niiiiicht!«

TEIL 2

DIE ZEIT

Puu-Gren
Dienstag, 16. Juli 1985

Fast sechzehn Jahre waren vergangen, nachdem die Familie Heinrich das Päckchen mit den abgetrennten Kinderkörperteilen erhielt. Inzwischen schmorte der Mann, der Freya und Andro verstümmelte und deren Vater umbrachte, in der Hölle. Es war irgendwie angenehm zu wissen, dass Eskil Svensson im Gefängnis gelitten hatte, bevor er starb, jedoch nicht minder heuchlerisch. Sich an Kindern zu vergreifen, galt selbst für die skrupellosesten Mörder in diesem Land als Tabu. Aber wenn man es genauer betrachtete, kam es zur Straftat infolge von Fridas Handlungen. Wie erwartet drohte der Heiler mit Konsequenzen, falls Frida oder ihr Mann jemals versuchen würden, mehr als nur das, was in den Zeitungen stand, über den Dahlien-Mörder zu erfahren. Dabei war es ein seltsames Gefühl zu wissen, dass Eskil Svenssons grausamer Pfad im fast gleichen Moment begann wie Fridas eigener. Sie erinnerte sich sogar daran, wie harmonisch die Unterhaltung zwischen ihm und Enania verlief und wie sie glaubte, die jungen Menschen passten gut zusammen. Doch dann brach die Leitung ab und nur einen Augenblick später erblickte sie auf der Straße die Kinder mit dem Bollerwagen. Was für ein schleierhafter Zufall.

Eingeschüchtert und der Verzweiflung nahe, war es Theo und Frida gelungen, Gennadi Filippows Frau für einige Wochen in ein Gefängnis zu bringen. Um dies zu bewerkstelligen, waren viele Gelder geflossen, heimlich politische Zugeständnisse verhandelt und Drohungen ausgesprochen worden. Am Ende verhaftete man Edda Filippow unter dem Vorwand, ihre noch relativ neue Partei, in der sie eine zentrale Rolle einnahm, sei eine ernst zu nehmende Gefährdung für den Frieden im Land. Dann in einigen Wochen, auf Anweisung des Heilers, war sie wieder frei. Die Partei war jedoch verboten, woraufhin viele zurecht uneinsichtige Parteimitglieder protestierten und ebenfalls im Gefängnis landeten oder Geldstrafen auferlegt bekamen. Nicht nur einmal glaubten Theo und Frida, ihre hinterhältige Verschwörung würde jeden Moment wie ein Kartenhaus zusammenbrechen. Und selbst nach so vielen Jahren waren sich beide einig, dass es keinen Grund gab zu glauben, sie hätten diese Gefahr überstanden.

»Wir sollten froh sein, in einem so politisch desaströsen Land wie diesem zu leben«, betonte Theo ihr gegenüber mehrmals. »In einem anderen Staat wäre so eine offensichtliche, belanglose Schweinerei nicht möglich.«

Frida bezweifelte dies zwar, allein schon wenn sie an die Nachbarländer dachte, behielt jedoch ihre Meinung für sich. Zu viel hatte Theo auf sich genommen, um ihn mit Widerspruch zu strafen.

Was Gennadi Antonowitsch Filippow anging, so stürzte sein Leben nach der erfolgreich abgeschlossenen Verschwörung ins Chaos. Kaum war Edda aus dem Gefängnis raus, ging die Ehe in die Brüche. Ständig alkoholisiert und unzuverlässig, verlor er die Stelle als Dozent. Bald darauf auch die einflussreichen Freunde und die Aufgabe, als Dolmetscher auf wichtigen Veranstaltungen zu fungieren. Irgendwann erlag der einst beliebte Russe Depressionen. All das erfuhren die Heinrichs von Freunden, Bekannten und der Presse. Sie hatten Filippow nach dem Gala-Abend nie wieder gesehen.

Aber nicht nur den Filippows erging es schlecht. Theos Gewissen, unschuldigen Menschen derart bösartig zu schaden, ließ ihm, insbesondere nachts, keine Ruhe. Mit der Zeit entwickelte Fridas Mann Frust und Zorn, der sich gegen sie richtete. Sie stritten immer öfter und wenn niemand in der Nähe war, warf er ihr vor, alleinige Schuld an dem ganzen Desaster zu tragen, das ihnen widerfahren war. Irgendwann hörte der Sex auf und Theo hatte plötzlich eine Geliebte. Als dies geschah, war Frida längst wie Gennadi Filippow Depressionen verfallen. Doch es war nicht der Konflikt mit dem Heiler oder Theos Affäre, sondern Andros Tod, der ursächlich für ihre Depression war. Ihr Sohn war mit neunzehn Jahren zum Militärdienst eingezogen worden und starb fünf Monate später, noch während der Grundausbildung, bei einem Hindernislauf nahe der norwegischen Grenze. Er kletterte über eine 2,5 Meter hohe Eskaladierwand, verlor den Halt und brach sich beim Sturz das Genick.

Freya war bei Andros Tod bereits verheiratet und schwanger. Sie hatte ihren Mann während des Studiums in Stor-Yel kennengelernt, wo sie nach der Hochzeit ein Haus kauften und eine Familie gründeten. Frida sah ihre Tochter und ihre zwei Enkelkinder, beides niedliche Mädchen, mindestens einmal im Quartal, jedoch nicht mehr als dreimal. Sie spürte, wie sehr ihr lustloser, hilfloser Zustand Freya belastete und doch gelang es ihr nicht, aus dem tiefen Emotionsloch, in das sie gefallen war, herauszukommen.

Die Familie fast vollständig zerfallen, blieb ihr nur noch Martha. Ihre ältere Nachbarin und Freundin. Auch sie hatte ein harter Schicksalsschlag ereilt, ihr Mann war vor fünf Jahren an einem Hirnschlag gestorben. Die Kinder alle weit entfernt, nahm Frida in ihrem Leben eine zentrale Rolle ein und umgekehrt. Jeden Tag besuchte Martha sie. An Tagen, an denen nichts einen Sinn ergab, sorgte Martha dafür, dass sie wenigstens etwas trank. An Tagen, an denen sie bereit war aufzustehen, kochte Martha mit ihr und drängte sie in den Garten, um Sonnenstrahlen zu tanken. Im Winter heizte Martha den Kamin über den gesamten Tag für sie, nachts übernahm Theo die Aufgabe, vorausgesetzt er übernachtete nicht bei seiner Hure. Die Jahre rasten dahin, während Frida um ihren Sohn trauerte, sich immer weiter von Theo entfernte, ihre Enkelkinder aufwachsen sah und ja, gelegentlich an Knut Melender dachte. Den Mann, den sie bei ihrer nächsten Begegnung, falls die Götter eine vorsahen, töten würde.

ALTE SCHULDEN

Liten-Yel

»Du wirst es mir nicht glauben.« Orlando setzte sich unaufgefordert hin und ließ eine Kaugummiblase platzen.

Declan sah ihn verärgert an. »Raus damit.«

»Na gut.« Er nahm das Kaugummi, legte es in den Glasaschenbecher vor sich und sah seinen Boss erwartungsvoll an.

»Nicht das Scheißding, du Idiot.«

»Ach so.« Er lachte. »Hättest ruhig präziser sein können, das Gummi hatte nämlich Erdbeergeschmack und war erst einen Tag alt.«

Declan sah ihn ausdruckslos an. Seine gute Laune war für den heutigen Tag offenbar aufgebraucht.

»Wir haben Ron Martinsson gefunden!«, verkündete Orlando feierlich.

Der mürrische Mann gegenüber riss überrascht die Augen auf. »Du meinst den Ron, an den ich gerade denke?«

»Ja. Martinsson! Hast du etwa seinen Nachnamen vergessen? Boss, du wirst wirklich alt.«

Declan winkte ab. »Wer und wo?«

»Rurik, in Stor-Yel.«

»Stor-Yel, dieser Hundesohn. Erzähl mir mehr.«

Orlando legte die Beine übereinander, lehnte sich in den Stuhl zurück und verschränkte die Hände hinter dem Kopf. »Wer Rurik ist, weißt du aber noch, oder? Der Neffe meiner Frau, du weißt schon, der, der seinen Ringfinger verloren hat, weil Ron Martinsson ihm und seinen Jungs entwischt war. Du hattest höchstpersönlich die Strafe angeordnet und vollzogen, erinnerst du dich?«

Declan lächelte kalt. »Auf diesen Tag hast du gewartet, nicht wahr? Fühlst du dich jetzt besser, weil du mir das unter die Nase reiben kannst?«

»Das tue ich tatsächlich, Boss. Wegen der Aktion ist meine Ehe fast zerbrochen.«

»Was kann ich dafür, wenn du deine Frau nicht im Griff hast? Hier bei uns wird Vetternwirtschaft nicht geduldet. Wer Fehler macht, steht dazu wie ein Mann und versteckt sich nicht hinter seinem angeheirateten afrikanischen Onkel.«

»Das war gerade nicht besonders nett, Boss. Welche Rolle spielt hier meine Herkunft?«

Declan antwortete nicht. Er sah ihm nur kalt in die Augen.

»Gut! Lassen wir das so stehen. Den Ringfinger wird das auch nicht zurückbringen.«

»Endlich sind wir der gleichen Meinung, mein Freund.« Er lächelte, nicht gekünstelt wie so oft, sondern ehrlich. »Das mit der Anspielung auf deine Hautfarbe war dennoch mies.«

»Wie dem auch sei.« Er quittierte die Entschuldigung mit einem knappen Nicken. »Rurik war in Stor-Yel, weil sein Schwiegervater irgendwelche Dinge in der Stadt erledigen wollte und er den Alten dorthin kutschiert hatte.«

»Rurik ist verheiratet?«, fragte Declan überrascht. »Schön für ihn! Das wusste ich gar nicht. Und das trotz des fehlenden Fingers für den Ring. Warum hast du mir das nicht erzählt?«

»Der Junge hat den Preis für sein Versagen bezahlt und ist ausgestiegen. Warum also bin ich verpflichtet, dir noch irgendetwas über ihn zu erzählen?«

Der Boss nickte langsam. »Du hast heute eine scheiß Laune, Orlando, außerdem habe ich dich längst durchschaut. Von mir aus!«

»Was von dir aus?«

»Von mir aus zahlen wir Rurik für diese Information eine Belohnung, einen Finderlohn sozusagen. Oder wenn es deiner Frau und dir dadurch besser geht, nennen wir es eine Entschädigung. Aber zuerst muss ich Martinsson haben. Und jetzt genug vom geliebten Neffen und sonstigen familiären Problemen, komm zum Punkt.«

»Während Ruriks Schwiegervater seine Besorgungen im Zentrum von Stor-Yel erledigte, schlenderte Rurik eine Straße entlang, die vom Kern wegführte. Er blieb vor einer Konditorei stehen und spielte mit dem Gedanken, sich ein Stückchen Torte zu gönnen, als er Martinsson erblickte. Der Hundesohn saß keine zwei Meter von ihm entfernt an einem Tischchen vor dem Laden. Rurik sagt, hätte das Wiesel nicht in eine Zeitung geglotzt, hätte er ihn garantiert entdeckt. So aber konnte Rurik ihm ein wenig folgen und herausfinden, dass er in einer Küche arbeitet, die Essen für die Kindergärten der Stadt ausliefert.«

»Rurik sollte seinen Finderlohn schon jetzt bekommen. Sag ihm, er hat gute Arbeit geleistet.«

Genau so würde er seinem Neffen die Nachricht garantiert nicht überbringen, er sagte jedoch: »Danke, werde ich ausrichten.«

»Weil Martinsson in der Küche arbeitet, schlussfolgere ich, dass bei ihm kein Geld zu holen ist und schon gar nicht die Summe, die er uns schuldet.« Declan zündete sich langsam eine Zigarette an. »Sorg dafür, dass er möglichst bald stirbt. Du brauchst ihn nicht zu kontaktieren und zu erklären, warum sein erbärmliches Leben vorbei ist. Es muss unbedingt nach einem Umfall aussehen. Wir brauchen keinen Ärger in Stor-Yel.«

»Verstanden«, sagte Orlando und erhob sich von seinem Stuhl.

»Ach, und Orlando, gib Rurik dreihundert amerikanische Dollar. Ich denke, mehr war sein Ringfinger nicht wert. Und grüß deine Frau von mir. Wir sollten Mal wieder gemeinsam ausgehen, Milla würde sich sehr darüber freuen.«

FRIDAS TAG

Puu-Gren
Freitag, 19. Juli 1985

Sie war inzwischen seit drei Stunden wach, als Flocke – Tasso starb vor Jahren an Altersschwäche – einen Laut von sich gab, weil Martha das Grundstück betrat. Frida zündete das Gas an und stellte die Teekanne darüber. Die Nachbarin klopfte an der Tür. Dynamisch. Fordernd.

»Komm rein, Martha.«

»Frida«, sagte sie erstaunt und zog die Augenbrauen zusammen. »Du bist ja wach!«

»Hab heute viel vor.«

Martha nickte, ihr Gesicht hellte sich auf und ein Lächeln huschte über ihre Lippen. Ein vorsichtiges Lächeln. »Das ist ja super.« Sie setzte sich an den Küchentisch, Frida gegenüber. »Was genau hast du denn vor?«

Frida schob ihr zwei Tickets zu. »Das städtische Theater *Mime* präsentiert heute Abend ein neues Stück. Meine Freundin Ann Walsh hat das Projekt beinahe im Alleingang auf die Beine gestellt. Wie es scheint, hat sie mich nicht vergessen, auch wenn die Einladung dazu verdächtig spät eingetrudelt ist.« Sie tippte auf die Eintrittskarten. »Und sie hat mir zwei Karten zugeschickt. In der vorderen Reihe. Kommst du mit?«

Martha sah sie überrascht an. »Die zweite Karte ist für Theo und nicht für mich.«

»Nein, das glaube ich nicht. Ann hat dabei ganz sicher an dich gedacht.« Die Frauen kannten sich untereinander und immer dann, wenn Ann sie besuchte, was ziemlich selten war, tuschelte sie mit Martha über Fridas Gesundheitszustand und Theos Affäre, sobald Frida vorgab zu schlafen. Beide Frauen machten sich große Sorgen um sie und doch verspürte sie keinen Ansporn, dies zu ändern. Eine Depression war ein tückischer Parasit. »Außerdem hat Theo wieder mal bei seiner Hure übernachtet.«

Martha tätschelte ihre Hand.

»Also, kommst du mit?«

Martha dachte darüber nach und schüttelte den Kopf. »Nein, ich bin zu alt für solche Dinge. Ich habe noch nie ein Theater gesehen und möchte es ehrlich gesagt auch nicht mehr. Außerdem werde ich heute Marmelade einlegen. Die Himbeeren sind längst überfällig.«

»Oh!« Frida überlegte, ob das nicht ohnehin eine dämliche Idee war.

Martha schien ihre Zweifel zu spüren. »Aber du wirst auf jeden Fall dorthin fahren. Alte Freunde treffen. Ein neues Stück sehen und am Ende in das Restaurant gehen, in das du mich vor langer Zeit ausgeführt hattest.« Nach dem letzten Satz fiel Martha auf, was sie damit losgetreten hatte. Erinnerungen an den Heiler auszusprechen, war in diesem Haus seit Jahren verboten. Ihre Augenbrauen zogen sich zusammen und sie fasste sich fassungslos an die Stirn. »Vergiss bitte das mit dem Restaurant. Es tut mir leid.«

Während sie das sagte, fing die Teekanne an, leise zu pfeifen. In wenigen Sekunden würde der Ton die ganze Küche erfüllen.

»Alles gut, Martha. Heute bin ich stark.« Sie goss ihrer Nachbarin und sich schwarzen Tee ein. »Ich finde, dass es nie zu spät für etwas Neues ist. Auch nicht für dich.«

»Das werde ich nicht abstreiten. Aber die Marmelade. Für die Himbeeren könnte es zu spät sein, wenn ich es weiter hinauszögere. Sei mir da nicht böse.«

In Wahrheit, das wusste Frida, hatte Martha keine passende Garderobe für einen solchen Ausflug. Doch das offensichtliche Geheimnis würde unausgesprochen bleiben. Seit Marthas Mann gestorben war und die Rente gänzlich abgeschafft wurde, lebte die Nachbarin vom Ertrag aus dem Garten und dem bisschen Geld, das ihr ihre Kinder entbehrten. Oft aß die arme Frau nur eine bescheidene Mahlzeit am Tag. Weshalb sie es immer dann, wenn Fridas Tage gut waren und die seelischen Qualen weniger qualvoll waren, so einrichtete, dass Martha mit ihr aß. Anfangs sträubte die Nachbarin sich, doch je länger das Elend um die Rente in diesem Land andauerte, umso mehr schmolz ihr Stolz dahin.

»Ich bin dir nicht böse!« Sie holte das Brot aus der Brotdose und legte es vor Martha. »Ich werde fahren, aber vorher werde ich einige Dinge in der Stadt erledigen, die längst überfällig sind. Doch zunächst frühstücken wir gemeinsam.« Sie überreichte ihr ein Brotmesser und holte Butter, gekochte Eier, Marmelade und Speck aus dem Kühlschrank. »Mach ruhig dicke Scheiben, ich habe richtig Hunger.«

»Das ist eine gute Entscheidung, meine Liebe. Endlich siehst du es ein und unternimmst was. Grüß Ann ganz herzlich von mir.« Martha schnitt vier dicke Scheiben ab. »Eigentlich habe ich überhaupt keine Zeit zum Essen, die Marmelade wartet.«

»Jaaaa, aber ich habe dir doch wohl nicht umsonst diesen Tee eingegossen«, sagte Frida lächelnd. »Jetzt bleibst du schön hier. Wir frühstücken!«

Als Martha nach dem Frühstück gegangen war und Frida in ihrem himmelblauen Kleid vor dem Spiegel stand und sich betrachtete, verschwand der Wunsch, in die Stadt zu fahren, geschweige denn ins Theater. Das Kleid müsste inzwischen acht oder neun Jahre alt sein, sie hatte es kurz vor ihrem endgültigen Absturz gekauft. Es war schlicht und zeitlos und saß trotz des immer mehr werdenden Specks um die Hüften immer noch gut. Außerdem hatte sie es bis heute nur einmal getragen. Eigentlich alles gute Voraussetzungen, doch was ihr Gesicht und die Haare betraf, nun, die Zeit und der Stress waren nicht spurlos vorbeigegangen. Falten um die Augen und den Mund. Graue Strähnen im Haar. Sie war immer noch eine attraktive Frau, aber keine Schönheit mehr. Theos Hure kam dennoch nicht an sie heran, und das verschaffte ihr wenigstens für einen kurzen Augenblick ein gutes Gefühl. Sie würde doch fahren! Dabei überlegte Frida, wann sie das letzte Mal das Haus weiter als bis in den Garten verlassen hatte. Es war im Januar, vor zwei Jahren gewesen. Sie hatte hohes Fieber und hustete wie jemand, der jeden Augenblick drohte, daran zu sterben. Theo bestand darauf, sie zum Arzt zu fahren, und obwohl sie geschworen hatte, nie wieder mit diesem Verräter gemeinsam das Haus zu verlassen, gab sie nach. Zwei Wochen und einige Spritzen Penicillin, die ihr Theo spritzte, später war sie zwar körperlich gesund, fühlte sich jedoch innerlich weiterhin so wie die letzten Jahre. Leer. Nutzlos. Beschissen.

Da Martha das Angebot mitzukommen ablehnte, beschloss Frida viel früher als geplant nach Kapital-Maa zu fahren und einige längst überfällige Besorgungen zu erledigen. Zum einen interessierte sie der Kontostand. Seit Andros Tod und somit ihrem endgültigen Rückzug aus dem geschäftlichen Leben, hatte sie keinen Einblick mehr auf die Finanzen. Theo könnte inzwischen ein Vermögen für seine Hure ausgegeben haben, ohne dass sie davon etwas mitbekam. Die Rente war abgeschafft und um zu vermeiden, in Zukunft Freya und ihre Familie finanziell zu belasten, war ein Blick auf das Konto längst notwendig.

Seit Jahren trug sie stets denselben Hausmantel, oft mit nichts als einer Unterhose darunter. Hartnäckige Flecken und verwaschener Stoff zeichneten dieses Kleidungsstück als längst überfällig für die Mülltonne aus. In Kapital-Maa an der Ecke zur 36. Straße war ein riesiges Damenmodegeschäft, das nur auf sie wartete.

Seit etwa zwei Wochen hatte sie Heißhunger auf Eis mit Schokoladenstückchen. Martha meinte, dass dies ein gutes Zeichen sei. Nur wer Verlangen nach etwas hat, hat auch Lust auf das Leben. Da Frida eine sehr lange Zeit auf nichts Lust hatte, außer am nächsten Tag nicht mehr aufwachen zu müssen, schätzte sie, dass die Theorie ihrer Nachbarin durchaus plausibel klang. Nach dem Eis würde sie sich eine Tasse Kaffee bestellen und wer weiß, vielleicht dort sogar ein bekanntes Gesicht treffen und lange plaudern.

Die Zeit zwischen dem Eisessen und der Abendvorstellung war noch nicht ganz durchdacht, doch sie war sich sicher, es würde sich etwas ergeben. Kapital-Maa war eine große, kulturelle Stadt und vergleichbar zum Rest des Landes in ständigem Wandel. Zweifelsohne hatte es in den Jahren, die sie hauptsächlich im Bett verbrachte, einige interessante Veränderungen gegeben, die auf ihre Entdeckung warteten.

Keinesfalls wollte sie sich in ihrem alten Büro zeigen, von wo aus sie früher ihre Frauenbewegung leitete. Nach ihrem Totalausfall übernahm eine junge, ambitionierte Studentin namens Wilma Savu die Leitung. Laut Ann Walsh erledigte sie die Arbeit großartig, wenn auch bei Weitem nicht so erfolgreich wie einst Frida selbst. Was schade war, jedoch für Frida keine große Bedeutung mehr hatte. Sie war mit dem Thema Feminismus fertig oder genauer genommen, nach all dem Schmerz, den sie anderen Menschen zugefügt hatte, stand ihr solch eine ehrenhafte Aufgabe nicht zu, selbst wenn sie irgendwann wieder dazu in der Lage wäre.

Nach der Uraufführung war ein spätes Abendessen mit Ann Walsh und einigen ihrer Kollegen geplant. Seit Ewigkeiten hatte Frida keinen Alkohol getrunken, doch heute Nacht, jetzt wo Martha es nicht mitkam, würde sie mehr als ein Glas leeren. Ein Taxi würde sie nach Hause bringen, aber vielleicht wollte sie davor Theo und seiner Hure noch Hallo sagen. Nach all den Jahren und trotz Theos Geheimnistuerei, glaubte sie inzwischen zu wissen, wo die Frau wohnte.

Frida trug Lippenstift auf, schleuderte ihn in die Handtasche und stieg, sich am Geländer haltend, die Stufen hinunter. Sie hatte schon vergessen, wie es sich anfühlte, hohe Schuhe zu tragen.

Martha beschäftigte sich mit ihren Himbeeren. Frida entdeckte sie mit einem Korb in der Hand zwischen zwei großen Büschen unweit vom Zaun.

»Martha!«, rief sie und wartete, bis die Nachbarin sich den Weg vorsichtig zurückgebahnt hatte, um nicht an den Stacheln hängen zu bleiben.

»Ei, wie schön du ausschaust«, sagte sie lächelnd und hielt ihr das Körbchen mit Himbeeren über den Zaun hin.

Frida nahm eine Handvoll. »Dankeschön.« Sie pustete in das Innere der Beere und zerkaute sie genüsslich. »Lecker.«

»Die meisten sind schon überreif«, beschwerte sich Martha. »Ehe ich sie zu fassen bekomme, fallen sie runter.«

»Falls du heute nicht alles schaffst, werde ich dir morgen helfen.«

Martha lächelte. Vorsichtig. Auf der Hut. Frida hatte ihr schon Hunderte Male versprochen, *morgen* etwas zu tun. Morgen werde ich aufstehen und mich waschen. Morgen werde ich aufstehen und hier aufräumen. Morgen werde ich aufstehen und zum Mittag kochen. Morgen werde ich aufstehen und mein Leben wieder in den Griff bekommen. Morgen. Morgen. Morgen.

»Ich danke dir, aber ich denke, ich werde bis heute Mittag mit dem Pflücken fertig sein. Einkochen geht wesentlich schneller.«

Frida lächelte, niemals würde sie eine solche Menge an Himbeeren bis zum Mittag sammeln, die Büsche erstreckten sich entlang des Zauns um das gesamte Grundstück herum. Doch sie verstand, warum ihre Nachbarin das sagte. Auf diese Weise schützte sie ihre Freundin davor, morgen, wenn sie mal wieder nicht aus dem Bett kam, Schuldgefühle zu haben.

»Hab einen schönen Tag, Frida.« Martha zog die Augenbrauen zusammen. »Und komm nicht auf die Idee, auf dem halben Weg umzukehren.«

»Nein, versprochen!« Frida erinnerte sich plötzlich an Ann Walshs kurze Notiz, die mit den Eintrittskarten im Briefumschlag steckte. Ann bot Frida an, wie in alten Zeiten, als sie noch Mädchen waren, bei ihr zu übernachten. Gerne sogar bis Montag. »Falls ich heute und morgen nicht nach Hause komme, mach dir keine Sorgen. Ann hat mir angeboten, das Wochenende bei ihr zu verbringen. Da du leider nicht mitkommst, werde ich es vielleicht annehmen.«

»Siehst du.« Martha lächelte. »So tragisch wird es schon nicht für dich ohne mich.« Sie deutete ihr, noch mehr Himbeeren zu nehmen. »Nimm die Einladung an. Bleib einige Tage weg von hier. Das wird dir guttun.«

Frida stellte sich auf die Zehenspitzen und drückte Martha über den Zaun einen Kuss auf die Stirn. »Würdest du in der Zeit ein Auge auf Minka und Flocke haben und sie für mich füttern? Wo der Ersatzschlüssel versteckt ist, weißt du ja.« Auch der Kater Mr. Green war vor mehreren Jahren an Altersschwäche gestorben.

»Natürlich.« Martha lächelte. »Hab Spaß, pass auf dich auf.«

Frida küsste sie abermals auf die Stirn. »Das werde ich.«

Um Standschäden an der Wolga zu vermeiden, fuhr Theo regelmäßig mit dem Auto zur Arbeit. Frida überlegte, ob er seine Hure in diesem Auto ebenfalls kutschiert hatte oder noch schlimmer auf der Rückbank fickte. Mit größter Anstrengung schob sie das Eisentor der Garage auf und fragte sich dabei, ob sie körperlich so stark abgebaut hatte oder ob das Tor inzwischen rostete. Seit Andros Tod hatte sie nicht mehr am Steuer gesessen. Als der Motor aufheulte, verspürte sie Aufregung und freute sich auf das Fahren. Sie legte den ersten Gang ein, betätigte ganz vorsichtig die Pedale und ließ den Wagen aus der Garage rollen. Nachdem sie das Garagentor zugeschoben, das Gartentor geöffnet, aus der Einfahrt gefahren und anschließend das Gartentor wieder geschlossen hatte, eine Prozedur, die sie früher täglich nervte, drückte sie endlich aufs Gas und ließ das Haus, Puu-Gren und die Depression hinter sich.

Vielleicht, wenn Frida den üblichen Weg bis ins Zentrum von Kapital-Maa gefahren wäre, würde sie nach diesem ereignisreichen Tag Kraft gewinnen und ihrem Leben wieder mehr Bedeutung geben. Vielleicht würde sie sich dann wieder politisch engagieren und für Frauenrechte kämpfen. Vielleicht, nein ganz sicher, würde sie sich von Theo trennen und sogar einen anderen Mann in ihr Leben lassen. Und vielleicht würde sie wieder lachen können. Doch Frida fuhr nicht den üblichen Weg, stattdessen wählte sie die Route, die am Haus vom alten Birger vorbei führte. Nichts von dem, was sie sich erhoffte, würde eintreffen, alles sollte ganz anders kommen.

Im Radio spielte Musik von einer Band, die sie nicht kannte. Frida sang den simplen Refrain mit und klopfte im Rhythmus leicht auf das Lenkrad. Ihre Laune besserte sich von Lied zu Lied. Allmächtiger, hatte sie lange keine Musik mehr gehört.

Den Weg vorbei an Birgers Haus hatte sie bewusst gewählt, wohlwissend, dass irgendwo dort draußen ein vaterloser junger Mann ohne einen Daumen und eine vaterlose junge Frau mit nur einem Ohr herumliefen. Außerdem wollte sie unbedingt wissen, wie es um den alten Birger stand, selbst wenn es sich nur darauf beschränkte, an seinem Haus vorbeizufahren. Mehr als das würde sie sich niemals trauen. Mehr als das wollte sie auch nicht. Nur einmal vorbeifahren und gucken. Für ihr Gewissen, ihre Seele, ihre Heilung.

Frida drehte das Radio leiser und bremste ab, gleich würde die Kreuzung kommen, wo sie die Kinder das erste Mal erblickt hatte. Urplötzlich bekam sie Gänsehaut und trat abrupt auf die Bremse. In der Ferne, unweit von Birgers Haus, schoben zwei Kleinkinder entlang des Bürgersteigs einen Bollerwagen. Ein Junge und ein Mädchen, das sah sie jetzt schon.

»Nein«, flüsterte Frida flehend. »Nein, nein, nein!« Sie vergaß ihren Vorsatz, stieg aus der Wolga und ging, ohne den Verkehr zu beachten, zum Bürgersteig auf der gegenüberliegenden Straßenseite. Hinter ihr hupte ein Auto, doch sie beachtete es nicht. Ihr Blick war auf die Kinder gerichtet. Eindeutig handelte es sich um denselben Bollerwagen wie damals, nur rollte er diesmal ohne Probleme. Das hupende Auto fuhr an ihr vorbei, wobei das Wort *Fotze* fiel, bevor der Fahrer sein Fahrzeug beschleunigte.

Auf halbem Weg stellte Frida erleichtert fest, dass die Kinder natürlich nicht Freya und Andro waren. Das Mädchen hatte lange, lockige, blonde Haare. In ihrem niedlichen Kleidchen erinnerte sie Frida an Goldlöckchen, aus dem Kinderbuch. Der Junge trug eine Kappe, die seine Haare fast vollständig verdeckte. Beide sahen sich sehr ähnlich.

»Kinder«, krächzte Frida, als sie ihr Kommen bemerkten, »woher habt ihr diesen Bollerwagen?«

»Das ist unserer«, sagte der Junge und stellte sich zwischen sie und den Wagen.

»Ja! Der ist wunderschön. Wo wohnt ihr denn?«

Der Junge zeigte zunächst in die eine, dann in eine andere Richtung.

»Nein!« Das Mädchen drückte seine Hand nach unten. Sie war älter, aber beide waren gleich groß.

»Das ist unser Sattelzug, aber wir dürfen ihn nicht mit nach Hause nehmen. Sein Parkplatz ist bei Oma Agathe und Opa Birger.«

»Ach, so ist das!« Viele, wirklich viele Fragen, die Frida all die Jahre fortwährend gequält hatten, wurden von dem kleinen Mädchen mit einem Satz beantwortet. Dies war der Zeitpunkt, an dem sie sich hätte umdrehen können, nein, sogar müssen, um bloß kein weiteres Unheil heraufzubeschwören. Sie sollte in ihre Wolga steigen und weiterfahren. Sie hatte ihren Vorsatz, nur an Birgers Haus vorbeizufahren, gebrochen, aber das bedeutete nicht zwangsläufig, dass jetzt schon alles verloren war. Stattdessen ging sie in die Hocke. »Sagt mal, sind Andro euer Bruder und Freya eure Schwester?«

»Nein«, antwortete das Mädchen. »Sie sind unsere Cousins.«

»Ach so! Und sag mal, wohnen sie zusammen mit Oma Agathe und Opa Birger in dem Haus da?« Sie zeigte auf das hellrosa Haus, dessen Farbe nach so vielen Jahren stark verblasst war.

»Neeee«, mischte sich der Junge ein.

»Nein. Aber sie sind auch da. Opa hat Geburtstag!«, klärte das Mädchen sie auf.

»Wer bist du?«, fragte der Bub.

Frida schluckte. Es war wirklich an der Zeit, von hier zu verschwinden, sie hatte ihre Grenzen längst überschritten. »Dann hat der Opa gerade viele Gäste da, richtig?« Sie warf einen kurzen Blick auf ihre Armbanduhr, die, wie sie erst jetzt feststellte, fünf vor sieben anzeigte. Das Getriebe stand seit Jahren still und beim Überstreifen dachte sie nicht daran, es zu überprüfen.

»Nein, die Gäste kommen heute Abend. Mama und Tante Jalda helfen Opa bei der Vorbereitung«, erklärte das Mädchen.

»Wer ist Tante Jalda?«

»Freyas Mama«, verriet der Junge, ehe seine Schwester antwortete.

Schon am nächsten Morgen, nach der Nacht, in der sie das Päckchen mit den Gliedmaßen der Kinder erhielten, berichteten die Medien über das grauenhafte Verbrechen. Das Leben von Jalda, wie Frida nun ihren Namen kannte, hing nach der Schussverletzung mehrere Tage am seidenen Faden. Bis irgendwann die frohe Meldung kam, die Mutter der verstümmelten Kinder sei außer Lebensgefahr. Zu keinem Zeitpunkt der vielen Berichterstattungen waren der Name oder die

Vornamen der Familienangehörigen erwähnt worden. Durch Beziehungen hätten Theo und sie mit Leichtigkeit sämtliche Informationen über die Familie erfahren können, doch sie wagten nicht einmal, untereinander darüber zu reden. Zu groß war die Angst, der Heiler würde das ihnen zu Last legen und dadurch alles nur noch verschlimmern.

»Wo sind Andro und Freya jetzt? Sind sie im Haus und helfen beim Kochen?«

»Andro ist im Garten«, sagte das Mädchen.

»Nein«, widersprach der Junge und zeigte mit dem kleinen Fingerchen zum Haus rüber. »Da ist Andro!«

Frida hob den Kopf und sah Andro. Ihren Sohn.

Er kam durch das Gartentor und marschierte auf sie zu. »Gergo, Kerina, wo wollt ihr hin?«

»Andro!«, keuchte sie und kam aus der Hocke.

Der junge Mann blieb abrupt stehen und betrachtete sie misstrauisch. Sein Blick verriet, dass er die Frau vor sich nicht das erste Mal sah. Womöglich erinnerte er sich sogar ganz genau an ihre Begegnung.

»Andro«, wiederholte sie und fragte sich erneut, wie er ihrem verstorbenen Sohn, der bei seinem Tod jünger gewesen sein müsste als er jetzt, so sehr ähneln konnte. Sie liebkoste mit den Augen Andros gutaussehendes Gesicht, sein dichtes, lockiges Haar, seine athletische Statur und dann fiel ihr Blick auf seine linke Hand, wo der Daumen fehlte. *Sieh zu, dass du von hier wegkommst*, schrie eine Stimme in ihr. *Du hast diesem Jungen und seiner Schwester genug Leid angetan, noch ist es vielleicht nicht zu spät. Geh. Geh.* Sie wandte den Blick stöhnend vor Kummer ab und entfernte sich rasch von den Kindern und dem Mann, der nicht ihr Sohn war.

»Mama?«

Frida blieb stehen. Ihr Herz raste. Gänsehaut überschüttete sie am ganzen Körper.

Andro holte sie ein, fasste sie an der Schulter und sah sie forschend an. Seine Lippen bebten vor Aufregung. »Sie können doch auf keinen Fall meine Mutter sein, oder?«

Sie legte ihm die zitternde Hand auf die Wange. »Das weiß ich nicht, Andro. Wenn ich deine Mutter bin, dann habe ich keine Erklärung dafür, wie so was möglich ist. Du bist vor langer Zeit gestorben.«

»Heeey«, brüllte plötzlich eine wütende Stimme und ließ sie beide erschrocken zusammenzucken.

»Andro geh sofort weg von ihr. Kerina, Gergo, zu mir!« Birger kam auf einem Stock gestützt auf sie zu. Sein Gesichtsausdruck war voller Wut und Verachtung.

»Geht ins Haus «, zischte er, als die kleinen Geschwister zu ihm liefen. »Andro, hol das Gewehr!«

»Was, Opa?«, sagte der junge Mann verwirrt.

»Hol das Gewehr, hab ich gesagt!« Er deutete wütend zum Haus. »Los, beeil dich gefälligst.«

»Beruhige dich, Opa.« Andro sah Frida ängstlich an.

»Na loooos!«, kreischte Birger.

Eine Frau, es war Freya, die genau so aussah wie Fridas Tochter vor einigen Jahren, kam durch das Gartentor. »Opa!«, rief sie. »Was ist denn los?«

Birger war nur noch wenige Schritte von Frida entfernt, inzwischen hielt er seinen Gehstock in die Höhe und wedelte wild damit.

»Opa!«, brüllte Freya und lief auf sie zu.

Auch Frida hätte laufen müssen, doch sie stand einfach nur da und betrachtete ihre Tochter, die nicht ihre Tochter sein konnte.

Der Alte zog Andro wütend am Hemd und schlug ihr mit dem Gehstock auf die Wange.

Frida kreischte entsetzt.

Ehe ein erneuter Schlag Fridas pochendes Gesicht erreichen konnte, packte Andro seinen Opa am Arm und riss ihn herum. Birger stolperte und fiel zu Boden.

Die Geschwisterkinder Gergo und Kerina standen am Gartentor und anstatt wie befohlen in Haus zu gehen, weinten sie vor Schreck lauthals.

»Andro, was machst du da?« Freya sah ihn böse an, während sie sich bückte, um Birger unter die Arme zu greifen. Ihr Haar fiel ihr ins Gesicht, und dort, wo das rechte Ohr hätte sein müssen, erhaschte Frida einen hässlichen Fleischfetzen.

»Ist gut, ist gut.« Birger riss sich aus ihren Armen. »Geht auf der Stelle ins Haus, alle!«, brüllte er.

»Gehen Sie, bitte«, sagte Freya.

»Nein!« Birger nahm den Gehstock von Andro entgegen und schleuderte ihn seitlich von sich weg, mitten auf die Straße, vermutlich als Zeichen dafür, dass er sich wieder im Griff hatte. »Sofort ins Haus mit euch, ich komme gleich nach.«

Freya und Andro sahen sich unentschlossen an.

»Was hast du vor, Opa? Was ist hier los? Wer ist diese Frau?« Andro machte nicht den Eindruck, auf ihn zu hören, stattdessen wollte er Antworten haben.

»Bitte, Kinder.« Die Stimme von Birger drohte zu versagen. »Beruhigt die Kleinen, sie haben Angst.«

Freya musterte Frida skeptisch, drehte sich um und ging zu den weinenden Kindern. Andro hingegen blieb bei seinem Opa stehen. Seine blauen Augen, die

Klugheit ausstrahlten, ruhten auf Fridas Gesicht.

Birger schüttelte verärgert den Kopf. »Soll ich hier und jetzt meinen Gürtel rausholen? Willst du das?«

Er lächelte, errötete jedoch. »Ich bin 20 Jahre alt, Opa.«

»Und ich bin älter.«

Andro seufzte. »Wir reden später, geehrte Frau.«

»Ja!«, krächzte Frida. Ihre linke Wange brannte vor Schmerz. Doch das hatte sie verdient. Sie hatte sogar noch viel mehr verdient. Zum Beispiel, dass ihr ein Daumen mit einer Heckenschere abgetrennt wurde. Oder dass man ihr ein Ohr mit dem Messer abschnitt. Oder einen tödlichen Bauchschuss, wie es dem Vater der Kinder widerfahren war, die wie ihre aussahen, jedoch nicht ihre waren.

»Kein Später!«, sagte Birger barsch und wartete, bis Andro sich weit genug entfernte. »Du dämliche Fotze, was hast du dir dabei gedacht, wieder hier aufzutauchen?«

»Sie haben mich angelogen!« Sie sah, wie sich Andro an das Gartentor lehnte und sie beobachtete. Freya war inzwischen mit den Kindern hinter dem Zaun verschwunden.

»Wegen dir ist mein Sohn tot!« Birger ballte die zitternde Hand zu einer Faust und hielt sie vor Fridas Gesicht.

»Nein!« Sie schüttelte den Kopf und sah den weinenden alten Mann kalt an. »Sie haben mich angelogen! Nur wegen der Lüge bin ich an diesen Teufel geraten. Hätten Sie damals die Wahrheit gesagt, wäre das alles niemals passiert.« Sie weinte jetzt auch. »Niemand von uns hätte leiden müssen und vielleicht wären wir bis heute alle glücklich.«

Birger senkte die Hand. »Hat man deinen Sohn auch getötet oder deine Enkel verstümmelt?« Er hob erneut die zitternde Faust. Sein Gesicht war verzogen von blankem Hass.

»Nein. Aber er zwang mich, grauenhafte Dinge zu tun. Unter anderem damit ihren Enkeln nicht noch Schlimmeres zustößt, als das, was sie ohnehin durchmachen mussten. Danach ist meine Familie auseinandergefallen, ich habe alles aufgegeben und verbringe seit Jahren die meiste Zeit im Bett, weil das Leben keinen Sinn mehr ergibt.«

Birger drückte die erhobene Faust an die Brust. »Und weil dein Leben sinnlos ist, hast du dir gedacht, du kommst hier noch einmal vorbei und zerstörst das Leben meiner Enkelkinder endgültig. Du miese Fotze.«

Seine Faust landete in Fridas Gesicht, ehe sie die Zeit hatte zu reagieren. Sie stolperte grunzend zur Seite und fasste sich an die Schläfe.

»Ich werde es ihm erzählen und falls er sich einverstanden erklärt, Andro und

Freya diesmal zu verschonen, wenn ich dich dafür töte ...« Birger hämmerte keuchend mit der Faust auf die eigene Brust. »Hau ab, du Fotze, hau ab.«

»Opa!«, brüllte Andro und lief, gefolgt von seiner Schwester auf sie zu.

»Birger«, rief in unmittelbarer Nähe eine Männerstimme.

Frida drehte den Kopf und sah einen Mann aus dem Haus auf das Tor zugehen, neben dessen Zaun sie gerade standen. Manchmal waren die Nachbarn lästiger als ein Wachhund. Birger sackte zu Boden und wenn sie nicht wollte, dass der Mann ihretwegen einen Herzinfarkt erlitt, falls dies gerade nicht schon geschah, war der Zeitpunkt gekommen, diesen Ort zu verlassen. Sie drehte sich um und rannte zum Auto.

»Warten Sie!«, rief Andro ihr nach.

Sie ignorierte seinen Ruf, setzte sich in die Wolga und fuhr los. Birger sah auf den Boden. Der Nachbar und Freya knieten neben ihm. Nur Andro sah zu, wie sie an ihnen vorbeiraste. Als ihre Blicke sich trafen, sah sie dem jungen Mann seine Enttäuschung an.

Sie fuhr wie damals die gleiche Strecke, die sie in diese Straße leitete und ihr Leben komplett veränderte. Doch statt aufgelöst zu sein, war sie diesmal konzentriert, fest entschlossen und hatte Antworten. Ihr festgelegtes Tagesprogramm war soeben einem anderen Plan gewichen. Nur der angestrebte Besuch bei der Bank sollte stattfinden und würde, je nachdem was sie dort erwartete, den Verlauf des restlichen Tags bestimmen.

»Geehrte Frau Heinrich.« Der Bankier hinter dem Schalter schob ihr durch eine kleine Öffnung der Glasscheibe das Kontobuch zu. »Das ist Ihr aktueller Kontostand.«

Frida betrachtete erstaunt die Summe und dann die monatlichen Geldeingänge. Seit sie aufgehört hatte zu arbeiten, überwies Theo ihr kontinuierlich einen ansehnlichen Betrag, ohne dass er sie jemals darüber informiert hatte. Der letzte Geldeingang war am 1. Juli dieses Jahres, also vor neunzehn Tagen. Ihr kamen die Tränen, doch dann dachte sie an seine Hure und der emotionale Moment war rasch verflogen. Sie schob das hellblaue, kleine Büchlein zurück zum Bankier. »Ich beabsichtige, den gesamten Betrag abzuheben.«

Der Mann sah sie erschrocken an. »Das ist eine sehr hohe Summe, geehrte Frau Heinrich, sind Sie sicher? Vielleicht möchten Sie lieber über mehrere Tage kleinere Beträge abheben? Zu Ihrer eigenen Sicherheit.«

»Wieso? Haben Sie vor, jemandem zu erzählen, wie viel Geld ich bei mir trage?«, fragte sie scharf.

Der Bankier errötete. »Natürlich nicht!«

»Na dann, bitte.«

»Ab einer Auszahlung von über dreißigtausend innerhalb eines Tages sind wir jedoch verpflichtet, dies zu melden.«

»Na dann melden Sie das«, sagte sie gleichgültig. »Solange ich dafür nicht in einen Verhörraum muss.«

Der Mann nickte und zwanzig Minuten später verließ Frida die Bank und marschierte geradewegs zur Wechselstube auf der gegenüberliegenden Seite.

»So eine hohe Summe dürfen nur bestimmte Personen wechseln«, sagte die Geldwechslerin hinter dem Glas. Rechts und links neben Frida standen zwei muskulöse Wächter, die Schutzwesten und Pistolen trugen.

»Mein Mann ist ein Abgeordneter«, entgegnete sie, »Theo Heinrich.«

»Tut mir leid, der Name sagt mir nichts. Steht Ihnen eine Reise ins Ausland bevor? Sie müssen Papiere vorlegen, die das nachweisen. Mit einem Stempel vom Amt.«

»Mit einem Stempel vom Amt?«, echote sie erstaunt. »Was für ein Amt? Und anders hat man keine Möglichkeit, das Geld in Dollar umzutauschen?«

»Nun ja.« Die Wechslerin sah flüchtig erst zum einen, dann zum anderen Bewacher hinter Frida. »Sie wissen sicherlich, wie sehr der Dollar unserem Staat momentan zusetzt. Er unterwandert die eigene Währung immer mehr. Da ist es verständlich, dass die verantwortlichen Politiker so streng darauf reagieren.«

»Dabei bin ich mir ziemlich sicher, dass diese sogenannten Verantwortlichen ihr eigenes Geld längst in Dollar umgewandelt haben.«

»Davon bin ich überzeugt.« Die Geldwechslerin lächelte ihr zu und zwinkerte.

»Na dann.« Frida drehte sich um, doch einer der Wächter fasste sie sanft am Ärmel und flüsterte: »Warten Sie!« Er nickte kaum merklich zu einem braunhäutigen Mann, der gerade dabei war, sein gewechseltes Geld in einer kleinen Reisetasche unterzubringen. Seinem Aussehen nach zu urteilen, war er ein Geschäftsmann oder Politiker aus Indien.

»Vielleicht ...« Die Geldwechslerin hinter dem Glas zog ihre Worte lang, während sie den Ausländer ungeduldig betrachtete. »Vielleicht ... da gibt es ein Formular ... wenn Ihr Mann ...«

Der Inder verabschiedete sich auf Englisch und war weg.

»Vielleicht gibt es einen anderen Weg, einen inoffiziellen«, sagte sie schließlich.

»Und der wäre?« Frida war es nicht zwingend wichtig, das Geld umzutauschen, jedoch würde sie damit ihre Chance auf Erfolg um einiges steigern. Es war nur eine Frage der Zeit, bis die eigene Landeswährung vollständig kollabierte. Dollar hingegen, nun, Dollar war beständig und somit wesentlich verlockender. Und für das, was sie vorhatte, war verlockend vermutlich nicht einmal verlockend genug.

»Wir wechseln das Geld inoffiziell. Wird nur etwas teurer für Sie. Andere Möglichkeiten sehe ich ehrlich gesagt nicht.«

»Oh, es gibt sicherlich Hunderte andere Möglichkeiten«, widersprach Frida, »aber wenn Sie mir ein gutes Angebot unterbreiten, denke ich darüber nach.«

Die Wechslerin sah nervös zu einem der Wächter. »Für jeden gewechselten Zehn-Dollarschein bekomme ich drei Dollar.«

Frida überlegte. »Ein Dollar, und wir wissen beide, dass selbst diese Abmachung Wucher ist.«

Die Wechslerin sah diesmal zu dem anderen Mann hinter Frida, worauf ein zufriedenes Lächeln über ihr Gesicht huschte. »Wie viel Dollar möchten Sie mitnehmen?«

»Wie viel Dollar können Sie mir mitgeben?«

Sie kratzte sich sichtlich irritiert am Kopf und überlegte, während ihre Augen Antworten in den Gesichtern der Männer suchte. »Viertausend. Vielleicht fünf.«

»Ich brauche acht.«

»Acht?« Sie sah Frida ungläubig an.

»Wenn ich richtig gerechnet habe. Der Kurs steht zehn zu eins richtig?«

»Ja!«

»Wunderbar, ich habe achtzigtausend mit und jetzt sagen Sie mir nicht, ich muss einem der Herren in die Tiefgarage folgen, um mein Geld zu bekommen.«

»Nein, nein!« Die Geldwechslerin kratzte sich erneut am Kopf. »Das erledigen wir alles hier. Nur haben wir leider nicht so viele Dollar, um das unbemerkt durchgehen zu lassen.«

»Haben wir!«, sagte eine tiefe Stimme hinter Frida.

»Haben wir?«, fragte die Wechslerin nervös, lachte auf und beantwortete ihre Frage selbst. »Haben wir!«

Das städtische Theater *Mime*, kurz nach dem Ersten Weltkrieg gebaut und den Zweiten Weltkrieg unbeschadet überstanden, bedurfte inzwischen dringend einer Renovierung. Wenn nicht bald eine drastische Veränderung in dieses Land einzog, würde das geschichtsträchtige Gebäude schon in kürzester Zeit verfallen.

Die riesige Doppeltür des Haupteingangs war geschlossen, doch zu ihrem Glück lief der Hausmeister mit einem Besen in der Hand gerade an ihr vorbei. Der stets freundliche Mann war inzwischen alt. Als er Frida sah, erkannte er sie sofort und ließ sie nach ein paar netten Worten durch die Hintertür rein. Innen sah das Theater noch heruntergekommener aus. Die Tapeten waren vergilbt, die Sitze schmutzig und angerissen. Die riesigen Kronleuchter, leuchteten viel zu schwach und ihre Kristalle waren grau statt funkelnd transparent.

»Kommt schon, Leute, noch mal, und diesmal mit ein wenig mehr Elan.« Ann

Walsh klatschte in die Hände. »Was ist denn los mit euch? In sechs Stunden ist die Aufführung. Habt ihr alle die ganze Nacht gesoffen oder was?«

»Hallo, Ann.« Frida berührte ihre Freundin leicht an der Schulter.

Ann drehte sich um, ihre Augen weiteten sich und sie schlug sich die Hand vor den Mund. »Grundgütiger, Frida!« Sie fiel ihr lachend um den Hals und küsste sie mehrere Male im Gesicht. »Du bist wahrhaftig gekommen. Mindestens sechs Stunden zu früh!«

Frida löste die Umarmung. »Ich weiß, das ist der denkbar ungünstigste Moment, aber hättest du vielleicht ein paar Minuten Zeit für mich?«

»Ach was, denkbar ungünstigste!«, erwiderte Ann, sie zeigte auf die Schauspieler auf der Bühne. »Ich bin es, die unnötig Stress verbreitet. Vorhin habe ich gehört, wie jemand *blöde Kuh* sagte, und ich glaube, das galt allein mir.« Sie lachte und winkte. »Hey, René, übernimmst du wieder? Ich muss kurz weg.«

Anns Büro sah genau so aus wie damals, nur schäbiger. Der Zigarettengeruch war so dominant, dass Frida übel wurde. Im ganzen Raum standen Aktenschränke an den Wänden, die inzwischen über sechzig Jahre Theatergeschichte aufbewahrten. Auf den Schränken lagen Requisiten wie Musikinstrumente, Masken, Hüte und Waffen. Alles Zeug, das in der heutigen Zeit keine Verwendung hatte, aber Geschichte in sich trug. Hier und da hingen eingerahmte Urkunden oder Fotografien. Am einzigen Fenster im Raum stand Anns Bürotisch, auf dem Durcheinander herrschte.

»Setz dich. Ich kann dir nur Wasser anbieten.« Ann griff nach der Karaffe.

»Nein, ich habe keinen Durst, danke.«

Ann ignorierte ihren Wunsch und füllte zwei Gläser mit Wasser. Sie setzte sich auf den anderen Stuhl und reichte ihr das Glas. »Ich freue mich so sehr, dich zu sehen. Vielen Dank, dass du gekommen bist.«

Ihre Freundin errötete leicht und Frida wusste sofort, warum. »Komm nicht auf die Idee, mir wieder zu erzählen, du hättest mehr für mich da sein sollen. Ich war es, die alle abgewiesen hat.« Sie ergriff ihre Hand. »Verstanden?«

Ann, die nur sehr selten Schwäche preisgab, jetzt aber, wo Martha fehlte und sie unter sich waren, weinte. »Das mit Andro. Es zerbricht mir immer noch das Herz. Und Theo, wie konnte er nur?«

»Andro …« Frida rang nach Worten, die ihr nicht einfallen wollten. »Theo ist ein Mann!«

»Ja«, sagte Ann verächtlich. »Männer! Wenn es mal nicht gut läuft, laufen sie weg.«

Frida dachte an das viele Geld auf ihrem Konto, das Theo ihr monatlich überwiesen hatte. An die Tatsache, dass er seine Tochter mindestens dreimal im

Monat besuchte, um etwas mit seinen Enkeln zu unternehmen. Und den Anstand, seine Hure von allem und jedem fernzuhalten.« »Na ja, so schlimm ist er auch nicht.«

Ann schnaubte verächtlich. »Ich habe gehört, seine Geliebte ist fünfundzwanzig Jahre jünger. Niemand weiß, wer sie ist, allerdings wird getuschelt.« Sie machte eine Pause. »Sie ist schwanger von ihm. Meinst du, das ist irgendwie möglich?«

»Nein, definitiv nicht!«, antwortete Frida sofort, ihr Herz drohte vor Schmerz zu explodieren. »Ann, der Grund, warum ich um diese Uhrzeit schon hier bin, ist folgender.« Sie stellte das Glas auf den Tisch. »Erinnerst du dich noch daran, wie ich dich damals auf der Gala für Gennadi Antonowitsch Filippow darum gebeten habe, alle Fotos von uns zu besorgen und aufzubewahren?«

»Ja klar!« Sie erhob sich vom Stuhl und fummelte in einem der vielen Aktenschränke. »Da, bitte schön!«

Frida nahm einen Umschlag entgegen, auf dem schon seit sechzehn Jahren *Fotos für Frida* stand, und riss ihn hastig auf.

»Was hat es damit eigentlich auf sich?«

»Nichts Besonderes«, antwortete sie so beiläufig wie möglich und sah sich die Fotos nacheinander an.

»Und du erwartest, dass ich dir das abkaufe?«, fragte Ann skeptisch und beugte sich vor, um die Bilder zu betrachten.

Es waren insgesamt sieben Fotos. Drei zeigten Theo und Frida auf dem Podest, neben Filippow, seiner Frau und dem unbekannten Pärchen.

»Moment, wer ist das denn?«, ihre Freundin nahm ihr ein Foto aus der Hand und betrachtete es genauer. »Wer ist das im Hintergrund?«

»Na du!« Sie lächelte.

Auf allen vier Fotos waren hinter Frida und Theo, sie panisch, er verwirrt in die Kamera blickend, Ann und ihr Gesprächspartner Knut Melender zu erkennen. Auf einem der Bilder hatte der Fotograf Radoslaw Adamczyk sogar die Schärfe anstatt auf sie und Theo, auf das unterhaltende Pärchen fokussiert. Als ob er ahnte, was Frida in Wahrheit mit ihrer Aktion bezweckte. Auf allen Fotos sah der Heiler weder ungünstig zur Seite, noch verdeckte er das Gesicht. Fridas Plan, der aus der Not und unter massivem psychischen Druck entstand, war ein voller Erfolg. Es war ihr gelungen, ein Abbild vom Teufel persönlich zu erlangen.

»Ja, aber was mache ich denn da mit einem Fremden. Wer ist das?« Sie lachte verwirrt.

»Na der Botaniker. Wie hieß er noch mal?«

»Ach, Knut Melender! Sah er echt so aus?«

Frida erinnerte sich daran, wie Ann die gedächtnislöschende Schokolade verschlang, während sie am Ausgang standen. »Na klar! Sag mal, hattet ihr euch danach noch mal getroffen?«

Ann sah Frida an, als ob sie den Verstand verloren hätte »Genau, und dann habe ich vergessen, wie er aussah, oder wie? Nein!« Sie gab ihr das Foto zurück. »Er war sehr freundlich und er hatte ein wirkliches Interesse an meinen Vorhersagen, wie die Natur oder Welt in 50 Jahren aussehen würde. Hat genau die richtigen Fragen gestellt, das hat mir geschmeichelt. Mehr war da nicht zwischen uns. Warum interessiert dich das?«

»Nur so«, sagte Frida unendlich erleichtert.

»Ach, komm schon, was war das damals für eine Aktion. Wozu hast du ihn fotografiert?«

»Ihn fotografiert?« Frida strengte sich an, Anns Blick nicht auszuweichen. »Ich würde eher sagen, der Fotograf hat seine Arbeit verdammt schlecht gemacht, dich und deinen Verehrer auf das Foto von mir und meinem Mann mitzuplatzieren.«

»Du versuchst also weiterhin, mich für dumm zu verkaufen.«

Frida schaute auf die Uhr, erhob sich und ließ den Umschlag mit den Fotos in ihre Handtasche gleiten. »Ich habe noch einige Termine bis zu deiner Uraufführung.«

»Und nach der Vorführung bleibst du über die Nacht bei mir?«

»Nein, diesmal nicht.« Sie umarmte ihre beste Freundin und küsste sie auf die Wangen. »Aber ich werde jetzt öfter vorbeikommen und dann sehen wir weiter.«

Auf dem Weg zum Auto holte Frida die drei Fotografien mit Gennadi Filippow aus dem Umschlag hervor, zerriss sie in viele Kleinteile und schleuderte das Konfetti über die Schulter. Ihr nächstes Ziel war der Basar von Kapital-Maa.

Zwischen zwölf und dreizehn Uhr erlebte der Basar seine Hochkonjunktur. Es war der Zeitpunkt, an dem die Arbeiter und Angestellten überall im Land ihre gesetzlich vorgeschriebene einstündige Mittagspause genossen. Viele aus der naheliegenden Umgebung, insbesondere Frauen, nutzten die Zeit, um alltägliche Waren für den Haushalt zu besorgen. An den Verkaufsständen mit Essen bildeten sich lange Schlangen aus fröhlichen, schweigenden und gelegentlich ungeduldigen Kunden. Fridas Magen knurrte, als sie den köstlichen Geruch von Teigtaschen wahrnahm. Gleich drei Verkäufer bedienten flink und gut gelaunt ihre zahlreichen Gäste. Sie blieb für einen Augenblick am Ende der Warteschlange stehen, marschierte dann jedoch weiter. Ihr Ziel waren die Künstler am Rande des Basars neben dem kleinen Teich.

Heute waren insgesamt fünf Maler präsent. Jeder von ihnen hatte eine Staffelei vor sich stehen, auf dem das gegenwärtig erschaffene Gemälde ruhte. Um sie herum lagen auf dem Steinpflaster Bilder, die sie zum Verkauf anboten. Berge,

Palmen, Meer, Tiger, Nixen, Engel und Kleinkinder. Die Auswahl war riesig, doch das meiste davon war einfach nur Schund. Genau wie die dreisten Preise dafür. Frida sah sich die Bilder einer jungen Malerin an, die im Gegensatz zu ihren Konkurrenten nur Menschen malte. Sie hatte Talent, denn die Gesichter sahen lebendig aus. Frida griff in ihre Handtasche und holte die Fotos aus dem Umschlag hervor. »Malen Sie auch Auftragsbilder?«

Die junge Frau senkte den Pinsel und sah sich das oberste Foto in Fridas Hand an. »Soll das Bild genauso aussehen?«

»Nein, ich möchte nur ein vergrößertes Bild von meinem verstorbenen Bruder.« Sie tippte auf Knut Melender. »Ich habe leider keine aktuellen Fotos, aber hier sind vier zur Auswahl.«

Die Malerin öffnete ihren auf dem Boden abgestellten Holzkasten und offenbarte eine große Anzahl an Pinseln und Farbtuben. Sie wühlte herum und hielt dann eine Lupe in der Hand. »Darf ich mir die Bilder ansehen?«

Sie durfte und nach eingehendem Betrachten entschied sie sich für das Bild, auf dem die Schärfe auf das Pärchen am Tisch fokussiert war. Ein hoch auf Radoslaw Adamczyk, den talentierten Fotografen aus Polen.

»Es ist mir sehr wichtig, dass man das Gesicht frontal sieht.«

Die junge Frau nickte. »Natürlich. Es wird genauso aussehen wie das auf dem Foto. Bis wann brauchen Sie das Bild?«

»Ich brauche zwei Bilder. Gleiche.«

»Zwei gleiche Bilder?«

»Für mich und meine Schwester. Auf einem einfachen Blatt und nur mit Bleistift, bitte.«

Die Malerin nickte ruhig. »Das wird aber genau so viel Kosten wie die Bilder auf der Leinwand mit Farbe.«

Frida wühlte in ihrer Tasche und präsentierte der Frau verstohlen zehn amerikanische Dollar. Sie stellte sich näher an sie und flüsterte: »Wenn Sie sich ganz viel Mühe dabei geben, gehört das Geld Ihnen.«

Die junge Künstlerin zeigte über den hohen Betrag keine Verwunderung, ihre ruhige Art war beinahe außergewöhnlich. »Verstanden!« Sie nahm ihr gegenwärtiges Kunstwerk von der Staffelei und offenbarte dahinter einen Block mit weißem Papier.

Etwa eine Stunde später hielt Frida zwei nahezu identische Bilder von Knut Melender in der Hand.

»Wie alt ist ihr Bruder eigentlich?«, fragte die Malerin. »Irgendwie kann ich das überhaupt nicht einschätzen.«

Frida betrachtete die Zeichnung. Selbst jetzt wirkte der Zauber auf dem Gesicht von diesem Teufel.

»Auf dem Bild ist er zweiundvierzig«, log sie, bedankte sich bei der talentierten Künstlerin, bezahlte sie und eilte davon. Aus dem Blickwinkel der jungen Frau verschwunden, faltete sie die Zeichnungen einmal und steckte sie in die Tasche. Als sie an einem Stand vorbeiging, an dem ein Mann Schaschlik auf offenem Feuer zubereitete, zerriss sie die vier Fotografien mit Ann und Knut Melender und warf sie in die Hitze. Dieses Material durfte niemals in die Hände dritter gelangen, insbesondere nicht in die des Heilers. Bei dem Gedanken daran, was er ihrer Freundin antun könnte, stellten sich ihr die Nackenhaare auf. Schließlich hatte sie ihn in eine Falle gelockt, um es Frida, wenn auch unbewusst, zu ermöglichen, ein Foto von ihm schießen zu lassen.

»Hey!«, protestierte der Verkäufer verärgert, als er bemerkte, wie das Papier im Feuer für einen winzigen Augenblick grünlich aufleuchtete.

Sie ignorierte ihn grinsend und schlenderte weiter, ihr nächstes Ziel fest vor Augen.

Frida kam ein Spruch in den Sinn, der besagte, dass im Gegensatz zu ständigen Neuerungen in einer Stadt in einem Dorf alle zehn Jahre eine winzige Veränderung stattfand. Pieni-Mesto schien da keine Ausnahme zu sein. Alles hier sah noch genau so aus wie beim letzten Mal, als sie Rosa Petersen aufsuchte, um ihren Sohn aus dem Gefängnis zu holen. Um das gelbe Ortsschild aus Blech, auf dem eine untergehende Sonne abgebildet war, wuchsen immer noch Mohnblumen. Rechts von der Dorfeinfahrt ruhte nach wie vor eine Ruine aus Stein, überwuchert vom Unkraut. In einer größeren Lücke zwischen zwei umzäunten Grundstücken stand eine Schaukel, daneben eine Bank, gepflegt und gewartet, die Zeit überdauernd. Eine Veränderung gab es dann leider doch in diesem Dorf, und zwar die äußerst ungünstigste. Vor dem Gartentor der Petersens war ein Schild in die Erde gehauen und verkündete in weißen Buchstaben: *Zu verkaufen*. Die Farbe der Schrift war verblasst und leicht verschmiert und deutete darauf hin, dass schon eine ganze Weile ein Käufer gesucht wurde.

Frida stieg aus der Wolga aus und stellte sich an das Tor. Im Gegensatz zu allen anderen Zäunen in der Ortschaft hatte der Holzzaun der Petersens keinen alljährlichen Anstrich erhalten. Eventuell sogar mehrere Jahre nicht. Die Hundehütte war leer. Das Grundstück wie die Ruine an der Dorfeinfahrt von Unkraut überwuchert. Die Tür vom Haus war mit zwei langen Brettern zugenagelt, vermutlich um Kinder und Jugendliche fernzuhalten. Eine der Fensterscheiben war in der oberen Ecke eingeschlagen.

Frida trat vom Zaun zurück und sah sich nach einem Nachbarn um. Auf der Fahrt durch das Dorf hatte sie viele Kinder gesehen. Sie spielten Fangen, kämpften mit Stöcken, veranstalteten Wettbewerbe rund ums Seilspringen, stritten. Sie genossen ihre erst vor zwei Tagen begonnenen Ferien, während ihre Eltern bis in den Abend auf der Arbeit waren und die überforderten Omas und Opas, früher Rentner genannt, sich bemühten, sie vor dem Unheil zu bewahren. Frida schlenderte auf der Suche nach einem Erwachsenen zurück bis an die Kreuzung und entdeckte stattdessen eine Kinderschar, die einer läufigen Hündin nachliefen. Sie grölten und lachten, während eine ganze Horde Rüden, hauptsächlich kniehohe Mischlinge, wohl weniger gefährlich als ihre angeketteten, großen Artgenossen, hinter der Hündin her trotteten. Jedes Mal, wenn sie stehen blieb, versuchte einer der Rüden sie zu besteigen, worauf unter den anderen Hunden Tumult ausbrach. Sie fletschten die Zähne, bellten oder griffen sich gegenseitig an. Die Zuschauer johlten.

»Was macht ihr da?«, kreischte eine alte Frau, die plötzlich hinter der Kinderschar auftauchte. »Lasst die Hunde in Ruhe, schämt euch. Pfui.«

Niemand beachtete sie, bis eines der Kinder eine schallende Ohrfeige von ihr erhielt.

»Oma!«, brüllte der Junge aggressiv, gehorchte jedoch und trottete von der Gruppe weg. Ein weiterer Bursche erwarb eine Kopfnuss und beschimpfte die Alte ebenfalls mit Oma. Die Versammlung zerfiel schlagartig. Unter drohenden Ankündigungen der *Oma* liefen die Kinder in alle Richtungen davon. Frida ertappte sich dabei, wie sie grinste. In jeder Generation, an jedem Ort im ganzen Land gab es Hunde, die sich auf der Straße paarten und Omas, die dafür sorgten, dass die Kinder bei dieser Vorführung so wenig Spaß wie möglich empfanden.

Frida winkte der Frau zu. »Geehrte Dame, hätten Sie einen Augenblick Zeit für mich?«

»Wie kann ich helfen?« Die Alte stampfte mit dem Fuß auf, als sie an den Hunden vorbeiging, worauf drei der Tiere knurrend auswichen. Inzwischen probierte ein anderer Rüde sein Glück bei der Hündin. »So eine Schande!«, sagte die Frau und sah Frida verlegen an.

Frida versuchte vergebens, ihr Lächeln zu unterdrücken. »Guten Tag. Mein Name ist Frida Heinrich.« Sie streckte ihre Hand entgegen, woraufhin die alte Dame sie skeptisch schüttelte.

»Lyra Andersson.«

»Freut mich sehr.« Frida zeigte auf das Haus der Petersens. »Ich hatte eigentlich vor, Rosa zu besuchen, doch ich stelle gerade erschrocken fes...«

»Rosa ist seit Jahren verstorben«, unterbrach Lyra sie und bekreuzigte sich hastig.

»Oh!«

Das war keine gute Nachricht.

»Sie hatte schon immer Probleme mit der Leber.« Die Alte sah hinter sich und stampfte erneut mit dem Fuß auf, wohl in der Hoffnung, die Orgie auf diese Weise ein für alle Male zu beenden. »Pfui!«

»Was ist mit ihrem Sohn August, wissen Sie, wo ich ihn finde?«

»August!« Sie verzog missbilligend das Gesicht. »Am Ende hat nicht ihre Krankheit, sondern er sie ins Grab gebracht. Seit er fünf war, brachte der Junge nichts als Ärger.«

Frida schwieg. Sie kannte weder Rosa noch August gut genug, um darauf eine angemessene Antwort zu geben.

»Beinahe hätte ihre Beerdigung ohne ihn stattgefunden. In letzter Sekunde hat einer der Verwandten ihn ausfindig gemacht. Er ist jetzt in irgendeinem Klub für Motorradfahrer. Oder sitzt schon wieder im Gefängnis. Wenn das der Fall ist, dann hoffentlich bis zum Jüngsten Gericht.« Nachdem die harten Worte gefallen waren, lächelte sie entschuldigend. »Und in welcher Beziehung stehen Sie zu den Petersens?«

»Ich bin nur eine alte Bekannte.«

»Ach so!«

Lyra Andersson gefiel die knappe Antwort nicht, das sah Frida ihr an. »Sie wissen nicht zufällig, wie der Motorradklub von August hieß, oder?«

»Natürlich nicht!«, sagte die alte Dame empört.

»Wirklich schade. Vielen Dank für Ihre Hilfe und mein herzliches Beileid, Rosa war eine freundliche Frau und eine wunderbare Mutter.«

Lyra bekreuzigte sich erneut. »Ja. Dankeschön.«

»Auf Wiedersehen, geehrte Frau Andersson.« Frida machte Anstalten zu gehen. Ihr gesamter Plan fiel in sich zusammen. August Petersen sollte ihr dabei helfen, den Heiler zu töten, dafür war sie bereit, ihm ihr ganzes Geld zu überlassen. Doch stattdessen war er verschollen.

»Rosa hat ihren Sohn über alles geliebt«, bestätigte die alte Dame. »Die Bruchbude soll seit drei Jahren verkauft werden. Der gute Norman hat den Verkauf in die Hand genommen.« Sie deutete auf das Haus neben dem der Petersens. »Aber er weiß auch nicht, wo der Halunke steckt. Das weiß ich, weil er sich ständig darüber beschwert. Der Preis für das Haus ist viel zu hoch angesetzt und ohne Zustimmung des Besitzers darf er nicht billiger verkaufen.«

»Verstehe«, murmelte Frida.

»Sicherlich wird August irgendwann auftauchen, um das Geld zu holen. Wie gesagt, vorausgesetzt er lebt noch und ist auf freiem Fuß.«

Frida nickte, das brachte sie nicht weiter, doch sie hatte inzwischen eine andere Lösung, allerdings wesentlich weniger zufriedenstellend. Sie war zum gegenwärtigen Zeitpunkt gezwungen, auf Petersen zu verzichten, und würde die bevorstehende Begegnung mit dem Heiler alleine bewältigen müssen. Doch wenn sie dabei als Verliererin herauskam, durfte es unter keinen Umständen den Sieg für Knut Melender bedeuten.

»Geehrte Frau Andersson, hätten Sie etwas dagegen, wenn ich mich auf dem Grundstück der Petersens umschaue?« Sie beugte sich vor. »Ehrlich gesagt, muss ich ganz dringend für kleine Mädchen.«

»Oh, sie können gerne unsere Toilette benutzen.«

»Nein, wirklich nicht, das ist mir peinlich. Ich gehe einfach hinter das Haus, in der Hoffnung, die Nachbarn ringsherum sehen mich nicht.«

»Wie gesagt, das müssen Sie nicht, Kind«, beharrte sie.

»Ich wollte mir das Grundstück sowieso anschauen. Wer weiß, vielleicht kaufe ich das Haus.«

»Ahh«, sagte die Alte, als ob ihr jetzt einiges klar wurde. »Ist das Ihr Auto?«

»Ja. Die Wolga gehört mir ganz alleine und nur ich fahre damit.«

»Wirklich?« Die Art, wie sie guckte, verriet starke Zweifel daran.

Frida reichte ihr die Hand. »Vielen Dank für Ihre Hilfe, vielleicht sehen wir uns bald wieder.«

»Ja.« Die alte Dame lächelte und wandte sich dem Hunderudel und Kindergeschrei zu. Natürlich setzten die Hunde die Orgie fort und natürlich waren die Kinder nicht bereit, sich das Spektakel entgehen zu lassen, nur weil eine selbsternannte Ordnungshüterin beabsichtigte, den Spaß zu beenden.

Frida marschierte eilig zum Grundstück der Petersens und durchquerte das teilweise hüfthohe Unkraut, um hinter das Haus zu gelangen. Auch hier war die gesamte Fläche von Wildkraut überwuchert. Fast am Ende des Gartens stand ein Toilettenhäuschen, genau das richtige Objekt für ihr Vorhaben. Sie kämpfte sich durch das grüne Pflanzenmeer und hockte sich neben der Toilette hin. Falls sie gerade jemand beobachtete, dann war sie spätestens jetzt vollständig untergetaucht. Das hohe Gras überragte ihren Kopf. Um sie herum flogen Schmetterlinge und andere Insekten und das Einzige, was sie roch, war Unkraut und nicht wie erwartet menschliche Fäkalien.

Frida betrachtete das Fundament der Toilette und entdeckte sofort einige Stellen, an denen der Zement gerissen und zerbröckelt war. Sie hatte darauf spekuliert, weil nahezu alle Toilettenhäuschen, die sie jemals in ihrem Leben aufgesucht hatte, diesen Umstand darboten. Diese Erkenntnis machte sie bereits mit 10 Jahren. Auf die Frage, warum das so sei, antwortete ihr Vater lachend:

Vermutlich weil niemand mehr Zeit als notwendig an so einem stinkenden Ort verbringt. Das stimmte und erklärte selbst bei den gepflegtesten Gärten, den schäbigen Zustand der uralten, vernachlässigten Toiletten. Als Kind versteckte die kleine Frida ihre Schätze in dem Fundament vom Toilettenhäuschen, indem sie die zerbröckelten Stücke löste, wodurch Hohlräume entstanden. Damit niemand eine Veränderung entdeckte, musste man, nachdem der Schatz im Loch verschwand, die äußeren Zementstücke so zusammenzusetzen, wie sie davor waren. Verborgen im Fundament, bewacht vom Gestank, gab es überhaupt ein besseres Versteck auf dieser Welt? Für die kleine Frida nicht! Für die erwachsene vielleicht, aber dafür hatte sie jetzt keine Zeit.

Es hatte einige Minuten gedauert, bis sie mit Hilfe einer abgebrochenen, spitzen Holzlatte, die früher als Teil der Toilettenwand diente, ein Stück des Fundaments löste. Sie zog den entstandenen unförmigen Zementstein vorsichtig heraus und benutzte die Latte, um weiteren Zement aus dem Hohlraum herauszubrechen. Zu ihrem Erstaunen klappte das ohne beachtlichen Kraftaufwand und nachdem das Loch ihrer Einschätzung nach groß genug war, hob sie die herausgebrochenen Zementstücke aus dem Hohlraum und steckte die überschüssigen Zementklötze in ihre Handtasche.

So langsam machte sie sich verdächtig. Sie war inzwischen schon viel zu lang hinterm Haus, um nur zu pinkeln. Sollte sie jemand beobachten, dann müsste sie sich beeilen und das Versteck bald verlassen. Zwar könnte man vermuten, sie verrichte ein großes Geschäft, aber auch das würde bald auffallen.

Frida klatschte in die Hände, um den Schmutz halbwegs loszuwerden, holte das Geld aus der Tasche, zählte sechstausend Dollar ab, rollte die Scheine ein und beförderte sie in das Kuvert mit ihrem Namen, worin ursprünglich die Fotografien waren. Dann faltete sie eines der gezeichneten Bilder von Knut Melender und steckte es ebenfalls in den Umschlag. Sie rief die Götter an, die Zeichnung solle keinen großen Schaden durch die Knicke erhalten, rollte das Kuvert ein und schob es in das Loch. Dann setzte sie den vordersten Zementstein wieder ein und drückte leicht darauf. Das Kuvert hielt dagegen und Frida grinste zufrieden über das Ergebnis. Sie hatte es nicht verlernt. Das Fundament war entlang der Toilette überall bündig, nichts deutete auf ein Fremdeinwirken an dem Baustoff hin, geschweige denn auf ein mögliches Versteck.

Frida erhob sich umherschauend. Niemand beobachtete sie, hinter keinem der Zäune ragte ein Kopf hervor, alles war gut. Klar würde der getrampelte Pfad ihren Weg bis zu der Toilette verraten, aber mehr auch nicht. Sie schleuderte die abgebrochene Holzlatte fast bis an das gegenüberliegende Ende vom Zaun und folgte demselben Pfad zurück auf die andere Seite des Hauses.

Lyra Andersson stand nach wie vor da, die Hunde und die Kinder hingegen waren weg.

»Auf Wiedersehen, du alte Schachtel, viel Spaß beim Herumschnüffeln«, flüsterte Frida und lächelte der Dame winkend zu.

Möglicherweise war es ein riesiger Fehler, fast ihr ganzes Vermögen hier zu lassen. Vielleicht fanden eines Tages, in vielen Jahren, die neuen Besitzer dieses Hauses das Geld. Genauso könnten die Dollarscheine dort liegen, bis sie verrotteten. Doch wenn alles gut ausging, würde sie das Kuvert schon bald wieder an sich bringen, und wenn es weniger gut ausging, würde August Petersen den Umschlag aus dem Versteck ans Tageslicht befördern.

Der Tank der Wolga war inzwischen fast leer, doch die knappe Zeit, die ihr noch blieb, bis Anwälte, Ärzte oder Privatdetektive ihre Praxen schlossen, brachte sie dazu, an der Tankstelle vorbeizufahren. Trotz der vielen reichen, einflussreichen und korrupten Menschen, die in Kapital-Maa lebten, war die Auswahl an privaten Detekteien erstaunlich gering. Frida vermutete, dass es in erster Linie an der Polis und ihrer nicht vorhandenen Akzeptanz gegenüber Privatdetektiven lag. Geriet ein Detektiv während seiner Ermittlungen zwischen den Staat und seine Arbeit, endete das oftmals mit einer Verhaftung, einem Verhör, tagelanger Untersuchungshaft und nicht selten, dem Lizenzentzug.

Bis jetzt hatte Frida die Dienste eines Privatdetektivs noch nie gebraucht, weshalb sie niemanden aus der Branche kannte. Um einen zu finden, suchte sie in einem Telefonbuch, es standen gerade Mal fünf zur Auswahl. Sie rief einen nach dem anderen an. Die Art und Weise, wie der dritte Mann redete und ihre Fragen beantwortete, beeinflusste ihre Entscheidung zu seinen Gunsten.

»Geehrte Frau Heinrich.« Der Händedruck von Robert Halla war fest. »Suchen Sie sich einen Stuhl aus und ich organisiere uns solange zwei Tassen Kaffee.«

»Das hört sich großartig an.« Frida wählte den rechten von zwei Stühlen aus und sah sich um. Das Büro war mit einem gelben Karomuster tapeziert. Abgesehen von einer eingerahmten Lizenzurkunde hinter dem Schreibtisch hingen keine anderen Gegenstände an den Wänden. Ein Tisch, zwei Stühle, ein Bild und drei Aktenschränke, ein trostloser Ort, um zu arbeiten, wie sie fand. Halla war vielleicht Mitte fünfzig, hatte ein freundliches Gesicht, kluge Augen und braune Haare, die an vielen Stellen von grauen Strähnen durchzogen waren. Er kam mit zwei Bechern aus einem Nebenraum. Die oberen zwei Knöpfe seines weißen Hemds waren offen und präsentierten eine stark behaarte Brust. Die Ärmel waren bis zu den Ellenbogen hochgekrempelt und seine schwarze Hose wurde von Hosenträgern gehalten. An seinem linken Handgelenk prangte eine Uhr.

»Dort sind die Küche und Toilette, falls Sie müssen.« Er stellte beide Becher vor ihr auf einer zusammengefalteten Zeitung ab. »Damit wir meinen Tisch bloß nicht versauen.«

»Haben Sie Zucker?« Seine direkte Art gefiel ihr, weshalb sie ebenfalls geradlinig sein würde.

»Klar und frische Milch von der Kuh meiner Nachbarin.«

»Dann immer her damit. Zu einem Stückchen Brot würde ich auch nicht nein sagen, ich habe heute nur gefrühstückt.«

Robert Halla sah auf seine Armbanduhr und pfiff. »Verdammt lange her, wie kommt's?« Ohne eine Antwort abzuwarten, verschwand er wieder in der Küche. Vermutlich war das eher eine rhetorische Frage gewesen. Als er zurückkam, hielt er ein volles Glas Milch in einer Hand und einen Teller, auf dem Brot und eine Frikadelle lagen, in der anderen. »Verdammt, der Zucker!« Er stellte alles vor ihr ab, diesmal neben die Zeitung, und verschwand abermals in der Küche.

»So, jetzt aber.« Er platzierte die Zuckerdose zwischen ihnen und setzte sich an die andere Seite des Tischs. »Sie essen und erzählen.«

Frida nickte dankend, legte die Frikadelle auf das Brot und biss hinein. »Hmmm, lecker.«

»Die Frikadelle hat meine Frau gemacht.«

»Dankeschön.« Sie trank einen Schluck Milch. »Einfach köstlich.«

Robert Halla zwinkerte zufrieden.

»Ich kenne mich in Ihrem Gewerbe absolut nicht aus. Mir ist nicht bekannt, nach welchen Kriterien Sie sich für einen Auftrag entscheiden«, gestand sie ehrlich. »Aber ich werde nicht weggehen, bis Sie mir zusagen, in meinen Dienst zu treten.« Sie biss in die Frikadelle.

Der Detektiv lächelte leise.

»Der Auftrag ist simpel und vielleicht auch etwas kompliziert.«

Halla nahm seinen Kaffeebecher und pustete hinein. »Ich hasse dieses ewige Warten, bis der Kaffee kalt wird.«

Frida griff nach ihrem Becher. »Mich wundert es, dass Sie überhaupt an diese exotischen Bohnen herangekommen sind.«

»Wem sagen Sie das, ich bin nicht weniger verwundert. Bald braucht man wahrscheinlich Beziehungen, um an Milch zu kommen.«

»Die Lage ist dramatisch. Mein Noch-Ehemann ist ein Abgeordneter, trägt also irgendwie Mitschuld an diesem politischen Desaster.« Sie zog den kleinen Teelöffel aus der Zuckerdose. »Ich zahle Ihnen jetzt sofort fünfhundert amerikanische Dollar. Dafür müssen Sie zwei Personen finden und ihnen Briefe überreichen. Und das erst dann, wenn Sie dreißig Tage lang nichts von mir hören.

Unabhängig davon behalten Sie das Geld.«

»Fünfhundert Dollar, wenn ich die Personen finde, ebenfalls fünfhundert, wenn ich überhaupt nichts unternehmen muss?«

»Richtig.«

»Wo ist da der Haken, geehrte Frau Heinrich?«

Frida leerte ihr Glas Milch. »Solange ich mich am letzten Werktag im Monat telefonisch bei Ihnen melde, verlängert sich der Auftrag um einen weiteren Monat. Dieser Prozess könnte sich Monate hinziehen. Vielleicht sogar Jahre. Was ich allerdings stark bezweifle. Außerdem könnte es passieren, dass Sie quer durch das Land reisen müssen, um die Personen zu finden. Wobei Sie eine Person sofort suchen müssen und die andere erst ein Jahr nach unserem letzten Kontakt.«

Robert Halla zog die Augenbrauen zusammen. »Hmmm.«

»Theoretisch könnten Sie das Geld nehmen, mir versichern, Sie würden die Personen finden, sobald ich mich nicht melde, und es einfach sein lassen. Ich würde es niemals erfahren, weil wir uns nie wiedersehen. Aber so ein Mensch sind Sie nicht, habe ich recht?«

Halla kratzte sich am glatt rasierten Kinn. »Fünfhundert amerikanische Dollar sind fast das Zehnfache der Landeswährung und Sie möchten nicht informiert werden, ob es letztendlich sinnvoll war, mich damit zu beauftragen und ob ich die Personen gefunden habe?«

Sie schob sich die letzten Stücke der Frikadelle mit Brot in den Mund. »Das wird mich nicht mehr interessieren, weil ich dann damit beschäftigt sein werde, in der Hölle zu schmoren.«

Der Detektiv betrachtete sie eine Zeit lang ernst. »Ist das hier eine politische Angelegenheit? Sie erwähnten Ihren Mann, der ein Abgeordneter ist. Oder hat das Ganze etwas mit der Mafia zu tun?«

Sie kaute zu Ende und trank einen Schluck Kaffee. »Nein, das ist ein persönliches Problem. Niemand wird erfahren, dass ich hier war. Sie brauchen nicht einmal eine Akte unter meinem Namen anzulegen. Falls Sie darauf bestehen, dürfen Sie die Briefe lesen, allerdings muss ich Sie noch verfassen.«

Halla stellte seinen Kaffeebecher auf der Zeitung ab. »Wer sind die zwei Personen?«

»Zuerst brauche ich Ihre Zusage. Es wäre sonst nicht klug von mir, die Namen preiszugeben. Aber so viel kann ich verraten, eine harmlose Frau und ein Mann, der meines Wissens nach mindestens einmal mit dem Gesetz im Konflikt stand, jedoch ein herzensguter Mensch ist. Was ich allerdings von ihm verlangen werde, ist äußerst kriminell.«

»Das gefällt mir überhaupt nicht, geehrte Frau Heinrich. In der Regel besteht meine Aufgabe darin, Kriminalität zu minimieren und nicht diese zu fördern.«

»Ich versichere Ihnen, geehrter Herr Halla, in dem Fall minimieren Sie die Kriminalität, und zwar gewaltig, indem Sie diese fördern.«

Er überlegte kurz, dann reichten sie sich die Hände und damit war ein weiterer Schritt von Fridas geheimem Rachefeldzug besiegelt. Sie erzählte dem Detektiv alles über Greta Lund und August Petersen. Alles, was relevant war, um sie zu finden. Halla machte sich Notizen, stellte Fragen und machte weitere Notizen, versprach jedoch von sich aus, diese später zu vernichten. Dann gab er Frida einen Kugelschreiber und ein paar Blätter und sie schrieb beide Briefe.

Im Schreiben an Greta Lund entschuldigte sie sich dafür, sie damals aus dem Auto geworfen zu haben, anstatt auf sie zu hören und gemeinsam gegen den Heiler vorzugehen. Und falls Knut Melender sie bis heute belästigte, und sie nicht wüsste, wie er aussah, hoffte sie inbrünstig, dass ihr das Bild dabei half, diesen Mann zu finden.

Im Brief an August Petersen erzählte sie, wie es ihr in den letzten Jahren ergangen war und wie sehr der Heiler sie weiterhin quälte, obwohl sie damals seine Forderungen erfüllten. Sie erklärte, wo sie das viele Geld und das unentbehrliche Abbild des Mannes namens Knut Melender versteckt hatte, und verlangte von Petersen seinen Tod.

Als sie fertig war, brachte ihr der Detektiv zwei unbeschriebene Kuverts. Die Briefe zu lesen, beabsichtigte Halla nicht, doch vielleicht verschob er das auf später, wenn sie nicht dabei war. Generell riskierte Frida mit dieser Aktion einfach alles. Der Detektiv könnte die Briefe behalten und spätestens nach ihrem Ableben lesen, Petersens Elternhaus ermitteln und das Versteck unter dem Toilettenhäuschen plündern. Oder aber, sobald er die Briefe las, den Auftrag aufgrund der Aufforderung zu einem Mord nicht weiter verfolgen, um so jeglichen Ärger zu vermeiden. Dennoch war sie überzeugt, dass das Versteck unter der Toilette die bessere Alternative war, als das ganze Geld irgendeinem Detektiv zu überlassen und zu vertrauen, dass er die gesamte Summe an Petersen übergab. Doch genau so könnte Petersen den Brief erhalten, das viele Geld nehmen und ihre Forderung ignorieren. Wer war sie schon, um von einem Menschen zu verlangen, einen anderen zu töten?

»Was, wenn einer oder beide inzwischen tot sind?« Diese Frage hatte Halla bereits gestellt, als er seine Notizen kritzelte. Es war ihr gelungen, das Thema zu umgehen, doch dieser Mann war kein Dummkopf und beharrte auf eine Antwort.

»Falls Petersen tot ist«, sie wagte es kaum, das auszusprechen, denn wenn er wirklich tot war, waren die Götter auf Knut Melenders Seite und all das war umsonst, »verbrennen Sie den Umschlag.«

Der Detektiv nickte.

»Und falls Greta Lund tot ist«, Frida seufzte, »dann verbrennen Sie den Brief bitte ebenfalls.«

»Und warum soll der Brief an Greta Lund erst ein Jahr später ausgeliefert werden?«

»Weil das Gefühl mir sagt, dass nach meinem Tod etwas Zeit vergehen sollte, ehe Greta Lund ihn erhält«, erklärte sie. »Möglicherweise könnte unser gemeinsamer Freund aufmerksam werden und Ausschau nach verdächtigen Aktivitäten hal...« Sie brach den Satz ab, weil Robert Halla die Augen besorgt zusammenkniff.

»Gut, das sollte als Begründung reichen«, sagte er. »Mögen Sie noch einen Becher Kaffee?«

Um kurz nach zwanzig Uhr saß Frida im Theater *Mime* auf ihrem Platz und sah der Uraufführung ihrer Freundin begeistert zu. Es war ein wunderbares Stück über Liebe, Verrat und Trauer und es wurde definitiv vom Staat zensiert. Gleich nachdem sich die Vorhänge schlossen, eilte sie nach draußen und fuhr davon. Theo bei seiner Hure zu Hause aufzusuchen, wie ursprünglich geplant, verwarf sie. Eine lange Zeit war er ihr ein großartiger Ehemann gewesen. Sie hatte ihm viel zu verdanken und beabsichtigte nicht, dass seine letzte Erinnerung an sie darin bestand, wie sie ihre übriggebliebene Würde verlor.

Auf dem Weg nach Hause hörte sie laute Musik und fuhr bewusst dieselbe Strecke wie morgens. Vor Birgers Haus bremste sie das Auto ab und rollte langsam vorbei, in der Hoffnung, etwas im Hausinneren oder auf dem Grundstück zu erhaschen. Birgers Party fand statt, der Mann war also noch am Leben. Draußen hingen Dutzende Leuchten über den ganzen Vorgarten verteilt. Musik spielte begleitet von lautem Gesang der Gäste. Frida wünschte sich, sie hätte mitfeiern dürfen. Ein letztes Fest, bevor sie Knut Melender nach all den Jahren erneut heimsuchte. Denn alles, was danach kam, wussten nur die Götter.

In Puu-Gren angekommen, parkte sie die Wolga in der Garage und besuchte Martha. Abgesehen vom Theaterstück erzählte sie nichts. Kurz vor Mitternacht schlenderte sie barfuß über die warme Erde nach Hause, streichelte Flocke vor der Hundehütte und betrat das Haus.

»Ich bin wieder da und ich habe Birger und seine Enkel besucht«, sagte sie in die Dunkelheit. »Ich habe mich entschieden, Ihre Dienste doch noch ein weiteres Mal in Anspruch zu nehmen. Ich muss unbedingt wissen, wer diese Kinder sind. Ich warte auf Sie, geehrter Knut Melender!«

Sie schaltete das Licht an und machte sich gefasst, den Heiler am Küchentisch sitzend vorzufinden. Doch stattdessen saß Minka am Tischrand und miaute zur

Begrüßung.

DIE RACHE

Sotilas-Hemland

Es war die eine Sache, jemanden zu töten, dessen privates Leben man nicht kannte, jedoch eine vollkommen andere, wenn man zu viel von der betroffenen Person wusste. Bedauerlicherweise blieb Orlando im Fall Ron Martinsson keine Wahl, als herauszufinden, wo der Mann lebte und wie sein Tagesverlauf aussah, um den beabsichtigten Anschlag wie einen Unfall aussehen lassen zu können. Für diese hinterhältige Aufgabe benötigte er Hilfe von jemandem, der weniger auffiel. Jemand, der nicht wie er dunkle Haut hatte. Er entschied sich für Henrik. Henrik gehörte damals zu der Gruppe, für die Rurik verantwortlich war, als es Martinsson gelang, zu flüchten, weshalb er dem Vorhaben mit Freude zusagte. Abgesehen davon hatte der Mann für diese Art von Aufgaben nach so vielen Jahren Zugehörigkeit zu Declans Unternehmen genügend Erfahrung gesammelt.

Während Henrik tagsüber Informationen über Martinsson und sein Leben sammelte, verbrachte Orlando seine Zeit überwiegend in der Nähe seines VW-Busses. Nachts, wenn sein Kundschafter auf den hinteren Sitzbänken schlief, überlegte er, geplagt von Reue, wie sie letztendlich vorgehen würden. Es stellte sich heraus, dass Ron Martinsson inzwischen ein dreifacher Familienvater war. Untergetaucht in einem Militär-Dorf, wobei es unbegreiflich war, wie er das zu Stande gebracht hatte, ohne gedient zu haben. Den Flüchtigen umgab eine Familie, die ihn offenbar sehr liebte. Eine Frau, eine ansehnliche Brünette, deren einziges Handycap eine hässliche Brandwunde mitten im Gesicht war. Zwei Söhne und eine Tochter. Das älteste Kind nicht älter als vier Jahre. Seine Mutter und eine weitere Dame in ihrem Alter, mit einem schwachsinnigen Mann an ihrer Seite. Höchstwahrscheinlich Martinssons Tante und Cousin. Umschwärmt von so vielen Familienangehörigen und dazu wohnhaft in einem Militärdorf, wo jeder Nachbar sozusagen ein Soldat war und über dessen Kamin vermutlich eine Panzerfaust hing, schloss Orlando diesen Ort für den Anschlag aus. Besser verhielt es sich an Martinssons Arbeitsplatz jedoch nicht. Sich darüber Gedanken zu machen, wie dem Verwalter einer Küche im Zentrum von Stor-Yel und umgeben von Dutzenden Kollegen ein Unfall zustoßen sollte, war reine Zeitverschwendung.

Orlando beugte sich vor und rüttelte an Henriks Bein.

»Was ist?« Er setzte sich auf und sah gähnend aus dem Fenster in die Dunkelheit.

»Wir brauchen eine Kuh!«

»Wir brauchen was?«

»Die einzige Möglichkeit, Martinsson zu erwischen, ist der Punkt zwischen seinem Haus und der Arbeit. Der Arbeitsweg. Die Straße.«

Henrik griff in seine Hosentasche und holte eine Packung Zigaretten hervor.

»Lass die Scheißdinger aus!« Warnte Orlando und schlug ihm die Verpackung aus der Hand.

Sein Begleiter stöhnte genervt auf. »Und dein Plan ist es jetzt, eine Kuh auf die Straße zu stellen, damit er in sie hineinfährt und dabei stirbt?« Seine Stimme klang spöttisch.

»Die Uhrzeit, zu der er zur Arbeit losfährt, könnte nicht besser sein. Es ist noch dunkel und es fahren kaum andere Autos. Außerdem ist er ein Raser. Er bremst vor den Kurven viel zu spät ab und benutzt deshalb oft beide Fahrbahnen.«

»Ach, das weißt du, obwohl wir ihm nur einmal hinterhergefahren sind?«, fragte Henrik skeptisch.

»Nein, das weiß ich, weil wir seit einer Woche in diesem Bus leben und ich nichts anderes zu tun habe, als in dieses verdammte Fernglas hinein zu glotzen«, erwiderte er gereizt.

Sie versteckten den VW-Bus auf einer Lichtung in der Nähe von Sotilas-Hemland. Eine unscheinbarere Abbiegung auf der Schnellstraße führte sie über eine holprige Waldstraße zum perfekten Versteck. Lief man durch die Lichtung nach Nordosten und überquerte den kurzen Wald, hatte man von der Anhöhe aus einen wunderbaren Ausblick auf das Militärdorf. Mit dem Fernglas, das Orlando bei solchen Aktionen stets bei sich trug, konnte er durch die Fenster der Martinssons sogar sehen, wie sie gemeinsam aßen. Durch diese Art von Beobachtungen erkannte er Martinssons Fahrstil und sah sich immer dann, wenn er die Straße an ihnen vorbeiraste, bei seiner Einschätzung bestätigt.

Henrik hob beschwichtigend die Hände. »Entschuldige, hab nichts gesagt!«

»Die dritte Kurve im Wald. Weißt du, welche ich meine?«

Henrik nickte.

»Ist die steilste und die längste, siehst du das auch so?«

»Ja!«

»Wenn Martinsson dort entlangfährt, wird er vermutlich vor der Kurve abbremsen und sofort wieder beschleunigen. Steht dann eine Kuh am Ende der Kurve, könnte es sehr schwierig werden auszuweichen, ohne in einem Baum zu landen.«

Sein Begleiter überlegte. »Dennoch könnte er Glück haben und irgendwie an der Kuh und den ganzen Bäumen vorbeikommen. Nicht aber, wenn statt einer Kuh, fünf auf ihn warten.«

»Fünf!« Orlando tätschelte Henrik anerkennend die Schulter. »Jetzt brauchen wir nur noch eine Weide, wo wir uns die Tiere ausleihen können.«

»Wirklich? Ist das deine einzige Sorge?«, fragte Henrik empört. »Was, wenn statt Martinsson irgendein anderes Auto in die Kühe rast?«

»Das wird nicht passieren, wir werden uns mit Funkgeräten abstimmen. Dafür brauchen wir allerdings einen dritten Mann.«

DER UNFALL

Der Plan sah vor, Ron Martinsson am Donnerstag in seinen Tod rasen zu lassen, doch Declan hatte inzwischen andere Sorgen, die Orlandos Gegenwart verlangten. Da sich diese Angelegenheiten am anderen Ende des Landes befanden, drängte er, unmittelbar zuzuschlagen.

»Und, sind sie endlich da?« Orlando stieg in den Bus und sah auf seine Armbanduhr.

»Vielleicht ist was schiefgegangen«, überlegte Henrik uns sah ebenfalls auf seine Uhr. »Scheiße Mann, ich erkenne überhaupt nichts in dieser Dunkelheit.«

»So dunkel ist es eigentlich nicht, außerdem setzt die Morgendämmerung jeden Moment ein. Du bist einfach nachtblind, mein Freund.«

»Nachtblind? Was ist das für ein amerikanischer Scheiß? Bin ich nicht!«

»Wie du meinst.« Orlando sah besorgt in den Himmel. Statt einem Mann bekam er für die Umsetzung seines Plans, die Declan als höchst grandios bezeichnete, gleich zwei Helfer. Emil und Leif. Während Emil ein langjähriger, treuer Halunke der Organisation war, zählte Leif zum Neuzugang. Der Zwanzigjährige war sportlich und gerissen und wuchs auf einem Bauernhof auf, was der ausschlaggebende Grund für seine Anwesenheit war.

»Nachts fünf Kühe auf einer Weide zu klauen und vier Kilometer durch den Wald zu führen, ist eine meiner leichtesten Übungen«, versicherte Leif lachend und garantierte, dass absolut nichts dabei schiefgehen könnte.

»Verdammt«, fluchte Orlando, »uns rennt die Zei…«

»Wir sind da«, unterbrach ihn das große Funkgerät im Fußraum.

»Habt ihr die Kühe?«, fragte Henrik aufgeregt.

»Ja, aber nur vier, es gab Schwierigkeiten«, sagte Emil. Seiner Stimme nach zu urteilen, war er auf irgendetwas wütend. Vermutlich auf Leif.

Orlando nahm das Funkgerät an sich. »Haltet euch bereit und erklärt mir nochmal, wie es ablaufen wird.«

»Du elender Individualist, wir sind nicht so blöd, wie du denkst«, schimpfte Emil aufgebracht.

»Moment.« Orlando sah Lichter aus der Ferne kommen. Sie hatten den VW-Bus auf dem Waldweg zur Lichtung nur wenige Meter vor der Schnellstraße geparkt. Von hier aus konnten sie zwischen den Bäumen sehen, wenn ein Auto aus der Richtung von Sotilas-Hemland kam. Und so wie Ron Martinsson raste, würde er den Bus beim Vorbeifahren garantiert übersehen. Zumindest solange es dunkel war. Emil und Leif hatten sich verspätet, doch auch Martinsson schien heute nicht pünktlich zu sein.

Das Auto fuhr gemächlich an ihnen vorbei.

»Da kommt ein Wagen. Ist aber nicht Martinsson.«

»Verstanden«, sagte Emil. »Verlangst du immer noch von uns, den Plan zum zehnten Mal zu erklären?« In seiner Stimme lag Wehmut, offensichtlich erinnerte er sich wieder daran, mit wem er da redete.

»Natürlich möchte ich das!«, sagte Orlando.

Henrik kicherte. »Du ärgerst sie doch nur, gib's zu.«

»Findest du das, was wir gerade tun, wirklich witzig?«, fragte er scharf.

»Nein, überhaupt nicht!« Henrik hob beschwichtigend die Hände, eine Geste, die er zu oft benutzte, seit sie in diesem Bus hausten.

»Sobald ihr uns das Signal gebt, treibt Leif die Kühe auf die Straße und rennt durch den Wald ans Ende der Kurve«, sagte Emil zum wiederholten Mal.

Die Fahrer, die in Richtung Sotilas-Hemland fuhren, hatten eine perfekte Sicht auf die Straße und würden die Gefahr vor ihnen rechtzeitig erkennen. Die Fahrer, die aus derselben Richtung kamen wie Martinsson würden jedoch garantiert in den Unfall rasen.

»Sobald Martinsson in die Kurve fährt, kommt Leif aus seinem Versteck und zieht einen riesigen Ast mitten auf die Straße, sodass die kommenden Autos ganz sicher anhalten. Dann läuft er zurück und vergewissert sich, dass Martinsson noch lebt. Falls ja, wird er ihm beim Sterben helfen und zusehen, dass er da wegkommt.«

»Gut. Wollen wir hoffen, dass es Leif erspart bleibt«, sagte Orlando zuversichtlich. Wie jeder andere im Land ignorierte auch Martinsson den Anschnallgurt. Was, wenn man in die Kühe raste, nicht von Vorteil war.

»Gelingt es Martinsson, rechtzeitig zu bremsen, wird Leif auftauchen und die Kühe von der Straße treiben.« Hier war es von Vorteil, dass Martinsson den jungen Mann nicht kannte. Er würde sich als Bauer ausgeben, der gerade dabei, war seine entlaufenen Tiere einzusammeln. »Schließlich wollen wir auf keinen Fall, dass unschuldige Menschen in die Kühe rasen«, beendete Emil monoton den Satz.

»Und was unternimmst du in all der Zeit?«, fragte Orlando ihn.

Der Mann auf der anderen Seite vom Funk stöhnte entnervt. »Sobald ihr das Signal gegeben habt, packe ich das schwere Funkgerät auf meinen Buckel und renne durch den Wald bis zu der Straße, wo ihr mich einsammeln werdet.« Orlando wäre es lieber gewesen, wenn Emil die Verantwortung tragen würde, dass Martinsson an der Unfallstelle wirklich starb, doch der Mann war zu alt und dadurch zu langsam und zusätzlich absolut unerfahren mit Kühen.

»Wunderbar, du hast nichts vergessen«, sagte Orlando. »Wir sehen uns auf der

Waldstraße. Und jetzt bleibt konzentriert, es müsste jeden Moment losgehen.«

»Verstanden«, bestätigte Emil.

Doch anders als erwartet, verstrich der Moment und dann viele weitere. Martinsson kam nicht.

»Seid ihr noch da?« Emils Stimme ließ die Männer im Bus zusammenzucken.

»Ja!«, antwortete Henrik.

»Es wird bald hell!«, klagte der Mann an der anderen Seite des Funkgeräts.

»Nicht nur das, bald kommen auch viel mehr Autos«, sagte Orlando zu Henrik, nahm das Fernglas und öffnete die Tür. »Sag ihnen, sie sollen noch warten. Und du pass auf. Sobald Martinsson kommt, gib das Signal. Ich laufe auf die Anhöhe und sehe nach, wo er bleibt.«

»Verstanden!« Henrik hob den Daumen.

Orlando hob den Daumen ebenfalls, rannte dann entlang der Lichtung bis zum Waldrand und ging in den Wald. Die Baumkronen hielten das Licht aus diesem Ort fern, weshalb er seine Geschwindigkeit stark reduzierte und mit ausgestreckten Händen langsam in die Richtung trottete, die ihn auf eine Erhöhung bringen würde, von wo aus er das gesamte Dorf sehen konnte.

Bis er sein Ziel erreichte, rutschte Orlando zwei Mal aus, stolperte dreimal über Äste oder Wurzeln und prallte einmal gegen einen dünnen Baumstamm, der plötzlich vor ihm stand.

Völlig aus der Puste betrachtete er das Haus der Martinssons. Das Licht im Inneren brannte fast in allen Fenstern, demnach mussten die meisten Bewohner darin wach sein. Jedoch saß keiner von ihnen am Küchentisch. Die Eingangstür öffnete sich plötzlich und Rons schwachsinniger Mitbewohner kam mit einem Kind auf den Armen raus. Es war der ältere Sohn der Martinssons. Ihm folgte eine der beiden alten Damen im Haus. Sie fummelte erst an Vorder-, dann an der Hintertür des Autos, bis es ihr gelang, diese endlich zu öffnen. Der Mann stieg mit dem Kind sofort ins Fahrzeug. Ron Martinsson kam raus, gefolgt von seiner Mutter. Auf den Armen trug er seine Ehefrau. Ihre Hände hingen schlapp herab und ihr Kopf fiel nach hinten.

»O nein!«, krächzte Orlando entsetzt. Das Fernglas vor die Augen haltend, trat er drei Schritte zurück in den Wald. Die Damen halfen Martinsson, die Frau ins Auto zu setzen. Kaum war sie drin, eilte er zur Fahrertür, woraufhin Orlando durch den Wald zurück zum Bus rannte. »Henrik!«, brüllte er nach Atem ringend und ständig stolpernd, rutschend oder gegen Bäume laufend. »Herniiik, Henriiik, abbrechen, abbrechen!«

Ein schwacher Lichtstrahl erleuchtete den Wald für einen kurzen Augenblick und bewahrheitete seine größte Angst. Martinsson fuhr die Strecke, auf der sie lauerten.

»Henrik!« Er kam aus dem Wald gestolpert und sah seinen Partner auf ihn zulaufen.

»Ich hab's gesehen«, zischte er aufgebracht. »Hör doch auf, zu brüllen.«

»Henrik, abbrechen!«

»Abbrechen?«

»Im Auto sitzt seine Familie!«

»Scheiße!« Henrik rannte zurück zum Bus. Er war schnell, noch hatten sie eine Chance, Emil rechtzeitig zu informieren.

Orlando folgte ihm nach Luft ringend.

»Emil. Emil. Emil, hörst du mich?«, brüllte Henrik verzweifelt ins Funkgerät.

»Sie antworten nicht!«, sagte er, als Orlando den Bus erreichte.

»Los, du fährst!«

»Was hast du vor?«

»Wir müssen …« Orlando verstummte und lauschte den plötzlichen lauten Geräuschen in der Ferne. Hupen. Bremsen. Mehrfaches Krachen. Ein Dutzend Baumkronen erleuchteten für einen kurzen Augenblick.

»Bei den Göttern«, flüsterte Henrik.

»Na los, wir müssen uns an den Plan halten, weg hier.« Orlando setzte sich ans Steuer und lenkte den Wagen in die entgegengesetzte Richtung des Unfallorts. Keinen Kilometer weiter führte ein anderer, unscheinbarer Weg in den Wald und würde sie bis zum Treffpunkt mit ihren Komplizen bringen.

Inzwischen hatte das Licht die Dunkelheit fast vollständig vertrieben.

»Da stehen sie!«, sagte Henrik, als sie ihr Ziel erreichten.

Emil saß mitten auf der Waldstraße auf dem Funkgerät, während Leif aufgelöst im Kreis hin und her lief. Auf seiner Stirn glänzte Blut von einer offenen Wunde.

»Das war eine miese Scheiße!«, brüllte der junge Mann, kaum dass der Bus stehen blieb. Er eilte zur Fahrertür und riss sie auf. »Das war ein beschissener Plan von dir!«

Henrik war inzwischen aus dem Bus gestiegen. Er rannte auf Emil zu und schubste ihn schwungvoll von dem Funkgerät runter. »Warum hast du mir nicht geantwortet?«, brüllte er und trat nach ihm.

Orlando vergrub die Hand in Leifs Gesicht und drückte ihn beim Aussteigen zur Seite. »Hey!«, rief er. »Sofort aufhören!«

Henrik sah mit zusammengekniffenen Augen in seine Richtung.

»Vertragt euch wieder.« Er ließ Leif los. »Beruhig dich, Junge.«

Emil erhob sich langsam. Normalerweise würde Henrik jetzt blutend auf dem Boden liegen, doch Orlandos Sorge blieb aus, er erkannte, dass der alte Halunke sich schuldig fühlte und den Angriff deshalb durchgehen ließ.

»Was war los, warum habt ihr uns nicht gehört?«, fragte ihn diesmal Orlando.

Emil beugte sich über das Funkgerät und betrachtete es eine Weile. »Weil ich das scheiß Ding ausgemacht habe, nachdem ihr uns das Signal gegeben habt.«

»Du dämlicher ...«, brüllte Henrik los.

»Halt deine Fresse«, unterbrach Orlando ihn. »Leif, ist Martinsson tot?«

Der junge Mann sah zu Boden und weinte. »Eine Frau ist durch die Scheibe geflogen, als das Auto bremste. Ich denke, dass das eine Frau war, sie hatte lange Haare.«

Orlando nickte und legte eine Hand auf seine Schulter. »Weiter.«

»Er hat versucht auszuweichen, hat nach links gelenkt und ist dann ...« Leif sah sie nacheinander ungläubig an und hob seine Hände. »Irgendwie einen Baum hochgefahren und dann mit dem Dach voraus auf die Kühe gestürzt.«

Orlando sah zu Emil, der nur mit den Schultern zuckte. Vermutlich war er zu diesem Zeitpunkt wie geplant auf dem Weg zum Treffpunkt und hatte nichts davon mitbekommen.

»Ich glaube, drei Kühe sind tot«, fuhr Leif fort. »Und ein Kind.« Er sah Orlando mit einem von Qual verzogenen Gesicht an. »Ein kleiner Junge lag zwischen den Viechern. Er hatte keinen Arm mehr. Ich meine, warum waren sie überhaupt im Auto?« Er sackte zu Boden und weinte.

»Ich glaube, das Kind und die Frau waren krank.« Er beugte sich zu Leif hinunter. »Was ist mit Ron Martinsson, ist er tot oder nicht?«

Der junge Mann nickte. »Ich glaube schon, er hing aufgespießt auf einem Ast. Ich kam nicht an ihn heran.«

»Und der andere Mann?«

Leif sah ihn verwirrt an, dann erinnerte er sich. »Er lag noch im Auto. Aus seinem Mund lief Blut.«

Orlando seufzte. »Gut, lasst uns schnell von hier verschwinden.«

JALO UND FRIDA

Puu-Gren
Dienstag, 30. Juli 1985

Fast zwei Wochen waren vergangen und abgesehen von einem Päckchen, das vor zwei Tagen von der Tür gestanden hatte, hatte Frida nichts von Knut Melender gehört.

Es war Martha, die die Sendung hereinbrachte. »Ahhh, du bist schon wach! Schau mal, was ich vor der Tür gefunden habe.« Sie hielt ein quadratisches Päckchen in der Hand, das etwa der Größe einer Parfümverpackung entsprach. Es war in ein gelbliches Papier eingewickelt. Eine Kordel schmückte die obere Seite mit einer Schleife, unter der ein Zettel steckte.

Frida war mit vier hastigen Schritten bei Martha und riss ihr das Päckchen aus der Hand, ehe sie den Zettel unter der Schleife entfernte.

Ihre Nachbarin sah sie erschrocken an. »Entschuldige, wenn ich meine Nase …«

»Nein, nein, absolut nicht.« Sie drückte das Päckchen an sich und verspürte augenblicklich ein so starkes Unbehagen, dass alles in ihr verlangte, dieses unheimliche Geschenk von sich zu schleudern. »Ich denke nur, Theo versucht, mich zurückzugewinnen, und das möchte ich nicht.«

»Bist du sicher? Magst du dich vielleicht hinsetzten? Du bist so blass geworden.«

»Nein, einen Moment bitte, ich bringe das Päckchen nach oben.« Sie stolperte die Stufen hoch.

»Warte, ich helfe dir!«

»Nein! Ich möchte frühstücken, bleibst du bei mir?«

Martha räusperte sich. »Ich gehe besser und komme später wieder.«

»Einverstanden, bis später!«, sagte Frida, hetzte die Stufen hoch und betrat das Schlafzimmer. Sie legte das Päckchen auf das Bett und kämpfte gegen eine aufsteigende Panikattacke. Plötzlich bekam sie keine Luft mehr. Das Verlangen, lauthals zu schreien, machte sich so unerträglich breit, dass ihr schwindelig wurde. Sie nahm ein Kissen und schob sich den Stoff einer Ecke in den Mund und biss drauf. Dieses Päckchen kam niemals von Theo. Nach dem Trauma, die sie damals durchmachten, würde er niemals auf die Idee kommen, ihr ein Päckchen vor die Tür zu stellen. Es war eine weitere Botschaft von Knut Melender. Anstatt persönlich aufzutauchen, schickte der Heiler ihr erneut Körperteile. Bei dem Gedanken, was alles in dem Karton sein könnte und von wem, würde ihr übel. Sie zog das Kissen aus dem Mund und rang nach Luft.

Irgendwann, sie hatte keine Ahnung, wie viel Zeit vergangen war, leckte Minka sie an der Hand. Die Katze war ihr ins Schlafzimmer gefolgt und beobachtete sie anfangs von der Türschwelle aus, bis ihre Scheu überwunden war und sie sich erdreistete auf das Bett zu springen.

»Weg da!« Frida schubste sie runter. Ihr glasiger Blick, der seit einiger Zeit wie damals bei Mr. Green plötzlich und unregelmäßig da war, widerte sie an. Sobald Theo von seiner vermeintlichen Geschäftsreise zurückkam, würde sie ihn auffordern, die Katze entweder abzugeben oder zu seiner Hure mitzunehmen.

Mit zitternden Händen zog Frida die Nachricht unter der Kordel hervor, faltete sie auf und las murmelnd: »Liebe Frida, ich freue mich über Ihre zweifelsohne richtige Entscheidung. Sorgen Sie dafür, dass das Päckchen bis morgen früh an die Türschwelle von Edoardo Veit, Hauptstraße 412, Sininen-Horisont gebracht wird. Machen Sie es nachts. Verstecken Sie das Päckchen im Blumenbeet unter dem rechten Fenster. Absolut niemand darf Sie dabei sehen, sonst ist die Abmachung geplatzt und mein Geduldsfaden mit Ihnen gerissen. Hochachtungsvoll Ihr Freund.« Sie zerknüllte den Brief und schleuderte ihn weg. Wie inzwischen mehrmals bewiesen, war der Heiler auf unerklärliche Weise in diesem Haus allgegenwärtig. »Du verfluchter Hundesohn«, brüllte sie, »du kannst deine Pakete selbst ausliefern.« Sie nahm die Verpackung und katapultierte sie in Minkas Richtung. Die Katze wich zischend aus und rannte aus dem Raum, blieb jedoch unweit der Tür stehen und beobachtete sie. »Bevor du meinst, mir wieder irgendwelche Aufgaben aufzubürden, kommst du hierher und wir reden miteinander. Ich warte auf dich!«

Als der Abend näher rückte, brach ihr Trotz in sich zusammen. Sie hob die zerknüllte Nachricht auf und las sie mehrmals durch. Der Name Edoardo Veit sagte ihr nichts. Auch in Sininen-Horisont, einer mittelgroßen Stadt auf dem höchsten Berg des Landes, war sie vielleicht zwei Mal gewesen, und das auch nur für wenige Stunden. Einmal auf einer Demonstration und das zweite Mal auf einem Seminar, glaubte sie sich zu erinnern. Sie nahm das auffällig leichte Päckchen und schnüffelte daran. Es roch nach nichts, verursachte jedoch erneut starkes Unbehagen in ihr. Was auch immer darin verpackt war, es würde den Empfänger garantiert nicht erfreuen. Noch heute Nacht sollte das Päckchen zugestellt und in einem Blumenbeet versteckt werden. Frida sah auf die Uhr, trottete nach unten, trank ein Glas Wasser, nahm die Schlüssel vom Auto und ging zur Garage. Sie sah zu Marthas Haus hinüber, die Nachbarin war nirgends zu sehen. Allerdings schlenderte die alte, zahnlose Hilda gerade die Straße entlang. Sie war die Nachbarin auf der anderen Seite von Fridas Grundstück. Als Flocke die Alte sah, fing sie sofort an zu bellen. Selbst die Hunde reagierten allergisch auf diese Frau, stellte Frida nicht zum ersten Mal fest. Sie zog die Flügeltore der Garage auf.

»Wo geht es denn hin, geehrte Frida?«, fragte Hilda ohne Umschweife und in einem Ton, als ob sie dazu befugt sei, Fridas Vorhaben zu verbieten.

»Für ein paar Tage weg«, log sie.

»Aha, und wohin?« Die Alte beäugte das abgestellte Päckchen neben dem Tor.

»Einfach ein paar Tage weg von hier.«

Hilda räusperte sich unzufrieden über die Antwort. »Dann nehmt aber euren Köter mit, der bellt sonst wieder die ganzen Tage. Das ist nervig, für uns alle.«

»Gut, machen wir!«, sagte Frida, wohlwissend, dass Flocke weder durchgehend bellte, wenn sie weg waren, noch, dass der Hund jemals in ihr Auto steigen würde. »Guten Tag!« Sie setzte sich ins Auto, legte das Päckchen auf die Rückbank, startete den Motor und sah zu, wie Hilda kopfschüttelnd weiterging.

Bevor Frida den Gang einlegte, nahm sie den Zettel und las abermals die Adresse. Sie glaubte zu wissen, wie man nach Sininen-Horisont kam, doch anstatt loszufahren, warf sie den Zettel auf den Beifahrersitz und schaltete den Motor aus. Sie ließ den Schlüssel im Zündschloss stecken, nahm angewidert das Päckchen, schob hastig die Garagentore zu und eilte zurück ins Haus.

»Wie bereits gesagt«, sagte sie mit erhobener Stimme, nachdem die Haustür hinter ihr zu war, »Sie dürfen Ihre Pakete selbst ausliefern, geehrter Knut Melender.«

Zwei Tage nachdem sie sich geweigert hatte, das Päckchen auszuliefern, kam der Heiler endlich.

Erneut von Depressionen geplagt, saß Frida auf dem Sofa, die fettigen Haare zu einem Dutt gebunden, unter dem verwaschenen Bademantel nackt, und verfolgte im Halbschlaf die Wiederholung von der Serie Die Sklavin Isaura. Eine Telenovela, die seit Jahren eine hohe Popularität und Beliebtheit genoss, weshalb der Sender seine Sendezeit offenbar sehr gerne damit füllte. Nachmittags um 16 Uhr stellte die arme Isaura sich zum wiederholten Mal ihrem Schicksal. Und wer das Spektakel verpasste, hatte um 23 Uhr die Gelegenheit, es nachzuholen. Nahezu jeder im Land hatte die Serie mindestens einmal von Anfang bis Ende verfolgt. Einige Kinder mussten sogar in der Schule Referate darüber halten. Freya und Andro zu ihrer Zeit ebenfalls.

Es klopfte leise an der Tür. Frida zuckte erschrocken zusammen und sprang sofort vom Sofa auf. »Wer ist da?«

Niemand antwortete.

»Martha?«

»Herrgott, öffnen Sie schon die Tür, Frida«, zischte eine männliche Stimme ungehalten. »Sie wissen doch ganz genau, wer da ist. Wozu das Spielchen?«

Frida sah die Treppen hinauf, im Schlafzimmer in der Kommode lag Theos Pistole HKP7. Entsichert. So dass sie sofort einen Schuss damit abgeben könnte. Und da gab es noch eine weitere Waffe in der Küche. Eine Baby Browning, die Theo ihr letztendlich doch besorgte, nur für den Notfall, wie er sagte. Diese Pistole wartete schussbereit in der Schublade zwischen Messern und Gabeln auf ihren Einsatz. Vielleicht, vermutlich sogar ganz sicher, wusste der Heiler längst von Fridas Vorhaben, ihn mit einer dieser Waffen zu töten. Doch was, wenn nicht? Einen Versuch war es in jedem Fall wert. So oder so, er ist gekommen, um zu sterben.

»Frida, denken Sie sich jetzt bloß nicht wieder etwas aus, das Sie später bereuen.«

Sie öffnete die Tür. »Herzlich willkommen, verzeihen Sie mir bitte mein Zögern, ich wollte gerade ins Bett.« Sie starrte einen Mann an, den sie vorher noch nie gesehen hatte. In seiner rechten Hand hielt er Flocke am Halsband fest.

»Ich bin es, Knut Melender«, sagte er und Frida erkannte ihn augenblicklich. Selbst wenn sein Alter weiterhin ein Rätsel blieb, sah er genauso aus wie vor 16 Jahren.

Sie trat zur Seite. »Was haben Sie mit dem Hund vor?«

Der Heiler führte Flocke ins Haus. »Mach Platz, meine Schöne.« Er strich dem Hund über das Ohr. »Na los, mach dort Platz.« Er zeigte auf eine Stelle in der Küche neben dem Gasherd und Flocke befolgte seine Anweisung. Sie trottete wankend zum zugewiesenen Platz und legte sich leise winselnd hin.

»Was haben Sie mit ihr angestellt?«, fragte Frida erschrocken.

»Sie stirbt, Frida.«

»Was? Warum?«

»Weil Sie das so herbeiwünschten«, sagte er leise, kniete sich hin und streichelte den Hund. »Gleich ist es vorbei, mein Schöne, nur noch ein paar Minuten.«

Frida wollte gerade zur Schublade mit dem Besteck stürmen, als sie eine Bewegung neben den Stufen bemerkte.

»Schreien Sie jetzt bloß nicht los«, warnte Melender sie, »das ist ein Freund von mir. Ein Polis.«

Ein Mann in Polisuniform kam Minka und eine Stofftasche in den Händen haltend die Stufen hinunter.

»Ganz ruhig, Frida, er ist nur krank.«

Frida starrte entsetzt in ein Gesicht, das einem Skelett ähnelte. Seine Haare standen in alle Richtungen ab und seine Augen drohten, jeden Moment aus den

Höhlen zu rollen. Die khakifarbene Uniform hing an ihm herunter wie auf einem Kleiderbügel, allein ein Pistolengurt um seine Taille deutete den erschreckenden Umfang von seinem Bauch an. Noch nie in ihrem Leben hatte Frida so eine furchteinflößende Gestalt gesehen. Der Mann kam keuchend die Stufen herunter und legte die Katze neben dem Hund ab.

»Wenn Sie sich von Ihren Haustieren verabschieden möchten, ist jetzt der richtige Zeitpunkt dafür«, sagte der Heiler.

Frida sah vom Polis zu Melender und dann zu den Haustieren. Wenn der Heiler glaubte, sie auf diese Weise hart zu treffen, so beabsichtigte sie, ihn vom Gegenteil zu überzeugen. »Nein, nicht notwendig.«

»Setz dich auf das Sofa da und warte«, sagte Melender barsch zu seinem Begleiter, der augenblicklich gehorchte.

»Was wollen Sie mit einem Polis in meinem Haus, geehrter Knut Melender, mich verhaften?«, fragte sie belustigt, obwohl ihr nach allem anderen als Belustigung war.

Der Heiler lachte. »Natürlich nicht, geehrte Frida Heinrich. Bekanntlich halte ich nichts von der Polis. Aber der da ist ein Freund von mir und ist ziemlich nützlich, insbesondere für Tage wie diese.«

Frida schnürte ihren Bademantel fester zu. »Was stimmt denn nicht an so einem wundervollen Tag wie diesem?«, fragte sie lächelnd, obwohl ihr überhaupt nicht nach Lächeln war.

Knut Melender seufzte. »Wollen wir uns am Tisch weiter unterhalten?«

»Dort, wo ich meine Messer in der Nähe habe? Sehr gerne!«

Der Heiler lachte erneut. »Frida, Frida, Frida«, sagte er tadelnd und setzte sich auf einen Stuhl. »Wenn Sie sich schon weigern, das Päckchen auszuliefern, warum öffnen Sie es dann nicht? Das hätte es für uns alle so viel einfacher gemacht.«

»Nun, das Paket war für Edoardo Veit und nicht für mich bestimmt, also geht mich der Inhalt auch nichts an. Abgesehen davon, habe ich den Karton im Lysande-Vesi versenkt.«

»Ich glaube, diesmal lügen Sie. In Wahrheit hatten Sie einfach Angst vor dem Inhalt und es deshalb nicht geöffnet.«

»Möglicherweise haben Sie recht, geehrter Herr Melender. Allein die Götter wissen, wie viele Menschenseelen Sie außer Edoardo Veit, Birger, Freya, Andro und mir noch quälen.«

Seine Miene verfinsterte sich schlagartig, offenbar gefiel ihm dieser Satz keineswegs, vielleicht, weil er zu nah an der Wahrheit kratzte. Er räusperte sich. »Ich persönlich halte mich für einen guten Menschen. In all den Jahren habe ich

Tausenden Seelen das Leben gerettet. Und das überwiegt alles andere.« Er sah sie ernst an, ja beinahe schon entschuldigend.

»Sie müssen sich nicht vor mir rechtfertigen, geehrter Herr Melender.«

»O nein, Sie interpretieren das falsch«, sagte er sichtlich verlegen.

»Sie können hunderttausend Menschen etwas Gutes tun, doch reicht eine Person, der wegen Ihnen Schlechtes widerfahren ist, aus, um zu sagen, dass sie nichts weiter als ein Heuchler sind.«

Der Heiler sah sie einen Moment verärgert an. »Wir könnten sicherlich stundenlang darüber debattieren, doch wozu? Sture Menschen wie Sie werden ihre Fehler niemals einsehen. Abgesehen davon, ist es mir egal.« Er tätschelte ihre Hand. »Heute bin ich hier, weil das Universum offensichtlich darauf besteht, dass wir noch einmal miteinander reden und Sie alles erfahren, was ich über Sie und Birgers vermeintliche Enkelkinder herausgefunden habe.« Er nahm ihre Hand und drückte leicht zu. »Ich denke, das bin ich Ihnen tatsächlich schuldig.«

Frida sah ihn schweigend an.

Der Heiler nickte wissend. »Ich verstehe schon, Sie schweigen lieber. Ist vielleicht auch besser so.« Er zeigte auf den Stuhl. »Setzen Sie sich bitte hin. Es macht mich nervös, wenn Sie da so stehen. Man könnte meinen, Sie führen etwas im Schilde.«

Tatsächlich stimmte das auch, sie hatte sich fest vorgenommen, diesen Mann nicht mehr lebend aus dem Haus zu lassen. Er oder sie, so oder so, der Tod war heute ein weiterer Gast in diesem Haus. Allerdings rechnete sie nicht mit einem bewaffneten, furchteinflößenden Polis auf ihrem Sofa, der alles um einiges erschwerte, wenn gar unmöglich machte.

Sie setzte sich hin und faltete die Hände. »So besser?«

»Viel besser!« Melender räusperte sich. »Ich war erstaunt, als ich erfuhr, dass Sie adoptiert sind. Warum haben Sie mir das verschwiegen?«

Frida sah ihn entsetzt an. »Wie haben Sie das erfahren?« Ihre Adoptiveltern waren seit zwei Jahrzehnten tot. Mindestens so lange pflegte sie keinen Kontakt mehr zu den wenigen Verwandten ihrer Adoptivfamilie.

»Haben Sie schon vergessen? Mir entgeht nichts. Allerdings hat mich das unnötige Zeit gekostet.«

»Ich verstehe nicht, inwiefern diese Tatsache Antworten birgt.«

Der Heiler lachte. »Oh, glauben Sie mir, diese Tatsache erklärt so einiges. Aber zunächst müssen Sie mir erzählen, wie es zu der Adoption kam.«

»Ich war fünf, als der Zweite Weltkrieg ausbrach. Da man die Deutschstämmigen in diesem Land, so wie in vielen anderen, plötzlich anders betrachtete, wurde mein Vater eingezogen. In die Nemzi-Einheit. Da, wo der

Staat die Deutschen im Auge behalten konnte.«

Der Heiler nickte wissend. Offenbar war er mit der Geschichte vertraut.

»Weil meine Mutter im Kindbett starb und sonst niemand da war, kam ich in ein Waisenhaus. Vater ist recht schnell gefallen und ich wurde später mit dreizehn Jahren adoptiert.«

Der Heiler räusperte sich. »Ich weiß, es bedeutet Ihnen nicht einen Deut, aber das, was der kleinen Frida widerfahren ist, tut mir schrecklich leid.« Sein Gesichtsausdruck verriet ehrliche Anteilnahme.

»Sie vermuten richtig, es ist mir egal.«

»Verstehe. Ist das alles, was Sie mir darüber erzählen möchten?«

Sie zuckte mit den Schultern. »Ich habe Ihnen gerade nichts verheimlicht.«

Melender sah sie prüfend an. »Na gut. Kommen wir zur nächsten Tatsache, die Sie mir hätten verraten können, um mir wertvolle Zeit zu sparen.«

Frida hob eine Augenbraue und ahnte, was er ihr gleich vorwerfen würde.

»Warum haben Sie mir nicht erzählt, dass Ihr Mann Theo nicht der leibliche Vater von Ihren Kindern ist?«

»Weil das niemanden etwas angeht«, zischte sie und sah sich um, als ob irgendjemand außer ihnen dieses Geheimnis gehört haben könnte. Und tatsächlich saß auf dem Sofa ein fremder Mann, der jedes Wort mitbekam.

»Na ja, wie gesagt, das hätte mir viel Zeit erspart.«

»Sie haben Ihre Nase ohne meine Zustimmung in meine persönlichen Angelegenheiten gesteckt, daher ersparen Sie mir Ihre Vorwürfe.«

»Frida, Frida, Frida«, tadelte er und sah sie mit zusammengepressten Lippen an. »Ich bin hier, um Sie aufzuklären, vergessen Sie das bloß nicht.«

»Sie haben recht«, sagte sie leise, hatte jedoch nicht vor, sich zu entschuldigen.

»Weshalb ist das so ein Geheimnis? Bitte klären Sie mich auf, ich muss das verstehen.«

Frida überlegte. »Ich weiß nicht, ob jemand, der selbst kein Waisenkind ist, in der Lage sein wird, das jemals nachvollzuziehen. Theo begriff das jedenfalls nicht.« Beim Wort Theo kamen ihr plötzlich Tränen. Ihr gutmütiger, liebevoller Theo. Wie hatte alles nur so schrecklich enden können?

»Frida, versuchen Sie, es mir zu erklären, und ich versuche, es zu verstehen«, riss Melender sie aus den qualvollen Gedanken.

»Obwohl meine Adoptiveltern mich bis zum letzten Atemzug geliebt und immer gut behandelt haben, empfand ich ihnen gegenüber keinerlei Liebe. Jedes Mal, wenn ich versucht habe, sie zu lieben, musste ich daran denken, dass sie nicht meine leiblichen Eltern waren. Ich hasste den Gedanken und ich hasste sie für diesen Gedanken. Als ich Theo kennengelernt habe, waren die Kinder noch so klein, dass sie vergaßen, wer ihr eigentlicher Vater war. Und damit sie Theo gegenüber niemals Hass empfinden würden, bestand ich darauf, es geheim zu halten. Bis heute.«

Melender schwieg eine Zeit lang. Er nahm das Geschirrtuch von der Spüle und überreichte es Frida, damit sie sich die laufende Nase putzen konnte. »Ich denke, ich verstehe Sie. Ich wage sogar zu behaupten, in dieser Hinsicht haben wir etwas Gemeinsames. Mich plagten in der Kindheit die gleichen Gefühle, bloß dass die Frau, die ich hasste, meine leibliche Mutter war.«

»Sie und ich haben nichts gemeinsam«, sagte Frida hasserfüllt und bereute es augenblicklich. Er hatte bereits eine Warnung ausgesprochen, erfahrungsgemäß endeten weitere patzige Antworten desaströs. »Entschuldigung«, flüsterte sie rasch.

Er hob beschwichtigend die Hand und lächelte sie schwach an. »Es ist schon bewundernswert, wie die deutsche Gemeinschaft in diesem Dorf zusammenhält.«

Sie nickte zustimmend. »Theo ist in diesem Haus geboren und aufgewachsen. Als er eines Tages mit mir und den zwei Kindern, die nicht von ihm waren, auftauchte, stellte niemand seine Entscheidung in Frage.« Ihr kamen erneut Tränen. »Im Gegenteil, jeder akzeptierte unseren ... meinen Wunsch, die Kinder nicht aufzuklären, und auch kein einziges Mal kam jemand auf die Idee, das in Frage zu stellen. Inzwischen haben die meisten die Wahrheit vermutlich vergessen. Und die jüngere Generation weiß sowieso nichts davon. Andro und Freya sind Theos Kinder. Punkt.«

»Eine wirklich tolle Gemeinschaft«, bestätigte der Heiler abermals. »Wie kommt es aber, dass Sie und Theo keine gemeinsamen Kinder gezeugt haben?«

»Weil Theo unfruchtbar ist.«

»Ach.« Er tätschelte ihre Hand. »In einem anderen Leben hätte ich dafür garantiert einen Trank in meinem Sortiment.«

»Nein, vielen Dank. Vermutlich hätten wir dafür einen Mord begehen müssen.«

Kaum hatte sie das ausgesprochen, räusperte sich der furchteinflößende Polis auf dem Sofa, offenbar unbeabsichtigt, und sah den Heiler mit seinen milchigen Augen beinahe flehentlich an, als dieser ihn mit einem kalten Blick strafte.

»Ja, Frida, ich gebe zu, Sie haben keine guten Erfahrungen mit mir gemacht, aber das war hauptsächlich Ihre Schuld, nicht meine. Wie dem auch sei, bleiben wir beim Thema. Die Zeit drängt.«

Der letzte Satz Die Zeit drängt verursachte einen Magenkrampf bei ihr, da diese Aussage für sie eine ganz andere Bedeutung hatte. Für sie bedeutete es, dass einer von ihnen diesen Tag nicht überleben würde, an dieser Entscheidung hielt sie nach wie vor fest und beabsichtigte, es so schnell wie möglich hinter sich zu bringen.

»Sie wollten mir verraten, wer die Kinder waren. Stattdessen reden wir über mich und meine Geheimnisse und Ihre wertvolle, vergeudete Zeit.«

Melender lächelte. »Sie sind blinder, als ich dachte, geehrte Frau Heinrich. Ehrlich gesagt, bin ich davon ausgegangen, dass Sie spätestens jetzt von selbst darauf kommen würden, wer diese Gören sind.«

Sie sah ihn verwirrt an. »Nein, wirklich nicht.«

»Sie müssen als Kind ein Trauma durchgemacht haben, anders lässt sich das kaum erklären.«

Frida schüttelte den Kopf und überlegte angestrengt. Was bei allen Göttern übersah sie bloß?

»Da Ihr aktueller Ehemann unfruchtbar ist und die Kinder Ihnen und vermutlich auch Ihrem ersten Partner ähneln, ist es einfach unmöglich, dass sie von Theo und einer anderen Frau stammen, richtig?«

»Ja, natürlich«, stimmte sie zu. Fast die gleiche Überlegung hatte Martha damals, als sie ihr von der ersten Begegnung erzählte, angedeutet, jedoch aus Respekt vor dem Geheimnis, nicht explizit ausgesprochen.

»Und da Sie keine weiteren Babys gebaren, sind die Gören auch nicht Ihre leiblichen Kinder.«

»Richtig!«

»Ich verrate Ihnen ein Geheimnis über Birger, der mich übrigens noch am selben Tag konsultierte, nachdem Sie der Meinung waren, ihn nach so vielen Jahren erneut besuchen zu müssen. Birgers verstorbener Sohn und seine Schwiegertochter sind ebenfalls nicht die leiblichen Eltern von Freya und Andro. Hilft Ihnen das, um zu begreifen, wer diese Kinder in Wahrheit sind?«

»Nein, nein!«, antwortete sie gereizt. »Ich verstehe immer weniger.«

Der Heiler seufzte. »Frida, warum habe ich Sie nach Ihrer Kindheit gefragt. Weshalb hätte ich gerne im Vorfeld gewusst, dass Sie ein Adoptivkind sind?«

Frida dachte an die Zeit im Kinderheim, da war was, doch so sehr sie sich bemühte, die Antwort entzog sich ihr. »Ich weiß es einfach nicht mehr. Aber Sie schon, richtig?«

»Ja. Sie sind zwar im Kinderheim gelandet, doch ihre Zwillingsschwester nicht. Sie wurde von der Cousine Ihrer leiblichen Mutter dritten Grades aufgenommen.«

»Zwillingsschwester?«, keuchte sie ungläubig und plötzlich erinnerte sie sich daran, dass sie vor der Zeit im Heim niemals alleine gewesen war, dass sich stets ein anderes Kind in ihrer Nähe aufgehalten hatte, bis es eines Tages weg war. »Ich ... ich.«

»Nachdem ich erfuhr, wo Birgers Sohn wohnt, kam ich an ein Foto, das die leibliche Mutter von Freya und Andro zeigte. Zunächst dachte ich sogar, das auf dem Bild wären Sie! Auf der Rückseite standen das Datum und der Ort, an dem das Foto entstand. Ich fuhr nach Giallo-Lug, dort sind Sie übrigens geboren, Frida, falls es Ihnen noch nicht bekannt war, und traf auf eine sehr alte Nachbarin Ihrer richtigen Eltern. Sie erzählte mir ein wenig über Ihre Familiengeschichte, insbesondere darüber, wohin die Zwillinge kamen, als der Krieg ausbrach.«

Der Heiler stand vom Hocker auf und drehte sich zum Büfettschrank.

Ergriffen von Panik, sicherlich wollte er die Baby Browning aus der Schublade holen, sah Frida zu, wie er die Glastür öffnete, einen Becher herausholte und ihn in den Holzeimer mit dem Trinkwasser tauchte. »An Ihrer Stelle würde ich mir keine Vorwürfe machen. Sie waren erst fünf Jahre alt, als dieses schreckliche Schicksal auf Sie einstürzte. Ihr kindlicher Verstand hat diese Enttäuschung verdrängt, ohne Sie danach zu fragen. So simpel lässt sich Ihre Erinnerungslücke erklären. So etwas kommt öfter vor, als Sie denken.« Er überreichte ihr den Becher.

Frida trank hastig das Wasser aus, wobei eine beachtliche Menge auf den Bademantel tropfte. »Das bedeutet, die Kinder gehören meiner Zwillingsschwester?« Sie lachte verzweifelt und entsetzt darüber, wie sie ihre Schwester hatte vergessen können.

Der Heiler nickte.

»Und ich habe sie vergessen, aber warum hat sie nicht nach mir gesucht?«

Er zuckte mit den Schultern. »Diese Frage kann ich Ihnen nicht beantworten, vielleicht hat sie ebenfalls Ihre Existenz verdrängt.«

»Aber Moment!«. Sie stand hastig vom Stuhl auf, woraufhin sich Melender erschrocken aufrichtete.

Frida sah, wie der Polis die Stofftasche fallen ließ und nach der Pistole griff. Sie hob beschwichtigend die Hände und setzte sich wieder. »Das ist doch gar nicht möglich, da Freya ihrem leiblichen Vater sehr stark ähnelt!«

»Genau das war der Teil, der mich ebenfalls verwirrte, weshalb es nützlich gewesen wäre, zu wissen, dass Sie schon einmal verheiratet waren.«

»Sie meinen doch nicht etwa?« Sie verstummte und fragte sich, ob sie jetzt, in diesem Moment wach war oder in Wirklichkeit auf dem Sofa, dort wo der Polis saß, einfach nur schlief und träumte.

»Freya und Andro sind die Kinder von Ihrer Zwillingsschwester und Ihrem früheren Partner, Frida. Sie waren verheiratet.«

Sie starrte Melender begriffsstutzig an. »Das ist doch ein Scherz. Wie? ... Wie?«

Er zuckte mit den Schultern. »Die Welt ist klein. Nach der Trennung muss Ihr ehemaliger Mann Ihrer Schwester begegnet sein und das Schicksal nahm seinen Lauf.«

»Das ist absurd. Es hatte keine einvernehmliche Trennung gegeben, er hat mich ohne Vorwarnung mit zwei Kleinkindern alleine gelassen. Hätte Theo nicht seine Beziehungen, wäre ich per Gesetz noch immer mit ihm verheiratet.«

Melender lachte. »Sagen Sie bloß, der ehrenhafte Theo hat die Heirat aus den Papieren verschwinden lassen? Eine vorteilhafte Aktion für euch alle.«

Sie dachte nicht daran, auf diese Frage zu antworten, doch der Heiler lag mit der Vermutung sehr nah an der Wahrheit. »Und selbst wenn er dann meiner Schwester begegnet ist und mit ihr Kinder gezeugt hat«, rätselte sie weiter, »warum zum Geier sollte er sie genau so nennen wie seine ersten Kinder?«

»Darauf habe ich leider auch keine Antwort«, gestand Melender.

»Das glaube ich nicht, immerhin hatten Sie Kontakt zu ihnen.«

»Nein, erinnern Sie sich noch, die Kinder wurden von Birgers Sohn und seiner Frau adoptiert. Ihre Zwillingsschwester und ihr Mann sind vor sehr langer Zeit verstorben.«

»Oh.« Ihre Wut wich Trauer.

»Birger meinte, sie starben bei einem Autounfall. Diese Information reichte mir aus. Sie erinnern sich noch, meine wertvolle, vergeudete Zeit? Haben Sie gesagt!«

»Das ergibt für mich trotzdem keinen Sinn. Selbst wenn Freya und Andro verwandt mit meinen Kindern sind, wie ist das möglich, dass sie genauso aussehen?«

»Nüchtern betrachtet, sehen sie nicht wirklich genauso aus, sie ähneln sich nur sehr stark. Die Erklärung dafür liegt auf der Hand, Ihre eineiige Zwillingsschwester bringt fast die gleichen Voraussetzungen mit wie Sie. Und da der Vater dieselbe Person ist, ist das Ergebnis zwar erstaunlich, aber nicht ausgeschlossen. Und das sogar zwei Mal!«

»Die Kinder sehen genauso aus!«, beharrte Frida.

Der Heiler schüttelte langsam den Kopf. »Nein, Sie irren, ich habe die Fotos Ihrer Kinder mit den Gören verglichen, es gibt eindeutig, wenn auch winzige Unterschiede. Für Sie blieben diese bei der ganzen Aufregung unbemerkt, was auch in Ordnung ist. Wer würde nicht in Panik geraten, wenn zwei fremde Kinder so aussehen wie die eigenen?«

Frida dachte darüber nach. »Woher hatten Sie Fotos von meiner Freya und meinem Andro?«, fragte sie schließlich und gab sofort die Antwort darauf. »Sie waren bei uns im Haus!«

»Mehrmals«, bestätigte der Heiler.

»Und seit wann wissen Sie das alles?«

»Nachdem Birger mir verriet, dass die zwei Gören mit dem Bollerwagen seine Adoptivenkel waren, quälte mich die Frage, warum die Kinder sich so sehr ähneln, ebenso wie Sie.«

Frida erinnerte sich angewidert daran, auf welche Weise Melender an diese Information kam.

Er breitete grinsend die Hände aus. »Bis ich es herausgefunden habe.«

»Und mir erzählten Sie nichts davon, weil ich mich weigerte, weitere Dienste von Ihnen in Anspruch zu nehmen.«

»Ja. Mit diesem Verhalten haben Sie sich ein wiederholtes Mal unnötig geschadet. Das nennt man Selbstsabotage, Frida.« Er drehte sich zum Polis und nickte, woraufhin dieser sich erhob, in die Stofftragetasche griff und ein dickes Seil herausholte.

»Was habt ihr mit dem Seil vor? Aua!« Frida verspürte einen Stich auf ihrem linken Handrücken.

Der Heiler erhob sich und eilte zu ihr, ehe sie vom Stuhl kippte. Sie spürte ihren Körper plötzlich nicht mehr. »Wa has tu gema?«, lallte sie, weil die Zunge sich ebenfalls weigerte, ihr zu gehorchen.

Melender strich ihr über das Haar. »Es tut mir aufrichtig leid, Frida. So sehr ich mich auch bemüht habe, eine andere Lösung zu finden, gibt es leider nur diesen einen Weg. Meine Erfahrung mit Ihnen sagt, dass Sie sich niemals damit zufriedengeben werden, mich ungestraft davonkommen zu lassen. Immer wieder werden Sie mir Ärger bereiten«, seine Miene verfinsterte sich. »Doch jetzt ist Schluss!«

Frida sah entsetzt aus dem Augenwinkel wie der halbtote Polis das Seil am Kronleuchter neben den Stufen zur zweiten Ebene befestigte.

»Ich hätte Sie umbringen lassen können.« Er nickte kaum merklich zum Polis hinüber. »Sie glauben nicht, wie viele verlorene Seelen umherwandern, die bereit sind, die schlimmsten Dinge zu begehen.«

Natürlich glaubte sie ihm. Es war, als hielte er ihr einen Spiegel vors Gesicht. »Und obwohl ich, zugegeben, sehr große Angst hatte, wieder bei Ihnen zu Hause aufzutauchen, unsere letzte Begegnung habe ich noch genau in Erinnerung«, er fasste sich an den Hals, »bin ich dennoch gekommen, um persönlich zu berichten, was ich über die Kinder erfahren habe. Diesmal ohne eine Gegenleistung zu erwarten, wohlbemerkt.«

Frida stöhnte verzweifelt. So nah, sie war so nah dran, diesen Mann in die Hölle zu schicken. Ihre Baby Browning lag die ganze Zeit keinen halben Schritt von ihr entfernt.

»Fertig«, sagte der Polis mit einer Stimme, die wie seine Erscheinung Grauen verursachte.

»Hilf mir«, befahl der Heiler barsch und fasste Frida unter die Arme.

»Nei… hillleee … hilleee.«

»Schhh, nicht so laut, Frida. Stopf ihr das Maul«, fauchte Melender, worauf der Polis die knochige Hand auf ihren Mund drückte. »Hören Sie auf zu schreien, jeder, der Sie hört und hier reinkommt, wird mit Ihnen sterben. Möchten Sie das wirklich?«

Nein, der Einzige, der hier sterben sollte, war nicht irgendein Nachbar oder sie, sondern allein er, Knut Melender, doch es gelang ihr nicht, diese Worte in Ton umzuwandeln.

Der Heiler und der Polis legten Fridas Arme um die Schultern und schleppten sie zum Seil, wobei der Polis drohte, jeden Moment umzukippen.

Melender zog skeptisch daran. »Meinst du, das wird wirklich halten?«

»Wird!«, versicherte der Polis.

»Das Seil ist doch viel zu lang, sie kommt bestimmt mit den Füßen auf dem Boden auf.«

»Passt schon.«

Melender seufzte. »Wie du meinst.« Er fasste Frida ins Gesicht und drehte sie zu sich. »Hören Sie zu, Frida. Das, was als Nächstes geschieht, haben allein Sie zu verantworten. Sobald Sie tot sind, gehen wir zu Ihrer Nachbarin Martha. Sie wird ebenfalls sterben. Lebend könnte sie womöglich auf die Idee kommen, mich damit in Verbindung bringen. Auch wenn die Wahrscheinlichkeit dafür sehr gering ist. Sicher ist sicher. Danach fahren wir zu Theo und, wie Sie so schön sagen, seiner Hure und erschießen die beiden mit der Pistole aus der Kommode im Schlafzimmer. Ihre Tiere haben wir vergiftet, zwar nicht mit Rattengift, aber das wird man später so glauben. Alles wird am Ende darauf hindeuten, dass Sie erst die anderen umbrachten und dann sich selbst. Eine durchgedrehte Feministin.«

Frida kreischte entsetzt. Unendliche Wut und Hass breiteten sich in ihr aus, doch ihr Körper blieb trotz des vielen Widerstrebens betäubt. Der Polis drückte ihr erneut die Hand auf den Mund.

»Hören Sie mir zu, meine letzten Worte sind sehr wichtig für Sie.«

Sie verstummte und starrte Melender mit einem von Tränen verschwommenen Blick an.

»Ich schwöre Ihnen bei meinem Leben, Ihre Tochter und die Kinder Ihrer Schwester für immer in Ruhe zu lassen. Und was Ihren verstorbenen Sohn angeht, ich habe nichts mit seinem Tod zu schaffen. Das sage ich nur, weil ich weiß, Sie hatten diesbezüglich mehrmals Bedenken gegenüber Theo geäußert.«

Der Polis warf ihr den Strick über und zog die Schlinge zu.

»Sie haben sich stets gefragt, woher ich immer alles wusste und der gute Theo hatte sogar das Haus mehrere Male nach Wanzen abgesucht.« Er nickte in Minkas und Flockes Richtung. »Mein Geheimnis ist, dass ich durch die Augen der Tiere sehen kann. Und ich kann sie lenken. Ich bin außergewöhnlich, Frida. Sie hatten nie eine wirkliche Chance, mir zu schaden. Ich wünschte mir, Sie hätten das rechtzeitig erkannt.« Er lächelte, wobei in seinem Gesichtsausdruck Bedauern und Mitleid für einen Wimpernschlag aufflackerten.

Und dann ließen sie Frida los.

Ihr Körper sackte mit einem Ruck nach unten und schwankte hin und her. Von der Decke prasselte Putz. Sie röchelte, während ihr die Luft ausging und sie absolut nichts dagegen zu unternehmen vermochte. Knut Melender sah sie ausdruckslos an, der furchteinflößende Polis hingegen weinte stumm. Das unruhige Seil drehte ihr Gesicht zum Fenster mit dem Ausblick in den Garten. Dort, wo Freya früher mit ihren Puppen spielte und Andro stets auf der Suche nach Würmern fürs Angeln die Erde mit einem kleinen Spaten durchwühlte.

DIE VERGESSENE ZEIT

»Das ist aber eine einmalige Ausnahme, Frau Martinsson«, sagte der Chefarzt mit gedämpfter Stimme. »Deshalb müssen Sie sich zusammenreißen. Sobald Sie anfangen, laut zu weinen oder gar zu schreien, wird man Sie sofort aus der Station hinausbegleiten. Und ich verliere danach womöglich meine Lizenz als Arzt.« Er sah Veera durchdringend an. »Die Patienten auf der Intensivstation brauchen ihre Ruhe, schon die kleinste Störung kann sie unheimlich stressen und ihre ohnehin stark angeschlagene Gesundheit noch mehr aus dem Gleichgewicht bringen. Verstehen Sie das?«

Veera nickte und wischte sich, um das zu verdeutlichen, die Tränen aus dem Gesicht.

»Ihr Sohn wird vermutlich noch heute sterben, das muss Ihnen klar sein.« Er legte die Hand tröstend auf ihre. »Ich erspare Ihnen die Details über seine Verletzungen. Es sei denn, Sie möchten das unbedingt wissen.«

Veera schüttelte schniefend den Kopf. »Nein, ich möchte einfach nur zu ihm.« Die letzten Worte verschluckte ihr erneuter Tränenausbruch.

»Oft ist es so, dass die Sterbenden, kurz bevor es so weit ist, Kraft schöpfen und für einen Moment bei klarem Verstand sind. Ich glaube, das passiert, weil sie sich noch unbedingt von ihren Angehörigen verabschieden möchten. Für Ihren Sohn und Sie ist das so ein Moment. Er ist wach und ich habe ihm versprochen, seine Mutter zu holen. Bitte nutzen Sie die Gelegenheit, um Ihrem Sohn das Sterben zu erleichtern und nicht durch Geschrei zu erschweren. Wie schon gesagt, das ist eine Ausnahme! Andere Patienten und Angehörige bekommen so eine Möglichkeit nicht.«

Veera nickte und erhob sich.

»Ich werde Sie persönlich begleiten.« Der Chefarzt, sie hatte seinen Namen wieder vergessen, griff ihr unter den Arm.

Die Intensivstation des Kapital-Maa-Zentral-Krankenhauses lag auf der obersten Etage. In dem weiß angestrichenen Flur war es ruhig und es war niemand zu sehen. Die Patientenzimmer hatten allesamt große Fenster in den Türen, durch die Veera die leidenden Menschen sah.

Der Chefarzt blieb vor einem der Zimmer stehen und verdeckte mit seinem breiten Kreuz absichtlich das Fenster in der Tür.

»Sie können sich noch an alles, was ich Ihnen vorhin gesagt habe, erinnern, Frau Martinsson, nicht wahr?«

Sie nickte, gegen die Tränen ankämpfend.

»Gut. Dann gehen wir jetzt rein, sprechen Sie bitte leise.« Er öffnete die Tür und betrat den Raum. Veera folgte ihm.

Im Krankenzimmer lagen acht Patienten. Auf jeder Seite vier. Allesamt waren von geräuschvollen Geräten umgeben, die sie zuvor noch nie gesehen hatte. Hätte der Arzt ihr nicht Rons Bett gezeigt, hätte sie ihn nicht erkannt. Umhüllt von Verbänden und Schläuchen, sah ihr Sohn sie mit Blut unterlaufenden Augen ausdruckslos an.

»Ronny.« Sie wollte zu ihm stürmen, doch der Arzt packte sie am Arm und zog behutsam daran.

»Bitte, ganz vorsichtig, berühren Sie nicht seinen Oberkörper.«

Veera trat an Rons Bett, berührte verunsichert seinen Arm und sah zum Chefarzt, der zustimmend nickte.

»Ronny.« Sie beugte sich vor und küsste ihren Sohn auf den Mund. »Erkennst du mich?« Ein lauter Schluchzer entwich ihren Lippen und sie sah sofort ängstlich zu dem Mann, der es ihr ermöglichte, hier zu sein.

»Reden Sie mit ihm«, flüsterte er aufmunternd.

»Haben sie Hannas und Rickys Fieber gesenkt?« Rons Stimme war rau und kaum hörbar.

Veera wich seinem Blick aus und schluchzte leise.

»Mama, wo sind Hanna und Ricky?«

»Sie sind schon im Himmel und warten auf dich, Ronny«, antwortete sie überzeugt und lächelte.

Eine Träne rollte über seine Wange. »Da waren Kühe.«

»Die Polis hat den Bauer, dem die Tiere gehören, gefunden. Sie sind ihm nachts von der Weide entlaufen. Dafür wird er ins Gefängnis kommen.«

Ron nickte kaum merklich. »Wie geht es Joona?«

»Er ...« Ihre Stimme versagte. »Sie warten alle im Himmel auf dich.«

Ron gab einen klagenden Laut von sich.

»Mach dir keine Sorgen, ich werde mich um deine Kinder kümmern.« Sie drückte leicht seine Hand. »Ron, ich bitte dich, um die Erlaubnis, deine erste Frau aufzusuchen und ihr zu erzählen, was passiert ist. Sie und eure Kinder haben ein Anrecht darauf.«

Es dauerte, bis er antwortete. »Wovon redest du Mama?«

Veera sah ihren Sohn forschend an. »Ist deine Frage ernst gemeint?«

»Ja«, sagte er schwach.

Veera schlug sich die Hand vor den Mund. »Ich wusste es! Ich wusste, dass etwas nicht stimmt! An dem Tag, als du zusammengeschlagen, verängstigt und verwirrt zu mir zurückgekehrt bist. Sie müssen dein Hirn beschädigt haben. Du warst ganze fünf Jahre weg, Ronny. Als ich über deine Frau sprach, dachtest du vermutlich, ich rede über deine Freundin Vanessa, die damals der Grund für unseren Streit war.«

Ron drehte die Handfläche nach oben und umfasste ihre Hand. »Ich war fünf Jahre weg?«

»Ja. Kurz nach dem Streit hast du deine schreckliche Freundin verlassen und schon wenige Monate später eine andere kennengelernt, die du dann geheiratet hast. Ich weiß ganz sicher, dass du zwei Kinder mit ihr gezeugt hast, ein Mädchen und einen Jungen. Freya und Andro.«

Ron hob den Kopf stöhnend an und sah ihr nachdenklich in die Augen. »Mama, Freya und Andro sind zu Hause. Oder, waren sie mit im Auto?«

»Nein, richtig, sie sind zu Hause, die Kleinen. Aber Ron, ich meine deine anderen Kinder, aus deiner ersten Ehe. Kannst du dich überhaupt nicht an sie erinnern?«

Ron runzelte nachdenklich die Stirn. »Da war schon die ganze Zeit was, aber ich konnte es nie fassen. Da waren einige Lücken, die ich mir nicht erklären konnte, zum Beispiel die fehlenden Jahre, doch gleichzeitig schien alles seine Richtigkeit zu haben. Und als ich Hanna das erste Mal sah, kam es mir vor, als hätte ich ihr Gesicht schon eine Ewigkeit gekannt.«

»O Ronny.« Sie küsste behutsam seine Hand. »Warum hast du das nie angesprochen?« Sie verzog, verärgert über sich selbst den Mund. »Ich habe deine damalige Frau nie gesehen, aber ich wusste von Bens Mutter, deinem alten Freund, weißt du noch, dass du sie unbeabsichtigt geschwängert und sofort geheiratet hast. Nur ein Jahr später kam schon das zweite Kind. Freya und Andro. Deshalb …« Ihre Stimme erstickte und sie musste sich räuspern. »Deshalb habe ich mich ständig gefragt, warum nur nennt er seine Kinder mit Hanna genau wie die mit der anderen Frau. Aber ich hatte Angst, dich danach zu fragen. Als du wieder zu mir zurückgekehrt bist, habe ich dich nach der Ehe gefragt und du hast mich, wie es aussieht, falsch verstanden und angewiesen, nie wieder darüber zu reden. Und weil ich schon beim letzten Mal über Dinge geredet habe, obwohl du mich angefleht hattest zu schweigen, habe ich daraus gelernt. Ich dachte, lieber mir bleibt einiges unerklärlich, als dass ich dich erneut verliere. Vielleicht hast du unsere Freya und unseren Andro so genannt, weil du die anderen Kinder, ohne es wahrzunehmen, so sehr vermisst hast.«

»Wie hieß sie?«

»Deine erste Frau?«

»Ja.«

»Frida.«

Ron drehte das Gesicht von ihr weg und schloss die Augen. »Warum musste das nur passieren, Mama. Diese verdammten Kühe.« Er weinte leise.

Doch ehe Veera auf diese Frage eine Antwort oder tröstende Worte einfielen, ertönte ein anhaltendes Geräusch aus einem der Geräte neben ihrem Sohn. Ihr Ronny war tot.

Der Chefarzt fasste Veera an die Schulter, während sich mehrere, in weiß gekleidete Menschen um Ronny aufstellten.

»Frau Martinsson, sehen Sie mich an.« Er rüttelte sie. » Frau Martinsson.«

Veera drehte sich zum Chefarzt, doch sah sie ihn nicht. Alles um sie herum war schwarz, dazu der unerträgliche Schmerz in der Brust.

»Schnell ein Bett«, hörte sie und dann wurde es plötzlich still. Für immer.

EPILOG

Raststätte
Freitag, 06. September 1985

Robert Halla erfuhr von Frida Heinrichs Tod aus der Zeitung und musste somit nicht bis Ende des Monats auf eine Nachricht von ihr warten. Etwa zwei Wochen nachdem Sie bei ihm gewesen war, erschoss sie ihren Mann und seine Geliebte in deren Liebesnest. Danach fuhr sie zurück in ihr Dorf, wo sie ihre Nachbarin, die auch ihre Freundin war, mit einem Küchenmesser im Schlaf die Kehle durchschnitt. Anschließend ging sie nach Hause, vergiftete ihre Haustiere und hängte sich an einer Deckenleuchte auf.

Robert Halla glaubte die geschilderte Geschichte der Medien nicht. Als Frida Heinrich ihn aufsuchte, schwebte sie in akuter Lebensgefahr, davon war er überzeugt. Und selbst wenn sie all die schrecklichen Dinge getan hatte, spielte das alles keine Rolle. Sie hatte ihn im Voraus bezahlt und jetzt war er an der Reihe, seine Arbeit zu erledigen. Wie sie von ihm verlangte, wartete er dennoch bis Ende des Monats, der Zeitraum, in dem sie sich hätte melden müssen, ehe er die Suche nach August Petersen aufnahm. Drei Tage hatte Halla gebraucht, um herauszufinden, wo sich der Mann, inzwischen ein Gangmitglied eines Motorradclubs, aufhielt.

Der Detektiv zündete sich die Zigarette an und sah zu, wie Petersen langsam und offensichtlich misstrauisch auf seinen Tisch zukam. Der Biker hatte fünf Kameraden in seiner Begleitung, die bei ihren Motorrädern blieben und Halla ebenfalls mürrisch beobachteten.

Die Raststätte für Krafträder und das angrenzende Café waren bei dem guten Wetter überfüllt.

»Sie sind auf der Suche nach mir?«, fragte Petersen, kaum hatte er den Tisch erreicht.

Halla erhob sich und streckte ihm die Hand entgegen. »Verehrter Herr Petersen, vielen Dank für Ihre Zeit. Ich denke, wir werden nicht lange brauchen. Möchten Sie etwas trinken?«

»Wer sind Sie?« Er sah sich um und setzte sich dann langsam. »Ich bin nicht durstig. Danke!«

»Mein Name ist Robert Halla. Ich bin ein Detektiv.« Er holte seine Lizenz aus der Börse hervor, doch der Biker verschwendete keinen Blick daran.

»Wüsste nicht, wie ich helfen könnte.«

»Nein, ich bin nur hier, um Ihnen einen Brief von einer Klientin zu übergeben.« Er griff in die Innentasche des Jacketts und legte das Kuvert auf den Tisch. »Das

Schreiben ist von Frida Heinrich.«

»Frida Heinrich!«, echote Petersen erstaunt und nahm den Brief an sich. »Ich habe schon seit einer Ewigkeit nichts von ihr gehört.«

»Sie ist vor etwa mehr als einem Monat verstorben.«

Der Mann gegenüber sah ihn überrascht an. »Oh!«

»Es gab einige Berichte darüber in den Zeitungen. Sie haben nichts mitbekommen?«

»Nein.«

»Laut Polis war es ein Suizid. Doch bevor das geschah, erschoss sie zuerst ihren Ehemann und seine Geliebte und erstach dann ihre Nachbarin.«

»Oh«, sagte Petersen abermals, sein Blick wanderte zum Himmel, wobei er nachdenklich verharrte.

»Wenn Sie mich fragen«, offenbarte Halla, »hat Frau Heinrich weder andere Menschen umgebracht, noch sich aus eigenem Willen erhängt.«

Petersen sah ihn fragend an.

»Das alles geht mich nichts an, aber ich erzähle es Ihnen, weil die Information möglicherweise Einfluss auf den Inhalt in diesem Schreiben haben könnte.«

Der Biker tippte auf den Umschlag. »Haben Sie es gelesen?«

»Nein!« Als Halla von Frida Heinrichs Tod erfuhr, war er kurz davor, die Briefe zu öffnen, doch dann entschied er sich, nicht in diese Verschwörung hineingezogen zu werden. Und dass es sich dabei um eine Verschwörung handelte, bezweifelte er nicht im Geringsten. »Schon als Frau Heinrich bei mir war, deutete alles darauf hin, dass sie in Schwierigkeiten steckte. Mein Gefühl sagt mir, dass Sie und Frida Heinrich eine freundschaftliche Beziehung zueinander hatten, sie bezeichnete Sie als einen herzensguten Menschen. Das ist der einzige Grund, warum ich mich vorgewagt habe, meine Einschätzung zu äußern. Sie starb unfreiwillig, da bin ich mir ganz sicher.«

Petersen nickte. »Verstehe.«

Robert Halla erhob sich und streckte dem Mann die Hand entgegen. »Ich wünsche Ihnen alles Gute, Herr Petersen. Seien Sie so nett, und vergessen Sie meinen Namen, ich bin nur der Postbote, in mehr möchte ich nicht verwickelt werden.«

Petersen ergriff seine Hand. »Versprochen.«

Liten-Yel
Mittwoch, 13. August 1986

Gleich mehrere Male wiederholte Frida Heinrich, wie wichtig es war, mit Greta Lund weit von ihrem zu Hause entfernt Kontakt aufzunehmen. Weshalb sich dieser Auftrag als kompliziert erwies, anders als vor einem Jahr mit August Petersen. Die Frau verbrachte den ganzen Tag mit ihren Kindern, einem Jungen und einem Mädchen, die sich sehr ähnelten und nicht älter als fünf waren. Nur wenn einer von ihnen zum Toilettenhäuschen musste, kamen sie alle drei Hand in Hand raus und sahen zu, so rasch wie möglich wieder im Haus zu verschwinden. Das Grundstück der Familie Lund war umgeben von Nachbarn, daher traute Halla sich nicht, länger als eine Stunde in unmittelbarer Nähe vom Haus zu parken. Deshalb schlenderte er die Straße mehrmals am Tag entlang und täuschte so einen Spaziergang vor. Doch seine Hoffnung, Greta Lund würde gerade in dem Moment herauskommen und das Grundstück verlassen, wenn er da war, schwand zunehmend dahin. Jedes Mal, wenn er beim Vorbeigehen verzweifelt in die Fenster der Lunds starrte, spielte er mit dem Gedanken, den Brief einfach in den Briefkasten einzuwerfen. Zwar hatte es Frida Heinrich nicht explizit ausgesprochen, doch er vermutete, dass der Grund, warum er den Auftrag abseits vom Haus erledigen musste, der Ehemann war. Weshalb sonst durfte der Mensch, dem man in der Regel am meisten vertraute, nicht dabei sein?

Robert Halla war inzwischen acht Tage von zu Hause weg und seine Frau wurde mit jedem Telefonat ungeduldiger und misstrauischer. Er wohnte in einem billigen Hotel und verbrachte seine Tage damit, entweder auf der verzweifelten Mission zu sein, Greta Lund zum richtigen Zeitpunkt zu erwischen oder vor dem Fernseher im Hotelzimmer zu dösen.

Es war ein kleiner, quengelnder Junge, der ihn auf die Idee brachte, sich ein paar Karamellbonbons in einem Lebensmittelladen zu kaufen. Der Junge kam gerade mit seiner Mutter aus dem Geschäft, an dem Halla auf dem Weg zum Haus der Lunds vorbeiging. Das Kind flehte seine Mutter an, ihm wenigstens ein Bonbon zu kaufen, doch zu seinem Bedauern war die Frau nicht kleinzukriegen. Halla betrat lächelnd das Geschäft und sah erstaunt, wie Greta Lund gerade ihren Einkauf an der Kasse bezahlte. Ihre Kinder klammerten sich auf beiden Seiten fest an ihren Rock und stritten. Nachdem die junge Mutter die Produkte in die Tasche gesteckt und sich von der Verkäuferin verabschiedet hatte, wies sie ihre Kinder an, ihren Rock loszulassen und ihr zu folgen. Als sie Halla vor dem Ausgang entdeckte, blieb sie abrupt stehen. Sie stellte die volle Tragetasche vor die Füße und ergriff die kleinen Händchen der Kinder. Überrascht über ihre

Reaktion, lächelte der Detektiv sie freundlich an und verließ das Geschäft. Von draußen sah er, wie sich Greta Lund hinkniete und den Kindern etwas erklärte, während ihr Zeigefinger auf ihn zeigte. Dann hob sie ihre Tasche auf und kam, ihre Schützlinge am Rock hinterherziehend, aus dem Lebensmittelgeschäft heraus.

»Wenn Sie nicht sofort gehen, rufe ich um Hilfe«, sagte sie geradeaus und sah ihn feindselig an. Offenbar waren ihr seine Spaziergänge nicht entgangen.

»Frau Lund, ich fürchte, es handelt sich hier um ein Missverständnis.« Er holte die Lizenz aus seiner Geldbörse hervor. »Ich bin ein Detektiv und ich möchte Ihnen nichts Böses.«

Sie betrachtete die Pappe in seiner Hand. »Das glaube ich nicht. Halten Sie mich nicht für dumm.«

Halla sah sich um. Abgesehen von zwei halbwüchsigen Jungen, die abseits standen und sich angeregt unterhielten, war niemand in ihrer Nähe. »Ich bin nur hier, um Ihnen einen Brief von Frida Heinrich zu überreichen.« Er griff in die Innentasche vom Jackett und holte das Kuvert hervor.

»Ich kenne keine Frida Heinrich. Aus dem Weg sonst schreie ich.«

Halla trat einen Schritt zurück. Die Kinder klammerten sich ängstlich an die Beine der Mutter. Der Junge machte den Eindruck, jeden Moment mit dem Weinen loszulegen. »Aber Frida Heinrich kannte Sie, warum sonst würde sie einen Brief an Sie verfassen, den ich Ihnen ein Jahr nach ihrem Tod überbringen soll.«

Aus dem Geschäft kamen zwei ältere Damen, gingen einige Schritte an ihnen vorbei, blieben stehen und beäugten Halla misstrauisch. Vermutlich entging den beiden nicht, wie entsetzt die Kinder ihn anstarrten.

Greta Lund kratzte sich nachdenklich an der Stirn. »Das ist schon wieder nichts weiter als eine Drohung«, sagte sie weniger überzeugend.

»Frida Heinrich ist … war … die berühmte Feministen aus Kapital-Maa«, erklärte Halla mit gedämpfter Stimme und wagte sich einen Schritt näher an die Empfängerin und ihre Kinder. »Ich glaube, sie steckte genauso wie Sie in Schwierigkeiten, als sie diesen Brief schrieb.« Er streckte ihr erneut das Kuvert entgegen.

Sie riss ihm das Schreiben nach kurzem Zögern aus der Hand.

»Ist alles in Ordnung, Kind?«, fragte eine der älteren Damen. »Im Laden arbeitet mein Enkel, wenn Sie möchten, rufe ich ihn heraus.«

Greta Lund räusperte sich. »Nein, Mütterchen, vielen Dank, ich komme schon klar.«

»Na hoffentlich!«, entgegnete die Alte, machte jedoch mit ihrer Begleiterin keine Anstalten weiterzugehen.

»Gehen wir, Kinder.« Sie schob das Kuvert in die Tragetasche zwischen die Produkte.

»Nein!«, bemerkte Halla. »Mein Gefühl sagt mir, dass Sie diesen Brief zerreißen, sobald ich weg bin. Deshalb bitte ich Sie inständig darum, ihn jetzt zu öffnen.« Zwar verlangte der Auftrag von ihm nicht, sich zu überzeugen, dass der Empfänger das Schreiben auch wirklich las, doch er glaubte, in diesem Fall war es notwendig. Frida Heinrich hatte ihm sehr viel Geld für so wenig Arbeit gezahlt, da war er es ihr schuldig.

»Na gut«, sagte Greta Lund genervt und riss den Umschlag auf. Zuerst las sie den Brief, dann betrachtete sie ein mit Bleistift gemaltes Bild von einem Mann, las erneut den Brief und weinte plötzlich bitterlich. Verängstigt um ihre Mutter, stimmten der Junge und das Mädchen mit ein.

»Gehen Sie sofort von hier weg!«, brüllte eine der älteren Damen Halla an, während die andere in den Laden eilte, um ganz sicher ihren Enkel zu holen.

Eine weitere Frau kam mit zwei vollen Taschen aus dem Geschäft. Ein junges Pärchen kam währenddessen über die Straße auf den Laden zu. Halla erinnerte sich daran, wie wichtig es Frida Heinrich war, dass ihn und Greta Lund niemand bei der Briefübergabe sah.

»Stecken Sie den Brief in die Tasche«, sagte er auffordernd.

Sie gehorchte, schob die Blätter ins Kuvert und lächelte ihn an. »Danke, vielen Dank! Ich glaube, Sie haben gerade das Leben meiner Kinder gerettet.« Sie griff nach der Hand ihrer Tochter und drehte sich um.

»Ach, geehrte Frau Lund«, sagte Halla und wartete, bis sie ihn ansah. »Ich bin nur der Überbringer dieser Nachricht, nichts weiter als ein Postbote.«

Sie nickte.

»Deshalb bitte ich Sie darum, mich und meinen Namen für immer zu vergessen.«

Sie nickte abermals und ihre Wege trennten sich. Hoffentlich.

Übersetzung der Städtenamen

Kapital-Maa

Kapital = Hauptstadt (Schwedisch)
Maa = Land (Finnisch)

Stor-Yel

Stor = groß (Schwedisch)
Yel = Fichte (Russisch)

Vild-Brook

Vild = Wild (Schwedisch)
Brook = Bach (Norwegisch)

Lysande-Vesi

Lysande = glänzend (Schwedisch)
Vesi = Wasser (Finnisch)

Liten-Yel

Liten = klein (Schwedisch)
Yel = Fichte (Russisch)

Puu-Gren

Puu = Holz (Finnisch)
Gren = Ast (Schwedisch)

Sotilas-Hemland

Sotilas = Soldat (Finnisch)
Hemland = Heimat (Schwedisch)

Öst-Bakke

Öst = Osten (Schwedisch)
Bakke = Hügel (Schwedisch)

Pieni-Mesto

Pieni = Klein (Finnisch)
Mesto = Ort (Russisch)

Sten-Talo

Sten = Stein (Schwedisch)
Talo = Haus (Finnisch)

Sininen-Horisont

Sininen = Blau (Finnisch)
Horisont = Horizont (Schwedisch)

Fortfarande-Vann

Fortfarande = Still (Schwedisch)
Vann = Wasser (Norwegisch)

Giallo-Lug

Giallo = Gelb (Italienisch)
Lug = Wiese (Russisch)

Auszug aus dem ersten Band

DÜSTERE VERKETTUNG
BLÀR FINKELSTEIN

BLÁR FINKELSTEIN

Stor-Yel
Samstag, 04. Juni 1983

Blárs Interesse galt seit längerem einer alten Dame, die lauthals ihre mit Fleisch gefüllten Teigtaschen rühmte. An jeder Seite ihres hageren Körpers hingen zwei große Thermobehälter. Um zu vermeiden, dass ihr die Schnürriemen der Isoliertöpfe von den Schultern rutschten, hatte sie diese über Kreuz umgehängt. Ungünstigerweise wurden durch diese Methode ihre Brüste zwischen den Riemen zusammengequetscht, wodurch sie explizit auffielen und bestimmt nicht nur bei ihm Fremdscham auslösten. Am Hals hatte die Verkäuferin Schürfwunden, die zweifelsohne von den Schnürriemen herrührten. Doch das schien die Alte locker zu ertragen. Unermüdlich lief sie durch die Menschenmasse und versuchte, den Leuten ihre Ware aufzuschwatzen.

Von seinem Stand aus roch Blár die Teigtaschen nicht, doch schon alleine bei dem Gedanken an sie, knurrte sein Magen. Mit einem tiefen Seufzer verdrängte er für einen Moment seine prekäre Situation, hob die Hand, um die Verkäuferin herbeizurufen, und ließ sie rasch wieder sinken. Er bemerkte einen Mann mit einem geflochtenen Korb in der Hand, welcher geradewegs seinen Verkaufsstand ansteuerte.

Der Mann war auffällig klein. Auf dem Kopf trug er eine Mütze, deren Name Blár auf Anhieb nicht einfiel. Aber es waren Franzosen, die diese Art von Kopfbedeckung bevorzugten, diesbezüglich war er sich absolut sicher.

»Guten Tag.« Der Mann nahm zum Gruß für einige Sekunden seine Mütze ab. Dann ging er, seinen Korb vor der Brust haltend, leicht in die Hocke und betrachtete die Pyramide aus Gläsern mit Marmelade.

»Alles Himbeere«, sagte Blár.

Der Mann nickte, nahm ein Glas in die Hand und hielt es gegen die Sonne. »Irgendwelche zusätzlichen Zutaten?«

Blár sah ihn verwirrt an.

»Minze, Zitrone, Orangenhaut oder Vanille?« »Einfach Himbeermarmelade.«
»Frisch eingekocht?«
»Ja.«
»Hygienisch zubereitet und luftdicht verschlossen?«
»Selbstverständlich, da bin ich mir absolut sicher«, antwortete Blár routiniert. Und mit einem Mal fiel ihm der Name der Mütze ein, es war eine Baskenmütze. Doch im Gegensatz zu der Kopfbedeckung hatte ihr Besitzer keineswegs französische Wurzeln. Seine Aussprache war klar und deutlich, und ließ jeden

Akzent vermissen.

»Wie viel Gramm?«

»Zweihundert.«

»Dann nehme ich zwei«, verkündete der Mann lächelnd.

Blár nahm ein zweites Glas von seiner Pyramide und stellte es vor den Käufer. Dabei bemerkte er, dass es ihm erstaunlich schwerfiel, das Alter des Mannes einzuschätzen. Baskenmütze, so nannte er ihn von nun an, hatte die Physiognomie eines Zeitlosen.

»Sie sind ein Kriegsveteran«, stellte Baskenmütze fest. Sein Blick ruhte auf Blárs linker Hand, an welcher Zeigefinger und Daumen fehlten. Dieser zögerte, dann nickte er.

»Menschen wie Ihnen haben wir zu verdanken, dass unser Land überhaupt noch existiert. Aber stattdessen ...« Er machte eine ausladende Handbewegung Richtung Basar.

Blár sah den Mann überrascht an. »Meine Frau hat früher oft die gleichen Worte gesagt«, sagte er und bekreuzigte sich bei dem Gedanken an seine verstorbene Ennie.

»Und sie hatte zweifelsohne Recht. Es ist eine Schande, so mit der Generation umzugehen, die den Feind verdrängt und unser Land aus Trümmern neu aufgebaut hat. Seit die Rente abgeschafft wurde, kämpfen im ganzen Land Rentner und verkrüppelte Kriegsveteranen wortwörtlich ums Überleben.«

Blár nickte, verkniff sich aber eine Antwort.

»Wir steuern g e r a d e w e g s in den Abgrund«, sagte Baskenmütze. Blár dachte in diesem Augenblick dasselbe. Doch statt beipflichtend zu nicken, sah er sich besorgt um. Den Staat zu kritisieren, insbesondere bei solch heiklen Themen wie der Rente, war dumm und gefährlich. Er deutete ungeduldig auf die Gläser, die Baskenmütze vorgab kaufen zu wollen. »Das macht dann ...«

»Was ist passiert?«, fiel ihm der Käufer ins Wort. Er zeigte zuerst auf Blárs Hand und dann auf den Gehstock, der an seinem rechten, verkrüppelten Bein lehnte.

»Deutsche Landmine«, sagte er kurzsilbig, in der Hoffnung, der Mann würde endlich sein Portemonnaie rausholen.

Baskenmütze nickte ernst. »Wissen Sie was, ich nehme alles!«, sagte er feierlich, griff in seine Hosentasche und holte zehn amerikanische Dollar raus.

Blár starrte verblüfft auf den Schein und strich mit der rechten Hand über die längst ergrauten Haare. Zehn amerikanische Dollar entsprachen dem Zehnfachen der eigenen Landeswährung. »Ich kann Ihnen einen so hohen Betrag nicht wechseln.«

»Das müssen Sie nicht.« Der Mann mit der Baskenmütze lächelte gütig.

Er zögerte. Wenn er auf die Schnelle korrekt umgerechnet hatte, dann war seine Pyramide aus achtzehn Marmeladengläsern weniger als einen Dollar wert.

»Bitte nehmen Sie das Geld«, beharrte Baskenmütze. »Ich bin mir sicher, Sie können es gut gebrauchen.«

Und das stimmte. Ende der siebziger Jahre fing das kleine Land zwischen Finnland und UdSSR langsam an auseinanderzufallen. Politiker, offenbar einer korrupter als der andere, steuerten das Land geradewegs in den Abgrund. Hohe Arbeitslosigkeit, trotz weltweitem Wirtschaftsaufschwung, zerfallende Infrastruktur, Engpässe in der medizinischen Versorgung und hohe Kriminalitätsraten verursachten immer häufiger in Teilen des Landes blutige Ausschreitungen. Zu allem Überfluss schlich sich Anfang der achtziger Jahre der amerikanische Dollar in das Land ein und unterwanderte zunehmend die eigene Währung. Blárs Veteranenrente, die immer mickriger wurde, war 1981 gänzlich gestrichen worden. Vor eine düstere Zukunft gestellt, blieb Familie Finkelstein einzig Ennies Lohn. Doch obwohl sie seit Jahren als Oberschwester eine Station für Pneumologie geleitet hatte, reichte das Geld kaum. 1982, eine Woche vor Neujahr, brach Ennie nach Dienstschluss auf dem Weg nach Hause mitten auf der Straße zusammen und starb an einem Herzinfarkt.

Blár nahm das Geld und steckte es tief in seine Hosentasche. »Danke, das ist sehr großzügig.«

»Ich wünschte, ich könnte Ihnen mehr geben«, sagte Baskenmütze und reichte ihm seinen Korb rüber.

Blár stapelte sorgsam alle Gläser hinein und schob den Korb über die hölzerne Kauftheke näher an den Käufer. »Vielen, vielen Dank!«

»Dann sind Sie wohl für heute fertig hier«, sagte Baskenmütze lächelnd.

Blár nickte lachend und sah zum Nachbarstand auf der rechten Seite. Sein Lachen erstarb, als er sah, mit welcher Missgunst die liebenswürdige Blumenverkäuferin ihn anstarrte. Offensichtlich hatte sie die gesamte Unterhaltung mitverfolgt.

»Darf ich Sie ein Stück begleiten?«, fragte Baskenmütze.

»Ich bin sehr langsam.« Er tippte auf seinen Gehstock und ersparte es sich, dem Mann zu erklären, wie schlecht es um sein verkrüppeltes Bein stand.

»Ich habe Zeit.«

»Ich muss da lang.« Er zeigte in südliche Richtung. »Zum Busbahnhof.«

»Ich auch«, sagte Baskenmütze lachend.

Ein wenig erdrückt von der Hartnäckigkeit des Mannes rollte Blár seinen Jutesack für die Marmeladengläser wie einen Teppich zu einer Rolle ein und klemmte ihn sich unter den Arm. Mit einem knappen Nicken verabschiedete er sich von der neidischen Verkäuferin und humpelte an der Seite von Baskenmütze zum Südtor des Basars. Ihm fiel auf, dass obwohl er selbst nicht der Größte war, Baskenmütze nur knapp bis über seine Schulter reichte.

Eine Zeit lang gingen sie schweigend nebeneinander her und beobachteten das geschäftige Treiben um sie herum. Der Tag war sonnig und der Basar gut besucht. Überall roch es nach Essen, Gewürzen, Blumen, Tieren und Kot. Die Verkäufer priesen ihre Waren an und die Käufer werteten diese mit teilweise absurden Argumenten ab. Blár verabscheute diesen widerlichen Kampf um jeden Groschen.

»Sie fahren mit dem Bus nach Hause?«, brach Baskenmütze das Schweigen.

»Ja.«

»Und wie schaffen Sie die Marmeladegläser zum Basar?« Er hob demonstrativ den Korb in die Höhe, um das Gewicht der Gläser zu verdeutlichen.

»Auch mit dem Bus.«

»Aber das ist doch Wahnsinn!« Baskenmütze zeigte auf Blárs Arm und Bein. »Haben Sie denn niemanden, der Sie unterstützt?«

»Ich habe eine dreizehnjährige Enkeltochter.« Er blieb stehen und wartete, bis sich eine Lücke zwischen der Menschenmasse bildete. »Meine Tochter ist seit Jahren tot«, fügte er hinzu, um den durchdringenden Blick von Baskenmütze loszuwerden. »Krebs.«

Der Mann, gewiss der einzige Baskenmützenträger auf dem Basar, ja mit aller Wahrscheinlichkeit in der ganzen Region, stöhnte auf. »Das tut mir wirklich leid«, sagte er mit derart überzeugender Aufrichtigkeit in seiner Stimme, dass Blár unvermittelt Tränen in die Augen schossen. Er drehte den Kopf weg und wischte sich verstohlen die Augen.

»Was ist mit Ihrem Schwiegersohn?« Baskenmütze ließ nicht nach.

»Es gibt keinen Schwiegersohn.«

Baskenmütze nickte verlegen. »Wer unterstützt Sie dann?«

Er schüttelte den Kopf und zeigte mit dem Stock auf das breit geöffnete Südtor aus Stahl. Er war Baskenmütze für die zehn Dollar zu unendlichem Dank verpflichtet. Doch die lästigen Fragen, die der Mann stellte, trübten das Empfinden der Dankbarkeit gewaltig. In Blár, einem von Natur aus schweigsamen, verschlossenen Menschen, lösten persönliche Fragen, besonders von Fremden, Unbehagen und Misstrauen aus. Spätestens hinter dem Tor, so hoffte er, trennten sich ihre Wege. Doch wenige Meter vor dem Ausgang, tippte Baskenmütze ihm auf die Schulter und blieb stehen. Er griff in die Innentasche seines Jacketts. »Bitte geben Sie das hier Ihrer Enkeltochter. Kinder lieben

Schokolade.«

Blár betrachtete die hervorgeholte Tafel Schokolade. Es war die Sorte, die man eher selten zu Gesicht bekam. Auf der Papierverpackung hielt ein lachendes Mädchen einen Haselnussast mit Früchten in die Höhe. »Danke.« Er nahm zaghaft die Tafel entgegen.

Baskenmütze lächelte. »Sie müssen mir versprechen, wenigstens ein Stückchen davon zu probieren. Ist mit Haselnüssen.«

»Versprochen«, sagte er rasch und sah sehnsüchtig zum Südtor.

»Darf ich Ihnen eine Teigtasche spendieren?« Baskenmütze zeigte auf eine Verkäuferin, die am Tor zwischen der Menschenmenge lief. Blár erkannte in ihr die Alte von vorhin. Er öffnete den Mund, um zu protestieren, aber da winkte Baskenmütze der Frau bereits zu.

»Das reicht. Sie haben mir schon mehr als genug gegeben.«

»Das ist nur eine Teigtasche«, winkte Baskenmütze ab.

Die Verkäuferin trat an sie heran und grüßte. Blár kämpfte krampfhaft mit sich, um einen Blick auf ihre zwischen den Seilen gequetschten Brüste zu vermeiden.

»Eine für mich und eine für meinen Freund«, bestellte Baskenmütze.

Die Alte griff in die Tasche in der Mitte ihrer Schürze und holte zugeschnittenes Zeitungspapier raus. Sie reichte jedem ein Blatt, dann öffnete sie einen ihrer Thermobehälter und zog mit einer Gabel Teigtaschen hervor, welche sie auf das Zeitungspapier legte. Blár fühlte die Wärme. Der leckere Duft ließ seinen Magen laut knurren. Baskenmütze bezahlte die Verkäuferin in der eigenen Landeswährung und auf den Betrag genau. Die alte Frau bedankte sich und verschwand, ihre Ware laut rühmend, wieder in die Menschenmenge.

»Früher, als ich klein war, habe ich meine Mutter oft zum Basar begleitet«, sagte Baskenmütze. Er sog den Duft des Gebäcks ein und pustete, um sie abzukühlen. »Sie hat auch Teigtaschen verkauft.«

Blár lehnte seinen Gehstock an sein Bein und wechselte das Essen in die gesunde Hand. Die Gefahr, seine Teigtasche auf dem Boden wiederzufinden, wenn man diese ohne Daumen und Zeigefinger festhielt, war groß. Abgesehen davon überlegte er krampfhaft, wie er es schaffen könnte, unauffällig die Hälfte des Essens samt Zeitungspapier in seiner Hosentasche zu verstecken. Seit Wochen hatten seine Enkeltochter Caja und er kein Fleisch gegessen. Es wäre grauenvoll diese Leckerei dem armen Mädchen vorzuenthalten.

»Es waren die besten Teigtaschen der Welt«, sagte Baskenmütze, der offenbar nach wie vor an seine Mutter dachte. Er hob die Teigtasche wie zum Anstoßen auf jemandes Wohl und biss ein Stück ab. Blár pustete ein letztes Mal, öffnete den Mund, da spuckte Baskenmütze sein abgebissenes Stück wieder aus. »Nein, essen Sie das bloß nicht!«, kreischte er so laut, dass ein paar Leute um sie erschrocken stehen blieben und ihn anstarrten. Er wischte sich angewidert über den Mund und spuckte weitere Male auf den Boden. »Dieses verdammte Miststück!« Er schlug Blár das Essen aus der Hand. »Wo ist sie?« Sein wilder Blick verriet blanken Hass. Er zertrat mehrmals die Teigtaschen. »Wo ist sie hin?«

Blár trat eingeschüchtert einen Schritt zurück. »Ich weiß es nicht.«

Aber Baskenmütze beachtete ihn nicht mehr. Er drängte sich durch die Menschenmenge und sah sich dabei hastig in alle Richtungen um. Die Gaffer um sie herum setzten sich wieder in Bewegung. Einige tuschelten leise, andere lachten laut. Für einen kurzen Augenblick betrachtete Blár seine zertretene Teigtasche. Dann grinste er glücklich und bekreuzigte sich. Selbst ohne diese Teigtasche war es heute ein wundervoller Tag!